頼朝

陰の如く雷霆《らいてい》の如し

秋山香乃

静岡新聞社

目次

登場人物関係図

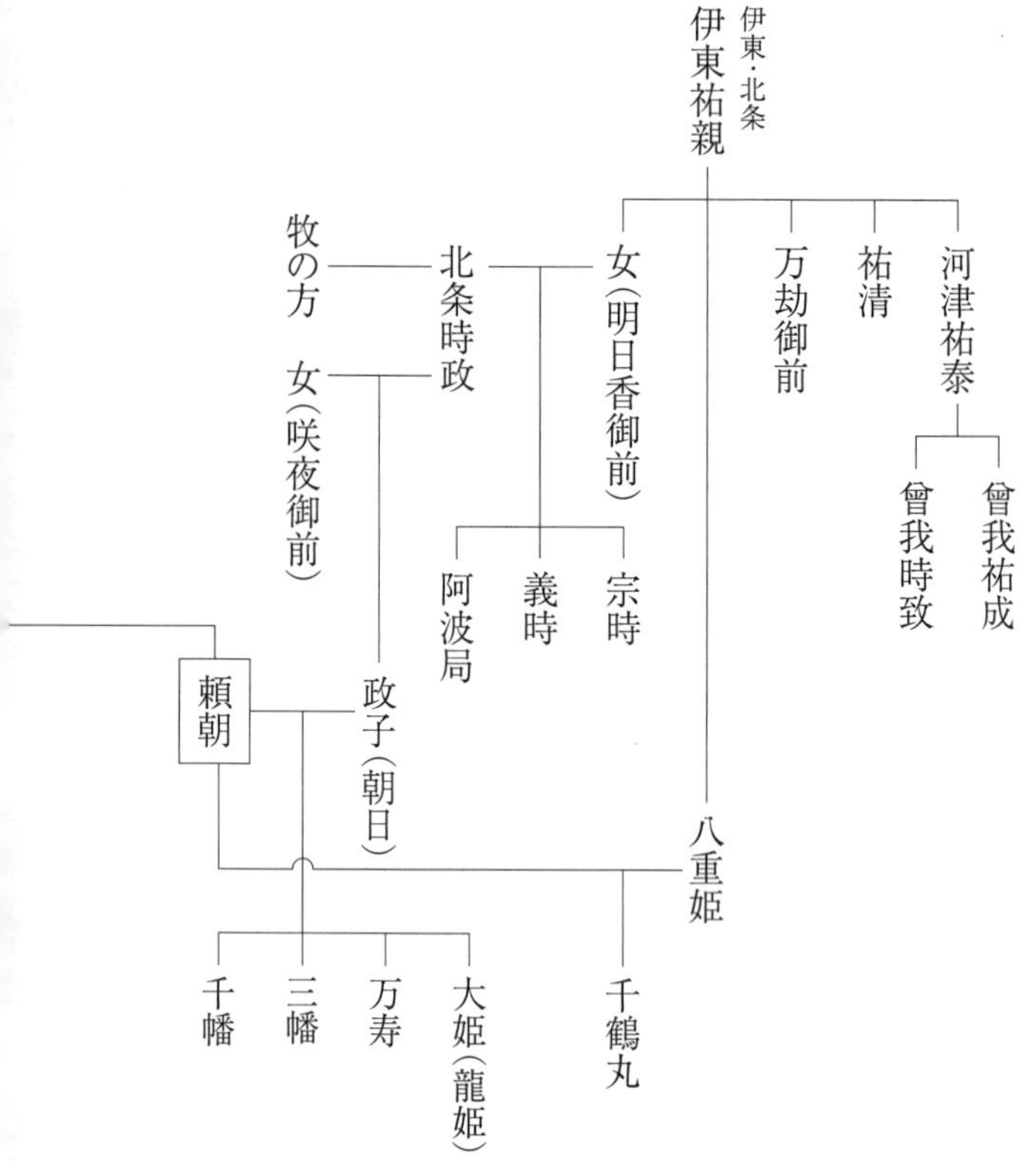
伊東・北条
伊東祐親
河津祐泰
祐清
万劫御前
女（明日香御前）
北条時政
牧の方
女（咲夜御前）
曾我祐成
曾我時致
宗時
義時
阿波局
頼朝
政子（朝日）
八重姫
千鶴丸
大姫（龍姫）
万寿
三幡
千幡

源氏

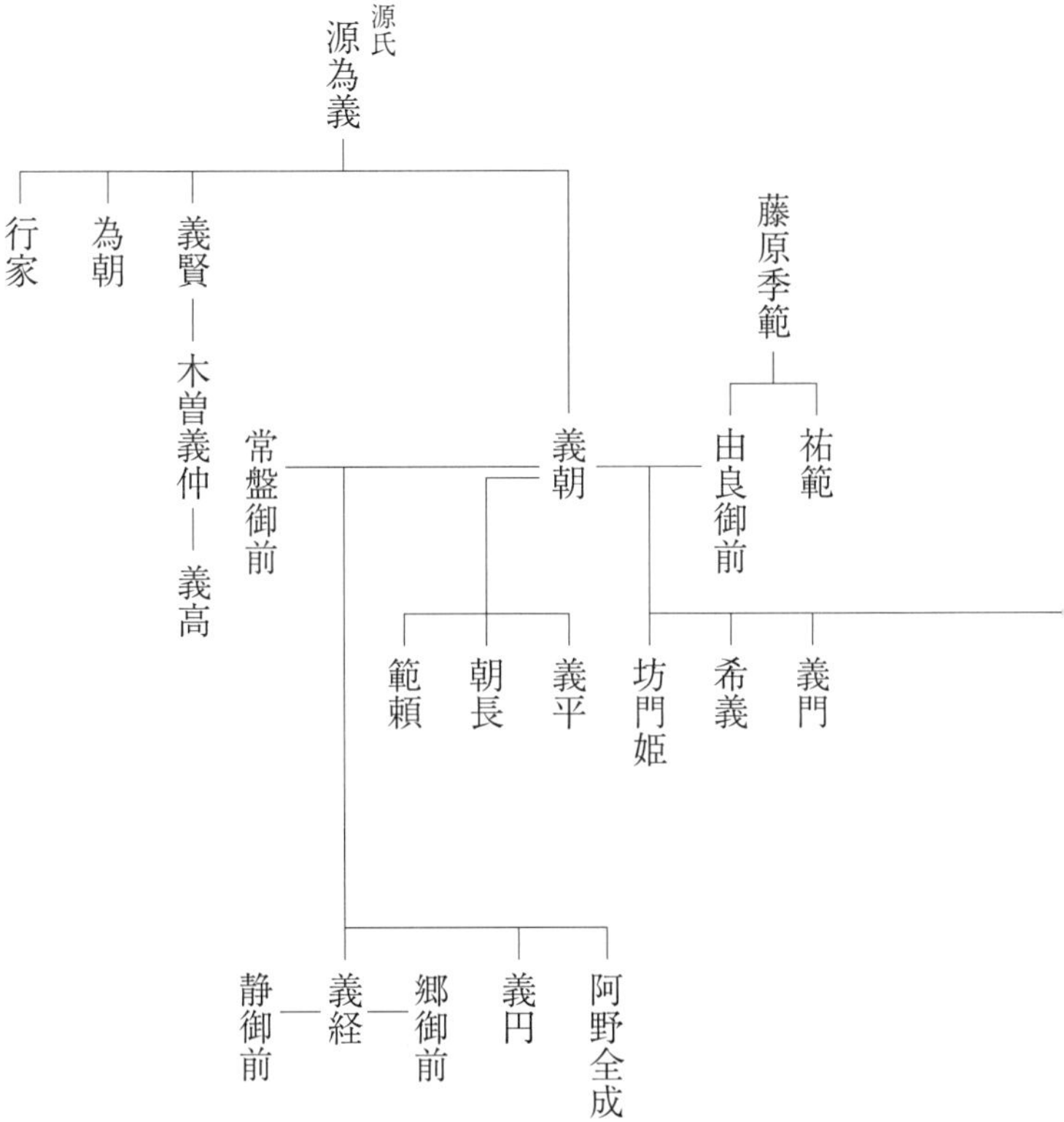
源為義
行家
為朝
義賢
木曽義仲
義高
藤原季範
祐範
由良御前
義朝
常盤御前
範頼
朝長
義平
坊門姫
希義
義門
静御前
義経
郷御前
義円
阿野全成

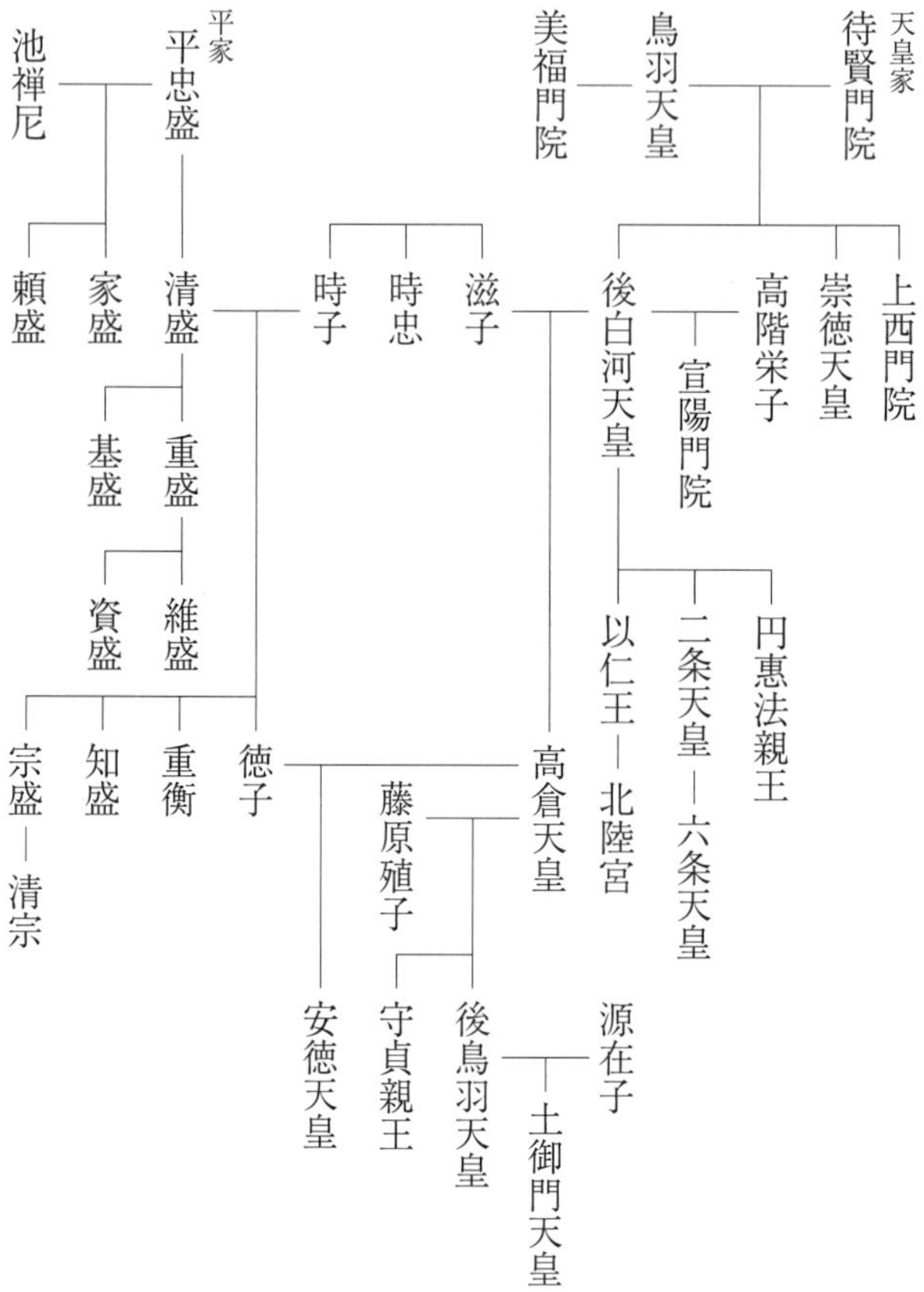
天皇家
待賢門院
鳥羽天皇
美福門院
上西門院
崇徳天皇
高階栄子
後白河天皇
宣陽門院
滋子
時忠
時子
円恵法親王
二条天皇
六条天皇
以仁王
北陸宮
高倉天皇
藤原殖子
源在子
土御門天皇
後鳥羽天皇
守貞親王
安徳天皇
平家
平忠盛
池禅尼
清盛
家盛
頼盛
重盛
基盛
維盛
資盛
徳子
重衡
知盛
宗盛
清宗

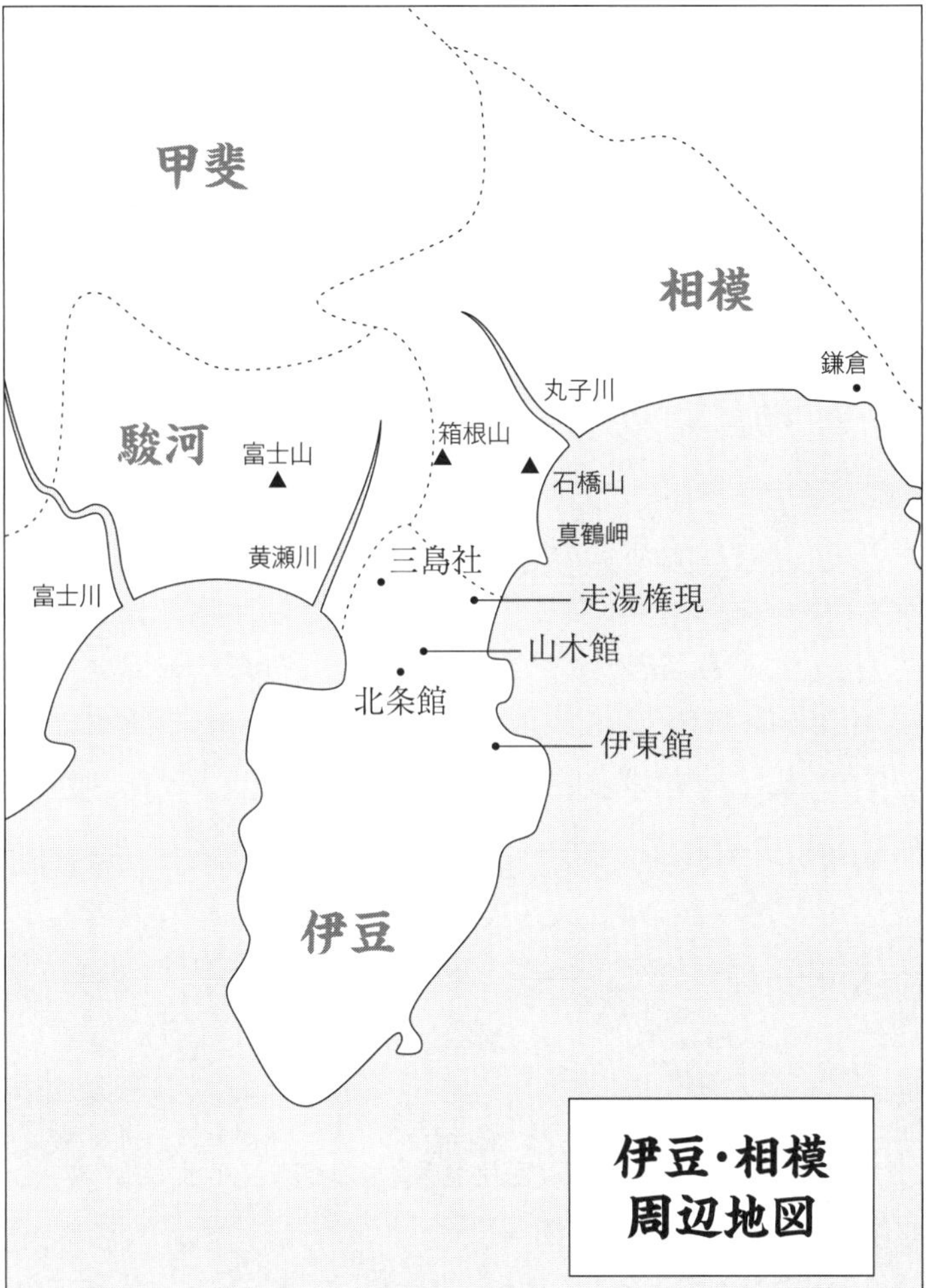
甲斐
相模
駿河
伊豆
鎌倉
丸子川
箱根山
富士山
石橋山
真鶴岬
黄瀬川
三島社
富士川
走湯権現
山木館
北条館
伊東館
伊豆・相模
周辺地図

装画　山田ケンジ
装丁　野村道子

頼朝

陰の如く雷霆《らいてい》の如し

秋山香乃

第一章　龍の棲《す》む国

一

雪で視界が危うい。

しかも、眠くて仕方がない。疲労と寒さで、馬上、意識が幾度も飛ぶ。

うつらうつら上体を大きく揺らすうちに夢の中に捕らわれる。ハッと意識を取り戻したときには、父や兄、郎党ら七騎の影は吹雪の中に消えていた。

頼朝《よりとも》は、慌てて馬を駆る。

このままひとりはぐれれば、自分はどうしたらよいのだろう。

自害――か。

捕らえられ、生き恥をさらすわけにはいくまい。

一面の雪原に方角さえ見失い、自分が駆けていく馬の鼻先に本当に父や兄らがいるのかも確信が持てない。十三歳の少年は途方に暮れた。

心細さに負けまいと歯を食いしばる。

どれくらい走ったか。風の唸《うな》りの中に、確かに人の声を聞いた。

頼朝は耳を澄ます。

敵か味方か。無縁の者か……。

「さ……よ……ぶ……」

声が徐々に近づいてくる。よく聞き知った声だ。

「三郎、三郎よ」

自分の名を呼んでいる。

(父上だ)

頼朝の姿が見えなくなったことに気付き、引き返してきてくれたようだ。正直なところ、頼朝は涙が出るほど嬉しかった。

「父上、三郎はここにおります」

こちらからも、声変わり直前の掠《かす》れ声を張り上げる。

父・義朝《よしとも》の馬が、獰猛《どうもう》な灰色の雪の渦から、ぬうっと眼前に現れた。

「おう、いたか」

敗走しているのに明るい声だ。この声に、どれほど仲間が鼓舞されてきたか。頼朝もほっとした。

義朝が頼朝の馬に自分の馬を寄せ、差縄《さしなわ》を掴《つか》んで誘導してくれる。ふたり並走して遥か前方の味方を追いながら、義朝が口を開いた。

「お前の姿が消えたと分かったとき、引き返して探すかどうか迷うたぞ」

当たり前だ、と頼朝は思う。

（敗走途上、遅れた者を拾う余裕などあるまい。それに、馬上で寝るような男は一族の名折れであろう。吾《われ》は恥さらしよ）

現に、長兄の悪源太義平《あくげんたよしひら》が、頼朝の馬が遅れるたびに、チッと舌打ちをしていた。頼朝は、未熟である己れが恥ずかしく、雪中行軍に堪えられぬ少年の身体が疎ましかった。

（父上とて、舌打ちこそせぬものの、吾に失望したに違いない）

頼朝は空元気に、声を張り上げた。

「迷うてくだされただけでも嬉しゅうございます。だのに、かように来てくださり三郎は幸せでございます。されど次に遅れたときは、どうか迷わず見捨てて父上は兄者たちと先をお急ぎください」

「そのつもりだ。なにゆえと考える」

「足手まといだからです」

「違うな。三郎よ、お前の着ている鎧はなんだ」

「先祖八幡太郎由来の鎧、源太産衣《げんたのうぶぎぬ》です」

代々源氏の嫡男が初陣のときに身にまとう鎧である。

此度《こたび》の戦、後の世にいう平治の乱が頼朝の初陣だ。つまり、三男の頼朝が義朝の後を継ぐ嫡男なのだ。

「手にしてる得物《えもの》は、なんぞ」

「髭切《ひげきり》の太刀でございます」

これも源氏の秘宝のひとつだ。

「忘れるな、それがわしの心だ」

ぐっと頼朝に父の言葉が響いた。

「清盛《きよもり》らが最も欲しているのは我が首よ。どこまでも追ってこよう」

清盛との戦いで京を追われた義朝は、わずかな郎党と息子たちを連れ、源氏の拠点である東国を目指している。再起を図るためだ。

させまいとする平家はどこまでも追撃の手を緩めないだろう。厳しい逃避行になる。だから
――と義朝は言う。

「我らは別々に動いた方が三郎の生きる道が開けるやもしれぬ」

「父上……」

「八幡大菩薩《ぼさつ》の御心にわしの跡取りであるそなたの運命を託そうと思う。次に遅れたら置いてゆく。そなたを生かすためじゃ。わしも源氏のために最後の一瞬まで足掻《あが》くが、三郎よ、そなたも足掻け。その命、貴様ひとりのものではのうて一族のものぞ」

頼朝は目を見開いた。

「はい」

「もしかしたらこの雪中がわしとお前の最後の別れとなるやもしれぬ。なにかこの父に言うておきたいことはあるか」

頼朝は、逡巡した。訊《き》きたいことならある。

なにゆえ乱を起こしたのか――。

だが、この問いはともすれば父を非難しているように聞こえはしまいか。負け戦の直後に問うのは早すぎる気がする。とはいえ、訊かねばもう一生、機会が巡ってこぬかもしれない。

「その顔は、ある顔だな。遠慮するでない」

義朝が促す。頼朝は覚悟を決めて口を開いた。

「父上はなぜ此度の政変に加担したのですか」

「ふむ。その問いには答えられぬな。ただのう、分かるときが必ず来る。それが分かったとき、お前は真の源氏の棟梁となろう」

さあ、急ぐぞと義朝は馬の速度を上げた。頼朝は今度こそ置いていかれまいと手綱を握る手に力を込めた。

二ヶ月後。翌永暦元（一一六〇）年二月。

頼朝は平家方目代平宗清《むねきよ》の屋敷に捕らわれの身となっている。

あのあと、再び父や兄らとはぐれ、尾張で敵の手に落ちた。頼朝は清盛のもとに連行されたが、斬首の命が下るまでは宗清に預けられることとなったのだ。

宗清は、清盛の腹違いの弟・平頼盛《よりもり》の家人《けにん》である。頼盛の母は、独自の人脈を築き、棟梁清盛と家中の発言権を二分する強大な政治力を持つ池禅尼《いけのぜんに》だ。

平治の乱の起こる三年前の保元元（一一五六）年。頼朝が十歳のとき、時の権力者鳥羽《とば》法皇が崩御した。たちまち、次の権力者の座を巡り、同母の兄弟である崇徳《すとく》上皇と後白河《ごしらかわ》天皇が武力をもって対立した。

この時、源氏は後白河天皇側と崇徳上皇側に一族を割って味方したが、平家のほとんどが後白河天皇側についた。

これは誰にとっても予想外の出来事だった。

なぜなら、崇徳上皇の第一皇子重仁《しげひと》親王の乳母《めのと》を池禅尼が務めていたからだ。当然、池禅尼とその息子たちは崇徳上皇側につくと思われた。

だが、池禅尼は冷静に両者の兵力を見極め、冷徹に判断を下した。

「此度の争いは、上皇方が負けます。一族総出で天皇側につくように」

鶴の一声である。平家は足並みを揃《そろ》え、後白河天皇の許《もと》に馳《は》せ参じた。

戦は後白河天皇側が勝ち、崇徳上皇に味方した側は処刑や幽閉、配流《はいる》などの処罰を受け、排除された。

一族を割った源氏の力は弱まり、平家は隆盛した。

権力抗争を勝利に導いた尼《あま》には、清盛でさえ遠慮する。

宗清はこの池禅尼の傘下にいる。清盛にやみくもに服従せずともよい立場の男に預けられたのは、頼朝にとって僥倖《ぎょうこう》だった。決してひどい扱いは受けなかったからだ。

頼朝が宗清自身と顔をあわせることはほとんどない。

身の回りの世話は、サクという名の少女がしてくれた。幾日過ぎても互いに雑談を交わしたことはなく、サクが「お食事でございます」「髪をお梳《す》きいたします」「お体をお拭《ふ》きいたします」など、役目上の声をかけると、頼朝がむすりとした顔でうなずくだけだ。

ある日、宗清が頼朝を閉じ込めてある部屋へ現れ、

「一言も口を利かぬそうじゃな」

多少呆《あ》れたように声を掛けた。頼朝はこのときも黙礼しただけで声は発さなかった。

宗清は頼朝のことを「佐殿《すけどの》」と呼ぶ。

落ち武者になる直前の身分が従五位下《じゅごいのげ》右《う》兵《ひょう》衛《え》権佐《ごんのすけ》だったからだ。右兵衛権「佐」の佐殿だ。

　頼朝が武士でありながら貴族に列せられていたのは、嫡妻《ちゃくさい》である母の実家の影響が大きい。頼朝の母、熱田大宮司藤原季範《ふじわらのすえのり》の娘・由良《ゆら》御前の一族は、鳥羽帝中宮《ちゅうぐう》の待賢門院《たいけんもんいん》に仕え、その縁で女院《にょいん》の子ら、統子《むねこ》内親王と後白河院にも仕えるようになった。

　この流れで頼朝も、保元三（一一五八）年に立后した統子の皇后宮権少進《こうごうぐうのごんのしょうしん》に十二歳で就任。翌年には女院の宣下を受けて上西門院《じょうさいもんいん》と呼ばれるようになった統子と、後白河院の第一皇子で今上帝・二条天皇の蔵人へと次々に昇進したのだ。

　当時の頼朝は、出世街道をひた走っていた。それが一夜の夢の如《ごと》く消え去った。今はただの罪人だ。

「佐殿は、年は幾つじゃったかな」

　宗清が訊《たず》ねる。口を開かざるを得ぬ質問だ。

「十四でござる」

　久しぶりに声を発し、今まで自分でも聞いたことのない低い声が出たことに頼朝は内心驚いた。いつの間にか声変わりしていたようだ。

（これが、吾の新しい声か）

　父が傍《そば》にいれば、きっと喜んでくれたことだろう。頼朝は、自分以外の者がどうなったか知らない。きっと、逃げ延びてくれたはずだと信じている。それだけが今の頼朝の持てる希望でもあった。

　だが、この日、宗清が口にしたのは残酷な現実だった。父義朝も二人の兄、義平と朝長《ともなが》も、みなすでにこの世のものではないという。

（吾のみが生き残ったのか）

　宗清は簡単に三人の最期を語ってくれた。

義朝は、かつての家人の家に潜伏中、裏切りにあったらしい。風呂に入った隙を衝《つ》かれ、殺されたということだ。

長兄の義平は、再起が厳しいと知るや、ただひとり都に取って返した。清盛を討ち取るためだ。が、露見して捕まり、清盛の前に引き出された。

そのとき、

「俺を生かしておけば、いつ貴様の首が飛ぶか分からぬぞ。後悔したくなくば、殺しておくことだ」

鼻で笑ってみせたという。刑場に引きずられ、首を落とされる直前も少しも怯《ひる》むことなく、

「お前、栄誉なことぞ。俺の死に様は歴史に残ろう。俺の首を落としたお前の名も、ついでに語られるやもしれぬな」

処刑人に向かって言い放った。

次兄の朝長は、追手との度重なる戦いに負傷し、敵の手に落ちるならと父にせがんで殺してもらったという。

頼朝は、あぐらをかいた膝に乗せた拳の中で血が滲《にじ》むまで爪を立て、痛みを感じることでなんとか涙を流さぬよう堪えた。

「弟妹らはどうなったであろう」

声を絞り出して訊ねる。

頼朝には幾人か弟妹がいる。

同母の弟妹は、一つ下の弟・四郎義門《よしかど》。五つ下の弟・五郎。そして、七つも下の稚《いとけな》い妹・坊《ぼう》門姫《もんひめ》だ。

このうち義門は戦死した。弟は、父の前では堪えていたが、兄の頼朝には初陣の恐怖を隠さなかった。怖いのは敵だけではない。異母兄の義平も怖かった。

身分の高い母から生まれた頼朝たちは、主に

朝廷工作に当たる要員として都で育てられた。朝廷の出世争いに割り込み、相応の官位を獲得し、公卿《くぎょう》たちだけでなく、帝や上皇とも渡り合える男に育つことが求められた。朝廷工作ができなければ、幾ら武功をあげても難癖をつけられて褒賞を削られたり、罪人に仕立てられて追い払われたりするのは、これまで源氏の歩んだ歴史を紐解《ひもと》けば一目瞭然だ。戦《いくさ》に強いだけでは駄目なのだ。政治力がなければ、結局はいいように使われて役目が終わったとたん遠ざけられる。だから、由良御前の子らは、武芸だけでなく、歌も踊りも楽器も優雅な所作《しょさ》さえも叩き込まれた。

近い位置に次兄の朝長がいた。朝長の母は相模国波多野《さがみこくはたの》荘領主波多野義通《よしみち》の妹で、由良御前が嫁ぐまでは嫡妻のような扱いを受けていた。このため、朝長も従五位下中宮少進に補されて朝廷に出入りしており、頼朝とは面識があった。

比して、庶子は母の身分や住まいに応じた場所で育てられ、純粋に武人としての猛々《たけだけ》しさを要求された。源氏の本拠地である鎌倉を守っていた六歳上の義平は、その勇ましさから悪源太と呼ばれ、十五歳のときには大蔵合戦と言われる戦で叔父の源義賢《よしかた》(木曽義仲《よしなか》の父)を討ち取り、名を上げている。保元の乱でも活躍し、此度の平治の乱でも負け戦ながら、義平の率いた東国勢十七騎は、清盛の嫡男重盛《しげもり》勢五百騎にうちかかり、二度も追い散らした。

頼朝も義門もこの鬼神の如き兄とは、この戦で初めて顔を合わせたが、一瞥《いちべつ》されただけで臓腑を抉《えぐ》られるような恐怖が這《は》い上がったものだ。義門は頼朝の陰に隠れ震えていた。

義平はそんな弟を鼻先で嘲《わら》った。

「俺に近寄るなよ。敵と間違え串刺しにしてしまうやもしれぬでな」

泣き出さんばかりの弟を庇《かば》って頼朝は一歩前に進み出た。

「それは互いに言えることだ」

なんとか言い返したが、本音は心底怖かった。

雪中の逃避行で頼朝が遅れるたびに、「大口叩いてこれか」と、義平は舌打ちを繰り返した。義平と十七騎の活躍を見せつけられた後では、もう頼朝は何も言えず、劣等感だけが残った。

宗清は、四郎義門のことは承知しているものとして語らず、

「五郎君《ぎみ》は捕まり、都のどこぞかに監禁されているもよう。姫の行方はわかり申さぬ」

と教えてくれた。

(妹は逃げ延びたのだと信じよう)

頼朝はそう自分に言い聞かせた。同時に、弟のことが心配で仕方がない。まだ元服前の九つになったばかりの少年だ。

「吾のように丁重な扱いを受けているであろうか」

頼朝の問いに、宗清は目を見開き、

「申し訳ないが詳しくは分からぬのじゃ」

首を左右に振った。

頼朝が知りたい兄弟はここまでだった。腹違いの弟妹たちとは会ったこともなかったし、あまり興味がない。この時代はそんなものだ。兄弟といっても下手をすれば敵になる。義平が襲った義賢も父義朝の異母弟だが、この二人は兄弟で殺し合った。

宗清も分かっているから、

「あとはまだ行方知れずで探索中であるわい」

簡単に答えて終わった。

これで宗清は立ち去るかと思ったが、最後に奇妙な問いを頼朝に投げかけた。

「つかぬことを訊くが、佐殿はこの後、生きたいか、死にたいか、どちらであろう」

頼朝には、とっさに問いの意味が分からなかった。だが、己が人生の大きな分かれ道に立ったのだと直感した。

宗清はなにげなく問うたが、返答次第で未来が変わるのではないか。まさに、生きるか死ぬかの瀬戸際の問答ではないのか。

（吾はいったいどうしたい。父上は死んだ。だったら、今は吾こそが、源氏の棟梁であろう。もっとも、瓦解した源氏のな）

自嘲する。再興など、とうてい望めまい。

（命乞いなどみっともない真似をすれば、父上も兄上たちも哀しもう）

頼朝は、宗清をじっと見据える。

父や兄者たちの死。清盛に握られた己の命。まだ生きてはいるが、続々と捕らえられつつあるという弟妹たちの行く末。壊滅しかけている一族の明日。

あらゆることが頼朝の心に爪を立てる。胸中はしくしくと痛み、頭中は混乱している。それでも自身に言い聞かせる。

（感情は捨てろ。冷静になれ。考えることを手放すな）

頼朝はゆっくりと息を吸い、そして吐く。スーと己の中に静寂が訪れる。そのうえで再び自分に問う。

いったい、お前はどうしたい――。

保元の乱のとき、父・義朝は親兄弟と敵味方に分かれて戦い、勝利した。自身の輝かしい戦功と引き換えに肉親の命乞いをしたが聞き入れられず、流涕するまま親兄弟の首をその手で刎《は》ねた。

平治の乱の首謀者藤原信頼《のぶより》も命乞いしたが赦《ゆる》

されず、公卿というのに六条河原で処刑された。

今の自分の立場で生きるなど、これまでの事例に照らすと絶望的だ。

それでも――。

これまで見てきた朝廷の権力抗争を、頼朝は冷静に思い出す。どの権力者の息も長くない。目まぐるしく変わる。ならば、生きてさえいれば、好機がくるやもしれぬ。

むろん、そんなものは来ないかもしれない。

(それでも、わずかでも可能性があるのなら、諦めたくない)

「生きとうござる」

宗清は、ほうと目を瞠《みは》り、ふむとうなずく。

「世間では潔さを美徳とする向きがあるが、死に急がぬ気質は吾は嫌いではない。人には天命がある。佐殿にまだ成すべきことが残っていれば、万が一があるやもしれぬ。わが殿の御母堂・池禅尼様に一度だけ助命をお頼みいたそう」

頼朝は息をのんだ。

「かたじけない」

宗清は自分の手をじっと見つめる。

「佐殿の首は、それがしが刎ねることが決まっておる。されど、戦で奪う命とは違う。こんな年若い公達《きんだち》を手にかけねばならぬなど……。吾にも息子がいるというのに……」

最後の方は含み声の問わず語りだ。

ああ、と宗清の本意を汲んだ頼朝は、もう一度心中で深く礼を述べた。


頼朝は後から知るが、このとき助命嘆願に動いてくれた者は複数いた。

弟の五郎を朝廷へと突き出したのは母の兄・熱田大宮司藤原範忠《のりただ》だったが、罪人となった甥たちをまるっきり見捨てたわけではない。主筋の上西門院と後白河院に、頼朝の命だけは助けて欲しいと懇願した。

上西門院は、亡き母・待賢門院と縁の深い池禅尼に、清盛への口添えを頼んだ。後白河院は、清盛へ配流に留めるよう意見した。

頼朝を捕らえた宗清は、主である平頼盛に、池禅尼の力を借りて何とか助けることができないかとすがり、頼盛は母である池禅尼に助命を依頼した。

池禅尼は、二方向からの頼みに動かざるを得ず、平家の嫡子・重盛に、義母が助命を願っていることを清盛へ伝えさせた。

理由は、「亡くなった長子の家盛《いえもり》に、頼朝が生き写しで哀れを誘うゆえ」と言わせたが、もちろん嘘である。一つは、頼朝助命に政治的な色を失くす配慮だった。あと一つは、嫡妻である池禅尼の長子家盛を差し置く形で、忠盛《ただもり》から平家棟梁の座を譲り受けた清盛が、そのことで負い目を感じていると気付いていたからだ。

清盛には白河法皇の御落胤《らくいん》説が囁《ささや》かれていた。池禅尼にその真偽は分からぬが、そうとしか思えぬほど忠盛は清盛を気遣った。自身の手柄を清盛に譲ったこともある。

池禅尼は、忠盛の政治的危機を救うなど、平家の興隆に尽くしたが、それでも家を継いだのはわが子ではなく清盛だった。表立って文句を口にしたことはなかったが、胸の内には嵐が吹きすさんでいる。

人心の機微に敏い清盛が気付かぬはずがない。池禅尼に対して、常に遠慮があった。その微妙な心理につけ込む形で、池禅尼は頼朝助命を行った。

朝廷は、後白河院派と二条天皇派に割れている。清盛は、中立の立場を維持し、どちらにも過度に加担しない態度を、今のところ貫いている。

女の世界では、上西門院と美福門院《びふくもん》が、それぞれ派閥を成す。池禅尼もどちらとも親しく付き合い、寵愛を賜《たまわ》っている。今度の上西門院からの頼みを断れば、上手《うま》く均衡を保っている立ち位置が、上西門院側から遠ざかることになる。池禅尼は決して若い頼朝を憐れんで、助命嘆願をしたわけではない。全ては「政《まつりごと》」であった。

後白河院も同じだ。源氏が完全に潰れてしまえば、力の強い武門は平家のみとなってしまう。対抗勢力がないなど、危険極まりない。いざという時に使えるよう、義朝直系の源氏の血脈は残しておきたい。魑魅魍魎《ちみもうりょう》の巣窟のような朝廷で生き抜くため、後白河院はなるべく多くの可能性を握って操りたかった。


三月。

頼朝は、平治の乱の勝者、平清盛の前に引き出された。

二人が会うのは初めてではない。朝廷行事の際に何度か顔を合わせ、挨拶《あいさつ》程度なら交わしたことがある。清盛はいつも優しげだった。

が、この日は違う。座敷の上から、地べたに座らされた敗者の子を、冷ややかに見下した。清盛の横には、池禅尼の息子・頼盛が座している。

頼朝はまっすぐに首を上げた。

その際、憎しみや怒りのこもった目で親の仇《かたき》を睨《にら》み返すようなことはしなかった。兄義平が引き出されたときは鋭く睨み据えたと聞いたが、頼朝自身は清盛に目すら合わせない。目と目が合うと、記憶に残りやすくなる。清盛の印象に残らぬよう細心の注意を払ったのだ。

清盛が舐《な》めるように頼朝を見る。

――生かすか、殺すか……そんな視線だ。

「なにゆえ、義朝の嫡子が、生きてわしの前に出てきおったのだ」

清盛の第一声である。

「そこもとの父に追い詰められた少納言《しょうなごん》（信《しん》西《ぜい》）殿は、自害したというのに」

畳みかけた清盛の声に苛立《いらだ》ちが混ざっている。答え一つ間違えれば、半刻後は首が胴から離れていよう。そんな空気の中、頼朝は生き抜くために口を開いた。

「思い至りませんでした」

「なに」

「自害するという考えが、頭からすっぽりと抜けておりました」

ともすればふざけて聞こえる答えに、清盛はまじまじと少年を見た。

「一度も考えなかったと申すか」

何度も考えたが、頼朝はそうだとうなずいた。

「誇りより命が大事か。その方の兄は、『俺を生かしておけば、いつ貴様の首が飛ぶか分からぬゆえ、疾《と》くと殺せ』と言い放ったぞ。敵ながら天晴《あっぱ》れな態度であった。それをお前は、なんとつまらぬ返答か」

義平を持ち出され、じくりと頼朝の心が軋《きし》んだ。が、

「ただ考えが及ばなかったゆえでございます」

淡々と答える。

「つまらぬ男でございますな」

清盛が何か言う前に、すかさず頼盛が口を挟んだ。母の意を汲み、頼朝を助けるため、取るに足らぬ男と清盛に印象付けたのだ。

「……なるほど。義朝の嫡子とは、こういう男か。武士とはおおよそ言い難い」

嘲笑する清盛に、

「貴族となるべく育てられた弊害でござろうか」

頼盛がさらに言葉を足す。

屈辱的だったが、頼朝は堪えた。

（威勢の良いことを口にして、潔く死ぬ方が簡単だ。吾は一族の将来を背負ってここにいる。生きて、いずれ起《た》つためだ。若輩だろうと従う者など誰もいずとも、今はこの頼朝こそが源氏の惣領なのだから）

悲痛な思いで頼朝は己に言い聞かす。その心を見透かすように、

「頼朝よ。源氏の惣領として、この清盛の目を見よ」

清盛が命じた。頼朝の背に、冷たい汗が流れた。ゆっくりと視線を上げる。このわずかな間に、心を空にせねば気取られる。頼盛の目も泳いでいる。頼朝は、言われるまま清盛の目を見た。清盛は頼朝の目の奥に潜む人間の底を探るように覗き込んできた。長い時間、二人は見つめ合った。

「……相分かった」

何が分かったというのか、

「伊豆へ配流と致す」

清盛の裁断が下り、頼朝の首はつながった。

弟の五郎も頼朝同様、配流に決まったという。教えてくれたのは、宗清だ。

「馬鹿な。名乗りのない元服前の子どもは、配流にはならぬのが慣例のはず」

首を切らぬなら、寺へ預けるのが普通である。なぜだ、と眉間に皺《しわ》を刻む頼朝に、

「それゆえ、希義《まれよし》という名乗りを与えられ、土佐《とさ》へ流されることが決まったのだ」

宗清が信じられないことを告げる。

「そこまでするのか」

悲憤のあまり声を荒げる頼朝の浅短を、宗清が諫《いさ》めた。

「怒りを収めなされ。佐殿の助命で精一杯だったゆえの皺寄せでござる。弟君の犠牲の上にある命と心得、これより先を生きていかれよ。さすれば決して、命を粗末にもできねば、短慮にもなれますまい」

頼朝は切歯しつつ、宗清の言葉を深く胸に刻んだ。

「吾は今日という日を忘れまい」

配流と決まった以上、すぐに出発となった。

罪人に落ちた頼朝に付き従って遠流《おんる》の地・伊豆まで下った者は、母の弟で僧の祐範《ゆうはん》が若い甥を憐れんで付けてくれた僧兵の心安《しんあん》と、義朝の家人高庭介資経《たかばのすけすけつね》が付けてくれた藤七資家《とうしちすけいえ》のわずか二人である。

都から伊豆国府のある三島までおおよそ百里。

（この先、何があって、どのような扱いを受けようと、卑屈にはならぬ。父義朝の忘れ形見として面を上げて生きていくのだ）

何もかも失くし、ただ二人の供人を従えることしかできぬ自分を惨めに思うか、こんな身となっても手を差し伸べてくれる者がいることを有り難く思うか、心持ち一つできっと迎える明日は変わるはずだ。

二

狩野川《かのがわ》の水面が、春の柔らかい日差しを浴びて、光彩を放っている。その光の間を、桜の花びらが幾枚も通り過ぎていくのを、小さな姫はうっとりと眺めた。

後の世に北条政子《まさこ》の名で知られ、尼将軍と呼ばれる女傑は、この年わずかに四歳の童女だった。「政子」の名は、五十八年後の建保六（一二一八）年に朝廷に対して便宜上名乗った名に過ぎない。

伊豆北条荘の在地豪族、北条四郎時政《ときまさ》の一人目の娘だから、館の者たちからは「大姫」と呼ばれていた。名は朝日《あさひ》という。

この日、政子の寝起きする北条館の大人たちはみな忙しそうだった。何か朝からざわめいて落ち着かない。だから、喧騒から逃れ、館のそばを流れる狩野川沿いを、大好きな乳母の明音《あかね》とそぞろ歩きしている。

「今日はいったいどうしたの」

政子は、明音に向かって小首を傾げた。肩の辺りで切りそろえられた尼削ぎの髪が頬にかかり、さらさらと揺れた。

明音が愛おしそうに目を細める。

「都から、お客様がおいでになるのでございますよ」

「まあ、都のお客様」

たちまち政子の胸が弾んだ。客、というだけでもうれしいのに、それが都からとなると、迎え入れる側もどこか華やぐ。宴が開かれるに違いなかった。幼い姫が宴に出られるわけではなかったが、日常では味わえぬおいしいものが膳に並ぶかもしれない。

明音には姫の気持ちが分かるらしい。

「残念ではございますが、大姫様がお考えになられるような楽しいことはございませんよ」

「どうして」

「その方は流人《るにん》でございますので」

「るにん……て、なあに」

「罪を犯して流された人のことでございます。此度、姫様のお父上と伊東殿が、ご一緒に身柄をお預かりすることになったのです」

罪を犯した、という言葉が、幼い政子には恐ろしく響いた。

「悪いことをなさったの？」

「そうでございますねえ。都の偉いお人に歯向かって、朝廷の敵となったのでございます」

乳母の答えに、政子は鬼のような荒武者を想像した。怖いという気持ちと、見てみたいという興味が、同時に湧き起こる。父・時政が伊豆国府のある三島まで出迎えに行ったことを知ると、一行が戻ってくるのを隠れて見たいと明音にせがんだ。

「盗み見など、なりませぬ」

明音が目を吊り上げる。

だが、政子はあっさり引く性質《たち》ではない。それに明音が、幼い自分の上目遣いの「お願い」に弱いことも、よく知っていた。

明音の小袖を小さな手で摑まむと、精一杯背伸びをし、じっと目を見上げた。

「お願い」

どこからこんな声が出るのかと自分でもあきれるほど甘い声を、政子は作った。

「うっ」

明音は、言葉を詰まらせる。だが、こればかりは惑わされてはいけないと言いたげに、頭を振った。

「お屋形様に知られたら、私が追い出されてしまいます。姫様と離れ離れになってしまうのは辛《つろ》うございますよ」

真剣な顔で諭され、今度は政子が言葉を詰まらせた。明音のいない暮らしを思い浮かべると、たちまち涙が滲んでくる。

「ごめんなさい。もう我儘は言わないから、ずっと一緒にいて」

政子は、明音の柔らかく温かい体に抱き付いた。

「もちろんでございますよ」

明音はすぐにしゃがむと、厚みのある少し荒れた両手で、優しく涙を拭《ぬぐ》ってくれた。政子の心は、それだけでほっこりと満たされる。見知らぬ流人のことなど、もうどうでもよくなった。だのに、この日の夕刻、政子は時政に呼ばれ、田舎の素朴な女で終わるはずだったわが身を、時代の激流の中へと巻き込んでゆく運命の男と対面するのだ。


流刑地に着いた頼朝を三島まで出迎えてくれたのは、北条四郎時政とその郎党四騎だ。

どんな男が己の見張り役として待ち構えているのか。頼朝は幾分身構えたが、九歳しか変わらぬ時政は若々しく、気さくな男だった。笑っていても目尻の落ちぬ、吊り上がった長く伸びる眉と目が特徴だ。

落ちぶれた源氏の子を侮蔑する素振りは一切ない。心中では、厄介者が来たと迷惑がっているかもしれぬが、表向きはむしろ歓迎してくれているようにも見える。

国府から引き渡しも済んで、建物の外に出た頼朝に、未だ雪を被る大きな山を指さす。

「都人も聞き及んでおろうが、あれが日本一の山、富士だ」

頼朝も名前だけは知っている。昔から和歌にもよく詠まれてきた。妹の好きな『竹取物語』にも出てくる。

「あれが富士か……」

「泰然としておろう。流刑地などと言うと、なにやら恐ろしいだけの地にも思えるやも知れぬが、なに、そんなことはない。この地に生きる者たちを、いつもあの山が変わらぬ姿で見守ってくれているからな。こちらのちっぽけな喜怒哀楽なぞ、知らぬ態なのが実に気持ち良い」

ハッハッと笑い、時政はぶしつけに頼朝の背を叩いた。

何を言われても、頼朝にとってここはまだ清盛によって閉じ込められる牢獄に過ぎない。富士山は雄大で見事だが、それだけに遠くに来たという思いが膨れ上がるだけだ。

本音を悟られぬよう、頼朝は無難に微笑を返した。

「馬は得意ですかな」

時政が、話題を変える。

「むろん」

「ならば、北条まで早駆け致そう」

時政が用意した青毛に、頼朝は跨った。

「では、参ろう」

言うが早いか、時政が馬と一体になって疾駆する。慣れているのか、郎党たちも無言で従う。

頼朝は、供人二人に徒歩でゆっくり追うよう言い置き、馬の腹を蹴った。

(都には、いない類の男だな)

春風を頬に受けながら、時政のことをそんなふうに思った。

北条荘に着くと、まずは時政の住む北条館へ案内された。湯で体を清め、時政が用意してくれた直垂《ひたたれ》に、戸惑いつつ袖を通す。直垂は元々庶民の着る服装なので、これまで袖を通したことがなかった。

(そういえば、着やすく便利なので地方の武人どもが好んで着ていると、父上が言っておられた)

三島に現れた時政らは、みな直垂姿だった。実際に着てみると、確かに動きやすい。

この時代、貴族も武士も服装がどんどん崩れ、乱れつつある。騒乱続きのせいで動きやすさが注目され、格式張ることも馬鹿らしく思われ始めていたからだ。

誰もが明日はどうなるか分からない。勢力図がめまぐるしく入れ替わる。不安に駆られた人々の心が乱れるほどに、新しい服装や色が生まれていく。

着替え終えると、母屋にある板敷きの広間へ通された。そこで、時政の妻や子らに紹介される。

「ゆえあって、今日より池禅尼様よりお預かりいたした佐殿よ。普請した蛭島《ひるがしま》の館に住まわれるが、今後は道ですれ違うこともあろうゆえ、顔合わせだけでもしておこうと思うてな」

「源三郎頼朝と申す」

頼朝は悠揚と名乗って頭を下げた。

時政は満足げにうなずくと、次は己の家族を紹介してくれた。

妻はふたり。上座に時政と共に座しているのが嫡妻で、伊東祐親《すけちか》の娘の明日香《あすか》御前。下座に影のように座しているものの、きりりとした表情から芯の強さが見てとれる女性が妾の咲夜《さくや》御前。

子も二人。時政が若いのだから、子らも幼い。

「若王丸《にゃくおうまる》でございます」

元気に名乗った長子は、まだ六歳とのことだ。

(我が妹よりひとつ下か)

頼朝が最後に見た妹の坊門姫は、若王丸と同じ六歳だった。今頃、どうしていることか。

(無事ならよいが)

二人目は女の子だ。

咲夜御前の隣にちょこんと座ってうつらうつらしていた小さな姫は、後ろに控える乳母らしき女人に突かれて顔を上げた。咲夜御前によく似たきりりとした顔だ。それが、頼朝を見るなりぽかんと口を開けた。こんな素直な表情を見せる姫は都にはいない。頼朝には新鮮だった。

「さ、姫。挨拶じゃ」

父に促され、

「朝日でございます」

明るい張りのある声で名乗る。

「あ、これ。姫よ、家族以外の前で名を名乗ってはならぬぞ」

時政が慌てた。

小さな姫は、しまったという顔をして、

「今のは間違いでござります。忘れてください」

悪戯《いたずら》っぽく笑う。

(可愛い姫だ。なんでも顔に出るのだな)

「忘れましたぞ」

頼朝が付き合ってやると嬉し気に、

「大姫でございます」

長女を表す「大姫」と名乗り直し、取り澄ました顔をした。

頼朝はくすりと笑った。それで姫はいっそう親しみを覚えたのか、

「私、鬼武者のような方を想像しておりました」

身を乗り出して話しかけてくる。人見知りが激しく、いつも兄の陰に隠れたがる妹とは、正反対の性質らしい。

後ろに控える女人が、「姫様、なりませぬ」と慌てている。

それにしても、鬼のように荒々しい武者というほど意味で「鬼武者」と言ったのだろうが、頼朝の幼名は偶然にも「鬼武者」だ。

なので、「鬼武者ですよ」と答えると、

「いいえ、いいえ。全然そんなことはありません。こんな優雅な人は初めて見ました」

ませたことを口にする。懸命に首を横に振るので、肩までの艶やかな髪が小さな顔の横で乱

れた。

「姫様」

乳母らしき女がいっそう慌てる。

時政がカラカラと笑った。

「俺の姫は可愛いだろう」

自慢の娘だと言いたげだ。こんな行儀のなっていない姫がいれば、都の貴族どもは決して人前に出さないだろう。頼朝も去年までなら顔をしかめたかもしれない。

だが、崩壊しかけた心をかろうじて保っている少年には、大姫の奔放さも時政の明け透けなところも、どこかほっとできた。

顔合わせが済むと、頼朝は事前に用意された蛭島の館へと案内された。狩野川沿いの小高い土地に急拵《ごしら》えで建てられたらしく、こぢんまりとしている。大水が出れば中州となって孤立するらしい。周囲には湿田が広がっている。

館に入ると、供人の二人はすでに到着し、主が来るのを待っていた。二人に加え、もう一人見知らぬ男の姿がある。

年のころは、二十代半ばだろうか。男は、頼朝の姿を認めると、駆け寄ってひざまずいた。見慣れた文字の文を差し出す。

「よくぞ、ご無事で。小野田藤九郎盛長《とうくろうもりなが》と申す。どうかお傍にお仕えすることをお許しくだされ。我が妻の母親が佐殿の乳母だった比企尼《ひきのあま》でございます」

頼朝は目を瞠った。

(こんな……手を差し伸べたところで何の得にもならぬ男の許に、人を遣わしてくれたというのか)

懐かしさと、変わらぬ情けに、涙が滲みそうだ。

(懐かしい、か。思えば、あの騒乱から、三月

しか経っていないのだな）

頼朝は、眼前にひざまずく小野田藤九郎盛長と名乗る男から、比企尼の文を受け取った。乳母らしい心がこもった温かい文面だ。

頼朝のことをひとえに心配し、『父君や兄君たちを亡くして見知らぬ地に追われた今は、どれほど心細く辛《つら》いお気持ちで過ごしておられるでしょうや』と、気遣ってくれている。

（乳母殿こそ、急にこんなこととなり、口では言い表せぬほど大変な思いをしたであろう）

そんな愚痴《ぐち》は一言もつづられていない。

夫と共に荘園の下地のある武蔵《むさし》国比企郡に下ったこと、娘婿《むすめむこ》の盛長に当面の生活に必要な物資を運ばせたこと、これからも送り続けるので何の心配もいらぬこと、ずっと一家こぞって支援し続けるつもりでいることなどがつづられている。有り難さが心に染みる。


流刑人の生活に関わる物資は、全て当人が用意しなければならない。そうはいっても、流された罪人自身に用意できるはずもない。比企尼のように手を差し伸べてくれる者がなければ、到底生きていけぬのだ。野垂れ死ぬ流刑人の方が多い。

本来、住まいもそうだ。今回、時政が蛭島に小さいとはいえ流人には十分なほどの館を普請してくれたのには、池禅尼の配慮が働いている。その背後には、上西門院を通じて、母の実家・熱田大宮司藤原氏の働き掛けがある。

実際に動いてくれたのは、叔父の祐範だ。姉想いの叔父は、京を追われる罪人を見送るために、わざわざ大津から駆け付けてきた。

「心細いやもしれぬが、希望は捨てるなよ。生活に困るようなことだけはさせぬゆえのう」

と手を握りしめ、励ましてくれたのだ。

「ありがとうございます。されど、私より五郎を頼みます」

頼朝には、土佐に流される幼い弟が、かわいそうで仕方なかった。子供が流人としてひとりきりで生き延びた話など、きいたこともない。

「お前たちは、姉上の忘れ形見ではないか。どうして見捨てることができよう」

祐範は涙を流し、五郎への仕送りも約束してくれた。

あの日の情景は、頼朝の胸に刻まれている。この手の中にある比丘尼の文も、生涯忘れることはないだろう。いつか二人に報いたい。

三

頼朝が伊豆配流になって、十二年が過ぎた。齢《よわい》はすでに二十六。

平家はますます勢いを増している。清盛の娘は今上帝高倉天皇に入内し、今年の二月に中宮となった。皇子が産まれれば、いずれはその子が即位して清盛は帝《みかど》の外祖父となる。

帝は、二条天皇から六条天皇、そして今上の高倉天皇へと、頼朝が京を追われてから二代かわった。だが、清盛はどの帝の御代も、上手く泳いでいく。いったん握った権力を、この乱世に十二年も揺るがず維持し続けるなど、驚異的なことだった。

(あの男は頭がいいな)

頼朝は舌を巻く思いだ。政治力を比べれば、清盛と父義朝では、大人と赤子ほどに違う。平治の乱は武力で負けたのではない。政治力で負けたのだ。少年の頃には分からなかったことが、成人した今では手に取るように見える。

武士の中央政治への進出を許したのは後白河

院で、きっかけとなった戦・保元の乱当時は天皇だった。後白河天皇は、時の上皇を退けるため、勅命をもって武士を動員したのだ。

このとき、先陣切って動いたのが、頼朝の父・義朝である。これまでも、地方の反乱を鎮圧するために武士が動員されるのは、日常的に行われてきたことだ。が、帝と院の対立に、武士が前面に出て介入することなどなかった。

このときから、歴史の中の武士の位置づけが、大きく変わった。武士は、中央の政治に口を挟める存在になるための、第一歩を踏み出したのだ。頼朝は、武士の地位を飛躍的に高めた、父の業績が誇らしかった。

だが、乱の後に力を握った武人は父ではなく清盛だった。

保元の乱の後、朝廷で絶大な力を振るったのは後白河天皇の腹心・信西《しんぜい》（藤原通憲《のりみち》）である。清盛はこの男に上手く可愛がられたが、義朝は逆に遠ざけられた。理由は義朝が信西に憎しみを抱き、それを隠そうともしなかったからだ。

三百六十六年ぶりに死刑を復活させ信西は、上皇方に付いた父為義《ためよし》の命乞いをした義朝に、

「そこもとの手で首を刎ねられよ」

冷ややかに、残酷な命を下した。自ら父親を切らねばならなかった義朝からすれば、信西へ媚びへつらうなどできぬ相談だ。こうして平家と源家の差は時が経つほどに広がった。

二年後、政治的事件がひとつ起こった。

亡き鳥羽法皇の皇后だった美福門院が、自身が後見する守仁《もりひと》親王に帝位を譲るよう、信西を通して後白河天皇に申し入れてきたのだ。

頼朝は鮮明に覚えているが、後白河という男は、これまで出会った全ての人物の中で、一番の変わり者である。即位する以前から、「今様」

という流行り歌に心を奪われ、自ら唄い狂う日々を送っていた。それだけでなく、遊女を集め、歌に合わせて共に踊った。それは、帝位に就いてからも変わらなかった。

実父・鳥羽法皇は、喉が潰れるまで唄うわが子に頭を痛め、「あれにだけは政をさせたくない」と評した。このため、後白河天皇は息子の守仁親王が即位するまでの中継ぎの天皇に過ぎなかった。皇位継承権を持つ父親が存命している中、それを飛び越えて守仁親王が帝位に就くのは不自然なので、形を整えるためだけに、いったん帝位に就いたのだ。

「あれに政をさせるな。守仁親王の帝政が整うまで、美福門院と関白が力を合わせよ」

後白河天皇がお飾りの帝に終始するよう、鳥羽法皇はわざわざそう遺言し、経済力も持てぬよう遺産はほとんど譲らなかった。

それゆえ、政変に勝った後も実際に国政を取り仕切ったのは、鳥羽法皇の後家の美福門院である。そもそも保元の乱は、美福門院の後押しがなければ勝てなかった戦だ。名目上は崇徳上皇と後白河天皇の戦だったが、その実、崇徳上皇と美福門院の戦だったと見る向きもあるほどだ。

ゆえに、美福門院から譲位を迫られれば、後白河天皇は抗えない。

保元の乱からわずか二年後。三十二歳の後白河天皇は上皇となり、十六歳の守仁親王が即位した(二条天皇)。

後白河上皇はここで歴史の表舞台から退場するはずだった。だが、この男は中継ぎの天皇で終わる気など、さらさらなかったのだ。これまで何一つ実権を握ったことなどなかったが、どんな状況に陥れば人はどう動くのか、人心掌握の術をよく知っていた。

まず、源氏と縁の深い藤原信頼《のぶより》を寵臣として重用し、美福門院と通じて自分を手玉に取ろうとした信西と敵対させた。さらに、信西に荘園改革を行わせて二条天皇の側近とも対立するよう仕向けた。

これら呆れるような政の動きを、後白河上皇側である上西門院と、二条天皇の蔵人《くろうど》を相次いで務めた頼朝は、敵対する両派閥のごく近い場所から見つめてきた。

当時の若かりし頼朝から見れば、朝廷は澱《よど》んだ水で、腐っている。そして、腐敗の中心に、いつも「傀儡《かいらい》の振りをした」後白河の陰がちら見える。

結局、後白河院の新たな側近と二条天皇の側近が手を組み、信西の追い落としにかかった。彼らは、ことが起これば信西の武力となる清盛が熊野詣《もうで》に行き、京を留守にした隙を狙った。反信西側は義朝の兵力をもって信西を襲い、素早く殺害したのである。平治の乱の勃発だ。

義朝は、政変の首謀者である藤原信頼と親しかった。さらに、標的となった信西からは冷遇されていた。

このまま信西の世が続けば、平家と源氏の力に、雲泥の差が生じるのは目に見えていた。一族の命運を賭け、義朝は起ったのだ。

熊野詣の旅先で乱の知らせを聞いた清盛は、都に取って返し、八日後には六波羅の館に入った。

清盛が戻ると、二条天皇の側近たちは、今度は後白河院側の側近・信頼を裏切り、六波羅へ加担した。信頼は、二条天皇と後白河院を手中に収めるため、二人を御所内に幽閉したが、天皇の側近たちは二条天皇を脱出させ、清盛のいる六波羅へと送り届けた。

二条天皇の脱出を知った後白河院は、自身も変装して御所を抜け、仁和寺《にんなじ》を頼った。

帝を保護した清盛は、信頼・義朝追討の命を、二条天皇の詔《みことのり》として下した。

この時を境に、清盛側が官軍、信頼側が義朝と共に賊軍となった。むろん、頼朝自身も勅宣と同時に罪人と呼ばれたのだ。

続々と清盛の下には兵が馳せ参じたが、朝敵・義朝に加担する者はほとんどいなかった。裏切り者も出て、戦う前から勝敗は明らかだった。

（戦う前から勝負は決まっていた。戦とは、そうでなければならぬ）

見習うべきことは、敵であろうと学び、我がものとしよう――そう思うそばから、二十六歳の頼朝は自嘲する。

（いったい、何を成すつもりでいるのだ。今の吾に何ができるというのか）

十二年間も、代わりばえのせぬ読経三昧の日々。死んでいった父や兄、共に戦って散った郎党らの供養だけで時が過ぎていく。

牙を抜かれ、飼い殺しに遭っているからといって、十二年前に自害もせずに今日まで生きた意味の全てを忘れたわけではない。しかし、源氏再興に向けた「いつか」が来るのを夢見るのは、今の頼朝には現実的ではなかった。「再興」は、「生きていることを自分自身が許せる言い訳」に成り下がろうとしている。

いっそ、流人として生きる歳月が不幸であったなら良かった。だが、伊豆での生活は穏やかで、時は怖いほど優しく過ぎていく。

罪人といっても頼朝の行動は大きく制限されていない。事前に申告していれば、時政所領の北条荘と祐親所領の伊東荘、河津荘の行き来は、比較的自由にできた。監視役の二人の領内なら、好きに出歩いても構わない。頼朝は、それぞれの地に館を持った。

近隣の豪族たちが集まって行う巻狩《まきがり》への参加も許されている。息の合わぬ他家と手を組み、一丸となって獲物を競う巻狩は、戦の修練の一つだ。判断力、統率力、采配力、結束力など、多くの力が鍛えられる。さらに、人脈も広がる。朝敵となった流人を参加させるのは、よほどの厚遇と言わねばならない。

頼朝は、海沿いにある伊東が好きだった。都育ちゆえに、ここに来るまで海を知らなかった。潮風の匂いも、晴れた日の瑠璃色の縮緬《ちりめん》を広げたような水面に跳ねる光の粒も、流人の心を慰めてくれる。

南西を振り返ると天城山脈が迫り、四季によっても時間によっても、色とりどりに表情を変える様は見事であった。深く心に染み入る景勝だ。

気候も良く、夏が涼しく冬が暖かい。逆に、京の夏は蒸し暑く、冬は手足を凍えさせた。

今の生活を失いたくないと思えるほど、伊豆の日常に馴染《なじ》んでしまった自分がいる。それだけに、平治の乱の亡霊たちに、後ろめたさと申し訳なさを覚え、息苦しかった。

平家の監視下で生かされているというのに、頼朝はどこか満たされ、同じだけ罪悪感に苛《さいな》まれた。

気持ちが落ち着かぬときは写経をしたが、それでも収まらぬ際は、従者も連れず、森を散策する。流人に従者がいるのも妙な話だが、頼朝の許には押し掛け郎党が複数人、無禄で仕えていた。

比企尼が寄越《よこ》してくれた小野田藤九郎盛長。

高庭介資経が伊豆までの道中の護衛に付けてくれた藤七資家。二人は、十二年経った今も変わらず住み込みで仕えてくれている。他にも、盛長の知人で食い詰めて転がり込んできた藤原邦《くに》通《みち》。この男は、諸芸に秀でた変わり種だ。

みな陽気な性質で、頼朝の気持ちが沈まぬよう盛り上げてくれる。ありがたいが、独りになりたいときは、頼朝は誰も連れず少し離れた音《おと》無《なし》の森へ向かう。頼朝の住む北の館からは南方、伊東館から見れば西方にある森だ。豊玉姫命《とよたまひめのみこと》を祀る小さな社がたたずんでいる。

神社に生える栴の巨木の下で、頼朝は書を読んだり、鳥や虫の声を聴いたりしながら源氏の行く末について考える。

その日も独り神社に向かったが、近づくと、

「姫様、姫様」

張り上げた女人の声が、神社の方から聞こえてきた。

どうやら姿を消した姫君を捜しているようだ。この辺りで「姫様」と呼ばれるのは、一人しかいない。伊東祐親の娘の八重《やえ》姫である。祐親には四人の娘がいたが、他の娘はすでに嫁いでいる。そのうちの一人が、北条時政の前嫡妻で、二人の息子（宗時《むねとき》・義時《よしとき》）と一人の娘（阿波局《あわのつぼね》）をもうけたのち、何年か前に病で亡くなった。

「姫様、ふざけていないで、出てきてくださいまし。こんな森の中で、隠れ遊びなど、はしたのうございますよ」

女の言葉を耳にしつつ、頼朝は神社の前を通り過ぎた。

かどわかしや、行方知れずになったのなら、共に捜し出してやる必要もあろうが、あの様子では「姫様」がただふざけて隠れてしまっただけのようだ。

（邪魔にならぬよう、姿を見られぬうちに立ち去ろう）

祐親は、内裏《だいり》の警護の任、大番役で京にいる。地方武士が担う役目の一つで、任期は三年。祐親は今年、任務に就いたばかりなので、三年は戻らない。

父親の長期の留守中に、嫁入り前の娘と森で顔を合わせるなど、誰に見られ、どう誤解されて妙な噂《うわさ》を流されるか分からない。厄介ごとは御免だった。

だのに、背後の茂みから葉の擦れる音が立ち、ハッと振り返った頼朝の目に、髪に葉っぱを絡ませた十六、七歳ほどの娘が飛び込んできた。華奢な体に明るい赤橙色の小袖をまとっていたから、一瞬、小鹿が飛び出してきたのかと思った。

何度か会ったことがあるから間違いない。思った通り祐親の愛娘《まなむすめ》八重姫だ。

姫は頼朝の姿に目を瞠ったが、さっと近寄り、

「静かになさって。見つからないように逃げているところなの」

小声で頼むとふふっと笑う。

突然の奔放な態度に、頼朝は北条荘の政子を思い浮かべた。いったい、地方の女は、だれもがこんなに明け透けなのだろうか。

それにしても、ほのかに甘く爽やかで柔らかな香りが鼻をくすぐる。香を焚きしめているのだろうか。

「良い匂いでしょう」

心を読んだかのように、八重姫が頼朝に袖を突き出した。

「真に」

「橘《たちばな》の花の上に小袖を一晩、置いてみたんです」

「時じくの香の木の実ですね」

神話に出てくる理想郷の中の、一年中良い香

りを放つ不老不死の黄金の実の名だ。転じて、今は橘を指す。

頼朝は貴族社会の男女のふつうの会話をしたつもりだったが、八重姫は目を見開いて顔を赤らめた。おそらく『古事記』も『日本書紀』も知らないのだろう。

図らずも都風に振る舞って、姫に恥をかかせてしまったことを、頼朝は悔いた。

だが、急に口を閉ざせば、「何を言われたのか分からなかったのだな」という事実を突きつけてしまうことになる。

「姫は、不老不死をお望みか」

頼朝は、口にした「時じくの香の木の実」が何であるのか分かるように、慎重に会話を進める。

いいえ、と八重姫の薄紅色の唇が、すぐさま否定した。その柔らかそうな唇が、ふいに頼朝の眼前に近づいたかと思うと、男のかさついた唇を、潤いと共に包み込んだ。

(何だと?)

頼朝の体が硬直した。十三歳で平治の乱に巻き込まれ、十四歳で配流されたのだ。すでに二十六歳のいい大人になったとはいえ、恋などしたことはなかったし、ましてや女人と付き合ったことは一度もない。

唇が合わさるだけの口づけさえ、初めてだった。

接吻《せっぷん》をされたのだと気付いた時には、八重姫の体は手を伸ばしても届かぬ位置まで下がっている。

「何を……」

頼朝は唇に手を当てた。

(今、姫は何をしたのだ。これはいったいどういう意味だ。この後、吾は何をすればいい)

頼朝には分からないことだらけだ。今度はこちらがまごつく番だった。

恥ずかしい行いをしたのは八重姫の方なのに、頼朝の方が生娘のように顔を熱くして呆然となっている。

八重姫はまた一歩、後ろに下がった。

「私、永遠なんて望んでおりませぬ。明日の事よりもむしろ、今、この一瞬に生きとうございます」

何を言っているのかよく分からなかったが、八重姫が急にまぶしく見え、頼朝の鼓動は跳ね上がった。

このとき、「姫様」と呼ぶ声がまた聞こえた。

「はあい、今、行きます」

八重姫は、今度は女の声に応える。そのまま振り返らずに境内へ消えていった。頼朝はしばらくその場に立ち尽くした。


その後も頼朝は音無の森に足を運んだ。伊東の中央を東西に割る形で、ほぼ南北に流れる松川沿いにこの森はある。水際の森は心地よく、ほっと息がつけた。

しょっちゅう森に通っていると、時おり八重姫の姿を見かける。いつも侍女が一人か二人、姫を守るように従っていた。侍女の目を憚《はばか》ってか、八重姫にあの日のような大胆な振る舞いは見られない。

初めは挨拶を交わす程度だったのが、侍女も打ち解けてくるに従い、秋にかけて緑の実が黒ずんでいく椨《たぶ》の木の下で、二人の男女は心の距離を縮めていった。

「父上の館とは別に、この森の近くの館に、母と共に暮らしておりますの。ここは、幼い時分からよく遊んでいて、庭みたいなものです」

この時代、男が女のもとを訪ねる通い婚、女を男の家に住まわせる嫁取り婚、夫婦が実家から独立して同居する婚姻の形とが入り乱れている。女の身分が極端に低ければ、男が屋敷を用意してそこへ通うこともある。

武士の台頭で社会の形が変化するのに伴い、人々の生活様式も日に日に変わっていく。

八重姫の母は嫡妻ではなく、祐親は通っているのだろう。

ある日、頼朝が神社に来ると、八重姫は一人きりだった。驚いて侍女の姿を探す。

「今日はお屋形を抜け出して参りました」

八重姫はくすりと笑って、今ここには二人きりしかいないことを告げた。

頼朝は、己の中に湧き起こる「期待」をどうにか抑え込んだが、八重姫には腹が立った。

「なぜそんなことをなさるのだ。あの日も、姫の方から口づけるなど、まるで煽《あお》っているようではないか。吾だったから良かったものの、他の男なら姫もどうなっていたか分かりませんよ。男というものは……」

そこまで言って、八重姫が小さく震えていることに気付き、頼朝は黙った。

(これは、どうしたことだ)

沈黙が流れた。先に口を開いたのは八重姫の方だ。きゅっと形の良い唇を一度噛み、

「佐殿は馬鹿なのですか」

となじったのだ。

「いや、馬鹿と言われたのは生まれて初めてゆえ、おそらく違うかと……」

八重姫は眉根を寄せた。

「ほら、馬鹿ではありませぬか。そんなことを申しているのではありませぬ。どうしてこんな簡単なことが分からないのですか」

「分からない……とは」

「私が初めての口づけを捧げ、今日はこうして館を抜け出してきた理由でございます」

耳まで赤くなった八重姫のいじらしさに、ぎゅっと頼朝の胸が痛んだ。ここまで言われれば、さすがに鈍くても分かる。姫は「好きだ」と言ってくれているのだ。だが、自分は流人ではないか。一時の激情に任せれば、身を滅ぼす。

頼朝は首を左右に振った。

「父君は、お許しになるまい」

いいえ、とは八重姫も言わない。

「後のことは考えないで」

今、この一瞬に生きると言った、あの日の八重姫の言葉が頼朝の中で蘇った。

そんなわけにはいかないだろうと思う反面、年若い女にここまで言わせて、それでいいのかという思いも湧き起こる。


「駄目だと言うなら、私を見て、真正面から目を逸らさずに断ってくださいまし。そうしたらもう、八重はこの森には参りませぬ」

頼朝は言われるまま八重姫の真正面に立った。姫の青みを宿した黒い瞳が瞬く間に潤み、哀しげに揺らいだ。

頼朝は、こんなに美しい瞳を見たのは初めてだ。警鐘は鳴っている。だが、駄目だと言う代わりに、無言で抱きしめた。

――こうして、生まれて初めて女を知った頼朝は、八重姫に溺れた。これほど甘やかな時間が、この世にあるなど思いもしなかった。自分は生きてこの世に存在しているのだという実感が、雪の中の敗北以来、はじめて湧き起こった。そうしてようやく自覚する。

（そうか、十二年間という年月、源頼朝という男は、まるで生きていなかったのだな）

心中で言葉にすると、頼朝の目に自然と涙が滲んだ。八重姫は温かい腕で優しく頼朝の頭を包むと、ふっくらとした女の胸に押し当てた。

二人は音無の森で、人目を忍んで幾度となく逢瀬を重ねた。程なくして、

「三郎様のお子が宿ったようでございます」

八重姫に告げられ、頼朝は息をのんだ。

「まことか」

「喜んでくださいますか」

「当たり前ではないか」

うなずいたものの、果たして許されるのだろうか。祐親が京から戻るのは二年と数ヶ月先である。

四

安元元（一一七五）年。

頼朝が父親になって二年経つ。生まれたのは男児で、いつまでも息災に長生きできるよう願いを込め、千鶴丸《せんつるまる》と名付けた。

子ができたのをきっかけに、頼朝は八重姫の女親に挨拶にいった。母親には、祐親の反応を恐れて渋い顔をされたが、実際に産まれてしまうと孫は可愛いらしい。頼朝は、館に通うことを許された。だが、最大の関門、祐親の許しを得ていない。

女方の実家の力が強い時代だ。女親がうなずけば、必ずしも父親の許しを待たずとも、結婚が許される場合もある。ただ、それは両家の力関係や、妻がどの位置づけにあるかによっても違ってくる。

嫡妻の子は、父方の家を継ぐための子だから、そういう勝手は許されない。逆に、妾《しょう》の子は父親との縁が薄いほど、自由度が高くなる。大した理由がないまま互いに手切れとなり、母親が子を連れて別の男に再嫁することもよくあることだ。

だから母親違いの兄弟とは、他人行儀なことも珍しくない。

頼朝も、東国で暮らしていた長兄の義平とは、平治の乱のときに初めて顔を合わせた。遠江《とおとうみ》蒲御厨《かばのみくりや》で生まれ育ったという六郎(範頼《のりより》)のことは、話にちらりと聞いただけだ。

その下に常盤御前《ときわごぜん》と呼ばれる雑仕女《ぞうしめ》の産んだ子が、七郎(阿野全成《あのぜんじょう》)、八郎(義円《ぎえん》)、九郎(義経《よしつね》)と続くらしいが、こちらも会ったことは一度もない。

常盤御前は、平治の乱後に捕らわれて、類まれな美貌のせいで一時期、こともあろうか仇の清盛に囲われていた。

清盛に抱かれることが、子の命を助けるための条件だったという話も伝え聞いたが、そもそも元服を終えて戦に加わった嫡子すら首を刎ねられなかったのだから、身分の低い女の産んだ幼子たちが殺されるなど、判決として成り立たない。

清盛に騙されたのだろうが、そんなことも分からなかったのかと驚くとともに、身体を使って命乞いをした常盤御前を汚らわしく感じていた。源義朝の名を汚した女として侮蔑もした。

ただ、最近は考えが変わった。愛し子の千鶴丸を得たからだ。

三人の子を助け、できるだけ良い条件でこれからの世が渡れるよう、常盤御前は必死だったのだろう。子のためなら、今までできなかったことも、できるようになる。手を差し伸べてくれるわけでもない世間に、どう思われようと構わない。

わが子がこれほど可愛いなど、実際に授かるまで、頼朝は知らなかった。

八重姫も愛おしいが、今は千鶴丸と会うのが楽しみだ。数え三つの幼子は、見るたびに成長している。昨日までできなかったことが、今日はできる様子に心が弾む。

「おと様、おと様」

千鶴丸は頼朝に懐いていて、姿を見せると喜んでまとわりついてくる。抱きつく指の小ささはどうだろう。

この子を見ていると、自分は一生、起つこともなく、この地に骨を埋めても良いとさえ思えてくる。

（もとより、源氏の再興など夢物語ではないか）

大切なものの順位は、すでに己の中で入れ替わっていた。

――このままここで平和に暮らしたい――

そう願うことは、罪なのか。堕落なのか。だが、戦うことがそれほど重要だろうか。家を再興することと、目の前にいる妻と子を守り慈むことの、どちらが尊いとはっきり言える者がこの世にいるのか。

そう考えたとき、戦の最中で裏切る者たちの気持ちが少し分かった。あの者たちの幾人かは自分の命大事に形勢を見て動くのだろうが、幾人かは自分よりむしろ背後にいる守るべき者たちのために、卑怯者の謗《そし》りを受けてさえ生き延びる道を模索していたのだ。

そして、頼朝には、かつて父が藤原信頼と組んで、一か八か信西排除に起った理由が、以前よりずっと胸に迫る形で分かる気がした。あのまま何もせずとも、源氏は落ちぶれかけていた。凋落しかけた家を、父は子や孫に渡したくなかったに違いない。

（父は、この頼朝のために起ったのだ）

「………」

ふいに、小さな溜息《ため》が聞こえ、頼朝は現実に引き戻された。横で、八重姫が吐《つ》いた溜息だ。そういえば、艶のある瞳が今日はどこか憂いを含んでいる。

「どうしたのだ」

庭で遊びたがる千鶴丸を、頼朝は乳母たちに任せ、八重姫の顔をのぞき込んだ。

「父上が、もうすぐ戻って参ります。すでに都を出たとお文が届きました」

八重姫は濃いまつ毛に怯えを宿した。

伊東祐親が伊東荘に戻ってくる。

初めから三年で戻ってくるのは分かっていたとはいえ、その名を聞くだけで、頼朝の胃はきりりと痛んだ。

庭に降りた千鶴丸が、高い声を上げてはしゃいでいる。乳母子《めのとご》らと一緒に庭木に隠れながら、追いかけっこを楽しんでいるのだ。

庭には、橘の木が白い花を無数に付け、まるでそこだけ雪が降り積もったかのようだ。辺りは良い匂いに包まれ、時じくの香の木の実の生るという常世の国に迷い込んだ錯覚を覚える。八重姫と頼朝が初めて口づけを交わした、あの日と同じ香りであった。

「案ずることはない」

頼朝は八重姫の肩に手を添え、抱き寄せた。男の手にそっと自分の手を重ね、八重姫は体を預けた。

「父は恐ろしい人でございます。父上の所領、伊東荘は、元々工藤さま（祐経《すけつね》）が継ぐはずだったものを、後見人となった父が騙して奪ってしまいました。その際、私の姉（万劫御前《まんごう》）は、工藤さまを籠絡《ろうらく》し油断させるために嫁がされ、騙し終えたとたん引き離されて、別の男（土肥《どひ》遠平《とおひら》）に再嫁となりました。姉上のあの時のお嘆きを思い返すと、今でも胸が潰れそうになります。父上の目には、女は心など持たぬ道具としか映っていないのです」

頼朝もすでに知っている話だ。頼朝は伊豆国や隣の相模《さがみ》国などの、こういった人間関係は、なるべく詳細に掴む努力を怠っていない。

今の平家の世に再び源氏が台頭するなど「夢物語」だと自嘲する一方で、万に一つ機が転じたとき、準備不足で時を逸することがないよう手は尽くしてあった。

伊東荘の土地争いは、かなり事情が複雑だ。一番悪いのは祐親の祖父・工藤祐隆《すけたか》だろう。本来なら嫡流の祐親が相続するはずの、伊東荘・宇佐美《うさみ》荘を、自身の後妻の連れ子に手をつけて産ませた祐継《すけつぐ》を養子にして継がせ、孫の祐親には河津荘だけ与えた。

納得いかない祐親は、祐継が早く死んだのを幸いに、その子祐経を引き取って親代わりとなり、表向き可愛がって養育した。

祐親のことを「第二の親父殿」と慕う祐経を騙すのは簡単だったろう。物理的に伊東荘から遠ざけるため、祐親は祐経を京へ連れていき、清盛の嫡子重盛へ仕官させた。容易に京を動けなくしてから、伊東荘を奪ったわけだ。謀られたと知った祐経が訴え、裁判沙汰《ざた》となったが、祐親は大金をばらまいて勝訴した。

野望の道具にされた万劫御前のことは気の毒に感じたが、土地争いの件は元々の嫡流である祐親にも言い分があると頼朝は判じている。

道理を違《たが》え、順番を乱せば一族の争いを生む。争った一族は弱体化する。弱いものは、他家に蹂躙《じゅうりん》される。河内源氏のように。

「案ずることはない」

頼朝は先刻と同じ言葉を、八重姫に繰り返した。

「むしろこの時を待っていたぞ。やっと父君にご挨拶ができるのだ。お許しが出たら、共に暮らそう」

八重姫は不安げに頼朝を見つめたが、

「うれしゅうございます」

微笑んだ。


(吾は、考えが甘かった)

そう認めざるを得ない。

祐親は流人である自分にも、これまでは懇篤に接してくれた。乳母の比企尼が、祐親の次男・九郎祐清《すけきよ》に自分の娘を嫁がせたいと申し出たときも、反対しなかった。

それどころか、頼朝のそばに祐清を通わせ、身の回りの世話をさせている。もちろん、頼朝の動きを監視する意味もあるだろう。が、頼朝側と強い縁を結んだことは間違いない。

だからこの一件で、頼朝は祐親にある程度、受け入れられていると勘違いしていた。

留守の間に娘を奪ったのだから、機嫌を損ねるのは当然だ。揉めるのは覚悟していた。だが、時間をかけて誠意を尽くせば、いつかは分かってくれると信じた。

千鶴丸は血の繋がった孫なのだ。祐親も姿を見ればほだされるのではないかと、安易な期待もあった。

結局のところ、頼朝は源氏の御曹司《おんぞうし》で、世間知らずにちやほやと大切に育てられ、流人になってからも貴人として遇され、本当の意味でこの世の地獄など知らずに今日まで生きてきたということなのだろう。

結婚の許しを乞うために祐親を訪ねた頼朝に、

「流人如きに娘をやるくらいなら、どこぞの馬の骨にくれてやった方がまだましだ」

祐親は敷居も跨せず、喉が破れる勢いで怒鳴りつけた。

頼朝に襲い掛かろうとする父を、祐清が体を張って抑え込む。

「佐殿、今のうちにお逃げくだされ。さっ」

祐親の本音に愕然となる頼朝に、

「今はいったん引く時でござろう」

付き従っていた盛長が、逃走を促す。

先に千鶴丸を見せに伊東館を訪ねた八重姫は、どうしているのだろう。共に連れて帰りたかったが、今はそれどころではない。

祐親の命で、弓を携えた郎党ら数人が駆け出してくる。本当に射殺されかねない勢いに、頼朝は慌てて馬に跨り、逃げ戻るしかなかった。

「首尾よく行きましたかな」

何も知らぬ押し掛け郎党の藤原邦通が、おどけた様子で主を出迎え、ただならぬ空気に言葉を詰まらせ黙り込んだ。

頼朝は邦通に手綱を渡し、無言のまま大股に館の中へ入ると部屋に籠《こも》った。祐親に罵られた言葉を思い出し、

（心の中では流人風情《ふぜい》と嘲《あざけ》り、見下していたというのか）

悔しさに拳を床に叩きつけた。

これまで親切に接してくれた者たちの顔が、次々に浮かんでは流れていく。

（皆、心中は伊東殿と似たり寄ったりに違いあるまい）

人の裏を読むことを知らなかった己の未熟さを、頼朝は嗤《わら》った。誰のことも安易に信じてはならないのだ。人々の言動の真意を常に探らねば、今度のように間違える。どんなときも罪人であることを強く意識し、慎重に動かねば、生き抜くことができぬ立場の男、それが自分だ。

翌朝。朝焼けの下、祐清が馬を駆って伊東館から頼朝の住まいに飛び込んできた。

「佐殿はおいでか。千鶴丸様の一大事でござる」

大声で呼ばる。

「いったいどうしたというのだ」

盛長が目をこすりながら応じた。

頼朝は昨夜から一睡もせずに勤行《ごんぎょう》の最中だったが、ただごとではない祐清の声音に、飛び出した。

「何があった」

祐清が眼前に進み出る。

「父によって、妹（八重姫）と引き離されて一室に閉じ込められていた若君のご様子を、それがしが伺いに参ったところ、お姿が見えず……」

「それで」

頼朝は上ずりがちの声で、祐清に先を促す。

「いったい千鶴丸様はどこへ消えたのだと、誰彼となく館の者を捕まえて訊き出した話によれば……」

掠れかけた声を戻すため、祐清は唾をのみ込み、先を続けた。

「すでに父の命で殺してしまったと……」

頼朝は耳を疑った。

「千鶴丸を、手にかけたと申すか」

幾ら頼朝が憎いからといって、祐親にとっても血の繋がった孫ではないか。しかもまだ数えで三つ。この世に生まれ出て二年の幼子だ。何の罪があるというのか。

　血が、頼朝の中で逆流しそうになった。

「おのれ、祐親」

　太刀を掴む。

「佐殿、何を」

　単騎、飛び出そうとする頼朝に盛長が慌てる。

「邪魔立ていたすな。祐親は吾が叩き斬ってくれるわ」

　追いすがる盛長を頼朝は振り払った。

　流人が監視人に刃を向ければ、そこで全てが終わる。今度こそ、首を刎ねられるだろう。感情に任せて動き、処刑されるなど愚かな徒死《いたずらじ》にだ。理屈では分かるが、湧き上がる怒りを抑えられない。

　このとき、盛長が両手を広げて頼朝の前に立ちはだかった。

「なんの真似だ、藤九郎」

「頭を冷やしなされい。佐殿は十五年前に一度は死んだお方。今は誰のために生きてござろうや」

　盛長の怒号は、いつかの平宗清の言葉を、頼朝の脳裏に蘇らせた。

　――弟君の犠牲の上にある命と心得、これより先を生きていかれるとよろしかろう。決して、命を粗末にもできねば、短慮にもなれますまい――

（そうだ。この頼朝には、やらねばならぬ使命がある。だのに女に溺れ、子の可愛さに目がくらみ、今日という事態を招いてしまった。これは、道を踏み外した己が罰に違いあるまい）

　だからといって、なぜ千鶴丸が死なねばならぬのか。

　両手を広げて立ちはだかる盛長が、さっきは怒鳴ったくせに、今は眉を八の字に告げる。

「どうしても辛抱できぬと仰せなら、それがしを斬って行くがよろしかろう。佐殿を失った後の世に、なんの未練がござろうか」

騒ぎを聞きつけて館の奥から出てきた藤原邦通も、盛長に続く。

「それがしもお斬りくだされ。あの世に先に渡って冥途《めいど》の露払いをいたしましょう」

頼朝は愕然となった。いつもどちらかといえばふざけていることの多い二人だ。源氏の御曹司頼朝に、何か期待しているような言葉を発することもなければ、そういう態度を示したこともなかった。盛長はただ比企尼の頼みでここにいると思っていたし、邦通に至っては、食い詰めて行く当てがないためだと思っていた。

頼朝が八重姫に溺れ、毎夜館を抜けても、二人は嫌な顔一つしなかった。ましてや不甲斐ないという目を向けることもなかった。それは、初めから何も期待していないからだと思い込んでいた。

だが、違った。この二人は、流人頼朝でなく、源氏の棟梁に仕えていたのだ。

「吾は」

と頼朝は何かに突き動かされるように口を開いた。

「今日を境に変わろう。眼前の忠臣たちに応えるために。そして、千鶴丸の死を無駄にせぬために」

盛長と邦通が息を吞む。頼朝は、さらに続ける。

「怒りを鎮め、忍ぶことを覚え、何十年かかろうと、再起を図ろう。そして、死ぬときにこう言える人生を歩むのだ。――千鶴丸の死で、この頼朝は生まれ変わったゆえ、今がある――となーー」

二人の男の目に、涙が滲んだ。

「よくぞ、言うてくだされた」

盛長が言うと、

「我が殿よ……吾の全てを御身に捧げましょうぞ」

邦通もうなずく。

「せめて若君の亡骸《なきがら》だけでも返していただきましょう。それがしが受け取って参ります」

出掛けようとする盛長を、

「それが……」

言いにくそうに口ごもりながら、祐清が止めた。

「若君の骸《むくろ》は伊東館にはないのだ」

「どういうことだ」

盛長が険のある声で問い返す。

「松川の奥にある白滝の前の轟淵《とどろきのふち》に、投げ込んだという話でござった」

「なんだと」


あまりの惨《むご》さに、いったん抑え込んだ頼朝の怒りが、再び湧き起こった。

祐清の話では、千鶴丸は腰に大きな石をくくり付けられ、簀巻《すま》きの状態で生きたまま松川の上流の滝壺に投げ込まれたという。

（どれほど苦しかったか。せめて、苦しまぬよう逝《い》かせてやる慈悲すらなかったのか）

ぐっと、頼朝は手を握り込んだ。

千鶴丸が放り込まれたという淵に、主従は祐清を先頭に馬で向かった。伊東館から南方に一里ほど川を遡る。重しを付けられたのなら、骸はまだ淵の底に留まっているはずだ。引き揚げて手厚く葬ってやりたい。

疾駆する途中、頼朝の鼻を嗅ぎなれた匂いがくすぐる。橘の香りだ。

これほどかぐわしく漂うのなら、近くに群生しているのだろう。この道を少し前に千鶴丸も通ったのだ。ならば、この香りに反応しないはずがない。橘の香りは、千鶴丸にとって母・八重姫の匂いでもある。

（きっと母を恋うて捜したはずだ）

最後に橘の香りに包まれて、少しは恐怖も薄れたろうか。

祐清の案内で滝壺までやってきた主従は、腰に縄をくくり付け、淵の中に潜った。

「我らがやりますゆえ」

頼朝まで潜ることはないと盛長が止めたが、わが子の捜索をただ見ているだけなどできようか。

だが、どれほど捜しても千鶴丸はどこにも見当たらなかった。ただ、もしかしたらこれがそうではないかと思える、縄の巻きついた石が見つかった。

「縄がほどけております。きっと……流されてしまわれたのでしょう」

盛長が、縄を握り締めて無念そうに呟《つぶや》く。頼朝は川の先を凝然と見つめた。

「千鶴丸よ……どこにいるのだ。父に答えてくれ……」

頼朝主従は、幼子の骸を探しながら松川を下ったが、見つからぬうちに夜を迎えた。骸が腐敗することや魚についばまれることなどを考えると、一刻も早く見つけてやりたい。

だが、暗闇の中で水底を探るのは無理な話だ。この日は諦め、明朝に光が差すと同時に再び探すことにした。

館に戻って一人になった頼朝は、拳を床に叩きつけて己を呪った。

すまぬ、すまぬ、千鶴丸――。

同じ言葉だけが、頭の中で繰り返される。

どのくらいそうしていたろう。

「佐殿、起きておられるか」

盛長の声だ。板戸の向こうから呼吸は二つ。盛長は誰かを伴っている。

(何かあったのか……これ以上?)

「入れ」

はっ、と板戸を引いて盛長は持ってきた灯りでもう一人の男の顔を照らした。伊東祐清だ。いったん伊東館に戻ったはずだが、どうしたというのか。祐清の引き攣《つ》れた頬が緊迫した空気を伝える。頼朝は眉根を寄せた。

「いかがした」

「佐殿、どうか、今すぐこの館を出て、身をお隠しなされませ。父が夜明けを待たず、ここを襲撃しようと人を集めております」

「おのれ、祐親。千鶴丸だけでは飽き足らず、この頼朝までも殺そうと言うのか」

「多勢に無勢。迎え撃つことなど考えず、今は姿をお隠しになるのがよろしいでしょう」

怒りで全身が熱くなったが、今朝の誓いを思い起こし、頼朝は祐清の進言に従うことにした。しかし、逃げるといって、いったいどこへ。

北条氏を頼ることも頭を過《よぎ》ったが、祐親は時政の舅《しゅうと》に当たる。時政自身がどう思ったところで、引き渡せと迫られれば従うしかないだろう。いや、何より時政は今、大番役で上京して伊豆にいない。

頼朝は、伊東荘と北条荘以外の勝手な行き来を禁じられている。他所の地に逃げれば追討される。

(八方塞がりだな)

思案していると、

「走湯《そうとう》権現が宜しいかと」

祐清が提案する。伊東から北におおよそ五里、伊豆山の海岸線沿いの温泉地にある神社で、修験者の修行の場ともなっている。

武装した衆徒が幅を利かせ、手を出せばやっかいなことになる。匿《かくま》ってもらえさえすれば、確かに祐親も下手な真似はできぬだろう。

迷っている時間はない。頼朝は即断した。

「走湯権現に参る」

祐親は、平家を憚って孫に手をかけた男だ。それだけ、波風が立つことを嫌っている。走湯権現の衆徒と争うなど、清盛が聞けばこめかみを震わせそうなことをするはずがない。

それに、頼朝には走湯権現に知り合いの僧がいる。文陽房覚淵《もんようぼうかくえん》というたいそうな名の男だ。頼朝を慕って時々遊びに来る九つ下の加藤景廉《かげかど》の兄である。

加藤氏は元々伊勢の豪族だ。それが、平家と揉めて、伊豆まで逃げてきていた。景廉も覚淵も、「同じ反平家」として頼朝に親しみを覚えてくれている。

「平家の野郎をやっつけたくなったら、いつでも声を掛けてくだされよ。加勢いたす」

などと、景廉はしょっちゅう危ないことばかり口にする。実際は、牧野郷と伊豆大島を所領とする工藤茂光《もちみつ》の世話になっている居候の分際なのだ。それが常に大きな口を叩く。

もっとも、景廉は口だけの男ではない。五年前のことだ。保元の乱で罪人となって伊豆大島に流された源為朝《ためとも》が、反乱を起こした。景廉は当時まだ十代半ばの少年だったが、征討軍に加わっただけでなく、恐れる大人たちを尻目に、敵将為朝の首を斬ってのけた。間違いなく豪傑である。

兄の覚淵も臆病な男ではない。頼って走湯権現に行けば、受け入れてくれるだろう。ただ、その行為を流刑地からの逃亡と平家に受けとられれば、頼朝の首が飛ぶ。

頼朝は急いで北条氏へ文を書いた。今は時政が上京して留守なので、嫡男の三郎宗時（若王丸）宛とした。走湯権現に参拝に行く許しを求めたものだ。返事なぞ待たずに向かうわけだが、何も手を打たぬよりましだろう。

この文を祐清が、東伊豆から西へ抜ける山道を走り、宗時へと渡すのだ。

一方、頼朝主従は闇に紛れ、気配を殺して館を出た。伊東から宇佐美へ素早く抜ける。網代《あじろ》からは小舟を使った。

日の本の国は海に囲まれている。万に一つ、ことが起これば、どこかで海路を取らざるをえなくなるのは必定。そう想定し、海を知らずに育った頼朝は、これまで何度も釣りと称して舟に乗り、伊東の海に漕ぎ出してきた。

ことが起こったときに初めて波に揺られるようでは、体がついていかないからだ。決起など夢物語と自嘲しつつも、その時に向けての準備は怠りなくやってきた。それがまさか、こんな形で役に立つなど思いもしなかった。

頼朝一行は、波の穏やかな入り海を渡り、赤根崎へと上陸した。

後ろ髪惹《ひ》かれるのは愛児の遺体である。夜明けと共に捜索を再開し、一刻も早くこの手に抱きしめてやりたかったというのに、水中に置き去りにして伊東を離れるしかなかった。殺されただけでも哀れというのに、千鶴丸は暗い水底で父が来るのをいつまでも待っているのではないか。頼朝の心は千切れそうだ。

頼朝は何年か後に知ることになるが……千鶴丸の体は松川を下り、河口まで流れ着いた。いったん海に押し出されたが、波によって奇跡的に浜にあがった。そこを釣り人が見つけ、哀情に駆られるまま手厚く葬ったということだ。

千鶴丸の小さな手には、遠く流されたというのに離れることなく橘の枝が握られていたという。これは、愛児を求めて走った頼朝が嗅《か》いだ同じ橘の木の枝を手折ったものだ。主君祐親に命じられ、殺さざるを得なかった郎党が、そのときにはまだ生きていた千鶴丸にせがまれて、渡してやった枝である。

弱水《じゃくすい》（川）を渡った先に不老不死の常世の国はあるという。年中絶えぬ香りを漂わす時じくの香の木の実が生えていて、千鶴丸の母八重姫と同じ香りがする国だ。千鶴丸は、匂いに誘われ、弱水を渡ったのかもしれない。

五

二ヶ月が過ぎた。今は、走湯権現にある文陽房覚淵の僧房に世話になっている。

毎日、覚淵から仏の教えを聞き、写経と読経を欠かさない。海岸線から続く八百段を超える石段の上にある本殿と、そこからさらに参道を上った先の山頂に建つ本宮へも、雨の日、風の日問わず参拝した。

暑い盛りのこの日、伊東に戻っていた祐親の息子・祐清が、ようやく頼朝を訪ねてきた。二人は、本殿の裏山に当たる〝古々井《こごい》の森〟を、歩きながら話をした。『枕草子』に「森はこごひの森」と数えられるほどの地だ。木陰の作るひやりと澄んだ空気の中、緑青色の光が二人を包む。

「それで、この二ヶ月、伊東殿の動きはないようだが」

　祐親は、走湯権現に逃げ込んだ頼朝を、今のところ無視している。どう出るつもりなのか、息子の祐清に尋ねた。

「今は出家して伊東入道と呼ばれております」

「剃髪《ていはつ》したのか」

　頼朝は驚いた。それは千鶴丸と関係があるのかと訊きそうになって、すんででやめた。

（だからどうした。出家ごときで祐親を許せるわけでも、あ奴の罪が軽くなるわけでもないわ）

「先を続けてくれ」

　祐清に祐親の出方を話すよう促す。

　祐清の話では、祐親はこれ以上、ことを荒立てる気はないとのことだ。走湯権現に頼朝の身柄を引き渡すよう求めもしなければ、伊東荘から逃亡をはかったとして平家に告げる真似もしないという。

　頼朝は眉根を寄せた。

「何ゆえだ」

「何もかも『なかったこと』にしたいというのが、父の本音でございます」

　頼朝は失笑した。

（千鶴丸など初めからこの世に存在していなかった、ということにしたわけか。吾とわが子を、どこまで愚弄すれば気が済むのだ）

　祐親曰《いわ》く、平和な伊東では何も起こらなかった。頼朝と八重姫は恋に落ちてなぞおらず、ゆえに子も生まれてくるはずもない。何もなかったのだから、祐親は頼朝とも争わぬ……という筋書きだ。

　先刻、祐親の出家にわずかなりとも悔恨の色を垣間見た気になった己が、頼朝には腹立たしい。

　頼朝は走湯権現へ「逃げてきた」のだが、「伊東氏は流人を逃がしてしまうような失態は犯していない」と言い張りたいのだ。だから、「北条氏の許しを得て参拝にきた」という頼朝の主張を、祐親はあっさり受け入れた。

「もう二度と伊東の地を踏まねば、北条荘で佐殿が何をしようと、父曰く、『知らぬこと』とのことでございます」

「相分かった」

つまりは、もう走湯権現に隠れていなくともよいということだ。危機は脱した。だのに、少しも気が晴れず、屈辱感に苛まれる。

頼朝は一度、視線を上げて遠くを見、三歩ほど後ろに付いて歩く祐清を振り返った。

「それで、八重姫はどうしておる」

ずっと気にかかっていたのだ。愛児を実の父にあんな形で殺され、一番傍で支えて欲しい男は別の地に逃げた。どれほどの絶望感の中で打ちひしがれていることか。何とか、伊東から連れ出すことはできぬものか。

頼朝の口から八重姫の名が出たとたん、祐清の顔が歪んだ。

「……妹は、別の男に嫁がされました」

頼朝の息が止まりそうになる。

「それを姫は……」

納得したのかと口にしかけたが、言葉が続かない。

「妹が、父の命じるまま嫁いだゆえ、父の頭も冷えたのでございます。だからこそ佐殿は、もう伊東入道の影を気にすることもなくお過ごしになれるのです」

頼朝を救うために、精一杯できる道を選んだ妹の意を汲んでやってほしいと、祐清は言外に滲ませる。

「相分かった」

頼朝は先刻と同じ返事を、もう一度した。八重姫の犠牲の上にこれからの自分の安全があるという事実は、頼朝の胸を抉った。が、嘆いても、身もだえても、何ひとつ覆らない。これまでもそうしたように、呑みこんで前に進むしかない。

命の危険がないと分かった以上、いつまでも走湯権現で覚淵の世話になるわけにもいかない。

(北条荘へ行こう)

頼朝は決意した。

女で問題を起こした流人が、どんな目で迎えられるか、考えると気は重い。

(朝日姫には軽蔑されそうだな)

苦笑したそのとき、けたたましい蝉の声を撥《は》ね除けるように、

「佐殿」

背後から明るく弾んだ声が響いた。聞き覚えのある声だ。まさか、と頼朝は驚きを隠せない。

(なぜこんなところにいるのだ。ここは走湯権現だぞ)

息をゆっくり呑み込み、頼朝はまず自分を落ち着かせてから振り返った。

「佐殿、お久しぶりでございます」

やはり、そこに立っていたのは北条の姫、政子だ。直垂に野袴姿の男の形《なり》をしている。頭頂で高く結い上げた総髪を軽快に風に靡《なび》かせ、政子は、相好を崩した。姫自身が光を発しているような明るさだ。

(こんな感じの人だったろうか)

ここ数年、ずっと伊東荘にいたから、政子とは五年ぶりの再会だ。最後に見たのは、十四歳のときだったか。

今は……と頼朝は頭の中で数えてみる。

(十九歳になったのか)

なるほど、少女から女人になったのだから、

印象も変わるはずだ。頼朝は目を細めた。

「姫……これは偶然ですな。参拝に来られたのか」

「偶然のはずもございませぬ」

「とは？」

「兄の名代で佐殿をお迎えに参ったのです」

「吾を」

「大権現様にお参りに行くと知らせがあったまま、いつまで経っても梨の礫《つぶて》ゆえ。そろそろ戻っていただかねば、平家も不審がるというもの」

口調も男っぽい。

男のように活躍する女は、地方の豪族には珍しくもない。領土を継ぐ者もいたし、なんなら大番役までこなす者もいる。むろん戦場を駆けまわる女を見ても、誰も驚かない。

だが、頼朝の知る政子は、活発だったものの娘らしい少女だった。可愛い色の小袖を着た日は、はにかんでいつもよりしとやかに振る舞う姿が微笑ましかった。

「そのお姿も、お似合いだね」

頼朝が男姿を褒めると、

「嬉しい。四郎には、山猿と言われますけれど」

六歳年下の弟、四郎義時の名を口にし、政子は肩を竦めた。

「これはとんだお美しい山猿もいたものだ」

「山猿姫と呼んでもいいですよ。けれど、冗談はここまでにして、さあ、私と一緒に北条荘へ戻りましょう。ここは蚊が多くて堪りませぬ」

木漏れ日の乱舞の中、からりと笑う政子は、実際は眩しいばかりの美しさだったが、頼朝はそれ以上は触れず、

「いつでも参りましょう」

承知した。

五年前から蛭島の館には住んでいない。さぞや草に埋もれ、柱も壁も朽ちているに違いない。本来なら、先に手の者を差し向け、普請し直してから館に入るべきである。それを、政子に促されるまま、轡《くつわ》を並べて戻ってきた。

ところが――。

見ると、草は刈られ、建物は古くなっていたものの、それだけに趣ある佇《たたず》まいだ。中から煙が立ち上り、おいしそうな匂いが鼻をくすぐる。

「これは……」

振り返ると、政子が姿の良い富士を背に、にこりと笑う。

「お疲れでしょう。今日はもうお休みください。明日、改めてご挨拶がてらの宴を開きたいと、兄が申しております」

それだけ言うと、「では」と軽く頭を下げ、馬首を返した。後には土煙だけが残った。

「良い女にお育ちですなあ」

盛長が呟く。

「食べ物が用意されているようです。いや、有り難や」

邦通も声を弾ませる。

「こいつらの飯も、用意されてあればいいんですがね」

藤七資家が馬の首を撫《な》でつつ厚かましいことを口にするから、盛長と邦通が噴き出した。

北条氏のさりげないもてなしが、殺伐とした数ヶ月を過ごした頼朝の胸に染みた。

館に入ると、さらに驚かされる。

「おかえりなさいませ」

見知らぬ見目好い娘が出迎えてくれたのだ。

「そなたは……」

「亀と申します。北条のお屋形様の申し付けで、佐殿の身の回りのお世話を承りました。佐殿の御指示に何でも従うようにとのことでございます」

「何でも」

「はい。どのようなことでも」

夜の世話も、ということだ。京にいる時政が、わざわざ女を寄越したということは、「娘に手を出すな」という含みもあるのだ。

それにしても、偶然だろうが亀はあの少女に似ている。宗清のところで身の回りの世話をしてくれた少女……サクと言ったか。ほとんど必要なこと以外互いに喋らなかったが、伊豆へ出立する前は別れを惜しんで泣いてくれた。だのにそのときも、「お達者で」「そなたもな」と挨拶以上の言葉は交わさなかった。

（思い返せば、吾はあの娘の無口さに、救われていたような気がするのう）

懐かしい気持ちに頼朝は苦笑した。


「亀殿は御幾つだ」

「十六でございます。亀とお呼びください」

「……亀は、垂れ目だな」

「はい。怒っていても笑って見える目でございます」

「それはいい」

頼朝はこの夜、亀を抱いた。

六

頼朝が北条荘に移って、一年が過ぎた。安元二（一一七六）年七月。

ひぐらしが盛んに鳴く中、頼朝は蛭島の館でひとりの使者と面会した。眼前に座す使者とは初めて会うが、遣わした男との付き合いは長い。伊豆に流されて以来、十六年もの長きにわたり、月に三度も手の者を今日のように都から遣わし、欠かさず御機嫌伺《うかがい》を続けている。

名を三善康信《みよしのやすのぶ》という。頼朝には乳母が複数いたが、本人曰く「そのうちのひとりの甥」だそうだ。太政官に務める従五位下の貴族である。

頼朝はまだ直《じか》に会ったことのない康信に、舌を巻く思いでいた。いったい、誰が十六年間も配流された赤の他人に、月三回も連絡を寄越し続けることができるだろう。

頼朝の叔父・祐範も、これまでずっと変わらず使者を遣わしては不自由がないか気にかけてくれ、貴重な寺社内の沙汰（情報）を届けてくれるが、それでも月に一度だ。

都から伊豆まで、片道十日以上かかるというのに、康信は月に三度なのだ。

最初の一、二年くらいなら、乳母だった叔母に頼まれ、仕方なく尽くすということもあるかもしれない。だが、もはや康信は叔母など関係なく、当人の強い意思で頼朝を支えているとしか思えない。十六年の歳月が、それを物語っている。

康信は、頼朝が必要だと思う物は、何でも運んでくれた。それは書物だったり、衣類だったり、食料だったり、暦だったり、銭だったりする。

だが、この男の一番の目的は、伊豆の外の全国の情勢を頼朝に伝えることであった。

頼朝は康信のおかげで、流刑地伊豆に居ながらにして、京の政の変遷は細かいところまで、さらに地方でも大きな動きがあればそのすべてを把握できた。

これほど有り難いことがあるだろうか。

「いったい、いつまで続ける気でいるのだ」と、前に一度、訊ねたことがある。

返事は翌月戻ってきた。

「むろん、佐殿が流刑地を出る日までございいます」

「一生、伊豆を出ることなく、我が身が朽ちればいかがいたす」

重ねて問うた。そうなる可能性の方が高い。

返事はやはり、一月後に来た。

「どうもいたしませぬ。佐殿とそれがしの何《いず》れかの身が朽ちれば、そこで終わるのみでございます」

あまりの厚情に、頼朝の胸は震えた。

康信が此度遣わした使者も、いつもと変わらぬ月に三度の定期便の一つである。が、文に書かれた都の情勢には、見過ごせない「兆し」が見える。

そこには、七年前に出家して行信《ぎょうしん》法王となった後白河院の皇太后で、今上帝高倉天皇の生母、建春門院《けんしゅんもんいん》（平滋子《しげこ》）が七月八日に崩御したことが綴《つづ》られていた。建春門院は、清盛の嫡妻・時子《とき　こ》の妹だ。

近頃、徐々に後白河院と平家の利害がずれ、両者の間に亀裂が入りつつある中、かろうじて建春門院の存在が崩れかけた絆を繋いでいた。後白河院の寵愛を一心に受けていただけでなく、建春門院自身に政を采配する才があり、強い発言力を有していたからだ。朝廷の中の難しい力関係を、上手く操って均衡を保たせていた。その要の皇太后が死んだ。

平家に綻《ほころ》びが出た――と、文に目を通す頼朝の心の臓が大きく脈打った。このときをどれほど待っていたことか。

今は後白河院が院政を敷いているが、娘徳子《のりこ》を立后させた清盛が、高倉天皇を傀儡に、平家による政権を樹立しようと企んでいるのは明らかだ。徳子が無事に皇子を授かり、皇位に就けば、清盛は帝の外祖父となる。そうなったとき、あの男は晴れてこの日本を動かす権利を得ることになる。

そんな危険な事態を前に、一癖も二癖もある後白河院が、黙っているはずがない。何かしら仕掛けるはずだ。

(久しぶりにわが国に、乱や変の風が吹くやもしれぬ。そのとき、この流人にも好機が訪れぬとも限らぬ。いかに無謀な考えに思えても、吾は千鶴丸に誓ったのだ。時がくれば起つ、と。後悔だけはせぬよう、相応の準備は進めねばなるまい)

頼朝には手勢がない。この無力な状態にもかかわらず、伊豆や相模近在の東国武士に押し立てられる男にならねばならぬ。いったいどんな人物なら人は己の命を預け、希望を見出してついてくるのか。

(吾はどんな男にならねばならぬのか)


頼朝は康信の使者が帰った後、辺りを逍遥《しょうよう》した。狩野川沿いにゆるりと馬を歩ませる。轡を取って供をするのは、新しい居候の中原光家《みついえ》、通称小中太《こちゅうた》である。

頼朝の留守の間、蛭島の館が朽ちぬよう管理してくれていたのはこの男だ。政子の手配だったそうだが、頼朝と郎党らが戻り、役目を終えた後も立ち去らずに住み着いた。

その光家が、

「おや、誰か来ますぜ」

遠くに起こった土煙を指し、振り返った。

初めは米粒ほどだったのが瞬く間に大きくなり、馬で疾駆する政子の姿に変わった。供の代わりに、十四歳になる弟の四郎義時を従えている。

「三郎様」

少し手前から大声で呼びながら、政子は明るい笑みを浮かべた。頼朝の前で、馬の脚を留める。

「ちょうど良かった。後で蛭島に寄ろうと思っていたところです」

「何か？」

「今年は数年に一度の大掛かりな巻狩のある年です。佐殿は、いかがいたしますか」

政子は、頼朝に参加の有無を訊ねた。場に、微妙な緊張が走る。巻狩を主催するのが、伊東祐親だからだ。

（ほう……）

祐親との確執を思えば、頼朝が参加できるはずもない。それでも屈託なく訊いてきた政子を、驚きの思いで改めて見つめた。ふと視線を移すと、生真面目な義時が気まずそうに目を泳がせ、時折ちらりと姉を見ている。

頼朝は、即答せずにしばし考えた。行ってみようか、という気が起こったからだ。


祐親は、八重姫とのことも千鶴丸のことも、「なかったこと」にした。果たして、当の頼朝を目の当たりにして、その態度を貫き通すことができるのか。よもや、頼朝が参加するとは思っていないはずだ。のこのこ現れてやったら、あの男はどんな顔を見せるだろう。

それに、巻狩には伊豆や近郷の主だった武士が参加する。その誰もが、すでに頼朝が女でしくじり、伊東荘から逃げ出したことは耳にしている。評価も落ちているはずだ。そして、だれもが頼朝は顔を出せぬと思い込んでいることだろう。

（面白いじゃないか。ただ出席するだけで、度肝を抜く機会など、そうそう巡ってくるものではないからな）

驚く武士たちの中には、頼朝に興味を抱く者もいるだろう。もちろん、眉を顰《ひそ》める者もいる。

（それぞれの機微を上手く掴めば、味方ができるやもしれぬ）

頼朝は政子と義時に微笑を向けた。

「これまで通り、参加いたそう」

えっ、という顔を義時はした。反対に、政子の表情にはありありと喜色が浮かんだ。

「ほら、四郎。姉の言うた通りでしょう。佐殿は参加なされます。私の勝ちですね。何でも言うことを一つ、聞いてもらいますよ」

どうやら、頼朝の返答が賭け事に使われたらしい。

「姫はなぜ、吾が巻狩に出ると思われたのだ」

気になって訊ねた頼朝に、「だって……」と政子は上目遣いに空を見上げた。こんなことは率直に答えていいはずがないと言いたげに肩を竦め、

「その方が、色々とお得でしょう」

とだけ口にした。

（油断ならぬ人だ）

政子は、こちらの心中をほぼ正確に測っているのかもしれない。

（もしかしたら、この伊豆でもっとも警戒せねばならないのは、この姫かもしれぬな）

恐ろしく頭がいい。もし男なら、なんとしても仲間に引き入れたい人物である。

「あ、そうだ」と、政子はふと思い出した体で付け足した。

「巻狩の炊き出しには、八重姫様もお手伝いにお姿を見せるかもしれませんね」

八重姫の名に、頼朝の胸が疼《うず》いた。

「もう嫁いだと伺うておる」

「けれど、遠くに行かれたのではなく、伊東入道の家人の許ですから」

「さようであったか。あらかじめ知らせてもら

えたのは有り難い。ふいにお会いして、みっともなく狼狽《うろた》えることがこれでなくなった」

頼朝の言葉に、政子はほっとしたようにうなずいた。

では、と頼朝は蛭島に戻ろうと馬首を返したが、政子姉弟が付いてくる。

「まだ何か」

「蛭島の郎党たちが、佐殿が巻狩に参加なさることを、きっと反対するでしょうから、私が説得いたします」

なぜ貴女《あなた》が……と言いかけて、頼朝はやめた。確かに盛長などは、うるさく首を左右に振りそうだ。

（姫がどう説き伏せるか、見るのも一興）

頼朝とその郎党四人、さらに政子に義時が車座となって、蛭島の広くもない板間に雁首をそろえた。

果たして盛長が、

「なりませぬ。伊東入道を徒《いたずら》に刺激していかがいたす。今度こそ殺されますぞ。此度の巻狩はお控えくだされ」

口角泡を飛ばして反対する。あまりに予想通りで、ふっ、と頼朝から笑いが漏れたほどだ。

約束通り、ここで政子が口を開いた。

「ならば、私と佐殿は、末は約束してある仲だと嘘を言いましょう。北条の大姫の許婚《いいなずけ》を、伊豆の者がそうそう殺せるものではございませぬ」

何を言い出すのだ、この姫は……と頼朝は慌てた。許婚などと嘘を吐き、後々話が流れたとなれば、双方の名に傷が付く。流人の自分はともかく、すでに婚期が遅れ気味の政子の人生を、揺るがすことになりかねない。

「あ、姉上……」

弟の義時も驚いて身を乗り出した。が、姉のひと睨みで黙してしまう。

盛長は、臆せず反論した。

「手出しできぬと言ったところで、事故に見せかけて殺すこともできるのですよ」

狩り場で射殺すれば、獲物と間違えたなど、何とでも言えるだろう。

無論、頼朝の頭にも、その可能性は真っ先に浮かんだ。が、そんな危険な場所だからこそ、恐れを見せずに姿を現す価値があるのだ。危険であればあるほど、平然とやり過ごした時の頼朝の評価は上がる。

何より、天命があれば、人は死なぬものだ。今度の巻狩で、天の意思が知れる。

あれは去年のことだ。伊東荘から走湯権現へ逃走した際、山道を抜ける途中で喉が渇いて仕方がなかった。だが、どこにも水はない。せめて一息つこうと腰を下ろしたとき、太刀の鐺《こじり》が地面に当たった。と思うや、その場所から突如水が湧き出したのだ。

「水をつかさどる龍神の御加護ですな」

感嘆したように、従っていた邦通が叫んだ。

「伊豆は龍の棲《す》む国と申します。その龍が、佐殿に生きよと言われているのでしょう。何と縁起の良い水であることか」

資家も嬉しげにうなずいた。

頼朝は水を掌に掬《すく》い、喉を鳴らして飲んだ。渇きが癒えると、

「さすればこの頼朝には、天の授けし使命があるということだ」

自然とそんな言葉が口をついて出た。

郎党たちは神々しいものを見るかのように、「我が主よ……」と頼朝を仰いだ。感動に打ち

震える男たちを前に、頼朝もまた不思議な興奮に包まれた。

あの日を脳裏に蘇らせつつ、頼朝は「天命」という言葉を噛みしめた。次の瞬間、

「佐殿に天命があれば、死にませぬ」

こちらの心中を見透かすように、政子がきっぱりと口にしたのだ。

頼朝は目を瞠り、政子を見た。

「姫は今、天命と言われたか」

「はい」

「この頼朝の天命とは何ぞ」

みなが、政子を一斉に見た。男たちの鋭い視線に怯むことなく、

「私は不思議な夢を見ました」

政子は続けた。

「夢……それはいかような」

頼朝が訊ねる。


「見知らぬ地を、上へ向かってひたすら登っていく夢です。遥か高い峰を登り切ったとき、この手の中に満月と日輪が握られていました。それを左右の袂《たもと》に収め、私は橘の実が三つ生る枝を翳《かざ》すのです」

ごくりと盛長が息を呑んだ。

「月と日が姫君のお手に……それはつまり……」

「私は、この世を統べるお方との間に子をもうけます」

政子は言い切った。

橘は不老不死の理想郷、常世の国に生る木の実で、三は調和や完成を意味するめでたい数字である。

また、かつて十一代垂仁天皇の御代、后の日《ひ》葉酢媛命《ばすひめのみこと》が時じくの香の木の実(橘の実)を口にし、永く御代の続いた十二代景行天皇を産ん

だ伝説があり、橘の実は不死だけでなく、古典に通じた者なら出産や繁栄をも連想させる物であった。

「この世を統べる者と言えば、帝のことでございましょうか」

これまで黙っていた邦通が、不審げに訊ねる。流刑地となるような都から離れた一地方の官吏の娘が、しかもすでにもう二十歳という高齢で帝に嫁げるはずがない。何の希望も持てぬ夢物語ではないかと、その顔が不審げだ。

政子は首を左右に振った。

「月と日は私の袂にあるのです。ならば、私が天下を統べる者と結ばれるのではなく、私と結ばれた者が天下を統べるのです」

「姫は危険なことを言っている」

頼朝は、政子の大胆な発言に眉根を寄せた。

「それではまるで、朝廷とは別の天下人が現れるかのように聞こえるぞ」

「そう申したのです。けど、そんな存在は、これまでの日の本にはございません。いったい何者なのか……。佐殿はどう思われますか」

政子は小首を傾げた。

頼朝にしてみれば、そんな有りもしないものなど、見当もつかないというのが正直なところだ。

しかし、仮に自分が政子の伴侶となり、夢のお告げ通り世を統べるとなれば、清盛のように朝廷に入り込み、帝の外祖父として世を操るようなやり方はしたくない。

(目指すは武士が天下を握る世だ)

そこまで考え、頼朝は自身の中に生まれ出た、恐ろしい野望に息を呑んだ。

(武士が天下を握るだと)

源氏の復興もままならぬ中、武士政権の樹立など、あまりに話が大きすぎて笑い出したくなる。だが、他の誰でもない。己自身の内から湧き上がった望みだ。

今まで言語化しなかっただけで、頼朝の中には存在していた考えなのだ。それが、政子に促され、言葉にすることで輪郭を持った。

この時代、夢には神仏の意思が宿ると言われている。だから、たかだか夢の話と軽く扱う者はいない。

頼朝にも、三歳のころに起こった夢にまつわる出来事がある。乳母の一人が清水寺に参籠し、頼朝の未来を祈った。すると、夢に十一面千手観音が現れ、目覚めた枕元には掌に収まるほどの観音像が置かれていた。像は、乳母から幼い頼朝に捧げられ、大人になった今も肌身離さず大切に持ち歩いている。

頼朝が黙ったままだったので、政子はさらに言葉を続けた。

「北条家はずっと観音菩薩を崇めておりますゆえ、かような御利益のある有り難い夢を授かったのでしょう」

観音菩薩と聞いて、頼朝はいっそう驚いた。何と符節が合うことか。

「いつか、佐殿が話してくださったでしょう。走湯権現様へ向かう途中、鏃が当たった先から水が湧き、喉を潤すことができたって。あのお話を伺うたときに、私は佐殿こそがこの世を統べるお方ではないかと考えました。観音様は水の化身で、龍神様は水の神様です。ならば、佐殿には観音様と龍神のご加護があるに違いないと」

「おお、まさに……まさに佐殿のことに違いございらぬ」

政子の話にすっかり乗せられた盛長が、頬を紅潮させ、上ずった声を上げた。他の郎党らも、水が湧き出たあの日のように、熱に浮かされた目で主君を見つめる。

頼朝はなお、冷静だった。

「それで姫は、流人以外の何者でもない私と、結ばれても良いとお考えなのか」

政子は微笑した。

「無事に巻狩から戻ってこられれば、運命を共にしたいと望んでいます」

おおっ、と盛長ら郎党たちはどよめいた。

「けれど」

政子が付け足す。

「勘違いなさらないでください。佐殿がその気にならなければ、このお話は終わりです。その時は、佐殿は夢のお人ではなかったということですから。きっと、他の人が私の前に現れます」

そこまで話して政子は立ち上がった。

「いずれにしても巻狩は参加と兄にお伝えいたします」

郎党たちの顔を一人一人見定め、もう誰も反対しないのを見届けると、

「用は済みました。帰りますよ」

弟の義時を促し、頼朝の館を去った。

「はあ、何だか迫力がありやすね、あの姫様は」

新参の中原光家が息を吐きつつ汗を拭う。

「何です、佐殿。笑っておられるのですか」

邦通に指摘され、頼朝は初めて自分が微笑《ほほえ》んでいることに気付いた。頬を撫で、

「巻狩が楽しみだな」

そう言ったときには、もう腹をくくった。巻狩が終わった後、政子を抱こうと。かの姫が指し示した、とんでもない運命に、乗ってみると決めたのだ。

七

安元二年（一一七六）年十月十日。

頼朝は北条宗時、義時らと共に巻狩に参加するため、伊東荘へと向かった。政子とその妹たちは、男たちに振る舞う賄いの采配の手伝いをするため、二日ほど早く出立している。

今回の巻狩は、過去にないほど大規模に行われるらしく、伊豆、相模、駿河三カ国の武士が集うという。伊東祐親は、自身の館を開放するだけでなく、仮屋を建ててそれらの者たちを迎え入れる。すさまじい財力と言わねばならない。

集う武士の数は、それぞれが引き連れてくる家人や郎党らを加えれば、二千人を超える。伊東の領民が務める勢子《せこ》（獲物を追い立てる役の者）を合わせ、四千から五千人もの男たちが、一度に山に入るのだ。

その上、戦の訓練も兼ねるため、七日間も野営する。獲物は、猪、鹿、狼、狐、熊、狸、兎、猿、雉、山鳥など豊富である。

伊東荘に着いた頼朝らを出迎えたのは、伊東祐親の次男・祐清だった。まだ以前のまま残してあるという頼朝の使っていた館に、北条の者たちと共に入った。夜には、伊東館で宴《うたげ》が開かれる。祐親と、そこで久しぶりに顔を合わせることになるだろう。

狩り前夜の宴には、それぞれの領主やその家族は伊東館の広間に集い、郎党らは野外で焚火を囲んで飲み食いする。

頼朝は盛長らと別れ、北条宗時、義時兄弟と共に広間に入った。百席ほど用意されているが、すでに座しているのは六十人ほどか。頼朝が現れた途端に、男たちから、ざわめきが起こった。

「佐殿ではないか」

「おお、来おったか」

「堂々としておるな」

「ほほう、これはなかなか」

客人らと挨拶を交わし、歓談していた伊東祐親が立ち上がり、頼朝の方へ体を向けた。ひときわ大きく場はどよめいたが、すぐに静かになる。誰もが好奇の目を二人に注いだ。

祐親がぎろりと頼朝を睨む。頼朝も逸らすことなく、睨み返す。場に緊張が走った。宗時が、頼朝の盾になるよう斜め前に出る。

突如、祐親が笑い声を上げた。

「いや、これは佐殿、久しぶりでござるな。元気でおられたか。それに三郎（宗時）も四郎（義時）も久しいのう」

祐親は宗時と義時にとっては、母方の祖父に当たる。頼朝と同じように、北条兄弟にも親しげに声をかけた。


（こやつ……）

あくまで祐親は、何事も無かった態で過ごすというのか。頼朝はふつふつと煮えたぎる怒りを抑え、

「久しゅうございます。御出家なされたとか」

微笑を作った。

「色々と心境の変化がござってな。坊主が巻狩を催すというのも罪深い話だが……今は坊主も弓矢を手に人を殺《あや》める時代」

意味ありげに頼朝を見る。再び場が凍った。打ち消すように、また祐親が大笑する。

「三カ国の方々が集まっての宴ゆえ、誰が上か下かで揉めてもつまらぬこと。席順は身分や力に関係なく、年齢順に致したゆえ、ご承知くだされ」

もう何食わぬ顔で、三人の席を指し示した。

頼朝は会釈を返して従った。

頼朝の両隣は、伊豆の武将・天野遠景《とおかげ》と、加藤光員《みつかず》だ。光員は、頼朝と親しくしている文陽房覚淵と加藤景廉の兄である。

年齢ならば、祐親の嫡子で河津荘の領主河津祐泰《すけやす》が一歳しか違わず最も近いが、接待する側なので末席にいる。

女たちが酒と料理を運んできた。

賄いを運んできた女たちの中に、紅を引いた小袖姿の政子が見える。久しぶりに女の形をした姫の艶《あで》やかさに、頼朝は息を呑んだ。

北条荘を出立する前、政子が提案した〝二人が許婚の仲であるという嘘〟は、吐かぬよう言い含めてある。

「さような小細工をせずとも生きて戻れぬようでは、姫の言う『世を統べること』などできようか。吾は我が力で生還し、我が意思でそなたを奪おう」

宣言した頼朝に、政子は目を見開き、きらきらとした瞳を向けた。

「では、佐殿を信じて、口は出しませぬ」

その迷いのない様に、政子という人間の潔さや敢然とした性質を見出し、

（これは得難い女なのではないか）

頼朝は確信を持った。

ただ、その時は自分の横に並び立つ同志を得る予感に喜びを覚えたものの、姫に女を強く意識することはなかった。

が、今はどうだ……。姫自身から香しい匂いが立ち上っているようではないか。

（あの女が己のものになるのか）

感慨に浸る頼朝の横で、

「北条の大姫は、綺麗になったのう」

女たちを指図し、きびきびと立ち働く政子を眺めながら、遠景が呟いた。

男たちの前に、次々と膳が並べられていく。やがて頼朝の前にも運ばれた。持ってきたのは政子である。

「毒など入っておりませんから、安心して召し上がってくださいませ。けれど、私からのものだけに手をお付けくださいませ」

囁《ささや》くよう告げると、すぐに自分の仕事に戻っていった。

隣でふっと遠景が笑った。

「やはり警戒しておられるか。入道殿（伊東祐親）は抜け目ないゆえのう」

しきりと顎をさすりつつ、視線を出入り口に向ける。

頼朝が目で追うと、相模土肥郷を本拠とし中村党と呼ばれる武士団を束ねる土肥実平《さねひら》と、その嫡男・遠平《とおひら》が入ってくるのが見えた。

「これは婿殿」

祐親が大きな声で、二人を招き入れる。遠平は、祐親の娘で八重姫の姉の万劫御前を娶《めと》っている。だが、元々万劫御前は、伊東荘を祐親に騙し取られた工藤祐経の妻だった。それを祐親は、伊東荘が手に入ると娘を離縁させ、相模南西で勢力を振るう土肥家に嫁がせたのだ。

料理と酒があらかた運ばれ、酒宴が始まった。

「でも、まあ」と、遠景が手酌で注いだ酒を干す。

「入道が佐殿の首を狙っているにしろ、今日、明日中に片を付けようとはすまい」

頼朝が遠景と親しく話すのは初めてだが、これまでも巻狩で何度か顔を合わせ、挨拶くらいは交わす仲だ。居住地が北条荘に近く、できれば親しく付き合いたいものの、祐親の義兄弟（実際は叔父）・工藤茂光の娘を娶っているため、警戒心も湧く。しかし、この話ぶりでは、祐親に傾倒はしていないようだ。

「吾も同じ考えだ。巻狩は成功させたかろうゆえ、殺《や》るなら最後の日であろう」

頼朝が首肯すると、遠景はにっと笑った。

「分かっておるではないか。頭は悪くないようだが、力はどうだ。なあ、佐殿。吾と相撲を取らぬか」

伊豆周辺の男たちが相撲好きなのは、十六年住んで、頼朝も知っている。仲を深めるのに、一番手っ取り早い方法が相撲を取ることだ。気付いてからは、宗時や郎党らと修練を積んできたが、今日まで試す機会はなかった。

「やろう」

頼朝はすぐさま応じ、酒を干した。

遠景が嬉しげに立ち上がる。

「おい、佐殿が今から外で相撲を取るぞ」

大音声でみなに告げる。場が、おおっ、とどよめいた。何人かは見物するつもりだろう、同じように立ち上がる。だが、中には苦々しげに眉根を寄せる者もいる。

頼朝は注意深く、人々の反応を窺《うかが》い、脳裏に留めた。これからいざという時に共に起つ味方を募っていくのだ。この巻狩が最大の好機となる。

（共に外に出た連中は、この頼朝に興味があるのだ）

相撲につられただけの者も交ざっていようが、表情や態度で見分けは付くだろう。

逆に舌打ちの一つもして座したまま見送る連中は、籠絡するのに手間がかかりそうだ。今、目の端が捉えただけでも、大庭景親《おおばかげちか》、俣野景久《またのかげひさ》、海老名季貞《えびなすえさだ》らが苦虫を噛み潰したような顔をしている。

（まずは、親しく語り掛けてきた天野遠景のような男から引き入れよう。叔父上や三善殿の知らせでは、院と清盛、両者の間にひびが入りつつあるという。この東国の男たちまでもが知るような決定的な事件となって表れるには、まだ少し時がかかるはずだ。とはいえ、ぐずぐずしてもおられぬ）

相撲を通じて、なるべく多くの男たちに、頼朝という男を好きになってもらわねばならぬ。相撲が強ければ良かったが、あいにく力自慢の部類ではない。

弓が人より優れていることは、これまで数回催された巻狩で知っている者も多い。知らぬ者も、明日からの狩りで知るだろう。

（得意なものが他にあるのだ。必ずしも相撲で勝たねばならぬわけでもなかろう。勝つにしろ負けるにしろ、勝ち方、負け方が肝要だ）

諸肌を脱いで股立ちを取り、

「さあ、来い」

頼朝は大声を上げた。土着の武士はみな声が大きいから、彼らに合わせたのだ。掛け声と同時に、表情もパッと明るく楽し気な風に変える。

「おっ、なんだ。そこもともかなり相撲が好きな性質だな。吾も大好きでな」

天野遠景も諸肌脱ぎになりながら、懐っこい犬のような顔で笑う。

「ならば時折、蛭島へ相撲を取りに来たらどうだ」

頼朝の誘いに、

「ぜひ参ろう」

即座に答えた。

互いに低く腰を落とし、目と目を合わせる。それが合図だ。次の瞬間、どちらの足も地を蹴った。音を立てて激しくぶつかり合い、がしっと組み合う。

「いいぞ」「ゆけ」「気張れ」

ぐるりと輪になって二人を囲む者たちから、声が飛ぶ。

頼朝はこのとき一切、策は弄さず、力に任せた。遠景は相撲に誘ってきたとき、「力はどうだ」と口にした。知りたいのは頼朝の力なのだから、見たいものを見せてやろうと腹を括《くく》ったのだ。

顔を真っ赤にさせながら、全力で押す。

「うおりゃァ」

咆哮《ほうこう》する。常は低めの声も、ひとたび腹の底から発すれば、よく通る。持って生まれたものではない。戦場に響き渡る美声は良い将の条件と心得、日頃から喉を鍛えてあるのだ。

「どりゃあ」

遠景も吠える。だが、頼朝のように通る声ではない。これだけで両者に、どこか器の違いが出る。もちろん、単なる印象に過ぎないが、この「印象」こそが、人を動かす際には重要なのだ。

二人は押しつ、押されつ、力を出し合い、わずかの差で頼朝が負けた。

「いやあ、負けた。天野殿は、強い」

頼朝はからりと笑ってみせた。

その後も幾人かと相撲を取り、互いに勝ったり負けたりした。

相模の佐原義連《さわらよしつら》や土屋宗遠《むねとお》(土肥実平の弟)、佐奈田義忠《さなだよしただ》など、新たに友誼を結べそうな者たちがいたのは収穫だが、中でも〝祐親の婿殿〟である土肥遠平が親しげに近寄ってきたのは、意外だった。

この男は、後々小早川秀秋《こばやかわひであき》に続く沼田小早川氏の始祖となる人物である。

翌日からの巻狩は、松川の上流奥野を中心に、八幡山から赤沢山に抜ける形で七日間にわたって、野営しつつ行われた。

主に久須美《くすみ》荘の百姓三千余人を勢子として案内に立て、それぞれ事前に決められた方角に散り、駿河・相模・伊豆の三カ国の武士二千五百人ほどが獲物を競う。

大掛かりな巻狩は数年に一度行われるが、これほどの規模となるのは、今回が初めてであった。清盛の嫡男・重盛と親交を結ぶ祐親の羽振りが、それだけ良くなってきているのだ。

頼朝一行は、北条兄弟とその郎党らと行動を共にし、自慢の弓の腕前で獲物を存分に狩った。

夜になると、すっかり親しくなった天野遠景や佐奈田義忠、元々親交の深い加藤景廉らが、どこからともなく現れる。

「佐殿の宿直《とのい》を致す」

などと、少しおどけ気味に口にして、持参した酒を酌み交わす。祐清も父祐親の目を盗んで一度だけやってきた。

「ゆめ油断召されぬよう。勢子の中に幾人か討手が混じっているようです」

やはり頼朝を殺《や》る気なのだと告げた。頼朝自身、何度か殺気のようなものが、勢子の集団から立ち上るのを感じる瞬間があった。だが、まだ直接向けられてはいない。やはり最後の日なのだな、と改めて確信した。

いよいよその七日目がやってきた。

全体で狩った鳥獣は三千に迫り、熊も三十七頭仕留めた。

狩りの終わりは、祐親の領民五百人が新たに運び込んだ酒を、あらかじめ山中に設えてあった芝居に座し、貝の器で酌み交わす。自然と頼朝の周囲には人が集まった。

簡素な宴も終わり、三国の武将たちは列をなして山を下りることになった。

二日ほど前から雨が降ったり止んだりしたせ

いで、山全体がぬかるんでいる。武士と、勢子の中でも少年といえる年ごろの者は馬に乗り、その他の者どもは徒歩で進む。やがて人一人しか通れぬ難所に差し掛かった。

行列は、波多野義常を先頭に、大庭景親、海老名季貞、土肥実平、頼朝、河津祐泰、伊東祐親……と続く。多い者で三桁に上る郎党を引き連れ、ゆるゆると進んだ。

てっきり七日目の狩りの最中に、事故に見せかけて殺すのだと思っていたが、その予想は外れた。

（なるほど、かほどに射殺しやすそうな場所があったわけだ）

横は木の生い茂った急な斜面になっている。射手が身を隠すには恰好の場所で、さらに道の狭さから標的の進む速度は極端に落ちる。ただ、木々の合間を縫って射かけねばならぬため、それなりに弓の腕は必要だろう。

頼朝は意識を斜面に移す。刹那《せつな》、殺気が込もった。やはり、いる。木の生え具合で、「この場所」というところが分かるはずだ。が、案に反し、たちまち血の匂いが鼻を突いた。

（なんだ？）

気配を探り、その方角を睨み据えると、斜面の上で、何者かが他の誰かを密やかに殺めたことが窺い知れた。山中は薄暗いため、向こうはただの影に見える。

「佐殿？」

すぐ後ろに続いていた盛長と光家が、異変に気付き声を上げた。頼朝の横に並びたくとも、道幅がそれを許さない。

「大事ない。騒ぐな」

二人を制し、頼朝は馬の脚を止めることなく前進した。すでに斜面の上は落ち着きを取り戻していた。人の気配も失せている。

（何者かに助けられた……のか？）

誰かが手の者をあらかじめ射手の潜みそうな場所に差し向け、矢が放たれる前に殺したということなのか。

（いったい誰に借りを作ったのだ）

考えるうちに、難所を通り過ぎる。まだ油断できないが、とりあえず息を吐いたそのときだ。背後が急に騒がしくなった。何ごとだ、と振り返る。

「見て参ります」

邦通が道を取って返した。頼朝も今度は立ち止まり、邦通が戻るのを待った。

「大変なことが起こりました。河津三郎殿（祐親の息子の祐泰）が、何者かによって射殺されました。さらに入道（祐親）も手を負傷された由」

戻ってきた邦通はにわかに信じられぬことを告げた。

「何だと。三郎殿はまことに死んだのか」

頼朝の頭がしばし混乱する。

（いったい何が起きているのだ）

自分ではなく、祐親の嫡子が殺されたというのか。先刻の〝影〟の仕業か。

頼朝は、前を行く祐親の婿の土肥遠平とその父実平に、すぐさま使いを出し、祐泰の死を知らせた。後は、伊東館への急使も含め、実平が差配するだろう。

夜。山を下りて政子・義時姉弟やその妹たちと宿所で待機していた頼朝の許に、伊東館に駆け付けていた宗時が戻ってきた。疲れ切った様子で、弟妹と頼朝を一室に集める。ことの顚末《てんまつ》を伝えるためだ。

「爺様（祐親）と三郎叔父上（祐泰）が、大見小《おおみこ》藤太《とうた》と八幡三郎《やわたさぶろう》に、襲撃されたのだ」

小藤太と三郎といえば、祐親に領地と妻を奪われた工藤祐経の郎党ではないか。

巻狩に使われた山の一部を領有し、住まいも近く、土地勘もある。本来、巻狩には祐親同様、もてなす側で参加すべき立場だが、どちらも祐経の一件で伊東氏とは手切れになったため、姿を見せていなかった。

なるほど、と頼朝は合点する。これは、祐経による意趣返しなのだ。おそらく、真の狙いは、祐泰ではなく祐親だったのだろう。

「下手人が分かったということは、すでに捕らえたか、あるいは見事討ち果たしたのであろうか」

頼朝の問いに、宗時は首を左右に振る。

「すぐに九郎叔父(祐清)らが賊を追ったが、急な斜面を登らねばならず、とうてい捕らえることなどできなかったそうです。ただ、逃げる二人の姿は、間違いなく小藤太と三郎だったとか」

頼朝は自分が狙われた際のことを思い返した。あの時は、何者かが助けてくれたのだと思ったが、どうやら違うようだ。頼朝の討手と祐親を狙う下手人が、あの峠の難所で鉢合わせたというのが真相なのだろう。

(祐親にしてみれば、死ぬのはこの頼朝だったはずが、嫡男の祐泰が死ぬ羽目になるなぞ、とんだ番狂わせだな)

失笑が漏れそうになるのを、北条の面々を憚って頼朝は堪えた。

「本当に三郎様(祐泰)は亡くなられたのですね……」

政子が、黒々とした瞳を潤ませる。

宗時と義時にとって祐泰は叔父だが、政子には伊東の血が入っていない。だが、優しい祐泰を兄のように慕っていたことを、頼朝は知っている。先刻も、宗時が戻ってくるまで、どうか間違いであるようにと、一心に祈っていた。

「あの爺様が弱々しく、『父を置いて逝くのか、順序が違うぞ』と、叔父上の頭を膝に乗せて、いつまでも頬を撫でてなあ……」

宗時の言葉にみなが涙を流す中、頼朝だけは乾いていた。

（子を失った悲しみを、お前が口にするのか。己の保身のために、実にくだらぬ理由で吾から子を奪ったお前が。此度のことは、自業自得であろう。貴様の薄汚い欲が、祐泰の命を奪ったのだ）

頼朝は祐親の胸倉を掴んで問いたかった。

どうなのだ、祐親。実際のところ、わが子と領地の、何れが大事なのだ、と。

「入道は、因果応報でございましょう」

ふいに、鞭打つような鋭い声が、哀しみに満ちた空気を乱した。あまりに己の気持ちを代弁していたため、心中をうっかり口にしてしまったのではないかと、頼朝は冷やりとした。

声の方を振り返ると、瞳に怒気を含んだ政子が映る。

「奪われる苦しみを知る番が、入道にも回ってきたのです」

政子は冷酷に言い放つ。

頼朝は目を瞠った。そして、何と激しく、優しい人なのかと息を呑む。政子は、この場でただ独りうそ寒さに堪えていた頼朝の悲憤に気付き、寄り添ったのだ。

頼朝は、政子を愛おしく感じた。この先、何か窮地に陥っても――――と確信する。

（この人は、共に闘ってくれるに違いない）

希望のようなものが心の奥底から湧き起こり、頼朝は政子と生きていきたいと強く願った。

下手人の大見小藤太と八幡三郎は、翌年の二月、祐泰の弟の祐清によって討ち取られた。

頼朝は、祐経を祐親の敵対勢力として抱き込みたかったが、さすがに祐清や北条氏への遠慮から表立っては動けない。だが、事件に関わらなかった祐経の弟の宇佐美祐茂《すけもち》ならどうだ。

（時宜を見て、接触しよう）

祐茂も孤立気味になる中で、頼朝と手を組むことは悪くない選択肢となるはずだ。

巻狩は、多くの益を頼朝にもたらした。以降、蛭島は客人で賑わうようになったが、心の内に秘めた野望は、まだ誰にも明かしていない。

（もう少し世の中が動いてからだ）

今は、親交を深め、相手を見極める時期だ。仲間となり得るかどうか。

一番の収穫は、政子を得たことだ。無事に生きて戻った頼朝の胸に、姫は約束通り躊躇《ためら》いもなく飛び込んできた。

八重姫の二の舞になるやもしれぬ不安はあった。だが、政子は八重姫とは違う。巻狩りのとき、手伝いの女たちの中に本当は八重姫もきていたそうだが、宴の間に姿を現すことはなかった。頼朝を避けたのだ。好奇の目に晒《さら》されることも堪えられなかったろうし、波風を立てたくなかったのだろう。それは当たり前のことだと頼朝も理解している。実際、目の前に現れれば、なんと声をかけていいか、どういう態度で臨んでいいか頼朝自身分からない。むしろ、そうしてくれて有り難かったとも言える。

だが、政子ならどうしたか。おそらく堂々と頼朝の前に出てきたろう。そうすることが良いという話ではない。ただ、ふたりはあまりに違うのだ。

(同じ結果にはなるまいよ)

確信をもって頼朝も、望んで政子の手を取った。

第二章　決起

一

　元号が、安元から治承に変わって間もない野分《のわき》の季節。頼朝《よりとも》は写経の手を止め、亀《かめ》に一杯の白湯を頼んだ。

「まだ続けられますか」

　椀を渡しながら訊《たず》ねる亀に、頼朝は首を左右に振る。

「いや、もう寝よう」

　これ以上、起きていては灯りの油がもったいない。いざという時のために銭を貯めねばならない。それに、数ヶ月前に叔父の祐範《ゆうはん》が亡くなり、わずかに生活が苦しくなった。頼めば比企《ひきの》尼《あま》も三善康信《みよしのやすのぶ》も祐範が支援してくれていた分を補填してくれるだろうが、頼朝は黙っている。

「嵐が来るな」

　外は風が荒れ狂い、古くなった蔀《しとみ》が悲鳴のような音をたてる。写経をしているうちは、集中していたから聞こえなかった。

「外は灰黒色の雲が渦巻いて、たいそう恐ろしゅうございます。雨ももうすぐ降り出しましょう」

　亀が寝具を整えながら答える。

　豪雨になれば周囲は水で満ち、蛭島《ひるがしま》は湖中の小島のような様相を呈する。水が引くまでは、どこにも行けないし、誰も訪ねてこられない。

頼朝は少しほっとしていた。これからのことを考えるのに、ちょうど良い時間となるだろう。

　少し前に大番役を務め終えた北条時政《ときまさ》が、都から戻ってきた。娘の政子《まさこ》と頼朝が男女の仲になったことを知り、

「何のために亀を差し向けたのだ」

嘆いたが、祐親《すけちか》のように罵倒はしなかった。

ただ、

「認められぬ」

首を縦に振ることもなかった。

時政は、頼朝に対して冷ややかな態度はとらなかったが、娘の政子には厳しく臨んだ。北条館に閉じ込めて見張りを立て、一切の外出を禁じたのだ。その後で、頼朝を遠出に誘った。ほんの数日前のことだ。

二人は、初めて会ったときのように馬を駆った。しばらく風と一体となり、領地の南端まできた。時政は流れる汗を拭《ぬぐ》い、

「六月に都で起こった事件は知っておろう」

と切り出した。

京東山の鹿ケ谷《ししがたに》にある山荘で、後白河院《ごしらかわいん》の近臣らが平家打倒の謀議を巡らした事件のことだ。

無論、と頼朝はうなずく。

密告によってことは早々に露見し、加担した者は拷問の末、打ち首となったり流罪になったりした。

実は、鹿ケ谷の陰謀事件には別の側面がある。事件が起こる少し前、後白河院と寺社が対立を深め、平家は院命で比叡山攻めを行うことが決まっていた。寺社勢力との反目は、どんな権力者にとっても命取りになり兼ねない。進んで、敵対したい者などいないのだ。この世の春を謳歌する平家とて、真っ向から対決することになれば、どれほどの痛手を被ることか。

これまで細心の注意を払い、時に機嫌を取りつつ上手《うま》くやってきた清盛《きよもり》としては、どうしても避けたい事態だったに違いない。だが、院命とあらば兵を動かさぬわけにいかぬ。平家とはそのための家柄なのだ。清盛は、忸怩《じくじ》たる思いに苦悶したはずだ。

ところが、比叡山攻め決行前夜、鹿ケ谷の陰謀が密告で露見した。

後白河院側近の中でも反平家勢力は根こそぎ失脚となり、院自身も一時はことに関わったのではないかと囁《ささや》かれ、進退が危ぶまれた。

清盛は後白河院には手を出さなかった代わりに、比叡山攻めも中止した。

そもそも、延暦寺と法皇の対立は、院近臣《いんのきんしん》西光《さいこう》（藤原師光《もろみつ》）の子と孫が、衆徒らを怒らせたことが発端だ。陰謀事件の露見で首謀者とされた西光が、清盛に顔を踏みつけにされ、拷問を受け、口を裂かれた挙げ句に首を刎《は》ねられた顚末に、延暦寺側は溜飲を下げた。平家は、寺社との対立の危機を回避しただけでなく、逆に信頼も得たのである。

あまりに清盛の都合よくことが運んだため、陰謀事件自体が平家によるでっちあげだったのではないかと、都でも噂《うわさ》されたほどだ。

頼朝にとって、事実か虚偽かは問題ではない。後白河院と清盛が、誰の目にも明らかに対立したということが、肝要だった。今は、平家が院を抑え込む形で、これまで以上に力を握っている。だが、抑え込む力が強ければ、いずれ反発が起こる。ことは、頼朝にとって、望む方向に動いているといっていい。

だが、時政にしてみれば、院側の権力の後退によっていっそう高ぶった平家の驕《おご》りこそ、警戒せねばならない。こんな時期に、源氏の嫡子頼朝と婚姻を結ぶわけにいかぬのだ。だからといって、祐親のように頼朝を切り捨てたくないのは、時政の言動の節々から読み取れる。

「まあ、時期が悪い。汲んでくれ」

時政はくどくどした説明は省き、そうとだけ言った。微妙な言い方だ、と頼朝は思った。

「時期が過ぎれば、大姫をいただけるのか」

「女なら、幾らでも用意致そう」

「大姫でなければ意味がござらぬ」

「巻狩の後、佐殿《すけどの》は近隣の豪族らと交流を深めているそうではないか……。もしもの時を見越しての行いと見たが、どうだ」

そうだ、と言えるわけもないから頼朝は黙っている。言質を取られ、清盛に突き出されれば、頼朝も顔を踏まれて殺されるだろう。

頼朝が答えないので時政は続けた。

「その気があるというのなら……大姫は諦めよ。北条の勢力はあまりに小さい。やがては、姫がそこもとの足かせとなろう。利口な選択ではないな」

それはすでに頼朝も考えた。いざ決起するとなったときに、この地を離れ、三浦氏のようなもう少し大きな勢力と共に旗揚げした方が、上手くことが運ぶだろう。政子と婚姻を結べば、必ず北条と共にこの地から起たねばならなくなる。

そうしなければ、北条氏も政子も、平家方の勢力に攻め入られて殺される。見捨てれば、頼朝の評判は地に落ちる。

だが、どれだけ不利な道になろうと、頼朝は政子と共に生きると決めたのだ。今更覆すつもりはない。

「大姫は、得難い人だと思うております。他に替えはききますまい」

ほう、と時政は感心したような表情を頼朝に向けた。一瞬、笑みを見せたと思うや、再び馬を走らせる。頼朝も追った。

話はこれで終わったが、頼朝はその言動から時政を籠絡《ろうらく》できると踏んだ。

(焦ることはない。平家は嫡子と目された重盛の義兄が、此度《こたび》の事件の首謀者の一人として配流ののち殺され、力をそがれていると聞く。今は弟の宗盛《むねもり》が清盛の後を継ぐのではないかと言われ始めているようだが、この男は優柔不断で器が小さい。風向きは、確実に変わり始めた。平家の世は長く続かぬ）

頼朝は、政子と己の気持ちさえ揺るがねば、八重姫の時のような結末は迎えないと信じている。

野分が去れば、義時《よしとき》に姫の様子を聞いてみようと頼朝は思った。気丈な姫だ。閉じ込められたくらいで、心は折れまい。それでも、文の一つも渡して、励ましてやりたい。

「あ、雨が降り出しました」

亀が部屋を去り際、外の雨音を伝えた。

いったん横になった頼朝だが、何か心ざわめいて半身を起こした。室内はすでに闇に沈んでいる。雨音は少しずつ激しさを増していく。盛り土を固め、そこそこの雨なら土橋の役割を果たす道も、半時経たぬうちに水没するだろう。

遠くで馬がいなないたような気がした。まさか、と思いつつ頼朝は立った。もう長く住んでいる場所だ。目を閉じていても、苦も無く移動できる。

灯りは点けぬまま、蔀に守られた障子の傍《そば》に寄って耳をそばだてた。気のせいだったのか、雨音以外、何も聞こえない。

（いや、待てよ）

息を止め、しばし外の音に集中する。水しぶきの上がる音とともに何かがすごい勢いで近づいてくる――。

時折、馬が鼻を鳴らす音も交じり始め、

「佐殿」

自分を呼ばる女の声が、途切れがちに聞こえた。

「佐殿、佐殿」

その声が徐々にはっきりし始める。

(そんな馬鹿な……)

頼朝は息を呑んだ。自分は夢を見ているのだろうか。紛れもなく声の主は政子だ。

(この嵐の中を……?)

頼朝は急いで板戸を開けた。

「姫」

暗くて姿が見えない。

頼朝は今一度声を張り上げた。

「大姫。吾《われ》はここだ。ここにいる」

目を凝らすと、うっすらと馬上の人影が目に映った。何というもどかしさだろう。早く、しかとこの目で姫の姿を確かめたい。

政子は、いったいどうやってこの暗闇の中を駆けてきたのか。そんなことは可能なのか。

頼朝の頭を色々な思いが巡る。

「佐殿」

政子が馬から飛び下りる。真っ直ぐに頼朝の腕に飛び込んできた。

どんっと確かな重みが胸に響く。とたんに、頼朝の中に言いようのない愛おしさが込み上がった。

「いったい何事です」

灯りを携えて盛長《もりなが》が駆けつけてくる。翳《かざ》された光の中に、政子のずぶ濡れの姿が浮かび上がった。

「おっ、おっ、これは姫様か」

盛長が驚きの声を上げる。

「会いたくて会いたくて、来てしまいました。この野分で、見張りが手薄になったのです」

冷え切った体を震わせながら、政子は頼朝の目を見つめた。

時政は反対したが、怒ってはいなかった。時を待つのが最善だったはずだ。それを、こんなふうに無理を通せば、きっと頑なになるだろう。

(何ということをしてくれたのだ)

そう思う一方で、恐ろしい嵐の暗闇の中を、女独りで走った政子のひたむきさに、頼朝の心が震える。これほど激しい女は見たことがない。泣きたくなるような嬉しさの中、頼朝は政子を抱きすくめた。

「荒れ狂う風の中、何が飛んでくるやもしれぬ。死ぬことだってあるのだぞ。もう無謀なことはしてくれるな」

政子も頼朝の背に手を回す。

「どうなっても良いと思うたのです。佐殿に会えないことに比べれば」

「そなたらしゅうないことを言う。死ねば二度と会えぬというのに」

「野分よりも佐殿を失うことの方が怖かったのです。また独りで権現《ごんげん》様へ去っておしまいになるのではないかと思うと居ても立ってもいられず……」

「まさか」

八重《やえ》姫の時とは状況が違う。頼朝の中の冷静な己が頭をもたげた。どう考えても此度の政子の行いは軽率だ。他の女には決してできぬ大胆さには強く惹かれるものの、男を慕うあまり、物事が見えなくなってしまった姿に、今まで「聡い」と信じていた分だけ失望する自分もいる。

(こんなに愚かな女だったのか……)

政子が別室で濡れた髪や体を乾かし、着替えをすませる間、頼朝は早急にこれからのことを考えねばならなかった。娘の脱走を時政が知れば、その時点で政子は連れ戻されるだろう。そうなれば、再びこんなことが起こらぬよう、見張りは厳重になる。何より、八重姫のように別の男に嫁がされるかもしれない。

（ここで手放せば、姫はもう二度と戻らぬやもしれぬ）

だが、せっかく自分を慕う豪族たちが蛭島に集い始めたというのに、二度も女で騒ぎを起こした男を、人は何と評価するか。

面倒なことをしてくれたと苛立《いらだ》つ自分の冷淡さに、頼朝は政子の愚かさ以上に失望した。

亀の小袖を借りた政子が身なりを整え、頼朝の待つ部屋へ戻ってきた。本心を読み取ろうとするかのように、じっと頼朝を見つめる。

頼朝が何か言う前に、

「水が引いたら、父上の手の者が捕らえに来る前に、私は独りで走湯《そうとう》権現様へ参ります。佐殿は、北条館へ戻るよう私を説得して帰したゆえ、その後のことは分からぬと父には言うてくださりませ」

きっぱりと、二人が今後成すべきことを言った。

「何を言うのだ。二人の問題を、何もかもその方だけに押し付けて良い道理があろうか」

「けれど、佐殿は私の身勝手な振る舞いに、困っておいでです」

頼朝は言葉に詰まった。こちらの動揺は、とうに見透かされている。それに、先刻の印象とは違い、思ったより姫は冷静だ。驚きはしたが、今の言動こそが、頼朝のよく見知った政子の姿である。

（吾は何かを見落としているのではないか。愚かと決めつける前に話し合おう）

「困惑したのは本当だ。平家が敏感になっている時期に、刺激するようなことは避けたいと父君が言われたため、時宜を計るつもりでいた。その矢先、そなたが館を抜け出してきたのだからな」

頼朝の言葉に、政子の顔色が変わる。

「私は取り返しのつかぬことをしてしまったのですね。父上がたいそうお怒りで、『これまで散々甘やかしてきたが、もう勝手はさせぬ。すぐにでも相手を見つけて嫁がせる』と声を荒げるものですから……話がまとまる前に逃れねばと……一刻の猶予もないように思い込んでしまい、かようなことを」

最後の方は途切れがちで、消え入るような声だ。

頼朝は政子を、今度は包むように優しく抱きしめた。

なるほど、時政の言動は、頼朝へのものと娘へのものとでは、ずいぶん違っていたわけだ。

自分は時政と話し合い、ある程度の腹中を探ることができた。が、政子は軟禁され、責められた。ただひたすら不安に苛《さいな》まれたことだろう。政子が、自分とはまるで違う判断をするのは、むしろ当たり前のことだ。

(吾と姫は、全く違う景色を見ていたのだ)

同じ事柄でも、立ち位置によって見え方も感じ方も違う。頼朝はハッとする思いだ。

(何という未熟さだ。誰にどんなふうに見えているのか、物事をあらゆる者たちの眼差しで見通せねば、とうてい人の上には立てぬ。今の己では、決起など覚束《おぼつか》ぬぞ)

真実は一つではない。見えるものが全てではないのだ。

相対する人物の眼は、いかなる景色を見ているのか――必ず推し量る癖をつけねばと頼朝は肝に銘じた。それは、相手がどんな情報を保有しているか、精査することと等しい。

（姫には大切なことを教えられた。やはり、わが人生において、かけがえのない女だ）

時政と敵対する形で政子の手を取れば、頼朝の評判は再び地に落ちるだろう。それでも、自分さえしっかりしていれば取り戻せるはずだ。だが、政子のような女は、二度と巡り合えぬかもしれない。

頼朝は今、自身の未来を大きく分かつ岐路に立っている。自然と脂汗が滲《にじ》む。

（鹿ケ谷の一件で、清盛の力は表向きこれまで以上に強まっている。しかし、実質は逆だ。あの男は失脚への道に足を踏み入れたのだ。かつての信西のようにな。行信《ぎょうしん》法皇（後白河院）がこのまま終わろうはずもない上、力で強引に抑え込んだ平家への不満は、いずれ押し返される時がくる）

今すぐに、ということはないが、必ずその時はくる。近い将来、時代は大きく揺らぐだろう。先日の話しぶりでは、時政もそれを意識しているようだった。北条は平氏だが、頼朝側に付いても良いと思っている節がある。だがそれは、「頼朝が集めた勢力に加担しても良いかもしれぬ」という程度の気持ちだ。

だのに、頼朝が政子を嫡妻に望めば、源氏の軍勢の中心に北条氏が座ることになる。そんな大それた覚悟は時政にはない。交通の要衝に位置し、豊富な財力と人脈を持つが、北条氏の兵力は伊東氏の五分の一に過ぎない。時政には、荷が重すぎる。

頼朝にしても、蛭島に出入りするもっと大きな一族を後ろ盾とした方が、損得でいえば得に決まっている。

（それでも……）

頼朝は一度、息を大きく吸って微笑した。

「風が止んだら、共に走湯権現様へ参ろう」

政子が大きく目を見開く。

「共に……」

「吾は時がくれば、起《た》つ」

頼朝の重大な告白に、政子は息を呑んだ。二人の間でそれはすでに暗黙の了解だったとはいえ、頼朝がはっきり口にしたのは初めてだったからだ。

「ゆえに長く生きられぬかもしれぬ。あるいは、戦漬けの人生になるやもしれぬ。何《いず》れにしても、平穏とは程遠い道となろう。不幸にするかもしれぬのに、求める気持ちを抑えられぬ。そなたと共に歩みたい」

「嬉しゅうございます。私も貴方《あなた》の横に立てるなら、平穏など今日限り捨ててしまいましょう」

ふたりは互いの目を見詰め、意思を確かめ合った。

二

頼朝が政子と走湯権現へ逐電してから、三年弱の月日が流れた。

その間に政子は頼朝の娘を産んだ。この子が、驚くほど美しい。頼朝も政子も顔立ちは整っている方だが、比べようもない。

噂を聞きつけた時政が、いそいそとやってきて、

「吉祥天女《きっしょうてんにょ》のように可愛らしい子よ」

顔をしわくちゃにした。政子に促され、抱き上げる。「あばばば」とあやしながら、

「そろそろ北条荘に戻ってこぬか、婿殿」

頼朝に声を掛けた。

「義父上《ちちうえ》とお呼びしても宜しいのか」

頼朝の問いに、

「今後、何が起きても、北条家は佐殿と運命を共に致すことを誓おう」

ふいに真面目な顔を向け、うなずいたのだ。政子の目に涙が滲んだ。これが治承二(一一七八)年のことである。

頼朝は、妻と娘を連れて北条荘へ再び帰ってきた。蛭島の館ではなく、時政が北条館の近くに普請してくれた新居に入った。

この一連の騒動のせいで頼朝から離れた豪族は、誰もいなかった。意外なことに、みな政子を頼朝の伴侶として好ましく思っていたのだ。保身に走らず、政子を連れて走湯権現に入った頼朝の誠実さを、かえって頼もしく感じたようだ。権現に身を寄せている間も、北条荘に戻ってからも、相変わらず頼朝の許《もと》には絶え間なく人が訪ねてきた。


頼朝は、武士にとって理想の世とはいかなるものか、やってくる男たちに必ず訊ねた。そうやって、自身の目指すべき未来図を、何度も修正を加えながら具体的に思い描き始めたのだ。

武士が天下を握る世を目指すのだと、掴《つか》み取るべきものを言葉に変えて輪郭を持たせたときから、頼朝にとって、平家を倒し、源家を再興することは目標ではなくなっていた。それは、あくまで通過点の一つに過ぎない。頼朝はもはや、その先を見つめている。

一方、都の状況は目まぐるしく変わった。治承二年十一月に、高倉《たかくら》天皇の中宮に上がった清盛の娘・徳子《のりこ》が皇子を産むと、清盛は翌月には立太子させた。後の安徳《あんとく》天皇である。清盛の悲願、帝《みかど》の外祖父となって世を統べることが目前となった平家にとって、この時が絶頂だったと言っていい。

だが、暗雲は早くも翌年には立ち込み始めた。清盛の長子・重盛《しげもり》が病のため、七月下旬に四十二歳で亡くなったのだ。重盛は、院と対立を深めていく平家の中で、後白河院との橋渡しのできる最後の人物だった。それが、死んだ。

後白河院は、重盛の所領を取り上げ、前月に亡くなった清盛の娘・盛子《もりこ》管理下の摂関家領をも没収した。それだけでなく、平家に不利な人事異動すら行った。

清盛が激怒したのは言うまでもない。清盛は十年前から、日宋貿易で栄える摂津《せっつ》国福原に屋敷を構えていたが、数千騎もの軍勢を引き連れ、直ちに上洛した。

それだけで、後白河院は震え上がった。清盛が口を開く前に、自ら今後の政《まつりごと》への不介入を誓った。が、清盛は許さず、院を鳥羽の離宮に幽閉した。その後、高倉天皇を動かし、院と親しい三十九人を解官させ、さらに全国の知行国の半分を、平家一門の手中に収めた。

これを後の世に、治承三(一一七九)年の政変という。

翌治承四年二月、高倉天皇が譲位し、四月には生まれてわずか一年四ヶ月(数え三歳)の安徳天皇が即位した。

これら平家の横暴に、最初に造反の狼煙《のろし》を上げたのは、後白河法皇の第三皇子・以仁王《もちひとおう》である。以仁王は、治承三年の政変時に、領地を取り上げられ、平家に対する恨みに満ちていた。

この時代、土地の奪い合いは命の奪い合いに直結する。人の土地を奪えば、相手は死に物狂いで略奪者の命を奪いにくると覚悟しなければならない。それほどに、ほとんどの争いは、領土問題から発している。

以仁王は、全国の源氏に対し、平家討伐を命じた。頼朝のもとに、この使者がやってきたのは、四月二十七日のことである。

使者は源為義《ためよし》の十男、つまり頼朝の叔父にあたる行家《ゆきいえ》である。

叔父といっても、頼朝には馴染《なじ》みのない男だ。「新宮十郎《しんぐう》」と名乗っていたはずが、今年になって伊豆国を知行する源頼政《よりまさ》の伝手《つて》で、後白河法皇の妹・八条院（暲子内親王《あきこないしんのう》）の蔵人となり、源行家と名を改めていた。

八条院は以仁王の養母で、その乳母子《めのとご》は池殿《いけどの》と呼ばれる平頼盛《よりもり》の妻である。頼盛は、かつて頼朝の命乞いをした池禅尼《いけのぜんに》の息子だ。その折、頼盛自身も助力してくれた。最近は、清盛の行いを嫌い、平家の中で孤立気味であった。

誰がどこまで挙兵計画に関わったのか、頼朝には分からなかったが、これらの人間関係を背景に、行家はやってきたのである。


頼朝は水干《すいかん》姿で源行家の前に出た。以仁王（高倉宮）の令旨《りょうじ》を持ってきたというので、内心はひどく動揺している。

（高倉宮が、流人に何の用があるというのだ。それに令旨とはいったい何だ）

頼朝は、何か突飛な印象を受けた。以仁王という名に、馴染みがなかったためである。

以仁王は後白河法皇の第三皇子だが、親王宣下は受けておらず、政の表に名が上ることもなかった。頼朝が以仁王を重要人物と目したことなど、今日まで一度もなかったのだ。

首を傾げる思いであったが、源義家が元服した武神の地・石清水《いわしみず》八幡宮のある男山方面を向いて遥拝したのち、令旨を受け取った。

その場で令旨を開いた頼朝の手が、目で文字を追うごとに震え出す。要約すれば「平家を討て」との下命であった。さして暑くもないのに、汗が滴る。

上座に座した行家の目に、こちらを見下すような色が仄《ほの》見えた。

（こやつ、気に入らぬ）

叔父とはいえ、行家はどこか信用ならない。挙兵は悲願でもあったが、以仁王からの命で起つというのも、正直なところ気に入らない。

令旨は有り難い。大義名分となる。令旨を掲げている限り、頼朝の軍は私兵とはならない。だが、欲を言えば、幽閉された後白河法皇から戴きたかった。重みがまるで違うからだ。

頼朝は一言も発さぬまま、令旨をたたんだ。行家はその場での返答などは一切求めず、

「吾は他にも参らねばならぬゆえ、これにて」

早々に北条荘を去った。

一人になって、頼朝はもう一度、令旨を開いて中を見た。

（本物なのか？　帝のご意思はどうなのだ。いずれにせよ、軽率に動いてはならぬ。平家を討てということなら、日本を割った長い戦になる。たとえ本物の令旨だったとして、源氏の嫡流のこの頼朝が、真っ先に駆け付けることに、どれほどの価値があろう。名の無い者は名を得るために、先陣を競わねばならぬだろうが、「源頼朝」の名には、それ自体に価値があるのだからな）

頼朝は気持ちを落ち着け、心を固めてから北条館へ向かった。時政に令旨を見せるためだ。

「これは……」

以仁王の令旨に目を通すうちに、時政は色を失っていく。視線は文末に至ったはずだが、しばらく紙面を睨《にら》みつけたまま、顔を上げようとはしなかった。処刑宣告されたような気分だろうと、頼朝は時政の心中を推し量った。娘と頼朝の婚姻を表立って認めたときから、いつか起

つ日が来ることは覚悟していたはずだ。が、いざとなると底なしの沼に沈むような恐ろしさが、ぞわぞわと這《は》い上がってくるのであろう。

頼朝も怖い。だが、もし機があるなら、頼朝個人が望もうと望むまいと、屈辱にまみれた一族の後継者として弓を引かずにいることは許されぬだろう。

比して、時政は、本来なら何も背負わずとも生きられる身だ。正直なところ逃げ出したいのではないか。何より、北条氏は平氏なのだから、叛意《はんい》有りと頼朝を突き出せば、これからも平穏に暮らせる。時政はこのごろ、娘の政子より若い妻・牧の方を娶《めと》ったばかりで日々幸せそうだ。さぞ、心が揺れるだろう。

それでも、頼朝は一番に時政に令旨を見せた。

(ここで時政に背かれるようでは、誰も率いることなどできまい)

出会って今日までの二十年間を懸けて、頼朝は時政の前に座している。時政が口を開くまでの時間を、気の遠くなるような思いで待った。

「佐殿は、いかがいたすつもりか」

ようやく発した時政の声は、しゃがれていた。

「高倉宮(以仁王)は、日本全国の源氏へ、平家討伐を御命じになるとのことゆえ、まずは各方面の情勢を正確に掴むために、四方へ人を遣わすつもりだ」

そうは言うものの、頼朝に動かせる手駒はほとんどない。

「人員は、北条家からも用意しよう」

時政は察してうなずいた。頼朝がすぐにでも以仁王の呼び掛けに応じるわけではないと知って、少し安堵《あんど》したようだ。

「いよいよ時が来たやもしれぬのに、佐殿は存外落ち着いているのだな」

時政の言葉に、頼朝は笑みを作った。

「長きにわたる雌伏の歳月を、逸《はや》る心一つで無駄にはしたくないからな」


令旨が届いてから、頼朝は政子と娘の龍《たつ》と過ごす時間をいっそう大切にした。数え三歳の娘とは、他愛ないことばかりする。手を繋いで散策しながら花を手折ったり、川を覗き込んで魚を探したりした。

龍姫は頼朝が傍にいると機嫌が良い。

「父様、父様」

愛らしい声で呼び掛け、にこりと笑う。

娘の顔を見ていると、なぜ自分は戦わねばならぬのかという、源氏の嫡男として許されぬ恐ろしい感情が湧き上がってくる。自分にとって本当に大事なものは何か。真に手にしたかったものとは――。もし、自分が源頼朝でなかったなら……。

そんな思いに囚《とら》われるとき、頼朝の頭に過《よぎ》るのは伊東祐親へ自身が心中で投げかけた問いだ。

――わが子と領地の、何れが大事なのだ。

ここにきて、この問いが頼朝自身に重くのしかかってくる。

――わが子と源氏と何れが大切なのか。

(もちろん、源氏だ)

だが、本当にそうだろうか。

(いや、そういう問題ではない。源氏再興は己が責務だ。血塗られた道を進むのは、源氏嫡男の定めであり、選ぶものではない。そのために今日まで生きてきたのではなかったか)

抱き上げると、龍姫は小さく温かな手で、頼朝にしがみついてくる。子供特有の甘い匂いが、ふわりと鼻をくすぐる。父の体温に包まれ安心したのだろう。腕の中でうつらうつらし始める。

だのに、寝てしまうのが惜しいのか、すぐにハッと目を見開くのだ。数拍の間も持たず、また瞼《まぶた》は落ちてしまう。

政子が幸せそうに横で微笑《ほほえ》む。令旨のことは告げていない。不安な気持ちにさせたくなかった。

五月に入ると頼朝周辺もきな臭くなった。次々と使者がやってくる。伊豆国主源頼政に仕える下河辺《しもこうべ》行平《ゆきひら》の使者が、頼政が挙兵準備をしていることを告げた。三善康信の使者も、この月も三度やってきて、刻々と変化する都の情勢を伝えた。ただ、それらはみな、約十日前のものであって「今」の状況ではない。仕方ないこととはいえ、もどかしさが募った。

一月もすると、どうやら以仁王の計画は露見し、頼政共々平家に討ち取られたらしいことが知れた。

その後、六月十九日、のっぴきならぬ知らせが頼朝に届いた。もたらしたのは、やはり康信だ。いつもの定期便ではない。毎月、三度遣わされる使者は、数日前に来たばかりだ。今度の使者は、頼朝に急を告げに駆け付けてきたのだと知れる。しかもやってきたのは、立ち居振る舞いが隠しようもなく優美な男だ。変装はしていたものの、朝廷に出仕経験のある頼朝には、男が僕従ではなく貴族だと一目で分かった。

「吾は康信の弟の康清《やすきよ》と申すもの」

二人きりになると男は名乗った。

「おお、三善殿の……」

当人ではないとはいえ、これまで二十年間尽くしてくれた康信の肉親を目の当たりにし、頼朝の心は揺さぶられた。三善康信は本当に実在したのだな、という奇妙な実感が湧く。

されど、この対面をゆっくりと喜んではいられない。康清は頼朝への急報を携え、朝廷には病と偽り、出仕を休んでまで馳せ参じたという。

「此度、文はございませぬ」

康信の意向は、口頭で伝えるという。それだけ重大なことなのだ。実際、それは頼朝の想像を遥かに超えるものだった。

「佐殿追討の命が発せられました」

と言うではないか。

頼朝は耳を疑った。

「朝廷が、吾を討つというのか」

なぜ、という疑問が真っ先に浮かぶ。まるで予想外のことだ。以仁王の呼び掛けに応じた動きは、一切見せていない。近隣の武士に挙兵を呼び掛けたこともなければ、時政以外に相談すらしていない。

(まさか、時政が)

瞬時に疑心が這い上がった。

(いや、時政だけは疑うてはならぬ。もし、あの男が裏切るのなら、源氏の命運はそこまでだったのだと従容として受け入れるべきだ。そのくらいの気持ちで背を預けねば、ことはならぬ)

北条は、一番身近で最初の味方なのだ。

「いかなる罪状であろう」

「高倉宮(以仁王)の一件に連座して、令旨を受けた全ての源氏を討つとのこと」

以仁王は全国の源氏に向けて、令旨を発した。つまり、ほぼ全ての源氏が追討の対象となったわけだ。

「源氏を根絶やしにするつもりか」

「中でも、佐殿はその筆頭でござれば……平家の差し向ける討伐軍が、近々首を取りに参ろうぞ」

衝撃的な知らせに、頼朝は胸をぎゅっと掴まれる思いがした。背骨が内側から粉々に砕けていくような、気持ちの悪い感覚が体中に広がる。これが世にいう、「足元から崩れていく」というやつなのか。

「兄が申すには、一刻も早くこの地を離れ、どこか平家の手の届かぬところへ……」

康清はしばし視線を泳がせ、言いにくそうに続けた。

「つまり……お逃げになるのがよいかと……」

「逃げるだと」

「奥州なら平家の手は届きませぬ」

「奥州平泉の鎮守府《ちんじゅふ》将軍藤原秀衡《ひでひら》の許か」

そうだと康清はうなずく。

北方の覇者、奥州藤原氏。平家ですらむやみに手を出せぬ存在。

清盛に睨まれ住む場所を失くした者が、最終的に逃げ込む地でもある。

弟の九郎義経《よしつね》も、三代秀衡に庇護されていると風の便りに聞いた。そこで、源氏の御曹司として大切に扱われているらしい。

なるほど、頼朝征討軍が動くより先に逃げ込めれば、命は助かるだろう。だが、一度でも頼れば、頼朝はもう単独で起てなくなる。その後、いくら活躍しようとも、「奥州藤原氏を後ろ盾とする河内《かわち》源氏嫡流の頼朝」として生きていかねばならない。

同じ理由で、秀衡に庇護された義経は、「奥州藤原氏に庇護された義経」として、その背後に常に秀衡の影を背負うことになる。

（傍流の九郎はいざ知らず、奥州を頼るなど、嫡流の頼朝には許されぬことよ。たとえこの身が八つ裂きにされる未来が見えようと、それだけはできぬ）

第一、彼の地は河内源氏にとって、掴み取れなかった悲願の地でもある。かつて奥州で起こった騒乱――前九年・後三年の役の折、当時陸奥守《むつのかみ》だった源頼義《よりよし》・義家《よしいえ》父子は、平定を目指したものの朝廷との折衝で躓《つまづ》き、夢は夢のままに終わった。二つの騒乱の中で台頭し、勝ち残ったのが、秀衡の祖父・清衡《きよひら》である。

先祖悲願の領土なのだから、頼朝にとって逃げ込むための地ではなく、平家を倒した遠い先に望むべき場所である。

頼朝は身を案じてくれた三善兄弟には、深く謝意を示した。

「危険を冒し、伊豆まで知らせにきたこと、決して無駄にならぬようにいたそう」

康清が帰ると、頼朝の周囲はにわかに慌ただしくなった。とうとう頼朝が、挙兵に向かって動き出したからだ。

まずは時政を呼び出す。以仁王の令旨の際は、舅殿《しゅうとどの》への相談という形を取ったが、今回は違う。主君として自身が上座に着き、時政を家臣として扱った。時政は頼朝のまとう空気の変化を敏感に察し、以後、態度も口調も、臣下の礼を尽くすようになった。頼朝は、時政という男の資質に満足した。

そのうえで、事態が暗転したことを淡々と告げる。

「佐殿の御心は決まっておいでか」

「うむ。これより迎え撃つ用意をいたす」

時政は目を閉じ、わずかに上を向く。三拍ほどの間、黙していたが、目を開くと「はっ」と頭を下げた。

頼朝は、小野田盛長と中原光家《みついえ》を源氏累代の御家人の許へ遣わし、頼朝の下へ参上するよう命じた。この段階で、挙兵のことはなお黙している。参向してきた者だけに、頼朝の口から直接伝えるためだ。そうはいっても、目的が分からぬ者などいないだろう。

半月ほどで回り終えて戻ってきた盛長らの報告によれば、一族惣領としての突然の厳命に、「よくぞ」と従う者もいれば、正気なのかと訝《いぶか》しみながらも応じる者、逆に反発を示したり、鼻で笑ったりする者もいて、反応はばらばらだったという。

「波多野義常《はたのよしつね》、山内首藤経俊《やまのうちすどうつねとし》めは応じないばかりか、佐殿を散々罵倒する始末。けしからぬ者どもです」

盛長は憤慨しながら頼朝に訴える。波多野氏は次兄の母方の一族だが、義常はもとより父義朝と仲違いしていた。そのため、応じる可能性は低いと頼朝も予測していた。だが、経俊は頼朝の乳母子《めのとご》なのだ。頼朝より歳は十歳ほど上で、平治の乱が起こるまでは、よく遊んでくれた。

(共に遊んだ者と殺し合うやもしれぬ明日が待っていようとは……昔の吾は思いもしなかったことよ)

優しかった経俊の母、乳母の山内尼《やまのうちのあま》の姿を、頼朝は頭の中でかき消した。

(情は捨てねばならぬ。あやつも、生き残るために、吾への情は切り捨てたのだ)

この間にも、大番役で上洛していた相模介《さがみのすけ》三浦義明《よしあき》の次男・義澄《よしずみ》と下総介《しもつけのすけ》千葉常胤《つねたね》六男・胤《たね》頼《より》が、任期を終えて戻ってくる途上、頼朝の許に立ち寄り、都の状況を伝えた。二人はことが起こったときは、一族共に参陣するよう、父を説得することを約束して別れた。

三

怖い――――。

挙兵を目前に、頼朝は強い恐怖心に囚われた。態度に出れば誰も付いてこなくなると、冷静を装っていたが、胃がきりきりと痛み、食欲も出ない。

政子と結ばれて以降、太って貫録の出ていた体は、八月を迎えるころにはすっかり細ってしまった。本音を吐露するなら、何もかもが分からなかった。

（挙兵とは……どうするのだ？）

鹿ケ谷の陰謀にしても、以仁王の平家打倒の計画にしても、全て事前にことは露見した。だから、頼朝は未だ時政以外の者に、「挙兵」という直接的な言葉は一切発したことがない。

（いつ……口にすればよいものなのか……）

そんなこと一つとっても「分からない」というのが、正直なところだった。

（そもそも二十年間も引きこもっていた男に、何ができるというのだ。しかも、わずか郎党は四人。己の兵は一兵も持たぬというのに）

悲観的な思いと、

（できるかできぬかなぞ問うべきではない。やらねばならぬからやるのだ。そのためにこそ、清盛の前で取るに足らぬ男のふりをしてさえも生き抜いたのだからな）

平家打倒への強い渇望の間を、行ったり来たりする。

八月になって、清盛が派兵した征討軍が伊豆に到着した、という知らせが入った。五月の以仁王討伐のために上京していた、相模国の大庭《おおば》景親《かげちか》や伊豆近隣の東国の武士らで構成された三千騎ほどの軍勢だ。

平家家人の景親らが征討すべき人物は、頼朝ではなく、つい先ごろまで伊豆国知行国主で以仁王と共に討たれた源頼政の孫――以仁王が挙兵した五月には目代として伊豆にいて難を逃れた有綱《ありつな》とその弟成綱《なりつな》である。

当時の地方の支配体制は、知行国主の下に行政官である国司がいて、四つの身分に分かれている。上から、守《かみ》・介《すけ》・掾《じょう》・目《さかん》である。相模介などの「介」は次官を指す。これら国司の代理人に当たるのが目代で、在庁官人らを管理している。

ちなみに北条氏は在庁官人に当たる。

大庭景親が伊豆に入ったときには、追討対象の有綱らは姿を晦《くら》ました後だった。追討軍は矛先を失い、困惑した。「逃げられました」と清盛に報告する間抜けぶりを避けるためには、何かしらの戦果がいる。頼朝の首は、格好の手土産となるではないか。

一方、二日沈黙した頼朝は、新しく目代となった平兼隆《かねたか》を近々攻撃すると時政に告げた。

時政は、ぽかんとした顔を頼朝に向ける。

「山木殿《やまき》を何故《なにゆえ》」

平兼隆は、山木郷在住のため山木殿と呼ばれている。

「山木郷は、北条荘と同じ田方郡《たがた》にあり、目と鼻の先に位置する。遠征せずとも北条館を拠点に、吾が先手を打てる唯一の平家方だからだ。さらに比較的規模が小さく、不意を突いて援軍の来ぬ間に片を付けられれば、最初の一勝を掴めよう」

いざことが起こったときに、誰が味方して誰が敵に回るのか、この一月ほどでだいたい見えてきた。頼朝の読みでは、ほとんどの者が最初の一戦では動かない。みな、口では良いように言っても、実際は日和見《ひよりみ》に徹するだろう。

平治の乱で、父にすり寄ってきた者どもは、清盛が都入りしたとたん、一斉に背を向けた。

頼朝に与すると約束した者も、実際に大庭景親の三千の軍勢を前にすれば、素知らぬふりをするに違いない。

だから、いきなりぶつかるわけにいかず、まずは「頼朝は強い」という安心感を演出したい。目代の首を挙げたところで焼け石に水かもしれぬが、それでも手際よく勝利を掴めば、何もやらないよりは頼朝に付く者が増えるだろう。

淡い期待だが、最善だ。

何より、「攻めかかられたから応戦した」というのと、「頼朝自ら起ち、平家に反旗を翻した」というのでは、雲泥の差がある。前者に付いてくる者はいない。後者なら……変わり者が付いてくるかもしれない。

はは、と時政は力なく笑った。

「山木殿も、目代になったばかりに気の毒ですな。就任してまだ一月ほどでしたか」

実父との諍《いさか》いで、一年半ほど前に伊豆に流されてきた流人《るにん》だったが、以仁王の一件で源頼政に代わり伊豆の知行国主となった平時忠《ときただ》の旧知だった縁で、目代へと出世した。これが一月前のことだ。目代にさえならねば、兼隆の首に価値はなかったのだから、襲撃対象となることもなかった。

兼隆が気の毒だと言いつつ、自身が一番気の毒だと時政の顔は言いたげだ。吊り上がった眉もしょぼくれて見える。

そんな時政を見ていると、頼朝は段々と可笑《おか》しくなってきた。そもそも軍議の席に二人しかいないこと自体、笑い出したいほど滑稽《こっけい》だ。ふっと一度吹き出してしまうと、後は止まらなくなって哄笑《こうしょう》する。笑うと何かが吹っ切れた。

「はて、何が可笑しいのか」

時政は首を傾げたが、途中から一緒になって声を上げて笑い出した。

場の空気が軽くなったところで、頼朝は時政の前に数枚の絵図を取り出す。

「これは」

「山木郷の詳細を記した絵図だ」

郎党の藤原邦通《くにみち》に探らせ、描かせたものだ。遊芸諸般に秀でて占いもできるため、敵地に乗り込んで探らせるのに適した男だ。

時政は、頼朝が周到に準備を進めていたことを知り、「ふーん」と息を吐いた。

頼朝は絵図を指さし、作戦を語った。

「決行日は、八月十七日早朝。三島社の神事のため、この近隣の者たちは、みな三島に出向く。山木方の力が最も削《そ》がれる日だ」

「なるほど。ここしかないという日でござるな」

「吾は不測の事態に備えて北条館より全体の動きに合わせて予備兵力を適宜投入する。本隊は舅殿に率いてもらいたい」

時政の顔が興奮に赤らむ。

「この俺が本隊を！お任せあれ。きっと期待に応えてみせましょうぞ」

「山木館までの進路だが、本隊はこの道をこう進む」

頼朝は大通りを指し、進路を指でなぞる。

時政は、難色を示した。

「この日は三島社の祭りのために、大通りは人で溢《あふ》れていましょう。迂回路《うかいろ》を取った方がよいのではありませぬかな」

と進言する。頼朝は即座に突っぱねた。

「この戦は全ての初戦に当たるゆえ、堂々と騎馬で大路を行け」

時政は頼朝の心意気に感じ入った顔で、

「はっ」

頭を下げた。

頼朝は、呼び出しに応じて配所に参向してきた豪族たちを、一人ずつ私室に呼び入れた。工藤茂光《もちみつ》、土肥実平《どひさねひら》、岡崎義実《よしざね》、宇佐美祐茂《うさみすけもち》、天野遠景《とおかげ》、佐々木盛綱《もりつな》、加藤景廉《かげかど》らだ。一対一になると、みなにそれぞれ、

「そなただけに打ち明けるのだ」

と前置きして山木攻め決行のことを告げた。

「頼りにしている。力を貸してくれ」

手を握り、目を見つめ、率直に頼んだ。だれもが、自分だけがこれほどまでに頼朝に信頼されているのかと、感動に打ち震えた。

「猪武者のような強面の男たちが、みな佐殿の部屋から目を赤く腫らして出てくるのは何でしょうなあ」

後で藤九郎盛長が頼朝をからかった。全てを打ち明けられている腹心の盛長は、中で何が行われたか知っている。

「さあ、なぜだろうな」

頼朝はとぼけた顔で、肩を竦《すく》めてみせた。

「悪いお人だ。真相を知れば、みながっかりしますよ」

「大いにがっかりしてもらおう。そうできるのも、明日あればこそだ」

「ああ、確かに」

「馬鹿でもない限り誰一人付いて来ぬほど、何も持たぬ将、それがこの頼朝だ。だのにあ奴らは、みな喜んで共に死んでくれるらしい。大馬鹿者だな。挙兵が上手くいけば奇跡だが、さらにその先の奇跡も見せてやりたくなるぞ」

「武士の治める世、というやつですか」

「新しい世だ。藤九郎は信じるか」

へっ、と盛長が破顔する。

「二十年も前から、大馬鹿者でして」

「違いない」

　頼朝に呼ばれた男たちは、みな合戦の準備のため、いったん在地へ戻っていった。

　入れ替わりにやってきた佐々木盛綱の兄・定《さだ》綱《つな》が、大庭景親側の動向を伝える。やはり、頼朝を討つつもりでいるという。

　決起予定十七日の二日前から、まるで頼朝の運命を暗示しているかのようにどす黒い雲が立ち込め、雨が降り始めた。それが、時が経つほどに激しさを増していく。雨中でも、大馬鹿者らはぞくぞくと頼朝の許に集まってきたが、十六日の夜になっても佐々木兄弟の姿が見えない。

　佐々木家は元々近江国に本領を有する豪族だったが、平治の乱で敗れて後、国を追われた。当主秀義《ひでよし》は藤原秀衡の従弟《いとこ》に当たるため奥州藤原氏を頼り、東下した。ところが、その途上、相模国で宿を借りた渋谷《しぶや》重国《しげくに》の家があまりに居心地良く、ずるずる居候するうちに二十年が経ってしまった。

　その間、秀義は重国の娘を娶り、子も成した。この子義清《よしきよ》の妻が、実は大庭景親の娘である。だから義清は平家方に付くかもしれぬと頼朝も危惧していた。が、同じ秀義の子らでも、近江で生まれた腹違いの定綱、経高《つねたか》、盛綱、高綱《たかつな》四兄弟は、日ごろから頼朝を慕っている。だから挙兵の計画も打ち明けたのだ。だのに、誰一人として来ないではないか。一家そろって平家に与したか。

（裏切りか）

　冷や水を浴びせられた気分だ。

（いや、この雨だ。渋谷からなら川を二つも渡らねばならぬし、雨量によっては氾濫《はんらん》する地だ。他の者より遠いうえ、敵地を迂回せねばならぬ

のだ。思うに任せず、遅れているだけだ）

頼朝は懸命に不安を押さえつける。頼みにしていた佐々木四兄弟が来ずとも、明日早朝に予定通り決行するのか、予定を変えて信じて待つか。頼朝は前夜の軍議の席で、決断を迫られた。

「なに、佐々木兄弟がおらずとも、この景廉が奴らの分も働いて見せましょうぞ」

父や兄らと駆け付けた加藤景廉が、豪快に笑いながら胸を張る。景廉は十代の頃から兄のように頼朝を慕い、ことあるごとに「平家の奴らなら吾が叩きのめしてご覧にいれます」と豪語してきた男だ。

「吾も一騎当千の働きを約束いたしましょう」

やはり頼朝を慕い、相模の佐奈田《さなだ》荘から「兄者、兄者」と北条荘に通い続けた岡崎義実の息子・佐奈田義忠《よしただ》も明るく胸を叩く。

「頼もしいぞ。ここに集まった者たちはみな剛の者ゆえ、任せるに足る男たちだ。しかし、佐々木兄弟も今頃、雨の中を全力でこちらに向かっておる。その苦労を思えば、明日の日が沈むまで、待とう。されど、来ても来なくても、日にちの変わらぬうちに攻めかかるぞ」

頼朝の中で疑惑は晴れていなかったが、いかにも信頼しているふうを装った。この寡兵の中、兵を三つに分けたい頼朝にとって、佐々木兄弟の参戦は諦めきれない。

夜。

二人きりになると、政子が膝枕をしてくれた。この日は特別に、枕元で灯りをともしている。

「寝ぬつもりか」

「顔を見ていたくて」

「いよいよ明日だ。怖くはないか」

本当なら、女子供は先に走湯権現に逃してやりたかった。だが、北条館と山木館の距離は半里（二キロ）ほどしかなく、山木方の下男がこちらの下女に夜這《よば》いに来ている。

　それぞれの郎党たちは祭りの人出に紛れ、北条荘のあちらこちらに身を潜めている。頼朝の館にはここ数年の間、毎日のように誰かしらが遊びに来ていたので、武士の出入りが多くてもさほど不審には思われないだろう。だが、館の女たちが一斉に姿を消せば、さすがに何ごとかと気取られる。避難は、戦いと同時にさせなければならない。今のところ、決起を知る女は政子ただ一人。

「怖いはずもございませぬ。私の袂には日と月が入っておりますもの」

　政子は微笑した。

「そうであったな。……清盛はな、保元・平治の乱より前は、明るく優しい男であった」

「えっ」

「今は見る影もなく変わってしまったようだ。人の上に立てば、吾も変わらねばならぬ。非情にならねば大勢の名のある男たちを従えることはできぬだろう。そなたの夫は、明日より万の屍《しかばね》を作りながら歩んでいく」

　頼朝は起き上がると政子に拳を突き出した。

「見ろ。震えている。これが頼朝だ」

　政子は頼朝の拳を両手でそっと包み込んだ。その手がやはり震えている。

「本当は私も……」

　二人はふっと笑い合った。

　頼朝も、もう片方の手で政子の両手を包んでやる。

「今後、己を見失いそうになるたびに、今日という日に立ち返ろう」


　翌日。

昨日までと一転して、空は晴れ渡った。怖いほどの青さの中、仲秋の太陽が照りつけている。未《ひつじ》の刻（午後二時）を過ぎたころ。

「佐殿、父上！」

頼朝と時政が戦の段取りを再び話し合っていたところに、義時が飛び込んできた。

「佐々木殿が参りましたぞ」

ハッと頼朝は立ち上がる。急いで館の外に飛び出すと、泥に塗《まみ》れた四兄弟の横で、一頭の馬が泡を噴いてどうっと倒れた。四人の道中の苦労が知れ、頼朝の目頭が熱くなった。

「よくぞ、よくぞ来てくれた」

頼朝は率直に謝意を示し、四人を館に招き入れた。

四

治承四年八月十七日夜。立待月《たちまちづき》が顔を出し、昼間のように地上は煌々《こうこう》と照らされている。二十年間引きこもっていた流人頼朝は、武士の棟梁となるべく、人生逆転への第一歩を踏み出した。

「雌雄を決し、これより先の吉凶を判ずる。出陣せよ」

よく通る頼朝の声に、鬨《とき》の声が続く。

「進めェ」

時政が叫ぶと、百騎に満たぬ軍勢が北条館を出立した。

いったん山木館からは遠ざかるが、大通りを北へ進む。棘木《ばらき》からさらに北へ行軍し、肥田原《ひたはら》まで出たところで二手に分かれる。時政率いる本隊はそのまま山木館に襲い掛かるが、盛綱を除く佐々木三兄弟率いる三十騎は、時政が選別した先導隊と共に堤権守信遠《つつみごんのかみのぶとお》を討ち取りにいかせるのだ。

堤信遠は、流人だった兼隆の後見役で、北条氏と本領を接し、山木館北方の山裾に館を築いている。臆病者ではないため、山木館が襲撃されたことに気付けば、当然兵を出してくるだろう。

山懐に抱かれた山木館攻めの最中、背後を突かれれば頼朝方は簡単に崩れてしまう。そうなる前に屠《ほふ》ってしまう算段だ。肥田原から二手に分かれれば、堤館の方が山木館より近いため、戦いの火の手はこちらが先に上がる。この時間差は、今日の戦の要となる。

頼朝の推測通り佐々木勢は、渋谷重国とその孫の義清は平家方の大庭軍に与し、近江組の四兄弟は頼朝方に、父の秀義は戦そのものに不参加と決めたようだ。このため動員できた兵力は多くないが、兄弟一人一人が強く、息が合う。

堤館に到着した佐々木勢の放った矢が、文字通り頼朝躍進の嚆矢《こうし》となった。

襲撃の際、順当にことが進むようなら、山木館に火を掛けるよう命じてある。だが、いつまでたっても煙が上らない。頼朝は縁側に出て厩《うまや》番《ばん》に命じ、より遠くが望めるように何度も木に登らせた。

確かに繰り出した兵数は少ないが、敵方も三島社の神事で出払って、手薄のはずだ。

（苦戦しているのか）

頼朝は横に控える盛長に、館に残っていた加藤景廉、佐々木盛綱、堀親家《ちかいえ》を呼び出させた。

「迂回路から徒歩で山木攻めの援護に向かえ」

全員に命じ、特に景廉には自身の薙刀《なぎなた》を渡す。

「吾の刃で兼隆の首を取れ」

日頃の大言を現実のものにして戻ってこいと送り出した。

山木館では、堤信遠の首を取った佐々木兄弟が援軍に駆け付けたものの、寡兵とはいえ居残った山木館の郎党らは屈強で、なかなか館内に踏み込めずにいた。

そこへ景廉らが駆け付け、戦況が動く。

しばらくすると煙が上がった。

「あ、上がりました。煙が上がりましたぞ」

木の上から厩番が叫ぶ。

その煙が激しくなるころ、景廉が頼朝の薙刀の先に兼隆の首を刺して戻ってきた。まずは一勝。頼朝は縁に座し、次々と並べられる首をしばらくの間、眺めた。

その傍《かたわ》らで、妹たちや娘の大姫を先に走湯権現に逃し、自身は館に留まった政子が、怪我人らの手当てをしている。


頼朝は挙兵の正当性を世間に示すため、下知状を発給し、東国の頼朝による支配の根拠が以仁王の令旨にあることを明らかにした。

たった一通の文書の発給だが、これは自身が謀反人ではないことを指し示す大事な一手である。頼朝の政治感覚が優れていることを分かりやすく知らしめる効果もある。最初の一勝と同じくらい評判を高めた。

初戦は、事前にことが露見せぬよう、人数をぎりぎりまで絞り込んだ。今は頼朝の挙兵は世に知れるところとなったのだから、一騎でも多く味方に引き入れ、大庭の軍勢と対峙《たいじ》しなければならない。

かねてより、二戦目から一族を挙げて参戦を約束していた、相模国三浦郡を拠点とする三浦義明《よしあき》と、一刻も早く合流を果たしたい。

三浦氏は桓武平氏の流れだが、義明は娘を義朝に嫁がせたため、源家との縁が深い。頼朝の兄・悪源太義平《あくげんたよしひら》は、この義明の娘が養母となって養育した。平治の乱の折、義平は三浦勢を含む東国の源氏の家人を束ねて上洛した。今、頼朝に従う武士の多くが、一度は義平の下で戦った者か、その遺族である。

ことに、義明の息子・義澄《よしずみ》は、平山季重《すえしげ》、足立遠元《とおもと》、上総広常《かずさひろつね》らと共に、例の五百の軍勢にわずか十七騎で斬り込んだ強者たちの生き残りだ。彼らは、その勇猛な過去を誇りに生きている。鬼神の如《ごと》き義平と、血飛沫《ちしぶき》を浴びながら夢のような興奮を共有した男たちは、頭脳派の頼朝を少し小馬鹿にする節があった。

この東国では死んだ兄と常に比べられ、「義平ならば」という目を向けられる。平治の乱の敗戦後、雪中の逃走時にまともについていけぬ弟に、義平が漏らしたチッチッという舌打ちの音が、劣等感を刺激されるたび頼朝の脳裏に蘇る。

だが、今はそんなことは、どうでもいい。駆け付けてくれれば、それだけで有り難い。

だのに、再び荒れ始めた天候のせいで、少し距離のある者たちは、伊豆に辿《たど》り着けずにいる。三浦氏も、当初予定していた三浦崎（三浦半島）から海（相模湾）を渡り、対岸の土肥（湯河原）へ上陸することができず、陸路を進むしかない状況だ。ちょうど野分の季節だから、天候を恨んでも仕方がない。天命のある方が勝つ。もう引き返せないのだ。突き進むしかない。

（源氏の道は、前にしか延びておらぬ）

「そなたとはここまでだ。我らは伊豆を出て土肥へ行く」

頼朝は、妻に別れを告げた。

「どうかご武運を」

「邦通に、大姫（龍姫）らの待つ走湯権現に何としてもそなたを無事に送り届けるよう、命じておる。勝って必ず迎えをやるゆえ、それまで息災にな」

政子は、出会ったときに見せた童女のような澄んだ笑顔で、

「行ってらっしゃいませ」

夫を戦いの地へと送り出した。

大庭景親の追討軍が到着するより早く三浦氏と合流するため、頼朝は桑原の長久寺に近郷の武士らを集結させた。

「これより、相模へ向け、土肥実平《さねひら》の先導で十国峠を越える」

吹きすさぶ風に負けぬ通る声を、頼朝は張り上げた。

土肥実平の所領に着いた頼朝は、手勢三百騎を率い、三浦崎（三浦半島）方面に向かって相模湾沿いを北上した。三浦崎の入り口、鎌倉にほど近い鐙摺《あぶずり》館に結集した三浦氏も、すでに土肥に向かって早駆けしているらしい。

だが、頼朝勢が早川まで来た時、三浦勢より早く大庭景親率いる平家方軍勢が、一里（四キロ）ほど先の丸子《まりこ》川（酒匂《さかわ》川）の対岸に姿を見せた。このまま進軍しても踏みとどまっても、平地で大庭勢を迎え討たねばならない。

（向こうは三千、こちらは三百。寡兵で大軍に当たるには、狭隘《きょうあい》の地に誘い込むしかなかろう）

頼朝は土肥荘から早川荘までの、内海（相模湾）を東に望む道のりを頭に思い描いた。今日、通ったばかりの道だ。西側の山が海岸線近くまでせり出し、平野が扇の要に向かうように狭まる地形があった。石橋山だ。

ここだと思い定めた頼朝は、ただちに石橋山

まで軍を下げる。東西に走る谷を北に見下ろす位置に布陣した。自身の旗の上に以仁王の令旨を掲げ、源氏の軍が賊軍ではないことを指し示した。さらに敵の進路となる斜面の木を伐採させ、丸太を転がすことで足止めをさせると共に、身を隠せぬようにした。二十三日の早朝のことだ。

この高地で持ちこたえるうちに三浦勢が駆け付けられれば、大庭勢を挟み撃ちにできる。

だが、どこまでも天は頼朝に試練を与えたいらしい。大庭勢が渡河を終えた黄昏時《たそがれどき》から地を抉《えぐ》るような雨が降り始め、まだ川を渡っていない三浦勢の応援は絶望的になった。

平家方三千騎は時が経つほどに石橋山付近に到着し、大将の大庭景親は、谷を隔てた高地に本陣を構えた。

さらに、伊東からは祐親が到着し、頼朝の南方の背後を塞いだ。あれほど頼朝を慕い、かつては父に背いて命を救ってくれた祐清も、今日は敵軍の中にいる。

「佐殿、あれを」

三浦勢のいない中、この人数差をどう跳ね返すか軍議中、実平が丸子川の方を指さした。頼朝は振り返る。雨をものともせずに立ち上る炎に照らされ、滅紫《めっし》の煙が徐々に天を覆っていくのが見える。

丸子川対岸で、どこぞの館が燃えているのだ。

「あれは」

「しかとは申せませぬが、三浦党が丸子川の対岸に参じたのでは」

実平の声が弾む。

おお、と他の者どもも、北を望んだ。

「きっと、到着を佐殿にああいう形で知らせたのでしょう」

頼朝はほっと息をついた。闇の中、逆巻く川を前に今は渡ることができずとも、こちらが持ちこたえれば、いずれ三浦勢が来る。そうなれば、互角に戦える。

「三浦党が渡河するまで、何としても持ちこたえるぞ」

頼朝勢は活気づいた。が、煙が見えるのは大庭方も同じだ。三浦党が川を渡れば挟撃される。その恐怖に突き動かされたのか。朝を待たず、風が吹き荒れる闇夜の雨中を突き、頼朝陣営に一斉に襲い掛かった。

頼朝は、景親がよもや夜のうちに攻めてくるとは思わなかった。

（景親は戦が下手なのか。闇夜は寡兵に利があるぞ）

白昼、この人数差でぶつかれば、細い海沿いの道で挟み込まれた頼朝は、平家の軍勢に呑み込まれるように討たれたに違いない。

よほど川向こうの三浦党に恐れをなしたのだろう。恐怖は人の判断を狂わせる。

小山の裾にとりつき這い上ってくる敵方に向けて、頼朝は幾度となく一斉に矢を放たせた。暗闇で何も見えず、狙い射ることはできない。暴風で矢は流れすぐに威力を失う。それでも、視界が利かぬ中で降り注ぐ矢は、敵方からすれば精神的な脅威になったに違いない。

だが、数で押す平家方はあっという間に丘のような山を登りきり、混戦となった。

かなり近づかないと互いの顔など見えぬ暗さだ。敵味方さえ分かりづらい。誰が将で誰が郎党かも、名乗りがなければ分からない。誰もが近くにいる人物に声を掛け、敵と分かるとすぐさま打ちかかる。

頼朝も景親も指揮の執りようなどなく、たちまち現場は訳の分からぬ様相を呈した。

「佐殿、佐殿」「頼朝はどこだ」「佐殿」

敵はみな頼朝の首を狙い、味方は頼朝だけは逃そうと、戦場のあちらこちらで頼朝を捜す怒声や喚声が飛び交う。やがて敵方の持つ松明《たいまつ》が灯りだす。初めから手にして迫れば狙い撃たれるため、敵味方が入り乱れるのを待っていたのだろう。一方、頼朝方は灯りを手にした者から殺していく。頼朝自らも得意の弓で狙った。

たちまち数刻が過ぎ、空が白み始めた。頼朝の目に、武藤三郎ら、よしみを通じた者たちの首を掻《か》き切られて斃《たお》れた泥まみれの姿が飛び込んだ。くうっと歯の隙間から悲嘆を含む呻《うめ》き声が漏れる。

「三郎、すまぬ」

だが、嘆いてばかりもいられない。一本の矢が頼朝の耳を掠《かす》めた。飛来した方角に顔を向けると、そこには大庭景親が、弓を手に頼朝を睨みつけている。

景親の脇には弟の俣野景久《かげひさ》が、兄を守るように立っている。その郎党の持つ生首に頼朝の目は釘付けになった。佐奈田与一義忠ではないか。

戦が始まる前、若い義忠は初陣に張り切り、ひときわ派手な鎧を身に着けた。嬉し気な姿が微《ほほ》笑《え》ましかったものの、目立ちすぎる鎧は標的になる。頼朝は、「着替えた方が良いぞ」と声を掛けたが、「戦は男の晴れ舞台でござればこのままで」と首を左右に振った。

「ならば、景親か景久の首を、お前が取れ」

将来への期待を込めて頼朝が掛けた言葉を、義忠は守ろうとしたのだ。

（あんな闇の中で、景親兄弟を探し当て、組み合ったのか。与一よ、お前という奴は……）

無念を晴らしてやりたいが、この状況では死ぬのはむしろ己の方だ。

「頼朝、覚悟をするのだな」

景親が二の矢をつがえ、頼朝を正面から狙った。互いの距離は三段（三十メートル《メートル》）ばかりか。

この時、二人の間に身を挺《てい》して躍り出た六人の男たちがいる。頼朝は物覚えが人に比して驚くほどいい。一度見た者も聞いた話も、名の知れぬ者のことさえ覚えている。この特技のおかげで、「吾のような者のことまで……」と、よく人に感動されるほどだ。

だから、六人の男たちのことも、覚えていた。巻狩の折に見かけたことがある。平家方に与した飯田家義《いえよし》の郎党たちだ。それが、頼朝を庇《かば》って、文字通り矢面に立つ。家義も駆け付け、

「この場は、我らがお引き受けいたす。佐殿は早くお逃げくだされ」

山中への逃走を促した。この男は、渋谷重国の息子で、景親の娘を妻に迎えている。ただ、景親とは土地争いを繰り返し、和睦の際にその証しとして娶ったため、仲が良いわけではない。

敵方に庇われ戸惑う頼朝に、

「場所柄参陣叶わず、平家陣営にいったん身を置けど、吾の心は佐殿に捧げてあれば、これより家義、お味方いたす。かような者は多うございます。どうかここはいったん退き、再起をお図りくだされ」

今度は強い口調で急き立てた。

「佐殿、こちらへ」

家義に呼応するように、山へ続く入り口で、この地を庭のように知る領主の土肥実平が手招きする。

「必ずや、恩に報いるぞ」

頼朝は轡《くつわ》取りに引かせた馬に跨ると、

「おのれ、家義。この裏切り者めが」

喚く景親の声を背に、石橋山を後にした。

石橋山の戦いにて、頼朝大敗。その後、行方知れず――。

この知らせが走湯権現に身を潜める政子の耳に、噂として届いてから数日が過ぎた。政子は胸が潰れそうになったが、これから北条の女はどうなるのかと打ち震える妹たちを見ると、

「未だ、お亡くなりになったと決まったわけではない。気を強くお持ちなさい。それに、佐殿は必ず迎えに来ると約束してくれました」

気持ちを奮い立たせて励ました。

(父上、兄上、それに四郎……どうか、ご無事で)

頼朝のことだけでなく、親兄弟の安否も気にかかる。時折、戦に加わった身分の低い男たちが、ひどい姿で走湯権現に逃げ込んでくる。身の回りの世話を焼いてくれている亀が、頼朝や政子らとは無縁の女のふりをして、そういう男たちから話を聞き出してくれる。断片的な戦いの様をかき集めては繋ぎ合わせてみても、夫も父も兄も弟も、誰の安否も分からない。

だが、戦の状況はぼんやりと浮かんできた。

頼朝らは三浦党と合流できぬまま、十倍の大庭の兵に攻められ、二日にわたって戦った。何度か陣を変え、立て直しを図ったが、人数差は如何《いかん》ともしがたく、崩れていったという。

二十七日になって、走湯権現に加藤景員《かげかず》が三日間何一つ食べ物を口にできぬまま、死ぬ一歩手前のような顔色で辿り着いた。頼朝が可愛がっている景廉や、今まさに政子らを匿《かくま》ってくれている文陽房覚淵《もんようぼうかくえん》の父親だ。景員は、政子のいる覚淵の房舎に運ばれてきた。意識は、はっきりしている。

政子は、景員の回復を待って、話を聞いた。

やはり頼朝の安否は分からないという。ただ、

「生きていると思われます」

嬉しいことを言ってくれた。

「我らは一度、佐殿が山に身をお隠しになる直前に、御身の前に集ったのです。お元気であられました。みな、最後まで付いていきたがり、佐殿もお許しくだされたのですが、土肥殿が首を横に振り、佐殿お一人ならどれほどの山狩りに遭おうと無事に逃がすことができるが、大勢が付いて回れば、見つけられてしまうと言われてのう。我らはそこから泣く泣く別れましたのじゃ」

「ならば、きっと再起いたしましょう」

政子は景員に謝意を示し、三つになる大姫を抱きしめた。


月が替わり九月になった。走湯権現に逃げ込む頼朝残党が後を絶たぬため、平家の探索に備え、政子たちは近くの郷の庵《いおり》へと居を移した。ちょうどその日に、一人の男が訪ねてきたのだ。

男は土肥弥太郎遠平《とおひら》で、政子とも顔見知りだ。

「おや、御台様は、今日は女の形《なり》をしてますな」

おどけた口調でまずはからかう。遠平の明るさから察し、

「殿は、ご無事なのですね」

高鳴る胸を押さえ、政子が訊《き》く。

「ご無事でございますとも。心配しているだろうから早く御台様に知らせてほしいと、真鶴岬《まなづる》から房州へ向かう舟に乗る際、この弥太郎をこちらへ遣わしたのです」

頼朝と会える日まで泣くまいと決めていたのに、政子の目に涙が溢れた。

「今までで、一番嬉しい知らせです」

「それはもう、吾も参った甲斐がありました」

自然と二人の顔に笑みが浮かぶ。泣き笑いだ。

「殿は気落ちしてはいませんでしたか」

「いえいえ。房総で千葉殿や上総《かずさ》殿、そして今度こそは三浦殿たちと合流すればたちまち人数も膨れ上がるのだからと、少しもへこたれた様子はございませぬ。それに、戦の最中、大庭方に表向きは味方しているように見せかけながら、あの負け戦の最中に源氏方に寝返る者も一人二人ではなくいたのでございます。追い風はわれらに吹いております」

良かったと、政子は涙を拭った。が、後から後から流れ落ちる。

「どうしてしまったのでしょう、私……」

恥ずかしくなって、顔が熱い。遠平は嬉しそうだ。

「佐殿はあんな人数差の戦の最中でも冷静で、二日目の戦いではお手持ちの矢が尽きるまで自ら弓を使われましたが、これが驚いたことに百発百中でござった。しかも、湧き立つ我らの前で、あくまで淡々と放つのですよ」

遠平はその時の頼朝の様子を演じてみせた。それがよく似ている。ひとしきり笑ったあと、

「父上や兄上らもご無事でしょうか」

政子は、一向に遠平の口に上らぬ肉親の安否について訊ねた。たちまち、遠平の顔が曇る。政子の胸がぎゅっと痛んだ。

遠平が姿勢を正す。

「父君と四郎殿はご無事です。されど、兄君は、見事景親本隊を引き付け、みなを逃がした後、討ち死になされた由《よし》」

ああ、と政子から笛の音のような声が漏れた。うれし涙はたちまち哀しみのそれに変わった。

男勝りの気の強い妹を、いつも困ったような顔で見守り続けてくれた優しかった兄の姿が脳

裏に次々と甦る。遠平の前では涙を拭ったが、真夜中に政子はそっと庵を抜け出した。人家を離れた場所で大木に背を預け、わっと声を上げて泣いた。

五

楠の丸太をくりぬいた側面に棚板を貼った小舟で、頼朝は房州を目指した。舷《ふなべり》から海側にせり出す上船梁《うわふなばり》に渡した板の上で、土肥実平の雇った水手らが、塩水を浴びながら舟を漕ぐ。沖に押し出されて黒潮に流されれば、二度と陸には着けぬという。赤銅《しゃくどう》に焼けた名も知らぬ男たちに、今は命を預けるよりほかない。

共に乗っているのは、腹心の盛長と、案内役の実平と、その郎党一人だけだ。

何ともいえぬ頼りなさの中、頼朝は戦で命を落とした男たちのことを想った。

（そうか、三郎〈宗時《むねとき》〉は死んだのか……）

子供の時から成長を見守ってきた男だ。父の時政と違い、おっとりして、底抜けに人が良かった。頼朝が目指す新しい世に憧れていた。構想を少し話してやっただけで頬を紅潮させ、

「凄い。佐殿はさような大きなことを考えておられましたか。朝廷の道具のように扱われ、振り回され、時に切り捨てられてきた我ら武人の国が建つ！　ああ、早う見とうございます。この世の常を打ち壊すその仕事、どうか吾にも手伝わせてくだされ」

夢中になって身を乗り出し、胸を叩きながらそう言っていた。宗時の夢見た世を、現実で見せてやることができぬまま、死なせてしまった。

宗時だけではない。藤七資家《とうしちすけいえ》の姿も、石橋山の最初の戦いの最中に見たのが最後になる。混

戦の中、はぐれただけだと信じたいが今もなお安否が知れぬ。

（この頼朝を信じ、二十年間も仕えてくれたというのに。資家よ、苦労ばかりかけて何一つ酬《むく》いてやることができなかった。……生きていてくれれば良いが）

岡崎義実の息子の佐奈田与一義忠も若い命を散らした。いつも、「兄者、兄者よ」と頼朝のことを呼んでいた。

「少し馴れ馴れしくありませんかな」

盛長が顔を顰《しか》めるほどの懐きようで、いつまでもそんな態度を取らせるわけにもいかなかったが、可愛くて仕方なかった。最後に見た姿は敵の手に落ちた生首だ。取り返してやることも叶わなかった。

自分のために多くの血が流れた。采配一つの違いで、死人が増える。武将ならだれもが通る道だが、人の未来を奪う恐怖に押しつぶされそうだ。

（なれど、血飛沫《ちしぶき》を浴び、敵味方の骸《むくろ》の上に立ってこそ、初めて見える景色がある。到達できる心地もある。与えてやれる新たな明日も、またあるのだ）

そう信じ、己を奮い立たせる。

頼朝は胸をガッと掴んだ。ぎょっとする盛長や実平には構わず、国家鎮護の社、石清水八幡宮の方角へ体を向ける。

「吾、八幡大菩薩《ぼさつ》を奉り、先祖頼義が石清水八幡宮より勧進した鶴岡若宮のおわす鎌倉へと移り、そこより武士の国家をうち建て、この日ノ本を鎮護せん」

よく通る声で、高らかに宣言した。

その場にいた武士がみなハッとひれ伏す。このときの頼朝の神々しさは、後に伝説となった。

安房国《あわ》平北郡猟嶋《りょうしま》の地を踏んだ頼朝を、先に渡っていた北条時政や義時、三浦義澄、岡崎義実らが出迎えた。

「佐殿、よくご無事で」

時政の目に涙が滲んでいる。頼朝の胸にも熱いものが込み上げてきた。まずは時政の目を見つめ、他の男たちの顔も、一人一人語り掛けるように見渡す。

「そこもとらもよくぞ生きて源氏の白旗の下に再び集ってくれた。これからまだまだ戦が続くが、頼りにしておるぞ」

力強く労った。おうっ、と鯨波《げいは》が上がる。

体は疲れていたが、一息つく暇はない。房総へ渡ったのは、大庭勢の勢いが届きにくい地ということもあったが、大豪族でかつて父の家人だった千葉常胤と上総広常の本拠地だからだ。さらに三浦氏も領地を幾つか支配している。

千葉氏、三浦氏、上総氏の三氏を味方に付ければ、大庭勢の十倍を超える兵力となる。東国の平家方はたちまち劣勢となり、清盛は都から頼朝征討軍を出さざるを得なくなるだろう。

何としても引きずり出し、撃破する――そこまでが、頼朝の描く第一段階である。

（三浦氏はすでにわが方に付いた。千葉氏は惣領の常胤こそどう出るか分からぬものの、息子らとは気脈を通じてある。上総氏は）

義平を信望している広常は、頼朝を小馬鹿にしている。さぞ頼朝の下には付きたくないだろう。だからといって、平家方にはもっと遺恨があることを、頼朝は事前の調べで知っている。

かつて上総に配流された平家家人藤原忠清《ただきよ》を、広常は世話人として大切に扱った。が、忠清は、許されて都に戻ったとたん、掌《てのひら》を返し、恩に報いるどころか、広常を失脚させようと動いた。

さらに、昨年の清盛の起こした政変後の人事で、広常は上総介の地位を奪われ、代わりに忠清が補されたのだ。忠清は、目代として平重国《しげくに》を現地へ送り、露骨に広常の領土を圧迫してきた。

忠清の背後には清盛がいる。このまま平家の世が続けば、上総氏はどんな扱いを受けるか知れたものではない。

（広常は平家に滅んでほしいはずだ。そして、この頼朝にも消えてほしいに違いない。だが、選ばざるを得ぬぞ。平家か、頼朝か）

頼朝は自ら広常に会いに行くことを決めた。

その前に、この地に住む安西三郎景益《かげます》に、文を認《したた》める。景益は、頼朝が幼少の砌《みぎり》、遊び相手として仕えていた男だ。幼少期にどれほど親しく接していても、乳母子《めのとご》の山内首藤経俊のように裏切る輩《やから》もいる。

経俊は、石橋山の戦いに大庭景親の傘下として参戦しただけでなく、頼朝の首を狙って直《じか》に弓を射た。自分でもどうかしていると思うほどの執念だが、頼朝は経俊の射た矢が刺さる鎧を、刺さったままの状態で、配下の者に房州まで運ばせてある。

「矢も抜かず、これをどうなさるおつもりですか」

人の良い盛長が心底不思議そうな顔で訊ねてきたが、頼朝はフッと笑っただけで答えなかった。再起した後、経俊を捕らえ、その鎧を見せながら処刑するつもりでいるなど、口にすれば盛長は唖然《あぜん》とするに違いない。

（経俊は、ただでは殺さぬ。皆の者への見せしめに利用してやる）

不届き者には徹底した制裁を、恩人には溢れんばかりの恩恵を与えるつもりだ。

安西三郎景益も、かつては毎日共に過ごした仲だが、あっさり裏切るかもしれない。この二十年のうち、幾度となく文のやり取りは続けてきた。文面の感触では、今も頼朝を慕っているように感じ取れる。が、果たして、どうか。

頼朝は書状で、景益がこれから成すべきことを命じた。

まずは、令旨を根拠に近隣の在庁官人に呼び掛け、引き連れてただちに馳せ参じること。次に、その途上で、平家の息のかかる役人をことごとく捕えること。

中央からの官人を捕らえ、国府を配下に置くことで、房総の支配を固めるつもりでいる。すべての正当性は以仁王の令旨である。実はこの令旨が、「正式な令旨の体」を成していないことに気付いていたが、構わなかった。頼朝は、これを徹底的に使うつもりだ。

他にも、下野《しもつけ》、下総《しもうさ》、武蔵の有力な豪族に呼び掛け、誘い合わせて源氏の白旗の下に集うよう、あちらこちらに書状を飛ばした。もし、日和見《ひよりみ》をする者がいても、千葉氏と上総氏が加担すれば、こちらへ靡《なび》くことだろう。

九月三日、上陸した猟嶋でできる全てのことを終え、頼朝は上総広常のいる東上総を目指し、出立した。

この日の夕刻、止宿した頼朝一行の襲撃を、企んだ者がいる。この地の豪族で、三浦氏と長年にわたって領土争いを続けてきた長狭《ながさ》氏だ。事前に察知した義澄ら三浦党の逆襲によって、長狭氏はあっけなく撃破された。

翌日。

「おおっ、鬼武者様、いえ、佐殿、お久しゅうございます。この通り景益が駆け付けて参りましたぞ」

書状で呼び付けていた安西三郎景益が、言われた通りに近隣の在庁官人を引き連れ、頼朝の宿所を訪れた。頼朝も懐かしさを隠しきれず、立ち上がって迎え入れる。

「三郎か、待ちかねたぞ。元気そうで何よりだ」

景益の頬を両手で撫《な》でんばかりのはしゃぎようで、盛長がぽかんとなる。頼朝は軽く咳払いをし、

「かように早く参向してくれるとは、嬉しいぞ。書状を受け取り、すぐさま出立してくれたのだな」

泊まっている部屋に景益を招き入れた。

「そのことでございますが、佐殿が上総殿のところへ向かっていると伺い、おやめになるよう進言いたしたく、急ぎ参った次第。それゆえ、都からの官人を捕らえには、これより出陣する所存でございます」

ふむ、と頼朝は眉根を寄せた。

「何ゆえの進言だ」

「房総の地は源家へのお味方が多い地とはいえ、まだ心定まらぬ者も多うござれば、昨夜のように襲ってくる輩も、またございましょう」

「昨夜のように、か」

ハハッと頼朝は笑った。

(あれは、義澄がそう仕向けたことだ。この頼朝を餌《えさ》に、因縁の深い長狭氏を揺さぶり、起たせてから屠《ほふ》ったのだ)

口にはしない。

頼朝は義澄の企図に気付いていたが、騙されてやった。三浦氏は頼朝の石橋山の敗戦の煽《あお》りを受け、平家方に付いた畠山重忠《はたけやましげただ》に攻められ、惣領の義明を失っている。義澄は気が立っているのだ。それが昨夜の戦で静まった。

「心配してくれるのだな。されど広常の軍勢は必要ぞ」

二万ともいわれる勢力だ。広常無くしてことはならぬ、と言えるほどの兵力である。

景益の目がきらりと光った。

「呼び付けなされませ」

「何」

広常が臍《へそ》を曲げたらどうするのだ。そんな言葉が頼朝の喉元まで出かかった。ぐっと堪える。人前で物欲しげな顔はできない。喉から手が出るほど欲しい男だが、力を持つがために、引き入れ方を間違えれば、持て余す。相応の駆け引きが必要なのも確かであった。

頼朝は景益の進言を受け入れ、上総広常を呼び出すことにした。上総氏を訪ねて引き入れた後、千葉氏に使いを送るつもりでいたが、同時に参向を促す。

広常には和田義盛《よしもり》を、千葉常胤には盛長を使者に立てた。自身は、景益の館に入る。


二日後、義盛が広常の返事を持って帰った。「千葉氏と相談し、参上する」という煮え切らぬ内容だが、頼朝は広常は必ず己に付くと読んでいる。

(あの男はもう、平家政権の下では生きられぬ)

愚図《ぐず》るのは、もったいぶっているからだろう。

(広常め、己をできるだけ高く売る気だな)

頼朝勢に参加すれば、他の追随を許さぬ勢力となる。自然と、頼朝の次に目されることになるが、それでは困る。頼朝の第一の腹心は常に政子の実家、北条氏でなければならない。だが、北条氏はあまりに小さい。上総勢二万騎に匹敵する「何か」がなければならない。

頼朝は時政を呼び、

「甲斐《かい》に行ってくれぬか」

甲斐の武田源氏を味方に引き入れ、信濃国《しなの》で兵を募り、逆らう者は討滅するよう命じた。

（時政、大きな手柄と共に戻ってこい）

意図は口にしなかったが、伝わるはずだ。そうでなければ、舅といえど価値はない。

時政が出立するのと入れ違うように、盛長が常胤の許から戻ってきた。

「『いったん途絶えた源家を、佐殿が再興するお姿に涙が止まらぬ』と申し、喜んでお味方いたすとのこと。もっとも涙は出てはおりませなんだが」

盛長は、いつものように少しおどけた風に千葉氏の様子を頼朝に伝えた。

「そうか、千葉は参るか」

「大切な伝言を言付かっております」

「うむ」

「佐殿が只今おわす場所は、要害の地ではないため、一刻も早く相模国鎌倉へお入りくだされ。常胤、一族郎党率いてお迎えいたす」

「鎌倉、か」

もとより鎌倉を目指しているが、まだまだ遠い。今いる安房国《あわ》から上総国を抜け、千葉氏のいる下総の千葉荘を通り、内海（東京湾）沿いに武蔵国を通過せねばならない。当然、通過地点の豪族らを抱き込むか、滅ぼすかしながら進むことになる。

頼朝が動かせる手勢は未だ五百騎に満たない。このうち、安西景益の集めた軍勢には、安房の役所を襲わせる。

（今、引き連れて出立できるのが……三百騎ほどか……）

三百騎を連れて、旗色のはっきりしない上総を通過せねばならない。もし、広常が襲い掛かってくれば、頼朝の命運は尽きる。

待っていれば千葉氏が頼朝を迎えにくるかもしれない。だが、それを当てにしているようでは、将としての底が知れる。手勢三百を数万騎に変えるため、頼朝自身の力で死地を踏み越えるのだ。

頼朝は再び広常に書状を送った。内容は次の通りである。

――常胤に相談するとのことだが、千葉氏は一族挙《こぞ》って頼朝に付いた。これより上総を通るゆえ、広常も今は急ぎ参向し、出迎えよ。

広常からの返事は、相変わらず頼朝を苛立たせるものだ。

「只今、軍勢を招集しているため、今しばらく時間をいただきたい」

愚弄している、と頼朝は人知れず歯噛みした。最初の使いを寄越《よこ》してから、すでに八日過ぎている。

（義平兄上の呼び掛けなら、いの一番に駆け付けたろうに）

そう思ったとたん、また平治の乱時の義平の舌打ちが、チッチッと脳裏に蘇る。

（くそう）

頼朝は構わず三百騎で上総に乗り込み、広常を訪ねることなく通過した。広常は、挨拶に姿を見せることもなかったが、襲ってくることもなかった。下総の入り口まで来ると、常胤の寄越した護衛の兵が出迎え、

「お待ちしておりました。下総国はすでに安寧を保っておりますゆえ、このまま国府（現市川市）にお入りくだされ」

頼朝一行を国府へと案内する。

常胤が国府を押さえているということは、頼朝が来るまでに下総の役所を襲い、都下りの役人らを殺すか捕らえるかしたということだ。その手際の良さに、頼朝は満足した。

国府では、常胤が息子や孫らと共に、頼朝を

迎える。

「目代の首は刎《は》ね、判官代は生け捕りにしております」

「判官代は、藤原親政《ちかまさ》だったか」

親政は清盛の父忠盛《ただもり》の婿だ。が、主の皇嘉門院《こうかもんいん》の後見人は九条兼実《かねざね》で、中立派の公卿《くぎょう》である。今は兼実を刺激すべき時ではない。殺さなくて正解だ。常胤は、政治的感覚も持ち合わせているようだ。

九月も下旬に差し掛かるころ、安西景益が安房国府を制圧し、一千騎に膨れ上がった軍勢を引き連れてきた。下総の国府南西の高地、鷺沼《さぎぬま》城を宿所にしている頼朝と合流する。

頼朝は、占拠した国府北方の台地に、武蔵国側に見せつけるよう、源氏の白旗数十流れをはためかせ、武威を示した。

これには思った以上の効果があり、日に日に人が馳せ参じてくる。数日前には三百騎しかいなかった頼朝軍は、今では万を数えるほどになった。

そして、ようよう上総広常が頼朝を訪ねてきたのだ。

取り次いだ盛長が、

「奴め、なかなかどうして。二万もの軍勢を揃《そろ》え、上総の国府もすでに押さえてから参ったそうですよ」

声を弾ませ、頼朝の居室に飛び込んでくる。

「嬉しいか」

「それはもう。これで房総三国の国府はみな、手中に収めたのですから、次は武蔵に向かえます。二万の軍勢も有り難いではござりませぬか。さらに上総は、よき馬と鉄の産地です」

「参向を命じて半月。遅参も甚だしいぞ」

「二万もの人数をまとめ、駄餉《だしょう》(兵糧)の用意も考えれば、むしろ早かったのではありませぬか」

「早いものか。吾が上総を通った折に、まずは顔だけ出すこともできよう」

「それは、まあ……」

「追い返せ」

「は？」

あまりに驚いたのか、盛長は口をぱくぱくさせた。頼朝が手でもう行くように指図すると、顔色を変える。

「お、お待ちくだされ。二万でございますよ」

「敵より怖いのは意のままに動かぬ味方であろう。お前の言う有り難い二万が、獅子身中の虫となれば、取り返しがつかぬ。迂闊《うかつ》に飛びついて良い相手ではないわ。頼朝は会わぬと伝えろ」

盛長は眉を八の字にしたが、

「承知いたしました」

部屋を出て行こうとした。頼朝が、ふとそれを引き留める。

「ところで二万全てを引き連れてきたわけではあるまい」

「こちらには五百騎ほど。上総の国府に数千騎を残し、残りは下総と武蔵の国境、隅田川沿いに配置してあるそうです」

頼朝は内心、広常の優秀さに、常胤の時と同じく満足した。厳しい態度を取ったが、実のところ上総広常を手放す気などない。これはいわば政治的駆け引きだ。藤原忠清の讒言《ざんげん》で清盛から嫌われている広常が、平家政権の下で奪われ続ける日々に甘んじるはずもなく、頼朝から離れれば独立して起つほか道はない。

だが、白旗の下にどんどん人が集まりつつある頼朝勢と違い、広常の軍勢が二万から増えることはない。その二万とて、頼朝と敵対すると聞けば、離れる者もかなり出るのではないか。案の定、取り次いだ盛長がすぐに戻ってき、広常が謝罪を申し入れてきたことを告げた。頼朝の読み通りだ。

頼朝は国府での対面を許した。

謁見の間で平伏し、謝罪の言葉を述べる広常を、頼朝は冷ややかに見下ろした。肩幅が広く、ひれ伏す姿は窮屈そうだ。

「顔を上げよ」

「ハッ」

面長に鷲鼻《わしばな》と吊り目が特徴の顔が、頼朝をぶしつけに見た。こちらを値踏みしている顔だ。

しばし、二人は互いを舐めるように見た。

(嫌な目だ)

かなりの沈黙の後、頼朝が口を開く。

「謝罪は受け入れた。遅参の分は、今後の働きで取り戻せ」

「……仰せのままに」

「下がれ」

あの人数だ。手柄は嫌でも立てるだろう。その時、大勢の前で大仰なくらい褒める予定だ。

盛長が言ったように、これで房総の国府は全て頼朝の手中に収まった。

土肥実平の弟・土屋宗遠《むねとお》にこの事実を持たせ、甲斐にいる時政と武田信義《のぶよし》への使者に立てた。

曰く、「房総三国は、頼朝の支配下に入った。これより、上野《こうずけ》、下野、武蔵を盗《と》る。それらの軍勢を引き連れて駿河へ赴き、平家の軍を迎え撃つ。黄瀬川《きせがわ》宿にて予の到着を待て」

少し前に、都では頼朝追討軍の派遣が決まったと、知らせがあった。それを受けての内容だ。

追討軍総大将は、清盛の孫、小松少将維盛《これもり》である。「桜梅少将」あるいは、「光の君」などと呼ばれる、まだ二十二歳の美貌の貴公子だ。そして侍《さむらい》大将には、上総広常を苦しめた藤原忠清が就いたという。

武蔵国に向けて、太井川（江戸川）と隅田川を渡河しようという時、思いもよらぬ客人が頼朝を訪ねてきた。

広常の時とは違い、頼朝は訪ねてきた一人の僧兵を、鷺沼の宿所の方に親しく招き入れた。人払いをして、二人きりになる。

僧兵は、頼朝をじっと見つめると、じわりと涙を浮かべ、感慨無量と言いたげに、

「兄上……」

と頼朝のことを呼んだ。

六歳下の異母弟だ。幼名今若丸《いまわかまる》、醍醐寺《だいごじ》に預けられて出家し、今は全成《ぜんじょう》と名乗っている。

頼朝は内心ひどく戸惑った。「兄上」と呼ばれたところで、これまで一度も会ったことのない弟だ。全成の母は、義経と同じ常盤《ときわ》御前である。身分が低いため、仮に平和な時代が続いていても、嫡男の頼朝とはさほど親しく交わることなどなかっただろう。

だが、こんな境遇になると、かえって愛おしく感じるものなのかもしれない。無防備に、咽《むせ》ぶように泣き始めた全成が、少しずついじらしく思えてくる。

「よく……来てくれた」

頼朝は兄らしい言葉を掛けてみた。

（弟か……私にとって弟とは、四郎や五郎のことだ）

四郎は平治の乱で亡くなった。五郎は土佐に配流となった。今はどうしているのか。

叔父の祐範が生きていたころは、

「五郎も土佐でなんとか頑張って生きているようだぞ」

と何度か文にその名を綴《つづ》ってくれた。だが、祐範亡き今は、消息も知りようがない。

年齢は、全成の一つ上だ。生きていれば、二十九歳。全成のように立派な大人になっていることだろう。

（五郎……会いたいものだ……）

そう思うにつけ、今まで縁が無かったが、こうして世が代わり、自分を兄と慕って訪ねてきてくれたのなら、全成のことも可愛がってよいのではないかという気になる。

「高倉宮様の令旨の話を伺い、寺を抜けて参りました。箱根まで来たところで石橋山の戦いが始まり、恥ずかしながら間に合わず……」

思いもしなかったことを全成が言う。

「そうか。駆け付けてくれていたのだな。落ち武者狩りに巻き込まれずに、無事で良かった」

頼朝の労りの言葉に、全成は声を詰まらせた。


「か、かような温かきお言葉を、掛けていただけるなど……お……もいもよらず……今日という日を一生忘れませぬ」

「お前の話を聞かせてくれ。この二十年を、どうやって生きてきたのだ。いかにして、ここまで辿り着いた。この兄に教えてくれ」

全成は、頼朝に促されるまま語り始めた。

「平治の乱が起こったのは、七つを数える年でした。母は清盛の前に引き出され、私と二歳下の弟八郎（義円）は、それぞれ醍醐寺と園城寺《おんじょうじ》に預けられました」

「叔父上も園城寺ゆえ、義円の話は少し聞いておる」

「はい。祐範様とわれらには、血の繋がりが無いというのに、兄上（頼朝）とのご縁で、ずいぶんと目をかけていただいたと、弟も感謝しております」

「九郎（義経）は鞍馬寺《くらまでら》だったな」

「まだ生まれたばかりの赤子だったため、大蔵《おおくら》卿《きょう》（一条長成《ながなり》）に再嫁した母の許でしばらく育てられた後、鞍馬寺へ連れていかれたと伺うております」

「今は奥州にいるとか」

「詳しい経緯は知りませぬが、大蔵卿の従兄弟（藤原基成《もとなり》）が鎮守府将軍（秀衡）の舅に当たられる縁で、とのこと」

「九郎の奥州行きは大蔵卿が嚙んでいるのか」

（鞍馬寺を脱走したと聞いていたが、養父長成が手引きしたのかもしれないな）

それなら、義経が平泉で秀衡に大事に扱われているという噂もうなずける。

「裏の事情はしかとは分かりませぬ。大蔵卿とは会うたこともござらぬゆえ」

全成、義円、義経ら三人の母の常盤御前は、しばらく清盛にもてあそばれたが、その間に物心のつく上の二人は寺に送られたのだ。まだ赤ん坊の義経だけが、母の手元に残され、常盤御前の次の嫁ぎ先にも連れられていった。長成の養子になったのは、義経だけである。

「九郎とのやり取りはないのか」

全成は首を左右に振った。兄弟とはいえ、縁は希薄なようだ。

「会いたいか」

「この手に抱いたこともある弟でございます」

それ以上、頼朝が質問をしなかったので、全成は平家の残党狩りの目をかいくぐり、どうやって生きながらえて下総まで来たのかを、語り出した。

「実は、箱根の山で偶然にも佐々木兄弟と会うたのです」

頼朝の鼓動がどくりと鳴った。

「佐々木兄弟だと」

何という意外な名だ。石橋山で別れて以降、ずっと佐々木兄弟の安否が気に掛かっていた。頼朝挙兵の第一矢を放った者こそ、佐々木経高なのだ。

（そうか、生きていたか）

「佐々木四兄弟、みな無事であろうか」

頼朝は、急かすように全成に尋ねた。頼朝に付いた、定綱、経高、盛綱、高綱のことだ。

「誰一人欠けることなく御無事です」

「おおっ。されど、戦から一月以上、いったいどこに隠れておったのだ」

戦地も、その周辺も、大庭勢の支配下に置かれているはずだ。一番土地勘のある居住地の渋谷荘は、領主の渋谷重国が平家方に付いたから戻れまい。そう考えたが、

「渋谷殿がずっと匿ってくだされました」

全成は意外なことを口にした。

「何だと。重国は敵ではないか」

「必ず庇ってくれるからと、佐々木殿は明るいうちは山に潜み、真夜中に渋谷館を目指しました。拙僧は、正直もう終わったと思いました。幾らこれまで親しく付き合ったからとて、敵味方に別れた後も、さような都合の良いことなどあろうかと……半信半疑ながら付いていくと、渋谷殿はたいそう喜ばれて、『よく無事でいてくれた。よくぞ、吾を信じて頼ってくれた』と涙を流し、招き入れてくれました」

そうは言っても、油断させて首を取る気ではないかと疑ったのだと全成は言う。

そうだろう。父の義朝は、味方と信じた家人長田忠致《おさだただむね》にいったん匿われた後、裏切られ、殺されたのだ。同じことが起こるのではないかと疑うのも無理もない。

だが、渋谷重国は違ったという。

「終始、手厚く遇していただきました。差し出せば手柄になるというのに、あのお方は慈悲深いお人です。平家方は、佐々木殿らの妻子まで捕らえにきましたが、『差し出せぬ』と毅然とお断りになり、敵対することも恐れず、守り通しております」

「そうか。良き話を聞いた」

「実は、次郎殿（経高）と三郎殿（盛綱）が共にこの地に参っております。どうか、お会いになってくだされ」

「何だと」

頼朝は考えるより早く立ち上がっていた。

「無論だ。今すぐ会うぞ。何の遠慮がいろうか」

「本当は四人全員参りたかったのですが、平家に逆ろうた渋谷殿が心配で、お二人は残ったのです。後日、必ずや駆け付けるとのことでございます」

「うむ。分かっておる」

頼朝は経高と盛綱を呼び出さず、自ら外へ飛び出した。全成の案内で、二人が控えている場所へ行く。姿を認めると、大声を上げた。

「次郎、三郎。無事で何よりだ。さあ、顔をよく見せてくれ」

「佐殿」

「おおおっ、佐殿よ」

頼朝の喜ぶ姿に、二人は男泣きに泣いた。


下総国から武蔵国へ向かうための渡河は、上総広常と千葉常胤主導で行わせた。

佐々木兄弟が石橋山の戦いでばらばらになった伊豆や相模の兵を集め、全成と共に引き連れてきたので、頼朝の使える軍勢は三万騎に膨れ上がっている。

「石橋山で戦ったのが八月二十三日、そして今日が十月二日。ここまで来るのにわずか四十日……。見渡す限り味方の兵でございますなあ」

隅田川の対岸、武蔵の地を踏んだ頼朝の横で、盛長がしみじみと言う。

その盛長の甥で武蔵国足立荘を本拠とする足立遠元《とおもと》が、手勢を引き連れ、頼朝を迎えた。「義平の十七騎」の生き残りの一人である。

「お待ちしておりました」

実際に三万の兵が進軍してくると、武蔵国の豪族は次々と頼朝の旗下に馳せ参じた。中には、石橋山の戦いで敵方に回って戦った、畠山重忠や河越重頼《かわごえしげより》、江戸重長《しげなが》らもいる。

この三人は、三浦党の籠《こ》もる衣笠《きぬがさ》城を攻め、惣領の義明を討ち死にさせている。大将を務めた畠山重忠は、まだ十七歳の若者だ。父親が都で大番役を務める最中に頼朝が起ったため、若い重忠が畠山家を率いて戦わざるを得なかった。

三浦義澄ら三浦党にとって三人は、惣領義明の仇《かたき》である。義明に命じられたためとはいえ、八十歳を超える年老いた父を独り残し、頼朝を助けるため城を脱した義澄にすれば、はらわたが煮えくり返る相手だろう。

頼朝も父を殺した長田忠致を許すのは難しい。この世で最も残酷なやり方で殺したい、というのが本音である。

それでも、武蔵国を制するには、彼らを許し、味方に加えるのが最善の方法だ。

頼朝は、義澄ら三浦党の主だった男たちを呼び出した。

「分かっております」

と義澄は言う。

「大きな勝利のために、われらは恨みを呑みましょう」

（すまぬ）

頼朝は心中で詫びた。だが、口にしない。数万の将となった今、酬《むく》いる法は、詫びではない。

こうしてかつての敵も受け入れながら、頼朝勢は武蔵国を抜け、相模国へ入った。

頼朝は、畠山重忠勢を先触れに、千葉常胤勢を引き連れ、生まれて初めて源氏縁の地、鎌倉の土を踏んだ。

「これよりこの地を源氏の本拠地とする」

頼朝は馬上、高らかに宣言した。

第三章　鎌倉殿

一

（ここが鎌倉……）

治承四（一一八〇）年十月十一日。

北条政子《まさこ》は、武衛頼朝《ぶえいよりとも》の御台所《みだいどころ》として、鎌倉入りを果たした。

本当は昨日のうちに着いていたが、縁起を担いで今日にしたのだ。妹たちや娘の龍《たつ》姫は、まだ潜伏先の秋戸郷《あきとのごう》にいる。まずは政子だけが駆け付けた。

（やっと会える。やっと、やっと）

すました顔をしていたが、心の中は余裕がなかった。石橋山の大敗の報に触れて以来、頼朝は無事だろうか、このままどうなるのだろうか、と毎日不安で胸が潰れそうだった。九月に入って無事だと知らされた際に安堵《あんど》したのも束の間、その後に何かありはしないかと、たちまち心配になった。

（私はこんなに弱い女だったろうか）

もっと気性も激しく、それだけに気丈さも持ち合わせていると自負していた。己の乱れようが信じられない。それでもできる限り、表に出さぬよう気を配ったつもりだ。隠れ家に共に過ごす女たちの心の支えは、政子だったのだから。だが、どんなに気強く振る舞っても、自分自身は誤魔化《ごまか》せない。みなが寝静まった夜は、独りこっそりと宿所を抜けた。外の風に当たりながら、泣きたいのをぐっと堪え、夫の無事を祈った。

政子は、頼朝に嘘を吐《つ》いていた。日と月を掴《つか》んだ夢を見たのは自分ではない。妹の方だ。妙な夢を見たと妹から相談され、その日のうちに夢を買った。妹は、前から欲しがっていた小袖や鏡を対価に受け取り、無邪気に喜んだ。この経緯を、いまだ頼朝に打ち明けていない。

(夢買いは普通に行われていること……)

そうではあるが、買った夢でも本当に効き目があるのか確証は無い。効き目があれば、夫とは無事に再会できるはずだ。政子の夫は日本を統べる男なのだから。

(どうかご無事で)

頼朝を想って過ごす夜は、胸が苦しくてたまらなかった。

だが、もう今日からは、そんな思いはしなくていい。

それにしても、鎌倉は何とうら寂れたところだろう。こんな鄙《ひな》びた場所に、驚くほど多くの武士が溢《あふ》れかえっている。空気自体も男臭い。

頼朝が住まう館もまだできていない。宿所に使っているという民家に、大庭景義《かげよし》の先導で政子は入った。景義は大庭景親《かげちか》の兄だが、弟と袂《たもと》をわかち味方についた男だ。

宿所の出入り口の前で、頼朝は待っていた。

(こんな人だったろうか)

違和感を覚えたが、

「佐殿《すけどの》!」

政子はわずかな距離ももどかしく、駆け出していた。頼朝は目を瞠《みは》って政子を抱き止めた。


十月十九日。

頼朝は、平維盛《これもり》を総大将とする平家の頼朝追討軍と対峙《たいじ》するため、三日前に鎌倉を出て駿河国黄瀬川《きせがわ》まで進軍した。すでに武田勢や時政《ときまさ》、義時《よしとき》父子らも到着している。加藤光員《みつかず》、景廉《かげかど》兄弟も、石橋山の敗走後に甲斐《かい》に逃れ、時政や義時と合流していた。聞けば、思った以上に甲斐に逃れた者は多い。彼らは、武田勢に混ざり、駿河国目代橘遠茂《とおもち》を攻め、首級を上げた。討ち取ったのは、光員だ。弟が山木兼隆《かねたか》の首を取ったことを合わせれば、加藤兄弟の働きは格別である。

流人《るにん》時代、

「佐殿、平家の首が欲しくなったら言うてくだされよ。吾《われ》が取ってご覧にいれます」

景廉などはよくそんなことを言って、せり出した逞《たくま》しい胸を叩いていたが、真に言葉通りの活躍だ。頼朝は嬉しかった。

だが、憂いもある。時政の話では、武田勢率いる武田信義《のぶよし》は、頼朝に敵対するつもりこそないが、今のところ臣従もしないという。

(差し当たりそれで構わぬが、いずれ白黒つけねばなるまい)

数万の兵でごった返す黄瀬川宿に、駿河の豪族が次々と参向してくる。頼朝は幕内で、鎧直垂《よろいひたたれ》に小具足を身に着けた姿で、応対した。

ふと、人の波が途絶え、しばし時間が空いた。

「汗をお拭《ふ》きください」

冷たい水で濡らした手ぬぐいが、スッと目の前に差し出される。今月から使っている乳母子《めのとご》の小山七郎宗朝《むねとも》(後の結城の祖・朝光《ともみつ》)だ。まだ十三歳の少年である。隅田川を渡る前に頼朝の乳母の寒河尼《さむかわのあま》が、「私の息子でございます。どうかお側近くに置いてくださいませ」と、頼朝の許《もと》に連れてきた。

母に似て、整った顔立ちをしている。

「十三か。吾の初陣の歳だな」

頼朝は快く引き受けた。

宗朝はまだ元服前だったので、その場で頼朝が烏帽子親《えぼしおや》となって、元服させた。あの日からずっと傍《そば》に置いている。

宗朝の差し出した濡れ手ぬぐいで顔を拭《ぬぐ》うと、それだけでずいぶんとさっぱりした気分になった。一息ついたのも束の間、すぐに天野遠景《とおかげ》が面会を求めてくる。

天野遠景は伊豆の押さえに置いておいたはずだ。それが何用で黄瀬川まで出てきたのだろう。横に控えていた時政も、首を傾げている。頼朝は訝《いぶか》しみながら、遠景を幕内に通した。

「まさか相撲を取りたくて駆け付けたのではあるまいな」

つい、親しさから頼朝は軽口を叩いた。天野遠景は、嬉しげな顔を一瞬、見せたものの、すぐに真顔に戻り、

「伊東入道とその子九郎を捕らえ、引き連れて参りました」

伊東祐親《すけちか》と祐清《すけきよ》を生け捕りにしたことを告げた。

(何だと)

祐親から受けた数々の屈辱が、頼朝の中に瞬く間に蘇る。流人風情が、と罵られ、子を殺され、自身も命を狙われた。到底、許せることではない。

「一人ずつ会おう。入道から連れて参れ」

縄を打たれ惨《みじ》めな姿で引きずり出された祐親を、頼朝はしばし冷ややかに見降ろした。

「久しいな、入道」

声を掛けたが、祐親は無言である。

「命乞いをしてみるか」

嬲《なぶ》るような言い方になった。こういう時の処断の下し方も、今後の統治に影響する。人目があるのだから、憎しみを前面に出すのは、褒められた行いではない。頭で分かっていても、憎悪が噴き上がり、体の内側に火の玉が駆け巡る。

「好きにせい。吾は負けたのだ」

祐親はそれだけ言うと、ふいと横を向き、もう頼朝と目も合わせなかった。こういう態度も怒りを呼んだ。が、頼朝が口を開く前に、

「お待ちくだされ」

叫んだ男がいる。

側に控えていた三浦義澄《よしずみ》だ。

「入道の身柄を、吾に預けていただけませぬか」

義澄にとって祐親は舅《しゅうと》に当たる。しかるべき手柄を挙げた後、それと引き換えに命乞いをするつもりなのかもしれない。

果たして、そうなったら自分は祐親を許すことができるだろうか。

後のことは分からぬが、今は義澄の願いを無《む》碍《げ》にはできない。頼朝は、義澄の父義明《よしあき》を殺した畠山重忠《はたけやましげただ》らを、「許せ」と強いた。他者に強要しておいて、己のみ私情に走るなどできようか。

「罪名が決まるまで、その方に預けよう」

頼朝は身の内を暴走する怨念の情を、ぐっと押さえつけ、外面だけは鷹揚《おうよう》にうなずいてみせた。

祐親が義澄によって連れていかれた後、頼朝はその子祐清を連れてこさせた。かつては流人だった頼朝によく仕え、父祐親に逆らってまで命も救ってくれた。頼朝にとって恩ある男だ。祐親の時とは違い、縄は打たず、体は自由にしてある。祐清は、土の上に平伏し、何一つ言い訳せずに頼朝の裁断を待った。

頼朝は床几《しょうぎ》を降り、祐清の前まで歩む。片膝を立ててしゃがみ、親しく肩に手を添えた。

「長い間、流人時代を支えてくれたことは忘れておらぬ。石橋山で予に弓を引き、許された者は多くいるゆえ、その方の行いも不問にいたす。これからも頼朝に仕えてくれぬか」

話し掛けるうちに、祐清の身体は震え始め、ぼたぼたと涙が土を濡らした。

「佐殿……」

絞り出すような声だ。

「九郎(祐清)は命の恩人だ。褒賞も与えたい。望むものはあるか」

しばし躊躇《ためら》った後、

「厚かましくも、お願いいたします」

祐清が顔を上げぬまま叫んだ。

「言うてみよ」

「父の傍にて、世話を……最後の世話をしとうございます」

頼朝は虚を突かれた気分で、祐清を見下ろした。

(かほどに孝行者が、かつて吾のために父に逆らい、権現様《ごんげん》へと逃がしてくれたのか)

その事実を重く受け止めていたつもりだったが、頼朝が考えていた以上に、それは祐清にとって身を切られる思いで行ったことだったのだ。

深い感動が頼朝の中に満ちた。

(九郎は、美しい男だな)

「許す」

頼朝は、祐清が三浦義澄の許で父親の世話をすることを認めた。祐清の妻を呼び寄せ、共に暮らせるようにも計らった。


翌日。平維盛を総大将とする平家軍が、富士川の西岸に布陣した。東岸に陣取ったのは、頼朝勢ではなく、先に駿河《するが》入りしていた武田勢だ。

足高《あしたか》(愛鷹)山を挟んで、東に黄瀬川、西に富士川が南北に流れる。両川の距離は、おおよそ五里(約二十キロ)。

頼朝は黄瀬川を動かず、武田の戦いを見守ることにした。武田信義がまだしかと臣従したわけではなかったため、無用の諍《いさか》いが起こることを避け、手出ししないことにしたのだ。

黄瀬川に集まった頼朝勢の中には、ここまできて先陣争いに加われないことを、不満に思う者もずいぶんいた。

空気がひりついている。

戦が始まり、武田勢が次々と手柄を挙げ始めれば、どれだけの武将がじっとしていることができるだろう。

（果たして抑え込むことができるのか。全軍の将としての資質を試されることになろう）

ところが――。

二十日の夜。宿所で寝ているところを盛長《もりなが》に叩き起こされた。

「平家軍、敗走」

との報に、頼朝は耳を疑う。

「どういうことだ。何があった」

「しかとしたことは未だ何も……。されど、聞いた話によれば、夜陰の中で沼から一斉に飛び立った水鳥の音を、平家方が敵襲と間違え、われ先にと逃げ出した模様でございます」

頼朝は眉間に皺《しわ》を寄せる。

「水鳥に驚いて自滅しただと。そんな馬鹿なことがあるのか。もう一度よく調べてこい」

「はっ」

盛長が情報をかき集めに行っている間に、いつでも武将らの前に出られるよう、頼朝は素早く鎧を身に着けた。

ちょうどそのころ、敵地に潜ませていた藤原邦通《くにみち》が急ぎ戻り、頼朝の前に姿を見せる。

「待っていたぞ。何が起こったのだ」

邦通の話は詳細だ。

「小松少将（維盛）率いる平家方軍勢は、九月下旬に四千騎を率い、官軍として都を出陣いたしました。途中の道々で、人数と食料を調達しながら、最終的には数万の兵力となる予定でした」

頼朝も最初はほとんど身一つだったが、安房《あわ》、上総《かずさ》、下総《しもうさ》、武蔵《むさし》、相模《さがみ》、そして決戦の地に選んだ駿河へと進軍するにつれ、数万の軍勢に膨れ上がった。平家方も同じように東下するにつれて、錦の御旗の下に兵を集める計画だったのだ。

ところが、と邦通は言う。

「集まるどころか脱走が相次ぎ、富士川の西岸に着くころには総勢二千にまで減っておりました」

「何と」

「それで昨日の軍議で、とうてい戦えまいという話になり、撤退が決まりました。夜の闇に紛れて、今まさに逃げようとしたとき、水鳥が飛び立ったのです」

これが、その後おおよそ八百五十年の長きにわたり、維盛が嘲笑され続けることになる、「水鳥の羽音で総崩れとなった富士川の戦い」の顚《てん》末《まつ》である。

頼朝は、憐《あわ》れな、と維盛にわずかに同情した。だが、これこそが「時の勢い」というものだ。平家は官軍を名乗ってさえ、すでに味方となる者が少ない。その事実を、都以東に晒《さら》してしまった。

(平家は滅びる。そして、源家の世が来る)

頼朝は、確かな予感に、ぶるりと身震いをした。この「時の勢い」を、もっと確かなものとするため、少々無理をしても追撃すべきだ。

(このまま都まで駆け上がれるのではないか)

逸《はや》る心で頼朝は、ただちに諸将を招集した。

「これより平家を追撃し、西上する」

ざわめきが起こるか、あるいは活気づくか。いずれの反応を見せるだろうかと、頼朝は皆の顔に視線を流す。

案に相違し、そのどちらでも無い。場が恐ろしいまでに静まり返る。

（なんだ、この反応は）

沈黙の不気味さに、頼朝はわずかに背に寒気を覚えた。

（どうしたというのだ。なぜ誰も何も言わぬ）

嫌な汗が流れるのに十分な沈黙のあと、

「なりませぬ」

口を開いたのは、上総広常《かずさひろつね》だ。すぐに、千葉常胤《つねたね》と三浦義澄がうなずく。この三人に同時に背かれれば、頼朝軍は瓦解する。ほんの先刻まで順調にことが運んでいたというのに、突然、事態が暗転した。

（なぜだ。何を間違えた。いや、取り乱してはならぬ）

頼朝の握り込んだ掌《てのひら》が、べったりと汗に濡れる。いったい、何が起こっているのか。ただ、対応を間違えると、己はここで終わるということだけは分かった。

「理由を聞こう」

「常陸《ひたち》国の佐竹を筆頭に、未だ臣従していない者は多うござれば、先に佐竹攻めを行い、東国を平定すべきは自明の理。このまま上洛などすれば、空き家となった坂東は、あっさり横取りされてしまいましょうぞ」

広常の主張に、常胤と義澄がやはり同意した。何を勘違いしているのだ、と言いたげな空気が漂う。

「我ら三氏がおらねば、何もなしえぬ男が」

とその顔に書いてある。

屈辱的だったが、頼朝自身が一兵も持たぬのは、周知の事実だ。怒りを露《あら》わにすれば、笑いものになるのは己であった。

（頭を冷やせ）

政子が嵐の中、蛭島《ひるがしま》の頼朝の許に走った夜、自分は教えられたのではなかったか。自身の目だけではなく、他者の目も持てと。

（よく考えろ。平家の軍勢を追撃して「利」があるのは誰だ）

それは頼朝であって、源家に味方している東国武士らではない。

（広常らは、なぜ参向した）

平家に付くより頼朝の味方をした方が「利」があるからだ。武士の利とは具体的には領土のことだ。今のままの世が続けば、平家の息のかかった者どもに、領土を奪われてしまいそうだったから、彼らは頼朝に付いた。

兵力を借りる代わりに、頼朝は彼らに「利」を与えねばならない。

（では、広常らはどうしたいのだ）

この数万に膨れ上がった人数を使い、以仁王《もちひとおう》の令旨《りょうじ》で正当性を得、自分たちにとって邪魔な勢力を、この機に一掃したい。

（そうか……吾と目的が違うのだ）

頼朝は、うなずいた。

（まずは与えねば、人は動かぬ）

対価なく頼朝に加勢する者など、ほとんどいないのだ。この事実を心に刻めば、西上しろなどという言葉が出てくるはずがない。

「そうだな。その方らの言う通りだ。まずは佐竹攻めを行い、東国の地盤を固めるのが先だ。よく諫《いさ》めてくれた」

広常はふん、と鼻を鳴らし、常胤はほう、と目を見開いた。義澄は、それでこそ佐殿、と言いたげに目を細める。他の者たちも、みな一様にほっとした顔をした。遠征などやりたくないというのが本音なのだ。

（だが、いずれはやってもらわねばならぬ。そのためには、一日も早く力を付けねば）

皆が下がった後、弟の全成《ぜんじょう》だけは居残り、

「拙僧も反対するつもりでした」

と述べた。全成には失う土地があるわけではない。

「その方の理由は何だ」

「旱魃《かんばつ》です」

「何だって」

「西国は旱魃に見舞われ、食べ物が不足気味です。平家軍は、十分な食べ物が用意できぬまま出軍したのです。ですから兄上が西上なされても、西へ行くほどに兵を食べさせるのが難しくなったに違いありませぬ」

なるほど。こういうことにも頭を巡らさねばならぬのだ。

昼過ぎ。戦勝祈願をした三島社に御礼参りへ行く準備をしていた頼朝の許に、一人の男が訪ねてきた。旅装も解かず、身なりの乱れたままの弟・九郎義経《よしつね》だ。

「兄上、お会いしとうございました」

宿所に通された義経は、少し高めの声で叫ぶと、見る見るうちに目に涙を溜めた。

全成も、初めて会ったとき、「兄上」と自分を呼んで、咽《むせ》び泣いた。あの時はいじらしく感じたが、広常らとのやり取りの後では、

（九郎はいったい何を望み、平泉からわざわざ吾の前に現れたのだ）

その意図を探ろうとする冷めた自分がいる。

「全成には会うたか」

頼朝の問いに、義経は目を見開く。

「七郎兄上がここにおられるのですか……すでに参陣しているとはつゆ知らず」

今の返答で、頼朝は義経にわずかに失望した。この黄瀬川宿に辿《たど》り着いて、戦況くらいは探ったのかもしれないが、頼朝周囲の人間関係などは何一つ調べることなく姿を現したのだと分かったからだ。

頼朝の弟である全成の居所は、誰かに訊《き》けばすぐに教えてもらえたはずだ。先に落ち合っていれば、全成が身なりも整えてくれたろう。さらに、全成の仲立ちで、相応の形で兄弟の対面が果たせたはずだ。

「七郎は、同母の兄だ。予よりずっと会いたかろう。後で手配してやるから、今夜は共に過ごすがよかろう」

「かたじけのうございます」

戸惑いが顔に出ている。ただ兄を慕ってここまで来たというのなら、全成のことも頼朝以上に恋しいはずだが……。

「全成は、その方を己が手に抱いたことがあると言うて、会いたがっておったぞ」

頼朝の言葉に、義経はわずかに頬を赤らめた。思ったことが素直に顔に出る性質《たち》らしい。

それにしても、義経の背後にいる秀衡《ひでひら》の存在が気にかかる。あの男は、この騒乱を、どう見ているのか。

（奥州藤原氏は、敵に回るのか、味方となるのか、はたまた傍観するのか）

秀衡の選択一つで、頼朝の今後の動きも変わることになる。もし、敵に回るようなら、背後に奥州の脅威を背負い、平家と対峙せねばならなくなる。それに、秀衡と義経が、頼朝を手に掛けるため、呼応して動かぬ保証はない。

（探らねば）

「九郎、よく来てくれた。さあ、奥州での話を、訊かせてくれ」

頼朝の優しい言葉に、義経の目が輝く。訊《たず》ねられるまま奥州の動向を語り始めた。

佐竹攻めを上総広常の活躍で成功させた頼朝は、十一月十七日に鎌倉に凱旋した。

出陣前は政子だけが鎌倉入りしていたが、無事に戻ってきた頼朝を、幼い龍姫が出迎えてくれた。最後に見たのは八月だったから、もう三ヶ月も経っている。顔立ちが以前よりくっきりしたようだ。

小さな桃色の唇が、「父様、おかえりなさいませ」という言葉を、たどたどしくなぞる。

「父様が戻ってくるまでに上手《うま》く言えるようにと、何度も繰り返し口にしてきたのです」

姫の横で、政子が瞳を輝かせ、教えてくれた。

頼朝は姫を抱き上げる。

「もう一度言うてくれぬか」

父親に頼まれて、龍姫が嬉しげに繰り返す。このまま一緒に過ごし、何度でも娘が話す姿を見ていたかったが、まだ頼朝にはやらねばならない仕事が残っている。一息つく暇などなかった。

この日のうちに、御家人となった者たちを統制する政務機関として、侍所《さむらいどころ》を設置する予定だ。別当《べっとう》(長官)には、三浦党の和田義盛《よしもり》を補任する。いよいよ内政に着手したのだ。

戦後処理も随時行う。富士川の戦いが終わった後から、論功行賞をしたり、平家方に与《くみ》して頼朝に弓を引いた者たちを処罰したりしてきた。

処罰に関しては、実際に処刑するのは、捕らえた武士の十分の一ほどの人数だ。今後、頼朝のために仕えることを約束した者は、取り立てて麾下《きか》に入れる。人材は宝だからだ。

頼朝を罵倒し、戦場では実際に矢を当てた乳母子《めのとご》、山内首藤経俊《やまのうちすどうつねとし》のことも許した。本当は見せしめに殺すつもりだったが、乳母の山内《やまのうちの》尼《あま》に泣き縋《すが》られた。

「他の者は多く助命されましたのに、どうして息子だけは殺されねばならぬのでしょう。わが家は、代々源家に仕え、平治の乱の折も源家に命を捧げ、夫と嫡男を失いました。その功に免じ、どうかお慈悲を……」

いつも穏やかで優しかった乳母の、泣き乱れ、時に般若のような顔で食い下がる姿に、頼朝は嫌悪を覚えた。まるで知らぬ女を見るようだ。

頼朝は、一言も発さず、ただ石橋山で着用した鎧を、土肥実平《さねひら》に持ってこさせた。

鎧の袖には、矢柄《やがら》を口巻《くつまき》の少し上から切った矢が刺さったままにしてある。口巻の上に書いてある矢の持ち主、経俊の名を、頼朝は淡々と読み上げた。山内尼の顔色がサッと変わる。全ての事情を察した尼は、もう助けてくれとは言えなくなり、深く頭を下げて退出した。その尼の萎《しぼ》んだ姿が脳裏を離れず、頼朝は経俊を殺せなかった。

多くの者を許した頼朝だったが、大庭景親の首は刎《は》ねた。源家側に付いた兄の大庭景義に、「弟の命乞いをするか」と訊ねたところ、首を左右に振ったからだ。

景義は、保元の乱で左足の膝を射られて以来、思うように歩けず、家督を継ぐことができなかった。代わりに継いだのが、景親だ。

「大庭の家はこの三郎に任せ、兄上はこれより先はゆるりと過ごされよ」

労わりのつもりで掛けた言葉が、逆に景義の行き場のない憤懣《ふんまん》を刺激した。戦場で動けなくなった景義を救い出したのも景親なのだ。が、景義は弟を憎んだ。自分ではどうしようもない感情である。

頼朝は、二人の事情を伝え聞き、おおよそのことは知っていた。が、あえて訊ね、「全てお任せいたします」と答えた景義の前で、首を刎ねた。

景親の兄に向けた最後の目が、頼朝は忘れられない。過去に命を救ったことの後悔と、なぜだという疑問と、それほど吾が憎いのかという絶望に、今となっては何もかも致し方ないという諦めが入り混じる目だった。

頼朝は景親と違い、景義に多くの仕事を振った。普請奉行に任命し、戦に出ずとも活躍できるよう取り計らった。その景義が鎌倉大倉郷に普請した頼朝の邸宅・大倉御所に移転する祝いの儀が、十二月十二日の月明りの下、亥《い》の刻に盛大に行われた。亥の刻は、「繁栄」を意味する目出度《めでた》い時刻であり、月が十二日にもっとも地上を照らす時刻でもある。

頼朝は、水干《すいかん》姿で石和《いさわ》産の栗毛に跨り、上総広常の館から大倉御所へ向けて行進した。

三浦党の和田義盛が露払いを務める。頼朝の左横には、未だ独立を貫く武田勢の中で、唯一真っ先に臣従の意を示した加賀美氏の次男長清《ながきよ》（後の小笠原氏）が付く。右には、流人時代から頼朝を慕う忠臣毛呂季光《もろすえみつ》が従う。

その後ろを北条時政、義時父子が守り、足利氏、山名氏、千葉氏、小野田氏、土肥氏、岡崎氏、工藤氏、宇佐美氏、土屋氏、佐々木氏ら「御家人」たちが続いた。殿《しんがり》を務めたのは、畠山重忠だ。

馬が突き進むに従い、松明《たいまつ》の火の粉が流線を描き、遠目で見ると一匹の龍が鎌倉のできたばかりの道を悠然と進むように見えた。この時従った者たちは三百十一人に及ぶ。頼朝は、鎌倉の主「鎌倉殿《どの》」として、忠誠を誓った男たちを大倉御所に造られた侍所に招き入れた。

一兵も持たなかった頼朝が、軍勢を手中に収めたのである。

二

治承五年二月二十七日。平清盛《きよもり》は謎の熱病を発症した。地獄の火炎に炙《あぶ》られる幻覚に悶《もだ》え苦しみながら、七日後の閏《うるう》二月四日に亡くなった。

死ぬ間際、

「清盛の血の流れる者は、最後の一人になるまで源家と戦い、頼朝の首をわが墓上にかけよ」

と命じたと、鎌倉にも伝わった。

伝えてきたのは、この時もやはり三善康信《みよしのやすのぶ》である。

「平相国《へいしょうこく》が死んだぞ」

頼朝は、真っ先に政子に康信からの文を見せた。

「えっ、佐殿のお首を、墓前に供えるのではなく、お墓の上にかけるのでございますか」

政子は、目を見開いて心底驚く。驚くところはそこではないと頼朝は可笑《おか》しかった。

「それにしても残念でございましたね」

「何が残念だ」

「だって、ご自身で清盛の首を取ってしまいたかったでしょう」

政子は清盛を諱《いみな》呼びし、肩を竦める。本来、諱は口に出すものではないが、敵方や憎らしい者が相手の時は、わざと貶《おとし》めるために呼ぶこともある。頼朝は政子が躊躇《ためら》いなく、「清盛」と呼び捨てたことが気に入った。

「そうだな」

「平家は罰が当たったのでしょう」

「罰とは」

「昨年の師走に園城寺、末には南都に火をかけ、罪のない人まで、お寺ごと焼き殺したと伺うております」

平家が富士川の戦いで無様な姿を晒した後、全国で反平家の動きが激しくなり、あちらこちらで反乱の火の手が上がった。清盛が現役を退いた平家が思った以上に弱いことに、みなが気付いたのだ。

平家にとって、どうしても見過ごせなかったのは、近江とその近隣で起こる反乱だった。琵琶湖を押さえられれば、都への物流が滞るからだ。実際、都は一時期、物不足に陥った。

この近江反乱軍を支えているのが園城寺と延暦寺である。清盛は、息子の知盛《とももり》と孫の維盛、資盛《すけもり》らを近江に送り出して武力で制圧したが、近江攻防の最中に園城寺の六百棟を超える建物が焼失した。

さらに清盛は、近江に呼応する動きを見せた南都の興福寺と東大寺にも、息子重衡《しげひら》率いる大軍を差し向けた。平家軍は、大衆《だいしゅ》（僧兵）だけでなく、女、子供、老人に至るまで、五千人近くの命を、燃える寺と共に葬った。

「御台《みだい》は、吾自ら清盛の首を取れなかったことだけが、残念だと思うか」

頼朝が問うた。

「いえ、討つべき大悪人がいなくなったため、これから先の『的』がぼやけておしまいになったことこそが、真に残念にございます」

「そうだ。挙兵の根拠となる令旨は、そもそも上皇（後白河《ごしらかわ》）が清盛に幽閉されたことに端を発しておる。上皇を幽閉し、王位を奪い、勝手に国を操り、わが物とした謀反の罪により、清盛とその一族ならびに家人らを討滅せよとの内容であった。ゆえに、清盛おらずとも平家を討つのに何ら矛盾はないが……」

今年の一月に高倉院《たかくらいん》が崩御した折、清盛は後白河法皇を解放し、院政の再開を申し入れた。再び、平家政権下で後白河法皇の院政が始まったのだから、この時点で以仁王の令旨の根拠がかなり微妙になっている。それでも、清盛監視下での院政なのだから、傀儡《かいらい》にされている院を助け出すという口実で、押し切ることができたのだが……。

清盛が死に、平家を継いだ宗盛《むねもり》は、

「行信法皇《ぎょうしんほうおう》(後白河)の院政に全て従います」

と宣言した。それを後白河院が受け入れれば、頼朝はこれ以上、平家を討伐する理由を失う。清盛の死は、平家にとって大きな危機をもたらしたが、頼朝にとっても手痛い事態を呼び込みかねない諸刃の剣となった。

「いかがなされますか」

今度は政子が、今後どう動いていくつもりかを、頼朝に訊ねた。

「昨年からの旱魃に続き、今年も作物の実りに陰りがあるようなのだ」

頼朝は全成からの文も政子の前に出した。全成は以前、頼朝に食物の実りが戦の勝敗に大きくかかわってくることを教えてくれた。このため、武蔵国の寺を授けて住職と成し、その配下の僧らはみな頼朝の息のかかった者たちで固め、全国を回らせている。何か気付いたことがあれば、文を寄越《よこ》してくる手筈《てはず》となっていた。

全成の見立てでは、今年は本格的な飢饉《ききん》が訪れるかもしれないとのことだ。

「飢饉が来れば、大規模な遠征はやれぬ。戦いは否が応にも膠着《こうちゃく》するぞ。その間に院と直《じか》にやり取りできるよう、もっていくつもりだ」

源家の白旗の下に集まった者たちの中には、そうした頼朝の動きにもどかしさを覚え、反発する者も出ることだろう。

頼朝はまず、全成らを使って、自身に関する噂《うわさ》を、京に流した。

――頼朝は朝廷に対し、謀反の心はない。頼朝が起《た》ったのは、幽閉された院の敵、清盛を討つためだ。

――清盛は天罰を受けて滅び、頼朝は寺社を手厚く保護するゆえ、仏神の加護がある。

――東国の武士は、佐竹氏以外、頼朝の許に心を一つにしている。

――平家の寄越す追討軍が来れば、撃破して後、上洛を果たすつもりだ。

――頼朝は奥州藤原氏と婚姻関係を結ぶ約束を取り付けている。


当然、嘘と真実が入り混じっている。頼朝が、これらの噂を流すことで人々に伝えたい印象は以下の通りだ。

【頼朝は野蛮な謀反人ではない。寺社関連で望みがあれば、僧侶、神主らは、鎌倉を訪ねてきて欲しい。東国は頼朝を中心にまとまって、士気が高い。平家側が手を出してこない限り、すぐにはこちらから攻め上がることはしない。奥州の秀衡とは敵対しておらず、頼朝の背後に脅威はない】

最後の奥州に関する部分はまったくの偽りで、背後は常に脅かされている。

常陸国の佐竹氏との戦いは、上総広常が嫡男義政《よしまさ》を謀殺して金砂《かなさ》城を落城させ、領土を奪うことで、一応の決着を見た。だが、惣領の隆義《たかよし》は上洛中で、健在である。城に籠って戦った三男秀義《ひでよし》も落城時に脱出し、奥州に逃げ込んでまだ生きている。隆義の母は秀衡の叔母なのだ。

奥州藤原氏の力を借りれば、佐竹氏が返り咲くのは容易《たやす》いだろう。秀衡と隆義が手を組んで鎌倉に襲い掛かれば、頼朝の命運もどうなるか分からない。窮地に陥った隙を、平家に突かれれば、創成期の鎌倉が持ちこたえられるかどうか。

いずれ小細工は見破られるだろうが、これらの噂で争いが勃発する時期をずらすことができれば、あらゆる準備に着手でき、地盤を固められる。

頼朝は、人の心を慎重に計算することで、八方で起きる外部の動きを、できるだけ自身の制御下に置こうと試みているのだ。

現在、以仁王の令旨を根拠に起ち、勢力を誇っている源氏は、頼朝以外で三人いる。

北陸から東山地方方面に勢力を伸ばしている木曾義仲《きそよしなか》。

実際に駿河で平家軍を押し返して実力を見せつけた甲斐の武田信義。

三河《みかわ》、尾張《おわり》国で挙兵した源行家《ゆきいえ》。

(並び立つことは許さぬ。この男たちはいずれ、この頼朝の配下となるか、滅ぶか、選ぶことになろう)

まずは武田の力を殺《そ》ぐ。

京の三善康信がいつもの定期便で、都の状況を伝えてきた中に、武田信義について言及している部分があった。「噂」で、朝廷が信義に頼朝追討を命じたというものだ。

富士川の戦いから半年も経っていなかったが、すでに両者の勢力は大きく差が開いてきている。鎌倉殿になった頼朝の勢力は、今も日に日に膨れ上がっているのに対し、信義率いる武田勢はむしろ人数が減った。加賀美氏のように、武田の中でも頼朝方に走る者が、時を経るごとに増えているからだ。

富士川の戦いの時、頼朝は武田に強く出ることができなかった。今は、信義にとって頼朝の存在は脅威のはずだ。今の信義に、頼朝を追討できる力はない。さらに、平家方を打ち破った武田に、そんな依頼が行くのも妙な話だ。所詮はただの「噂」にすぎぬ。だが、利用しない手はない。

頼朝は、信義を、まるで自身の御家人を扱うように鎌倉へ呼び出した。果たして来るかどうかをまずは見る。

駿河にいた信義は、急いで鎌倉にやってきた。状況が正しく見えている証拠である。

盛長の話では、信義は壮大な大倉御所と十八間に及ぶ侍所に息を呑《の》んだらしい。

信義の言い分は、侍所別当の和田義盛が聞く。頼朝は顔を見せない。その方が、こちらの不信感と怒りが伝わるからだ。

信義は蒼褪《あおざ》めた顔で、

「武田は追討の命など受けておりませぬ。これまでに、鎌倉殿と敵対したことなど一度たりともなかったではありませぬか。仮に、さような命を朝廷より下されたとて、決してお受けいたしませぬ」

懸命に詫《わ》び言を述べたという。信義の必死さから、今の武田勢のおおよその力が測れる。

落ちるな、と判断した頼朝は、信義に「鎌倉に決して弓を引かぬ」という起請文を書かせた。そして、ずらりと御家人を左右に従え、ようよう対面を許したのだ。信義は敗北した男の顔で、頼朝に臣従の意を示した。

残るは義仲と行家だが、この両者とは勢力圏が被っていない。一時期義仲が上野国《こうずけ》まで進出してきたが、頼朝らとの無用な争いを避けるためか、本拠地信濃《しなの》に引き揚げていった。このため、しばらくの間は、頼朝からどうこうするつもりはなかった。

が、平重衡を総大将とする平家の追討軍が、墨俣《すのまた》川東岸に布陣した行家勢を簡単に撃破してしまった。この戦いで源氏方は七百人ほども討ち取られたという。

墨俣川の戦いでは、頼朝の異母弟・義円《ぎえん》も参陣し、平家に討ち取られた。義円は全成の同母の弟で義経の兄に当たる。

頼朝は、全成を鎌倉に呼び出し、義経にも声を掛けると、風光る中、酒を片手に三人で大倉御所の西方にある亀ケ谷まで歩いた。

黄瀬川で対面した後、頼朝に放られていた義経は、呼ばれたことが嬉しいらしく、足取りも弾んでいる。全成の方は事情を察している顔つきだ。そんな、楽しいことじゃないよ、と言いたげに、眉を八の字にして弟を見守っている。

向かった亀ケ谷には、かつて父義朝《よしとも》の館があった。今は義朝を弔う寺院が建っている。まずは礼拝を済ませ、何十年か前に父が笑ったり怒ったりしたであろう屋敷の跡を、息子たち三人で踏んだ。山桜が、雪のように花びらを散らしている。

「すでに聞き及んでいるかもしれぬが、義円が先の平家との戦で、討ち死にした。今日はせめて父上ゆかりの場所で、共に義円を弔ってやりたく、お前たちを呼んだのだ」

頼朝は二人の弟に告げた。

義経が、えっ、という顔をする。哀しみはさほど襲ってきていないようだ。頼朝も同じである。義円とは会ったこともない。互いの間で積み重ねた思い出など、何一つない。

頼朝にしてみれば、石橋山で佐奈田《さなだ》与一義忠《よしただ》を失ったときの方が、よほど動揺した。

離れ離れになった時に赤子だった義経も、同じ母から生まれた兄弟とはいえ、義円のことは何も覚えていないに違いない。

だが、全成は違う。二歳しか離れていない弟で、五年間、一緒に過ごした思い出がある。それでも死を知ったのが今日ではなかったせいか、寂しそうな顔をしただけで、取り乱すことも、涙を流すこともない。

「なぜ、義円兄上は、武衛の許ではなく、叔父上の所に馳せ参じたのでしょう」

義経が純粋な疑問を口にした。武衛とは頼朝の呼び名だ。最後に就いた官途が右兵衛権佐《うひょうえごんのすけ》で、兵衛佐を唐名で「武衛将軍」と言うからだ。最近は「佐殿」より「武衛」と呼ばれることの方が増えた。武衛の方が重々しく響くからだろう。

なぜ、義円が自分より行家を選んだのか。頼朝には分からない。義円は園城寺で後白河院の第四皇子円恵法親王《えんえほっしんのう》に仕えていたのだから、できれば鎌倉に来て朝廷との橋渡しをしてほしかった。

頼朝が、「分からぬ」と答えようとしたとき、「それはね」と全成が口を開いた。

「高倉宮(以仁王)が、平家方から見て御謀反を起こしたとき、園城寺に逃げ込んだことは知っておろう、九郎」

義経は恥ずかしそうに目を泳がせ、首を左右に振った。

「いえ。中央のことはあまり……」

こんなことも知らぬのか、と頼朝は驚いた。が、少し義経という弟のことが分かった気がする。この男の行いに、政治的意図などまるでないのだろう。奥州から頼朝の許に駆け付けてきたのは、義経が言うように、「兄上のお役に立ちたかったから」なのだ。

（奥州との折衝には使えそうもないな。まあ、いいさ。人には向き不向きがある）

全成は、頼朝の方に一瞬、視線を走らせ、続きを口にする。

「全国の源氏に平家打倒を呼び掛けた張本人高倉宮が逃げ込んだ寺に、源家の息子がいて、それが宮の弟君で園城寺長吏を務める円恵法親王に仕えているのだから、関わりを疑われるのが普通だ。殺されたくなかった義円は、平家に捕らわれる前に、寺を抜けたのだ。そして、妻の実家がある、尾張の愛智《えち》荘に身を潜めたわけだ。妻と子と寄り添って、ひっそりと暮らすためにね」

「全成兄上は義円兄上と、連絡を取り合っていたのですか」

「うん。鎌倉に行くよう勧めたこともある。義円は悩んでいた。妻子との穏やかな暮らしを、手放したくなかったのだね」

「それは許されぬことではありませぬか」

義経は理解できないと言いたげに声を荒げた。義朝の子なら、父の受けた屈辱を、何を差し置いても晴らさねばならぬと、その目は強く訴えている。

「許されぬことがあろうか」

頼朝が口を挟んだ。

「父上の恨みを晴らすのも、源家を再興するのも、嫡男である予の務め。お前たちは、好きな道を行くがいい」

兄の言葉に、信じられないという表情を義経は向けた。

「けれど、同じ父上の子ではございませぬか」

戸惑いを含む声で、尋ねるように言った。

すぐに全成が咎《とが》める。

「われらと武衛が同じなど、それは不遜な考えぞ、九郎」

指摘されても尚、義経には何を言われたのか分からないようだ。

「それで、妻と子とささやかに暮らしていきたかった義円が、なにゆえ叔父上の挙兵に付き合ったのだ」

頼朝が全成に訊ねる。

「きっぱりとそうするには、あまりに罪悪感が勝ったのでしょう。暮らしている場所の目の前で、源平の戦いが繰り広げられるのですから、それはもう耳を塞いでも目を閉ざしても、『なぜおまえは参陣せぬのだ』という声なき声が、耳を叩くではありませぬか」

「……そういうことか。義円も哀れな。無理して辛《つら》い道を選ばずともよかったのだ」

頼朝は、二人の弟を代わる代わるに見た。

「土地を持たぬうちは、何の責務もない。予は構わぬゆえ、義円と同じ望みを抱いた時は、いつでも去るがよい」

義経の顔が、見る間に曇る。

頼朝は続けた。

「ただし、予から領土を安堵された後は、この頼朝のために存分に働け」

義経の真っ黒な瞳に春光が差し込み、わずかに紺青《こんじょう》が宿った。

「九郎はどこまでも、兄上のお役に立ちとうございます」

誓いを立てるようにきっぱりと言い切る義経とは逆に、全成は何も言わない。だが、すでに、手放せないほど、この男は頼朝の役に立ってくれている。

（九郎は純粋なのだな。こんな時代に何の駆け引きのやり方も教わらず、ただ真っすぐに育てられたかのようだ。誰が何のために……)

義経自身に何ら含むところがなかったとしても、警戒を解くわけにはいかない。秀衡は、腹心とも言える家人、佐藤継信《つぐのぶ》・忠信《ただのぶ》兄弟を付け、義経を平泉から送り出したのだ。義経に間諜《かんちょう》活動ができるなどとうてい思えぬが、佐藤兄弟はやっているとみるべきだろう。鎌倉の情報は漏れている。ならば逆手に取り、秀衡に伝えたい内容を意図的に掴ませ、情報を調整すれば良い。全成も、それに一役買っている。

三人は義円の冥福を祈り、酒を酌み交わした。

「一度だけでも、兄上にお会いしたかった」

義経が呟《つぶや》く。

「義円の忘れ形見に、いつか会いにいってやるといい」

と言って全成は、はるか都を望み、

「母上に、何とお伝えしたものか」

ぽそりと付け足した。

釣られるように、義経も西を見る。

頼朝だけが、心を北に向けていた。

挙兵した翌年、頼朝は降りかかる火の粉を払う以外、自ら進んでの軍事行動は控えて過ごした。理由は二つある。

一つは、後白河法皇が院政を復活させ、再度平家と手を組んで政務を執っているからだ。下手に動けば、頼朝勢は反乱軍とみなされる。挙兵した時と、すでに状況は違う。

ただ、後白河院は、平家を憎んでいる。自身に平家を追い落とすだけの軍事力がないから、嫌々手を結んでいるに過ぎない。

院が清盛の死を聞いたとたん、屋敷に遊女や白拍子《しらびょうし》を呼んでは唄《うた》や踊りを繰り広げ、

「目出《めで》たや、目出たや」

叫びながら朝までどんちゃん騒ぎをしたことは、都の外まで噂となって広がっている。

だから、平家に弓引く者がいれば、院は表向き征討軍を派遣しつつも、内心では平家を倒してほしいと願うだろう。平家が弱れば、新しい「強者」を都に招き入れ、平家追討を命じるに違いなかった。

それだけに、どれだけ院に振り回されないかが、きわめて重大な今後の課題なのだ。

もう一つの理由は、予想通り訪れた飢饉である。東は西ほどひどくはないが、領地支配に力を入れたいというのが、みなの本音だろう。西は道々に餓死者の死体が転がっているという。

頼朝は七月、後白河院に、初めて内々に奏上した。

橋渡しをしてくれたのは、院近臣《いんのきんしん》の藤原光能《みつよし》である。光能の妻は、頼朝側近小野田藤九郎盛長の甥、足立遠元《とおもと》の娘なのだ。

この縁が偶然であろうはずがない。来るか来ないか分からぬこの日のために、頼朝が流人だった真っただ中に、何とか盛長らが結んでくれた縁である。

光能は、治承三年に清盛が起こした政変で解官された三十一人の一人であり、平家に恨みを抱いている。

頼朝が後白河院へ密奏した中身の肝は、平家方に対して持ち掛けた「和平案」だ。

まずは、院や天皇、そして朝廷に対し、謀反の意思はまったくなく、昨年の挙兵は「後白河院の敵」を討たんとして起ったことを告げた。すでに同じ内容の「噂」を流していたが、改めて「噂」ではなく、頼朝の本心としてここに主張したのである。

そして、清盛亡き今、平家は院の敵ではなく、討滅を望んでいないのであれば、かつてのように源氏と平氏を共に召し使い、いずれの忠義が篤いか試して頂きたいと述べた。

三

「武衛が平家との和睦を望んでおじゃる。よくよく検討いたせ」

と後白河院から聞かされた平宗盛は、いったん御前を退いたあと、ぎりぎりと歯軋《はぎし》りをした。

「おのれ、頼朝。小癪《こしゃく》な手を打ちおって」

独り部屋に籠って吐き捨てる。宗盛は兄弟たちに知らせようかとも思ったが、やめた。協議するまでもない。院への配慮で、いったん持ち帰る形を取ったものの、返事は決まっている。

（否だ）

頼朝も、初めから平家が首を左右に振ることを見越しているに違いない。

平家は断らざるを得ないのだ。

（院は、われら平家に変わる兵力を欲しておられる。そんな時に頼朝の罪が許され、上洛してくればどうなる。院はきっと、源氏の兵力を背景に、平家を潰そうとするに違いない）

清盛を失い、一枚岩ではなくなった平家が、流人から身一つで立ち上がり、鎌倉に一大勢力を築いた男に、敵うだろうか。

（父上がお亡くなりになられた折、何のために徹底して恭順の意を示し、再び院の下に付いたのだ）

官軍としての立場を守るためだ。富士川の戦いで敗北した後、弱った平家をあらゆる勢力が叩きつぶそうと牙を剥《む》いた。その矛先を躱《かわ》す唯一の手が、後白河院と手を結び直すことだった。

しばらく耐えて過ごせば、平家の掲げる帝《みかど》（安《あん》徳《とく》天皇）も政《まつりごと》を執れる年齢に育ち、後白河院は老衰する。それまでは、何としても、都で勢力を張る武家は、平家一門のみでなければならない。

そんな事情は、頼朝も百も承知だ。

（あの男はわれらが断るからこそ、安心して和睦などというふざけたことを申し入れてきたのだ。その上で、武力の欲しい院が和睦案を喜んでわれらに持ち掛けることも計算尽くでな）

頼朝は二十一年前から今日に至るまで、「罪人」のまま、朝廷から正式に許されていない。和睦を持ち掛けることで、争いを好む男ではないと印象付けることができるだけでなく、罪を許される可能性も皆無ではない。

許されなかったとしても、布石にはなる。後白河院が宗盛に頼朝の案を持ち掛けた段階で、少なくとも院の心は頼朝を受け入れているのだと周知されるからだ。

この話が世間に漏れるのは明白だった。平家を潰したい院自ら、悪意をもって話して回るに違いない。頼朝は平和を望んだが、平家が騒乱を選んだのだと。

吾は落ちこぼれなのだ、と宗盛は卑下《ひげ》する。栄華を極めた平家一門を率いてよい男ではない、という自覚もある。宗盛は、兄弟たちの顔を一人ずつ思い浮かべた。

本来、家を継ぐはずだった嫡妻の子重盛は、優秀な兄だった。文武両道に秀で、誰からも頼られ、あらゆる折衝も卒なくこなした。だのに、あっけなく病で死んでしまった。重盛と同母の兄基盛《もともり》も二十四歳の若さで死んでいる。二人の母親も、早くに亡くなった。

宗盛は、継室として迎えられた時子が産んだ最初の男児である。時子は他に、知盛、徳子（安徳天皇の母)、重衡を産んだ。

父清盛がもっとも愛した子は、知盛である。重盛と同じく文武に優れ、戦場では勇敢で実に華々しい。だが、残念なことに病弱だ。遠征の途中で体調を崩し、引き揚げざるを得なかったこともある。今後の過酷な平家の運命を引き受けて進むには、体がもたないだろう。

重衡は、兄弟の中で一番の戦上手だ。武術に優れて勇ましいだけでなく、戦場を見渡し、大軍を巧みに采配する。ただ、まだ若く、重盛の嫡子維盛と一歳しか違わない。政の腕は未知数だった。

それ以外の子は妾腹だから、家を継ぐ立場にない。やはりどれほど考えても、幾ら己が相応《ふさわ》しくなかったとしても、他に継げる者がいない。

(父上よ、われらだけ残して逝くのは、どんなにか無念だったことでしょう)

晩年の清盛は、人が変わったように暴挙に出、後白河院を排除しようと無茶なことばかりした。それもみな、院と渡り合えるだけの人物が、子らにいなかったからだ。

宗盛は、清盛が死の間際に言い残した、「わが血の流れる子孫は、最後の一人となっても頼朝と戦え」という言葉を院に述べ、

「父の遺言なれば、この儀、勅命といえどもお受けいたしかねまする」

頼朝からの和睦案を突っぱねた。

そうして直ちに、奥州の藤原秀衡に頼朝追討を命じるため、陸奥守《むつのかみ》に任じるよう手をまわした。

(頼朝め、秀衡とは婚姻関係を結ぶ準備が整っておるなど、ふざけた噂を流しおって。されど、これで無駄となったな)

秀衡が陸奥守となったことは、奥州が平家と

手を組んだことを意味する。頼朝はこれより先、常に背後を気にしながら動かねばならない。頼朝自身は安易に鎌倉を離れられなくなったわけだ。

「その方たちの申すことはもっともである」

頼朝は、御所に押し掛けて来た御家人たちの目を一人ずつ覗きながらうなずいた。

富士川の戦いの後、逃げる平家方を掃討しつつ西上しようとしたとき、強く反対した上総広常、千葉常胤、三浦義澄が今日も中心となっているようだ。他にも、和田義盛や土肥実平、足立遠元らの顔も見える。

舅の北条時政や小野田盛長もこの場にいたが、二人は初めから頼朝の傍に控えていた。

広常らは、頼朝が平家に和睦を持ち掛けたことを伝え聞き、真偽を確かめるため、乗り込んできたのである。頼朝がそうだとうなずくと、口々に苦情を述べた。富士川の戦いの時のような辛辣《しんらつ》さはなかったが、不快な感情は隠しきれていない。

「いったい何故《なにゆえ》であろう。これでは何の為に戦ったのか分からぬではござらぬか」

広常が口角泡を飛ばす。

「朝廷の下に源平が再び仕えれば、平治の乱以前の世に戻ることになりましょう。新しい国を造るのではなかったのですか」

義澄が嘆息する。

頼朝が鎌倉で政を執り始めてから、東国の様子はすでに一変していた。全ての領土をいったん頼朝のものとし、御家人となった者たちへ安堵し直すことで、隣接する者同士による土地争いは無くなった。

新しい土地は、今までのように自ら仕掛ける諍《いさか》いの中で手に入れるのではない。平家方との戦いで武功を挙げ、恩賞として与えられるのだ。その旨味を頼朝麾下《きか》の男たちは知ってしまった。今後、実力次第で幾らでも領土を広げ、家を大きくできる。今更、平家との戦いを避けるなど、有り得ない。

頼朝は、男たちの目の中に貪欲な希望を見出し、微笑した。

「一々、もっともだが、案ずることはない。此度《こたび》のことは政における駆け引きの一つにすぎぬ。飢饉が終わりを告げ、時宜を得たその時、平家との決着を付けるため西へ攻め上るゆえ、準備を怠るなよ」

何《いず》れ遠征を行うことを明言した。

実際、遠征となれば大きな負担を強いることになる。そうなれば不満も出るだろう。が、少なくとも目の前にいる有力者たちは、自ら戦いを望んだ手前、その時が来ても不服は口にできぬことになる。頼朝の奏上は、ここまでが計画の内なのだ。

悪いお人ですね、と言いたげに、盛長が肩を竦《すく》めた。

日本の元号は、治承五年七月に養和へと変わり、さらに今年の五月には寿永となった。が、平家政権を認めない鎌倉政権は、引き続き治承を数えている。

治承六(一一八二)年二月。

昨年から体調を崩して寝込んでしまった政子を見舞うため、年末年始の大倉御所は多くの御家人でごった返した。それが、政子の体調不良が病ではなく懐妊だったと分かり、鎌倉は一転して活気づいた。

祝い気分一色の中、三浦義澄が、

「伊東入道の恩赦は叶いませぬか」

伊東祐親の罪を許してほしいと、頼朝に願いでた。挙兵から今日まで、休む間も無かった頼朝は、久しぶりにその名を聞いて、虚を突かれたような気持ちになった。

（息子を殺した男を許せと言うのか）

頼朝は眉間に皺を寄せた。己が手には未だ千《せん》鶴丸《つるまる》の温かく柔らかい肌の感触が残っている。義澄に見えぬように、頼朝はぎゅっと拳を作った。

一方で、祐親のことは、最後に見てから未だ二年も経っていないのに、幽閉を申し付けたのがずっと昔のことのように感じられる。

この男は……と必死に嘆願する義澄を見つめる。

（何故、祐親のためにここまで尽くしておるのだ。吾の恨みが強ければ、自身の立場が危うくなることも考えられように。されど、他人の為に危ない橋を渡れる義澄のような者こそが、信頼できる男なのだろうな）

そういえば、と頼朝は同じ三浦党の岡崎義実《よしざね》の顔を思い浮かべた。頼朝が可愛がっていた佐奈田与一義忠の父親である。

石橋山の戦いで、義忠が俣野景久《かげひさ》と組み合う最中、直接その首を掻《か》き切った長尾定景《さだかげ》の身柄を、

「与一を殺した男だ。その方の好きなやり方で殺すがよい」

頼朝は義実に引き渡した。

息子の仇《かたき》にもかかわらず、義実は定景を哀れに思い、どうしても首を切ることができなかった。そのままずるずると館に幽閉して数ヶ月が過ぎたころ、とうとう頼朝に向かって命乞いをした。

「息子を殺した男ゆえ、憎い気持ちが強うござったが、あの男は毎日与一のために法華経を読誦いたします。その声を聴くうちに、吾の恨みは消え失せました。どうか、あの者をお許し願いとうございます」

頼朝は信じられなかった。同時に、強く胸を打たれ、定景を許した。

許された長尾定景は、今は三浦党の一人となり、頼朝に仕えている。

（他者を重んじることのできる一族なのだな）

そう思うにつけ、佐奈田与一義忠の死を残念に思った。生きていれば、良き側近となったことだろう。

「予がわずかな手勢で挙兵した折、すぐさま加勢してくれた三浦一族への感謝を忘れてはおらぬ。その方の願いを聞き届けよう」

頼朝は伊東祐親の命乞いをする三浦義澄に、首を縦に振ってみせた。義澄の表情がパッと明るくなる。

「かたじけのうございます」

「予が直接、入道に会うて許そう。今後はこの鎌倉に館を持ってもよい。あるいは、その方の領地でのんびりと過ごしても構わぬ。もし……もしもだが、予に仕える気があるのなら、手柄次第でしかるべき地を安堵してもよいぞ。さように伝え、連れて参れ」

「何という慈悲深さでござろう」

義澄の目に涙が滲《にじ》んだ。

ところが翌日、思いもしない知らせを頼朝は義澄から受けとった。

「真なのか……」

「面目次第もござらぬが、目を離した隙に……」

早まったことを、と義澄は悔し気に呟く。

祐親は、頼朝の言葉を義澄から伝え聞いたとたん、顔色を変え、

「あれほどのことをした吾を、武衛は許すと言われたか」

ひどく狼狽《ろうばい》したという。やがて涙を流し、嗚《お》咽《えつ》を始めた。

「吾は何ということをしたのだ。ああ、千鶴丸よ」

喉の奥で叫び、掻き抱くような仕草をした。

「八重《やえ》によく似た子であった……それを吾が……吾が殺したのだ」

床に突っ伏した後、長い時間、祐親は同じ姿勢のままでいた。肩だけが小さく震え続ける。

「参上いたそう」とおもむろに上げた顔は、蒼白く表情が消えていた。

「御所前でお待ちしております。義父上はどうか着替えてお越しくだされ」

義澄は、痛々しい舅の姿を見ていられず、郎党らに祐親のことを任せて先に館を出た。

助けることができて良かったと、ほっとした気持ちで祐親の到着を待っていると、郎党が慌てた様子で駆けてきたのだ。

「大変でございます。ほんのわずか目を離した隙に、『恥ずべき一生であった』と言い残され、伊東入道は御自害なされました由《よし》」

義澄の報告を聞くうちに、頼朝の胸の奥が軋《きし》み始めた。いつものように何ということもない顔を保てているか、自信がない。

水に沈みながら小さな手を精一杯こちらに突き出し、「助けて、父様、助けて」と千鶴丸が懇願する姿を、今も夢に見る。

到底、祐親の所業は許せるものではない。

（許せはしないが）

その最期は哀れであり、決して頼朝に媚《こ》びぬ

姿勢は一貫して見事である。

「入道は入道で、良き男であった」

頼朝は義澄の前で祐親を称《たた》えた。

「はい」

義純は流れ出る涙を拭った。

「して、息子の九郎（祐清）はいかがした。孝行者のあの男のことだ。父を亡くし、正気でいるのか」

頼朝は祐清のことを心配した。

「死人のような顔で、一言も口をききませぬ」

義澄もどうしてよいか分からぬ態だ。

「九郎まで入道の後を追うようなことがあってはならぬ。予が話してみよう」

頼朝は祐清を召し出すことにした。本来ならもう少し時を待つのが良いだろう。が、嫌な予感がする。一番辛い時期に尽くしてくれた友を失いたくない。


義純が下がり、しばらくして祐清は憔悴《しょうすい》した顔で現れた。

「久しいな。少し歩こう」

頼朝は御所の庭に誘い出し、二人きりでそぞろ歩いた。しばらく無言で歩いたあと、

「再び吾のそば近くに仕えてくれぬか」

頼朝が切り出す。祐清は、泣き出しそうな顔をした。

「背いた男に対し、有り難いお言葉でございます。されど、父が死を選んだ以上、息子の吾がのうのうと佐殿にお仕えするわけには参りませぬ」

「何を言う。お前にはお前の人生があるのだぞ。よもや父の後を追うというのではあるまいな。それだけは許さぬぞ」

「……どうか暇乞《いとまご》いをお許しくだされ。さすれば自ら命を絶つことだけはいたしませぬ」

存外、しっかりした口調だ。

（九郎は恩人だ。幾らでも報いたいというのに）

残念だが、頼朝は無理強いせぬことにした。生きていてくれればそれでいい。

「寂しいが九郎がそう望むなら好きにいたせ。なれど、戻りたくなった時は、いつでも待っておるぞ」

「吾は鎌倉を出れば、平家の旗下に馳せ参じ、佐殿の敵となるつもりです。されば」

祐清はいつの間にか俯《うつむ》きがちになっていた顔を上げた。

「吾をその手に、かけていただきたい」

真の願いを口にする。

頼朝の心の臓が止まりそうになった。同時に愛おしさが湧き起こる。

「こ、この大馬鹿者が。敵になっても構わぬゆえ、死ぬことは許さぬ」

怒鳴り声を上げた頼朝を、祐清は絶望の宿る、しかし思慕を残した瞳で見つめた。

「どうしても……」

その手にかけてくれぬのか、という言葉は二人の間を吹き抜けた風が掻き消した。頼朝は祐清の肩を掴む。

「生きよ。どうしても我が手に掛かりたいというのなら、その願い、戦場の中で叶えてやる」

祐清は黙して深く頭を下げた。

四

治承六（寿永元年・一一八二）年十一月になった。

平家との争いは依然膠着《こうちゃく》状態のままだ。朝廷は、奥州の秀衡に頼朝追討を、越後平氏の城《じょう》資永《すけなが》に木曾義仲追討を命じたが、秀衡は目立った動きを見せず、資永は戦準備中に急死した。

義仲は、鎌倉との衝突を徹底的に避ける姿勢を見せつつ、北陸に足場を固めた。今年の八月、以仁王の遺児北陸宮《ほくろくのみや》を招いて奉じ、その後の軍事行動の根拠と成した。

一方、鎌倉方では、内政と宗教に力を入れた。何といっても、鎌倉武士の心の拠り所は、源家二代頼義《よりよし》が石清水八幡宮祭神を勧請した鶴岡若宮だったが、頼朝は御所と宮を鎌倉の中心に据えるため遷宮し、並べて建設した。

さらに、御台所政子の安産を祈るため、由比浦から鶴岡八幡宮まで真っすぐ通る参道を、自ら土石を運んで造った。その距離、おおよそ半里(二キロ)。頼朝が手ずから造るのだから、御家人たちも黙って見ているわけにいかない。頼朝は一言も命じなかったが、時政を中心に次々と工事の現場に男たちが現れ、立派な道が出来上がった。

汗水垂らして造ったのだ。若宮大路と呼ばれるこの道に、鎌倉の武士たちは誰もが愛着を覚えた。誇らしく、愛《いと》おしい。一つの作業を皆でこなしたことで、互いの仲も深まった。

こうして鎌倉全体が一体感に包まれる中、政子は嫡男万寿《まんじゅ》を無事に出産した。

政子は、幸せの絶頂にいた。

(この子はどんな人生を歩むのか……鎌倉殿の長子なのだから、決して平坦な道は望めまいが、どうか納得のいく道を歩んでほしい)

乳母に抱かれて眠る三ヶ月の万寿の柔らかい頬をつつくと、自然と目尻が下がる。自分の小御所を建ててもらった龍姫が、毎日のように遊びにきて、小さな弟を眺めていく。

「赤様はみな可愛いけど、弟の可愛らしさはまるで違います。動くたびに、龍のお胸がきゅうっとなります」

五歳という年齢よりは大人びた口調で、龍姫も母の真似をして万寿の頬を突いた。

「御台様、牧《まき》の方《かた》様がお越しでございます」

「えっ」

取次の侍女の言葉に、夢見心地にふわふわとした気分に浸っていた政子は、ふいに現実に引き戻され、小首を傾げた。

事前の約束は無かった。無礼ではないかと思うものの、父時政の継室なのだから無碍《むげ》にできない。何か大事でも起こったのだろうか。

気は乗らなかったが通ってもらい、菓子の一つも出してもてなした。

だのに……。

この人は何を言っているのだろう……と、政子は眼前の牧の方の含みのある笑みを、まじまじと見た。

父時政が大番役で在京していた時期に婚姻を決め、迎え入れた継室だ。年齢が政子とほとんど変わらない。透き通る白い肌に、切れ長の目、紅を引かずとも熟れた茱萸《ぐみ》のような唇をしている。

「ね、お気を付けなされまし」

牧の方は心配している表情を作り、政子の手を掬《すく》うように握った。まるで蛇が絡みついたかのように、ひやりとした指先だ。

政子は、万寿や龍姫ら、この部屋にいた者たちをみな下がらせ、

「それは、真の事でございますか」

先ほどの牧の方が口にした、事の真偽を確かめた。牧の方は、頼朝が御家人の館に女人を匿《かくま》い、足しげく通っていると告げたのだ。

「人伝に耳にした話だから、真かどうかは分か

りませぬが……」

　牧の方は首を左右に振る。

「でも、本当だったらお嫌でしょう」

　こちらの心の奥底まで覗き込みそうな暗黒の瞳で、政子の目を見つめた。とたんに政子の頭に血が上る。

「お相手はどこの姫なのです」

「貴女《あなた》のよくご存知の方よ」

「私の……」

　政子は、知り合いの女たちの顔を次々と思い浮かべる。いつかこんな日が来ると思っていた。男が複数の女を娶《めと》るのは当たり前のことだ。東国の主となった鎌倉殿の妻が、一生涯自分一人など、土台無理な話だ。

　政子は何とか自身を落ち着かせるため、深く息を吸った。が、次の牧の方の言葉に、いっそう打ちのめされる。

「お亀《かめ》さんなのですって。ほら、御台様と結ばれるずっと前から佐殿のお世話をしていた人。まだ、続いていたなんて驚きました」

「亀……」

「ええ。今はそれっぽく敬称を付けて『亀の前《まえ》』と呼ばれているのだとか」

「それっぽく……て」

「佐殿の寵姫らしく」

　信じられないと政子は動揺した。亀とは、頼朝が挙兵した一昨年に、共に走湯《そうとう》権現に避難し、手を取り合って難を乗り切った仲だ。よく尽くしてくれたし、感謝している。当然、一緒に鎌倉に来ると思っていた。このままずっと自分の傍に仕えてくれると信じていた。だのに、政子に遅れて鎌倉入りした女たちの中に、亀の姿は無かった。

　妹たちに、「亀はどうしたの」と尋ねたが、誰も分からないと言う。

（私の知らぬところで佐殿と過ごすために、妹たちと一緒に来なかったと言うの？）

裏切られたという思いが全身を熱くする。

「下働きの娘に殿を取られて、このままお許しになりますの？」

牧の方が囁《ささや》く。何と嫌な言い方をするのだろう。何も答えずにいると、

「私は御台様の味方です」

付け足した。政子には、牧の方が亀以上に不快であった。

（波風を立てようとしている）

侍女や下女の中にも、こういう女はいた。他人の醜聞が大好きで、いつも揉め事が起こっていないか探しているのだ。どこを見渡しても平和だと、誰かの耳に悪いことを吹き込んで、諍《いさか》いの種を撒く。ある意味、化け物のような女だ。

「このまま済ますつもりはありませぬ」

政子は湧き上がってくる苛立《いらだ》ちを抑え込むことができぬまま、きっぱりと言った。

「そうね、そうなさらなければ。御台様がこのまま馬鹿にされっぱなしというわけにはいきませぬものね」

「お方様は、私が馬鹿にされた滑稽《こっけい》な女だと言いたいのですか」

政子は、牧の方を睨《にら》みつけた。

「あら、いいえ。そんな……つい、ね。御台様は殿（時政）の大切な娘御ですもの。つい、私も亀の前のお話を耳にしたときは、怒りが込み上がってきたものですから」

牧の方は、ここで話を切り上げ、そそくさと帰っていった。

この日の夜、万寿をあやしにきた頼朝の横顔を見つめながら、政子はこの一件にどう始末を

つけるか頭を巡らせた。

一族の惣領が、一人の女で終わるはずがないのだから、此度のことは始まりに過ぎない。亀は性根の優しい女だから、どれほど頼朝の寵《ちょう》が自身に注がれても、御台所を押しのけたりはしないだろう。だから、落ち着いて考えれば何の支障もない女だ。

(けど、今後……私より身分の高い女が嫁いできたらどうなるのか)

北条氏は大豪族ではない。

(私はいい。けれど万寿が嫡流から退けられるようなことになるかもしれない)

それだけは承服できない。

(私が万寿を守らねば)

高貴な女との話が出てからでは遅い。女の背後にいる一族を相手取ることになるからだ。その点、亀には後ろ盾がない。

「どうしたのだ、御台。何か悩みでもあるのか」

思いつめた表情になっていたのか、頼朝がいつものように優しく尋ねる。

(そう、この人はいつでも私にはお優しい。けれど、無二のものではない)

「いいえ。お昼に牧の方がおいでになって、少し疲れたのです」

「ああ、苦手だと言っていたな。実は吾もあの方は苦手なのだ」

「まあ」

二人で笑い合う。

笑顔の下で、政子は恐ろしい計画を実行に移すことを決意していた。

(やれば、この人はきっとひどくお怒りになる。もう二度と、心より愛されることはないかもしれぬ。けれど、私はこの人の愛する大勢の女の中の一人になるつもりはない)

唯一無二の御台所として、頼朝にも御家人たちにも絶大な存在感を示し、歩んでいく道を政子は選んだ。すべては、万寿を揺るぎ無い頼朝の後継ぎと成すためである。

（私……子供の頃からこの人が大好きだった）

と頼朝のことを想う。きっと、初めて会ったあの日から魅《ひ》かれていたのだ。

（けれど、この人が選んだのは私ではなく、八重様だった）

八重姫と結ばれたと風の便りで聞いた時は、胸が張り裂けそうになった。その二人の恋が悲恋に終わり、子も殺されたと知り、頼朝の心中を思うと涙が零《こぼ》れた。走湯権現に迎えに行くとき、政子は自身の溢れ出る恋心を抑えつけるため、男の恰好《かっこう》をした。恋しくて仕方なかったが、傷ついた男の心に付け入るようなことはしたくなかった。

（でも抑えられなかった。好きで好きで仕方なくて……）

溢れる思いは止められず、妹の夢を買った。

（けれどもう、恋は御仕舞《おしま》い。私は万寿の母なのだから）

政子の心の変化など知りようのない頼朝は、終始機嫌が良かった。

政子には、今度のことでもう一つやらねばならないことがある。牧の方の処遇だ。

（こんなふうに、言葉一つで人の心に動揺を招いて弄《もてあそ》び、己の愉《たの》しみとすれば、それなりの手痛い代償を払うことになるのだと思い知ってもらわねば）

御台所の父親の嫡妻という立場で、できたばかりの鎌倉政権を掻き回されてはたまらない。政子は、牧の方の父、牧宗親《むねちか》を頼朝に知れぬよう呼び出した。

「な、何と仰せになられたのか……」

宗親は蒼褪《あおざ》めた顔で、政子の命を聞き返した。

「亀の前の住まう屋敷を打ち壊しておしまいなさいと申しました」

「そんなことをいたせば……武衛がどれほどお怒りになるか……」

声も掠《かす》れ、脂汗も滲んできたようだ。

「そなたの娘が産後で心の落ち着かぬ私のところにわざわざ来て、告げ口をしたのですよ」

「いや、しかしそれは御台様を案じてのこと」

「このままにしておくのかとけしかけ、さらに私が味方になりますと頼もしいことも口にした以上は、味方になっていただきます」

まさかそのようなことを……と口の中でぶつぶつと呟き、宗親は汗を拭う。

「告げ口によって人の心を操ろうとした結果、どれほどの大事が起こるのか、親ならそなたが犠牲となって指し示しなさい」

「お許しくだされ。よく言ってきかせますゆえ」

「なりませぬ。やらねば、告げ口には告げ口で返しますよ」

「そ、それはつまり……」

「そなたの娘の言動と思惑をも武衛に伝えます。下働きの娘に武衛を取られてそのままにするのかと、亀の前のこともこの御台のことも侮蔑したのですから、当然武衛の怒りを買いましょう。そのうえ、私の命《めい》も退けたのですから、私の怒りも買うのですよ」

「つ、謹んで、お受けいたします」

宗親は床に這《は》いつくばるように平伏し、半ば叫んだ。

「よろしい。建物だけを壊しなさい。人を一切傷つけてはなりませぬ。殊に亀の前にかすり傷一つでも負わせれば、そなたの首の保障はできませぬ」

「それではそのう……人を傷つけなければ御台様が命乞いをしてくださると……」

「約束します。事後に咎《とが》められた際は、きつく命じられたと私の名を出しなさい」

「ははっ」

宗親は、冬だというのに、プップツと額に汗の玉を浮かせながら退出した。

(さあ、もう後戻りはできない)

やってしまった後、頼朝がどう出るか、政子には予測できなかった。二人の間に確かにあったはずの絆が切れるかもしれない。

(あるいは私だけが絆を信じていたのだと思い知らされて終わるかもしれぬ……けど、それで地位を追われるようでは、御台所など名乗れまい)


亀の前を住まわせていた御家人伏見広綱《ひろつな》の屋敷が、御台所の命によって破壊された出来事は、鎌倉政権が成立して以降、一番の大事件となった。

伊豆の流人時代から献身的に仕え、支えてくれた亀は、頼朝にとって政子では得ることのできぬ癒やしの人である。

政子と結ばれてから、頼朝は決して亀に手を出すことはしなかったが、いつもその存在は気にかかっていた。頼朝と政子の世話をする亀の瞳が、時おり辛そうに揺らぐことも知っていた。それでも互いに自制はきいていたのだ。

走湯権現から鎌倉入りする女たちの中に、亀の姿がないのを知ったとき、頼朝のタガが外れた。自身の焦燥に、今更ながら亀の存在の大きさを思い知った。懸命に行方を捜した。ようよう見つかった時は神仏に感謝した。頼朝の前に連れてこられた亀の眼差しの中にも、熱い恋情が隠しきれずに燃え上がるのを、頼朝は見た。同じ思いでいることを知った二人は、そのまま無言で求め合ったのだ。

「こんなことになるのが怖くて、御前を去ったというのに、どうして……」

頼朝の腕の中で亀はこれから待ち受ける運命に怯《おび》えた。頼朝は言葉では答えず、震える肩をぐっと抱き寄せた。

気心も知れているだろうからと、蛭島で一緒だった中原小忠太光家《みついえ》に亀の身柄を預け、頼朝は足しげく通った。ただ、光家の屋敷は小坪《こつぼ》にあって少し遠い。途中から通いやすい飯島の伏見広綱の屋敷に移した。

一方で、別の女にも艶文《つやぶみ》を送った。あろうことか、相手は兄悪源《あくげん》太《た》義平《よしひら》の後妻である。ほとんど会ったことのない女で、好ましく思っていたわけでもなんでもない。ただ、死してなお劣等感を刺激する兄の女を征服してしまいたかっただけだ。女は返事も寄越《よこ》さず、頼朝の魔手から逃れるため、別の男に再嫁した。

結局何も無かったが、亀には全てを話した。

「吾は人の道を外したのだ」

分かってはいても、そうせずにはいられなかった。平治の乱の後の吹雪の中、一人体力が持たずに馬上で眠りこけ、みなの足を引っ張った。その時の義平の軽蔑した眼差《まなざ》しと、舌打ちが脳裏に沁《し》みついて離れない。

鎌倉を中心とする頼朝の支配地は、義平の本拠地であり、男たちはその雄姿を忘れていない。酒が入ると今も義平を称える男たちが幾人もいる。誰も頼朝が苦しんでいることを知らない。亀以外は。

亀は、黙って抱きしめてくれた。その亀を苦しめたのだ。

（許せぬ）

屋敷を牧宗親に打ち壊された広綱は、亀を連れて逗子《ずし》にある鐙摺《あぶずり》の大多和義久《よしひさ》（三浦義澄の弟）の屋敷に避難した。頼朝は、鐙摺に宗親を呼び出し、怒りに任せてその髻《もとどり》を切った。これは、人前に出られぬほどの恥辱となる。

「あああああああああああ」

宗親は頼朝が驚くほど取り乱し、泣きながら逃げていった。

この頼朝の所業に激怒したのが北条時政だ。

「我が義父上《ちちうえ》に何をしてくれとるんだ」

時政は、妻子や郎党を引き連れ、伊豆へ戻ってしまった。

「何という不届きな」

頼朝はいっそう怒ったが、この事態に狼狽もしていた。女の問題で、鎌倉政権創立当初から手を貸してくれていた、いわば恩人ともいえる時政と手切れになってしまったのだ。

ただ、時政の子・義時は鎌倉に残った。頼朝は、義時を呼び出し、父の下向に従わなかったことを大袈裟《おおげさ》なまでに褒め上げた。

この間、頼朝は政子と一言も口をきいていない。それどころか、顔も合わせていない。政子に対し、罵倒もしていないし、気心の知れた盛長や光家にも愚痴《ぐち》一つ零さなかった。宗親の髻を引き掴んで怒鳴ったときも、

「御台所を重んじ、命に従ったのは良き態度であるが、何故命じられたその時に予に一言、相談せなんだか」

と微妙に政子のことは立てた。

不遇だった伊豆の流人時代に、共に歩むと決めた女だ。それは、一歩下がって自分にどこまでも付いていてきてもらうという意味ではない。肩

を並べ、同じ目の高さで世を睥睨《へいげい》し、対等に意見を述べ合い、同じものを築き上げていくことを決めたということだ。

だからこの際、政子が頼朝と同じだけの命令の権限を有しているのだということを、はっきりと御家人たちに知らしめることにした。

政子も、己は他の女とは違う格別な存在なのだと自覚して、同じ土俵に上って争うような真似はしてほしくない。直接向き合ってそう伝えた上で話し合えばよいのだが、今は口をききたくなかった。だから徹底的に避けている。

夫婦冷戦状態の中、頼朝を打ちのめす知らせが入った。同母弟の五郎希義《まれよし》が、流刑先の土佐《とさ》で死んだという。平家の家人、蓮池家綱《いえつな》と平田俊遠《としとお》に討たれたのだ。

弟の死を知らせてきたのは、土佐で希義を支援していた夜須行宗《やすゆきむね》という現地の武将だ。行宗自身も身一つでようよう逃走し、鎌倉まで苦労して辿り着いたとのことだった。

希義には頼朝のように多くの武将を引き付ける魅力も才も無く、力になってくれたのは夜須荘を本拠とする夜須行宗一将のみだったようだ。

（五郎よ……なんと哀れな。もう一度、会いたかった）

別れた時はまだ八歳で、「兄上、兄上」と慕ってくれていた。平治の乱の後、頼朝助命のために多くの者が動いてくれたが、希義のために動いた者はいなかった。兄をさぞ恨んだことだろう。それでも、頼朝が挙兵したと聞き、いつか兄の使者がやってきて、自分を救い出してくれると信じていたのではなかろうか。そう思うにつけ、頼朝の胸は抉《えぐ》られる。

（許せ、五郎）

弟救出という私情のために、はるか土佐まで人を遣るなど、今の頼朝にはまだできなかった。が、攻め殺されてさえ黙殺するのは、逆に頼朝の名を落とすだろう。

以仁王と共に挙兵して討たれた源頼政《よりまさ》の孫で、今は鎌倉に仕えている源有綱《ありつな》を頼朝は呼び出し、

「予にとっては弟の弔い合戦だが、その方にとっても平家は祖父と父の仇。存分に暴れて参れ。先に手出ししたのは向こうゆえ、遠慮はいらぬ」

大軍をつけ、夜須行宗を案内人に土佐へ向けて送り出した。

これで頼朝は兄を二人、弟を三人亡くしたことになる。

（くそう）

心が荒んだときに政子が傍にいないことが、思いのほかこたえた。代わりに亀が慰めてくれる。頼朝は、鐙摺までわざわざ通うのを不便に思い、再び亀を中原小忠太光家の屋敷に住まわせた。ちょうど伏見広綱邸が牧宗親に壊されてから一月後のことだ。

亀は政子の怒りを恐れ、泣いて嫌がったが強行した。政子は、今度はどう出るだろう。光家の屋敷もだれかに命じて打ち壊すだろうか。宗親の髻が切られたのは周知なのだ。誰が命じられたとしても、実行する前に、頼朝の許へ伺いに来るはずだ。

（次は食い止める）

さあ来い、くらいの気持ちで待ち構えた頼朝だったが、政子の出方は想像を遥かに超えていた。

政子は、広綱を御所へと呼び出し、頼朝には何の相談もないまま、鎌倉からの追放を命じた。遠江《とおとうみ》の出だから、出身地に叩き返したのだ。広綱は今年の五月、甲斐源氏安田義定《よしさだ》の推挙で祐

筆として鎌倉に迎えられた男だ。文字が流麗なだけでなく、朝廷のことにも通じていたため、頼朝にとって貴重な人材だった。それだけに、今度ばかりは目を瞑《つむ》っておけぬと、政子の居室に乗り込んだ。最後に政子と過ごしてから、一月以上が過ぎている。冷静に応対できるまで会わぬつもりだったが、さすがにそうも言っていられない。

（怒鳴ってしまうことにならねばよいが）

頼朝は沸々と湧き上がる怒りを抑えられるか、自信がなかった。それでも、どれほど怒っているのか伝えねば、政子は調子に乗るだけだと勢い込む。

部屋に入って対座した頼朝は、真正面から妻を睨みつけたが、政子もまた冷ややかな目で夫を睨み返した。

「義姉上《あねうえ》に手を出そうとしたそうでございますね」

頼朝が口を開く前に、政子の方が兄義平の後妻に手を出しかけた話を切り出した。

（そっちか）

亀の話になると思っていたから、これは不意打ちだった。色々と言うつもりで用意していた言葉が、みな吹っ飛ぶ。

政子が淡々とした口調で話を続けた。

「とんだ醜聞でございます。近頃まで知らなかった私は、事情を知っている者たちの間でさぞや笑い者となっていたことでしょう」

「い、いや……」

「私事の話はここまでにいたします。公の話を御台所として鎌倉殿にいたします。宜しゅうございますね」

「構わぬ」

「広綱は不忠者ゆえ、祐筆の任を解き、国へ返しました」

「不忠とは……」

「義姉上への恋文の橋渡しをしたのは、広綱だそうですね。お家に尽くして亡くなった兄上の御正室の貞節を、主君が汚そうとしているなら、それは何としてもお止めするのが真の忠義でございましょう」

あまりの正論に、頼朝はぐうの音も出ない。

「言われるままに主君が道を踏み外す手伝いをしたのですから、権力におもねる卑《いや》しい心の持ち主と言えましょう。鎌倉には必要ない人物です」

頼朝は、一言も言い返せなかった。

五

明けて治承七（寿永二年・一一八三）年三月。頼朝の娘、龍姫が婚約した。数えで未だ六歳である。相手は木曾義仲の嫡子、十一歳の義高《よしたか》だ。

将来の婿として鎌倉に送られてきた義高だが、実のところ人質なのだ。この年の二月に、頼朝と敵対した志田義広《よしひろ》と源行家が義仲の元に逃げ込んだのが原因だ。

志田義広は頼朝の叔父であるにもかかわらず、鎌倉攻めを計画し、足利俊綱《としつな》と手を組んで進軍した。これを野木宮《のぎみや》で、小山朝政《ともまさ》が中心となって迎え撃った。頼朝の傍近く仕える朝光《ともみつ》の兄である。朝光も参陣し、戦った。小山勢の元に、足利有綱《ありつな》と佐野基綱《もとつな》父子も馳せ参じ、さらには下河辺行平《しもこうべゆきひら》、政義《まさよし》兄弟や、頼朝の異母弟範《のり》頼《より》ら、野木宮近隣を拠点とする武将が次々と加わり、志田義広を蹴《け》散《ち》らした。その後、義広は義仲を頼ったのだ。

この戦いで不意に現れた範頼に、「六郎のことか」と頼朝は驚いた。全成や義経らとも母親が違う。範頼の母は、池田宿の有力者の娘である。遠江国蒲御厨《かばのみくりや》の生まれだから、若いころは蒲冠者《かばのかじゃ》、一人前となってからは蒲殿《かばどの》と呼ばれているらしい。

平治の乱の後、行方知れずになっていたが、実は後白河院の側近で、さらに九条兼実の家司も兼任する公卿《くぎょう》藤原範季《すえのり》に匿われ、養育されていたという。範季は、亡き高倉院の第四子尊成《たかひら》親王（後の後鳥羽《ごとば》天皇）の乳母父《めのと》で、実際に親王を屋敷に引き取って養育している。嫡妻は、清盛の異母弟教盛の娘、教子《のりこ》である。

（六郎は複雑な環境で育ったのだな。それでも鎌倉の味方をしてくれるのか）

まだ直に会ってはいないが、頼朝は範頼に期待を向けた。

源行家は、義円を失った墨俣川の戦いと追撃された矢作《やはぎ》川の戦いの大敗の後、一時頼朝を頼って身を寄せていた。だが、鎌倉の為に何一つ働いていないにもかかわらず、厚かましくも土地をくれと要求してきたではないか。頼朝が突っぱねると、悪態を吐いて去っていった。その後、義仲の下に走ったのだ。

鎌倉の敵対勢力二つを抱え込んだ義仲と、頼朝の仲は険悪になった。あわや武力衝突かというところで、義仲が折れた。

平家が都に食料を供給するため、義仲が勢力を振るう北陸の覇権を欲していたからだ。背後を頼朝に脅かされたまま平家とは戦えない。義仲は平家と対峙するため、頼朝に和議を申し入れた。そして、息子を差し出したのだ。

許婚《いいなずけ》の義高に会う日、龍姫は生まれて初めてうっすらと化粧をした。これまで着たこともなかったが、貴族の娘のように十二単《じゅうにひとえ》を身にまとう。

夫となる少年が、実は人質なのだということも、龍姫はよく理解している。まだ六歳だが、自分でも違和感を覚えるほど頭の回転が速く、考え方も大人びていた。だから、義高が辛い気持ちで鎌倉入りすることも、小さな胸が痛むほど分かった。

（でも、せっかくの御縁だもの。うんと仲良くしたい）

「母上様、今日のお着物は似合うておりますか。私のお顔は変ではありませぬか」

義高が到着するまでに、龍姫は何度も母の政子に身なりのことを尋ねる。

「大丈夫ですよ。とても可愛らしく仕上がっておりますよ」

母はそのつど笑って答えてくれた。

やがて義高が到着したという知らせが龍姫の待つ小御所に届いた。義高は、先に大倉御所で頼朝と挨拶を交わし、主だった御家人との顔合わせもこなすという。政子も大倉御所に渡った。

龍姫は、このまま小御所で義高を待つ。正式な婚約ではなく内々のものだから、対面も内々に済ませるとのことだ。いつでも婚約を解消し、義仲の元に返せるようにという父の思惑だ。

一刻ほど経ったろうか。政子に連れられて、その人は来た。所作のきびきびした少年で、鼻筋が通り、涼やかな目をしている。どこか龍姫に似ていて、本当の兄と言っても通じそうだ。従える従者は二人だけ。一人は義高と同じ年ごろか。あと一人はもう少し年上だが、それでも二十歳は超えていないだろう。

互いに型通りの挨拶をする。結婚するまでは、名を教えてはならぬと言い聞かされていたため、

「大姫でございます」

龍姫は名乗った。

「源太郎義高にござる。太郎と呼んでくだされよ」

義高も名乗り、目を細める。

「久しゅう仲ようしてくださりませ」

龍姫もにこりと笑った。

この日から、龍姫が何かにつけて「太郎様、太郎様」と慕い、二人はいつも一緒に過ごすようになった。そして、たくさんのことを語り合った。本当はこんな大きな御所など欲しくないこと、優しかった父がどんどん遠い人になっていき、寂しいことも。


この年は、大きく歴史が動いた。

北陸道を制すため、越前《えちぜん》・加賀《かが》へと進軍した平家の四万を超える大軍を、木曾義仲が倶利伽《くりか》羅《ら》峠で打ち破り、破竹の勢いで七月下旬に上洛を果たした。

宗盛率いる平家一門は、都から西海へと逃れた。いわゆる平家の都落ちである。

頼朝はあまりの手際の良さに、度肝を抜かれた。義仲の、ではない。後白河院の、だ。

義仲勢はその強さを見せつけたが、三善康信や全成らの報告を総合すると、むしろ平家の軍が弱かったのだ。どうやら動員した兵には武士でない者――例えば木こりなどの、槍も弓矢も手にしたことのないような者がかなり混ざっていたらしい。

義仲は勇敢な男だが、こと政に関しては赤子ほどの能力しかないようだ。平家が遠征に必要な兵糧や飼葉《かいば》を、飢饉明けだが収穫前の季節に無理やり押収した地に、大軍で乗り込む愚を犯した。義仲の都入りが悲惨な結果に終わることは、頼朝には初めから見えていた。平家から略奪された者たちから、さらなる略奪を重ねなければ、義仲軍は食えない。

平家があっさり都を退いた理由の一つに、京では物資の調達がままならないという事情もあったに違いない。基盤である西国に退き、収穫を待って次の本格的な軍事行動を起こしたいのだ。

頼朝が感嘆したのは、後白河院の「平家の都落ち」前後の動きが、あまりに秀逸だったからだ。

都落ちの前、平家一族の主だった者が、今後の方針を決めるために集まった七月二十日。協議が終わったその日の夜に、院は安徳天皇の摂政で先の関白、親平家派の近衛基通《もとみち》と男色の行為に及んだ。

後白河院は、男女どちらも好むから、二十代で美しい基通と寝所を共にすることに、何ら不審な点はない。が、院が基通を狙い出したのは、いよいよ義仲が上洛か、と騒がれ始めた時期と一致する。

協議の末、平家は後白河院をいったん西海に連れ去るか、院の御所に共に入るか、いずれにせよ一門と運命を共にしてもらうことを決めたという。もちろん、安徳天皇と摂政の基通が道連れとなるのは、話し合うまでもなく既定方針であった。

だから、身の危険に怯えた基通が、後白河院から誘われていた状況を利用して、助けを求める代償に自身の体と「協議の中身」を差し出したのだろう。院は、こうなることを見越し、男色の趣味のない基通に誘いをかけていたというわけだ。

基通の密告で、平家の思惑を正確に把握した後白河院は、捕らえられる前に比叡山へと逃走した。比叡山は義仲と手を結んでいる。院が、平家ではなく義仲を選んだという意思表示でもある。

このため、京の政権ごと移動するはずだった平家は、院の身柄を諦め、安徳天皇と三種の神器を手中に、都を去ることとなった。

基通は、宗盛に促されるまま、当然のように平家の都落ちの列に加わった。嫌がる素振りを見せぬことで誰にも警戒されず、頃合いを見計らって列を抜けた。

平家が出ていくのを待って二十七日に下山した院は、二十八日に入京した義仲と源行家を呼び出し、平家追討の命を下した。これを境に、平家は正式に賊軍となった。同じ日、院は鎌倉の頼朝の許へ、上洛を促す使いを送った。

そして、わずか二日後には、平家から都を解放したことへの論功行賞の会議を開き、第一の功労者を義仲ではなく頼朝としたのである。二位が義仲、三位は行家だ。

これは、義仲の勢力を牽制し、頼朝勢力と並び立たせることで、軍事的均衡を図ろうとする後白河院の打った一手である。だから、実際には頼朝への褒賞だけが見送られ、義仲と行家には与えられた。つけあがることが予測される義仲の出鼻をくじくことで、目的は達せられているからだ。

さらに、義仲と行家の褒賞に大きく差を付けることで、両者の仲違いを誘った。

八月に入ると院は、平家の官職を解き、領土を没収して身ぐるみを剥がした。さらに、八月中には、連れ去られた安徳天皇の代わりに後鳥羽天皇を践祚《せんそ》した。範頼の養父・藤原範季が育てた高倉院の第四皇子である。安徳天皇の弟だ。

本来、帝が即位するときは、三種の神器を引き継ぐ決まりだ。しかし、神器は安徳天皇と共に西海にある。神器無き異例の擁立となったが、後白河院は強行した。

そして九月の中旬、都やその近隣で強奪を繰り返す評判のすこぶる悪い義仲軍を、平家追討のために西へと進発させた。義仲勢が都入りし、平家が都落ちするという未曽有《みぞう》の非常事態に、後白河院は狼狽することなく、むしろこの時が来るのを待っていたかのように、次々と手を打ち、澱《よど》みなく対処した。

頼朝は今後、この頭脳明晰《めいせき》で底知れぬ法皇と、渡り合っていかねばならない。

（よくよく考えて動かねばなるまいよ）

ここから先は、判断一つ間違うだけで、取り返しのつかぬ未来を呼び込んでしまうだろう。せっかく東国の支配を固め、みなと共に鎌倉政権を育てあげてきたのである。

（なれど、どれだけの者たちが、朝廷との駆け引きに付いてこられるだろうか）

頼朝は元々都の出で、権謀術数の水の中で育った男だ。が、鎌倉を支える中心の三氏、上総氏、三浦氏、千葉氏の者たちは、みなどこか純朴である。駆け引きの一つ二つやるにはやるが、朝廷を中心とした魑魅魍魎《ちみもうりょう》の如《ごと》き連中と比べれば、幼児のようなものだった。

（ことに、法皇は平安京始まって以来の化け物だ。物語の中に知る藤原道長《みちなが》公もなかなかの人物だったようだが、法皇には敵《かな》うまい。ひとえに保元の乱より始まる騒乱は、すべてあの男が引き起こしているではないか）

頼朝はまず、上洛を促す朝廷からの使者を丁重にもてなした。都の状況や足りぬ物や要望を細かく聞き出す。その内容を元に、三ケ条の申請書を認《したた》め、相手が度肝を抜かすほどの引き出物につけて、使者に持たせた。謀反の意思がないことを、ここでも繰り返し認識してもらうため、鎌倉が関わった合戦注文（合戦報告書）も渡した。

三ケ条の申請書には、朝廷がもっとも求めている内容を記した。どうせ要求されるのだから、こちらから先に示してやれば、頼朝という男に安堵し、期待を寄せるようになるだろう。

申請書を作るときに頼朝が神経を使ったのは、徹底的に平家や義仲らと自分たち鎌倉との差別化を図ることである。誰が目にしても違いが分かるように作成した。

申請書の内容は次の通りである。


一つ、平家が横領した寺社領を元に戻すべきこと。

一つ、平家の略奪した院や皇室、あるいは摂関家や公卿ら諸家の所領も、元に戻すべきこと。

一つ、逆賊といえども、降伏してきた者には、寛大な心で罪を許すべきこと。


実際、効果は絶大だった。頼朝という武将は平家とも義仲とも違うと、上洛への期待感が高まった。

そこへ、使者の帰京にわずか数日遅らせて飛脚を送り、そもそもの本題である上洛の要請に対する答えを述べた。

すぐには、上洛できない——と。

（法皇と直接相対するには、まだ早い）

底を知られぬためには、自身の姿を隠すのが手っ取り早い。

それに……と頼朝は思うのだ。義仲や行家以外にも、平家が出て行ったとたん入京してきた武士がたくさんいると聞く。彼らのほとんどが、以仁王の令旨以来、平家に対して反乱の火の手を上げてきた者たちだ。

(今、入京すれば官軍だからな)

賊の汚名が雪《そそ》がれる。

つまり、平家都落ちの後に京に犇《ひし》めいている大軍は、一見義仲勢のように見えて、ただの混成軍だった。それを一番規模の大きな義仲が後白河院の命で、束ねさせられている。そこへ鎌倉勢が加われば、混乱が増す一方だ。

実は鎌倉方からは、源有綱勢が入京していた。有綱は、以仁王と共に挙兵した源頼政の孫だから、此度は鎌倉武士としてではなく、頼政の孫の立場で京へ入った。何事かの時は、有綱勢を頼朝は動かせる。

さらに、京への途上の蒲に、弟の範頼が控えている。範頼は、野木宮合戦で小山氏に味方した後、鎌倉勢に加わった。養父の範季が後見する皇子が帝となった今、鎌倉方で最も京へ強いつながりを持つ男と言える。何かあれば、範頼を送るつもりだ。朝廷からは反感を持たれにくいだろう。

今はそれで十分だった。頼朝にすれば、義仲を中心とする入京勢と平家が相争い、どちらかが沈むまで傍観するのが一番得だ。その後で、残った勢力と戦えば良い。もし、義仲が平家を打ち破ったとして、あの男が武士の頂点に立てる日は来ないと頼朝は踏んでいる。

(京で狼藉《ろうぜき》、乱暴を働く者たちを、法皇は絶対にお許しになるまい。座して待っていれば、必ずや討伐の命がこの頼朝に下るだろう)

頼朝は、上洛したくとも已むに已まれぬ事情があって動けぬと、後白河院に理由を二つ述べた。

一つは、頼朝軍の上洛後の食料調達が、収穫前の今はできないことだ。物資が足りずに略奪を繰り返す義仲軍らのせいで、すでに都の治安は悪化している。この上、鎌倉勢が上洛すれば、京師《けいし》に荒廃を招くだろう。

もう一つは、奥州藤原氏に背後を脅かされていることだ。留守を狙って佐竹氏と組んで鎌倉に攻め入られたら、ひとたまりもない。二年前、朝廷が平家に押し切られる形で、秀衡に頼朝追討を命じた。原因を作ったのは朝廷だから、文句は言えぬはずだ。

義仲らの強奪にうんざりしていた朝廷は、鎌倉勢の上洛を切望しつつも、頼朝が準備の整わぬうちに軽率に入京しなかったことに感動した。

「義仲らに後れをとっている現状、これ幸いに急ぎ上洛するかと思いきや、これはなかなか、侮《あなど》れぬ男のようじゃ」

後白河院は、俄然《がぜん》頼朝に興味を抱いた。十月九日に除目を行い、頼朝の右兵衛権佐の地位を復した。これで、二十三年前に謀反人となった頼朝の罪が、正式に許されたことになる。頼朝にとって悲願だったため、知らせを受けた時は、喜びが隠せなかった。

「御台、吾の為に喜んでくれ。とうとう罪人ではなくなったぞ。そなたも罪人の妻ではなくなったのだ」

政子の居室に飛び込み、いの一番に知らせる。

政子は、まあ、と目を見開き、

「宜しゅうございましたなあ」

頼朝の手を取って喜んでくれた。頼朝も手を握り返す。懐かしい感触だ。

「そなたの支えがあってこそよ」

「そんなことはございませぬ。されど、そんなふうに言ってくださり、嬉しゅうございます」

「朝日よ、これからも頼むぞ」

「はい。共に歩んで参りましょう」

頼朝は、さっそく鎌倉の御家人たちを鶴岡八幡宮に集め、罪が解かれた喜びを伝えた。また、年号を鎌倉式の治承から朝廷の定めた寿永に戻す旨を公表した。微妙な反応だ。

解散後、

「情けなきことよ」

水を差すような言葉が耳に飛び込む。振り返った頼朝の目に、苦り切った上総広常の姿が映った。

(またお前か)

頼朝は辟易《へきえき》した。

目が合うと、広常はつかつかと寄ってくる。

「そんな小さきことで、御悦《およろこ》び遊ばすな。武衛は坂東の覇者となられたのだ。いずれは全ての武士の棟梁となるお方。一々、朝廷の顔色を窺《うかが》うような真似はやめていただきたい」

苦言を呈した。

「小さきことだと」

そんなことがあろうか。罪人かそうでないかで、やれることは雲泥の差となる。行いの正当性は、征伐の対象とならぬ上で常に必要なことだ。最重要事項と言ってもよい。父義朝は、官軍になれなかったから負けたのだ。

上総広常が嫌味を言っているわけではないことくらい頼朝も承知している。一々物言いがきつく、思ったことは腹に溜めこめぬ男だが、口にする以上の悪意はない。文句は多いが、広常は鎌倉を存外気に入っている。だからこそ、軟弱な対応に見える頼朝のやり方が不満なのだ。鎌倉の主には他者におもねることなく、威厳を保っていてほしいという思いが強すぎて、朝廷の出方を常に気に掛ける頼朝の姿勢が腹立たしいのだろう。

(お前の気持ちは分かっているつもりだ……さ

れど……）

　それでは困る。これから先は、裏の裏を読み合う戦いを、朝廷と繰り広げていかねば鎌倉は潰される。

「少し、話さぬか。双六《すごろく》でもして」

　頼朝は、広常を誘った。もっと腹を割って話ができれば、という思いが湧いたからだ。

「双六ですか」

　賽子《さいころ》を二つ振り、出た目の数だけ、それぞれが十五個の駒を進める対戦型の遊びだ。中々知恵がいるために、子供から大人まで広く愛されている。

「婿殿（義高）が故郷から持ってきて、よく大姫と遊んでおるのだ」

「ははあ、見ているうちに自分もやりたくなったんですな。武衛も存外と子供っぽい」

　広常が嬉しそうな顔をする。誘いに応じ、大倉御所の寝殿に入った。

　二人は盤を挟んで向かい合う。

「何を賭けますかな」

　と広常が目を輝かせた。

「そうよな……」

「願いを一つ聞くというのはどうでござろう」

「うむ。それでいこう」

　広常の提案に頼朝が簡単にうなずくものだから、背後にいつも控えている朝光が、「あっ」と小さく声を上げた。やめた方がよいと進言したかったのだろう。ちなみに朝光は、先の志田義広との合戦の功で結城郡の管理を任され、今は小山ではなく結城姓を名乗っている。

　頼朝は、朝廷の許しを得ていかねばこの国は全てのことが何れ《いず》頓挫する仕組みなのだと、何とか広常にも分かるよう説明しようとした。だが、口を開く前に、

「少し兄君の話をしても宜しゅうござるか」

広常が悪源太義平の話を振ってきた。頼朝にとって、もっとも触れてほしくない男の話だ。だが、その心情を悟られるのはもっと嫌だ。

「かまわぬ」

頼朝は了解した。

「鬼神のような将でござった」

上総広常は、頼朝の兄・悪源太義平のことをそう語った。

「同じ戦場に立つと、味方には希望を、敵には絶望を与える将でござった。あの日……我らは何かに憑《つ》かれたように、共に死地を駆け抜けたのです」

「平治の乱の、十七騎で平家方五百騎余に突っ込み、追い散らしたという、もはや伝説となった戦のことだな」

広常はそうだとうなずきつつ、賽子を振った。

少し遠い目をして過去を語る。

「あれは実際、夢のようなひと時でござった。得も言われぬ高揚感……。生涯の中であれほど心奪われる体験はもう二度とないと思っておりました……が」

頼朝は、淡々と双六の駒を進める。

「他にもあったのか」

と賽子を広常の手に渡した。

「鎌倉でございますよ」

「何だって」

これまで無表情を貫いていた頼朝が、盤上から視線を外し、驚いた顔を上げた。

「吾は初め、我ら東国の武士団を率いるのが悪源太様であったなら、と何度も思い申した」

「知っている」

「……今は、この鎌倉政権は、武衛でなければ成しえなかったと思うてござる。吾は、鎌倉がいかように育っていくのか、楽しみでならぬ。心奪われているのでございますよ」

と賽子を振ったとたん、「ああっ」と小さな声を上げたのは、あまり良い目が出なかったせいだ。

頼朝は思いもよらぬ言葉を聞かされ、頬が火照《ほて》った。広常が決して世辞を言わぬ男と知っているだけに、今の言葉は本心なのだ。

「兄上ではなく、この頼朝でよいと申すか」

「よいも何も、武衛でなければなりませぬ。他の誰が率いても、何もかもが絵空事で終わったはずだと申して……ううっ」

語尾が唸《うな》り声に消されたのは、頼朝の駒が先に上がったためだ。

「おおおっ、吾の負けでござる。仕方ござらぬな。何でも一つ願いを叶えて差し上げるゆえ、武衛の望みを聞かせてくだされ」

「うん、そうだなあ」

頼朝は考える。

「今は浮かばぬゆえ、また後日でよかろうか」

「お手柔らかに頼みますぞ」

結局この日は、元々頼朝が言いたかったことは何も言わずじまいとなった。初めて広常と心が通い合ったような気がしたからだ。今はこの気分を壊したくない。

六

寿永二(一一八三)年十月半ば。後白河院は、先の頼朝の出した三ケ条の申請書を元に宣旨《せんじ》を出した。

治承四年からの国内の乱戦で奪われた荘園や国衙《こくが》領を元に復し、年貢の徴収を行うこと。逆らう者は東海道・東山道二道の諸国は頼朝が討伐する――というものだ。

年貢徴収を反乱前の体制に戻すという内容だ。頼朝が挙兵以来、多くの血を流して獲得した利権を、朝廷に奪われることに等しい。当然、多くの鎌倉武士の反感を買った。これには、上総広常だけでなく、三浦氏も千葉氏も不満を露わにした。

後白河院もこれらの反発は見越している。だからこそ、逆らう者の討伐は頼朝に一任すると続けているのである。つまり、東海道と東山道の二道の頼朝による実質的支配を正式に朝廷が許したことを意味する。

二道における出兵は頼朝次第となったのだから、かなりの成果を得たことになる。が、宣旨の意味を正確に把握できるのは、頼朝の幼馴染《おさななじみ》で鎌倉に下向した藤原(中原)親能《ちかよし》のように、都で仕官した経験のある者たちだけだ。

ずっと東国で生きてきた鎌倉政権を支える武士らにとっては、ただひたすら屈辱的な宣旨に映った。どれほど頼朝が言葉を尽くしても、「安易に朝廷に服した男の詭弁《きべん》」としか受け取られぬ苦しい状況となった。

頼朝にとっても後白河院が義仲に遠慮して北陸道を外し、三道ではなく二道としたことは不服だった。当面の仕事は、何とか義仲を退けて北陸道も実効支配することである。だが、上手く鎌倉武士の心を掌握しなければ、内部分裂が起こるのは火を見るより明らかだ。頼朝が反対の声を退け、強引に宣旨を受け入れたことで、上総、三浦、千葉三氏との間には、険悪な空気が流れている。

有力豪族の助けが借りられぬ今、頼朝は「身内」である弟二人を頼った。全成と義経である。強力な後ろ盾を持つ範頼は、臣従したとはいえ、まだ半独立勢力の様相を呈している。今回は除いた。

義経に藤原親能を付け東海道へ、全成は東山道へと、頼朝名代として出軍させ、勅命による二道の鎌倉支配を、誰の目にも見える形で速やかに示した。二道諸国在住の者で不服ある者は、全成・義経と戦えと宣言したのだ。

同じころ、平家討伐のため西へ進軍した義仲軍が、備中で大敗した。

(どうやら、来年には平家と戦うため、遠征軍を出すことになりそうだ)

離れかけた鎌倉武士の心を早急に一つにまとめ上げねばならない。

木曾義仲は、やってはならぬ過ちを、一つ犯していた。後白河院が安徳天皇に代わる帝を践《せん》祚《そ》する際、自身の擁立する以仁王の遺児北陸宮を推したことだ。何を勘違いすれば、田舎武士の一人に過ぎぬ男が、帝の即位に口を出せるというのか。院は義仲を憎悪し、公卿らもこの男を蛇蝎《だかつ》の如く嫌った。殿上人《てんじょうびと》の拒絶反応は理屈ではない。朝廷は、いかに義仲を排除するかを、早い段階で考えるようになっていた。

都人の拒絶の仕方は回りくどい。義仲は、初めのうちは気付かなかったが、十一月にもなると今のままでは己に芽がないことをようやく悟った。七月以降、続々と上洛していた武士らも空気を読んで義仲から離れていった。孤立した義仲は焦燥と怒りに駆られ、後白河院を幽閉し、武力で朝廷を制圧した。院側の死者は六百人を超えたというから、熾烈《しれつ》な戦いが京では繰り広げられたのだ。

義仲謀反の知らせを鎌倉にもたらしたのは、伊勢に進軍していた藤原親能と源義経である。

頼朝は、この機を逃さない。西への大遠征に踏み切ることを決断し、数万に及ぶ義仲征討軍の派遣を義経らに約束した。範頼にも小山勢らを付け、出兵の準備を命じる。義経とは別の道を密かに行軍させるためだ。

得意の噂も京に流した。これは、以前から朝廷工作を助けてくれている親能の元主人、公卿源雅頼《まさより》と、養子先の中原家で兄弟になった義弟、下級貴族の中原広元《ひろもと》(後の大江広元)が手を貸してくれた。

噂の中身は、義経軍が小勢であるということと、人質として預かった義仲の息子、義高が鎌倉を脱走したというものだ。義仲が躊躇《ちゅうちょ》なく鎌倉勢との戦に踏み切るためのお膳立てをしてやったわけだ。

頼朝は鎌倉の御家人を集め、号令する。

「義仲政権の体制が整わぬうちに法皇をお救いし、反乱直後の混乱を衝いて上洛する。一気に勝負をかけるぞ」

案の定というべきか。都の出来事に振り回され、坂東の支配がおろそかになって見える頼朝に、広常が不満を述べる。三浦義澄と千葉常胤も、渋い顔をする。三氏との齟齬《そご》を放置すれば、今後必ず毒となる。

頼朝の頭に「粛清」の二文字が過《よぎ》った。犠牲は少なく、効果を絶大にするには、一つしか方法が浮かばない。沈黙してほしい三人のうち、一人を選んで殺すのだ。

誰を切り捨てるか、すでに頼朝は決めている。

「広常よ、必ずお前の望む武士の国を、この日ノ本に造り上げて見せるぞ」

だから、と頼朝は呟く。その未来のために死んでくれ、と。

頼朝が上総広常と嫡子能常《よしつね》の討手に選んだの

は、梶原景時《かげとき》と天野遠景《とおかげ》の二人である。どちらも、頼朝への忠誠心が強い。

景時は、石橋山の戦いでは大庭勢に与した。大勝を収めたものの頼朝を取り逃がした大庭景親は、血眼になって山狩りを行った。頼朝は、洞窟に隠れて息を潜めていたが、そこに現れたのが景時だった。

互いに目が合い、あっという顔をした。

「誰かいるのか」

少し離れたところから大庭景親の声が聞こえてきた。

(ここまでか)

頼朝は死を覚悟したが、

「ここには誰もござらぬ」

と答え、景時は見逃してくれた。

一番危ない時に命を救われたのだ。景時は信頼できる。

天野遠景は流人時代からの友だ。人生の谷間で損得なく接してくれた男である。

「非道なことをやらねばならぬ。それでもよければ手を貸してくれ」

呼び出して頼朝がそう切り出すと、

「承知いたした」

何をやるのか聞く前に、請け負ってくれた。広常を誅殺する旨を告げた後も、少し驚いた顔を見せたが、頼朝の肩を叩いて笑った。

「こんな大事に吾を思い出してくれ、嬉しゅうござる」

十二月二十二日。晴れてはいるが、風が吹きすさぶ日だ。後白河院を救うため、義仲を討ちに四万の大軍を差し向ける前日。頼朝に逆らう者を、見せしめの意味を含め、殺すのだ。ことが成れば、最も動揺するのは千葉常胤と三浦義澄だろう。このため、常胤は此度の遠征軍に組み込み、義澄は外した。広常謀殺後に両氏が密な連絡を取れぬよう仕組んだのだ。

明日は鶴岡八幡宮で戦勝祈願をしてから出軍するため、此度は進軍しない者も含め、御家人の多くが鎌倉にいる。広常と能常が屋敷にいることも確認した。討ち漏らしがないよう、広常の屋敷の外には佐々木経高《つねたか》、高綱《たかつな》兄弟を待機させる。

頼朝自身は大倉御所で、「謀反人広常」の首が届くのを座して待つ予定だった。「鎌倉殿」として、そうすべきだということも分かっている。

だが、鎌倉創立の一番の功労者ともいえる男を、正義無き粛清で屠《ほふ》るのだ。組織がこれだけ大きくなれば今後も粛清は続くだろう。これは第一歩に過ぎない。ならばその目に刻め、と頼朝は直前になって立ち上がった。


(広常の最期をしかと見届けよう)

約束もなく屋敷を尋ねた頼朝を迎え、広常は奥から小走りに現れた。

「先日の願い事を叶えてもらいにきたぞ。双六でもしながら腹を割って話をしよう」

と言う頼朝に嬉し気に目尻を下げる。

「そんなことで宜しいか」

ただ、供の者がいつもの結城朝光や江間義時ら、鎌倉殿の近辺に祗候《しこう》する十一人衆でないことに、わずかに不信感を覚えたようだ。

「これは梶原殿に天野殿。珍しい組み合わせですな」

「武衛とは久しぶりにお会いしましたからな。相撲を取ってもらえるまではと、ひっついて回っております」

おどけた物言いでニッと笑ったのは、在地にいることの多い天野遠景だ。

「吾は何故か荷物持ちですよ」

梶原景時は、持参した頼朝の双六盤を宙に翳《かざ》した。

「わざわざお持ちくださらずとも、あの日以来、わが家にも双六を用意いたしましてな」

ふふっと広常が含み笑いを漏らす。どうやら今度こそは頼朝から勝ちを捥《も》ぎ取ろうと研鑽《けんさん》を積んでいたらしい。

さっそく頼朝と広常は盤を挟んで対座した。前回負けた広常が先手で賽子を振る。

「で、お話とは……」

うむ、と頼朝は朝廷工作を怠ったばかりに陸奥の地を取り損ねた先祖の話をし、その重要性を説いた。広常は不機嫌そうな顔を作ったが、黙って聞いている。頼朝が語り終えると、やはりこの時も反論した。

「されど、どれほど朝廷と上手く渡り合ったところで、清盛ほどの男でも結局最後は子孫にまで繁栄を渡せなかったではござらぬか。義仲然り。朝廷と距離を置く平泉は、三代続いて独立の様相を保ってござる」

「平泉は、朝廷とは実際の距離も遠い上、北方に至っては荘園が無いのだ。それゆえのお目こぼしよ。鎌倉とは条件が違い過ぎる」

「ふむ……吾はもう少しその辺りを学ばねばならぬようですな」

「なに」

頼朝は、こちらの話に聞く耳を見せた広常に動揺した。

「これからも時おりこうして双六をやりながら、政の機微について教えてはくださらぬか」

ぐらりと気持ちが揺らいだ。

(吾は取り返しのつかぬことをしようとしているのではないか)

瞳が泳いだ。頭に血が上ったまま賽を振る。

（あっ）

四の目が出た。これが事前に取り決めた殺害の合図なのだ。

（ま、待て）

口を突いて出そうになった。もちろん途中でやめるわけにいかぬのは百も承知だ。

スーッと景時が広常の真横に寄る。肩を抱くように体を固定したかと思うと、短刀を首に当てた。

信じ難いと言いたげに、広常が頼朝を凝視する。頼朝も広常を凝視した。

そうする間にも、刃が広常の首を掻き切る。ごぼごぼと血が溢れ、ヒューと風を切るのに似た音が漏れるのみで、もう声は出ないようだ。それでも、震える唇が象《かたど》る広常の最期の言葉を、頼朝は瞬《まばた》きもせずに見つめた。


――鎌倉とは、忠義の臣の屍《しかばね》の上に、建つ国か。


謀反人上総広常と嫡子能常の死は、その日のうちに鎌倉中に知らされた。上総氏一族全体が罪に問われ、家人らもみな所領は収公された。広常の兄弟など、近しい関係にある者たちは、加えて蟄居《ちっきょ》という厳しい処分となった。

ざわついたのは、同じような目に遭わぬとも限らぬ千葉氏と三浦氏である。彼らを安心させるため、頼朝は速やかに広常の旧領のほとんどを両者に分け与えた。

さらに、謀殺から一月《ひとつき》も経たぬうちに、広常父子の謀反は誤報であったことを公にし、己の過ちを認めた。手厚く二人を供養するとともに、先に処罰された一族の者たちとその家人らから取り上げた所領は、全て元に戻したのだ。謹慎蟄居も解いた。

これは、上総国の神社から見つかった広常の願書の中で、頼朝の心願成就と東国泰平が祈願されていたからである。広常は謀反人から一転、忠臣と称えられた。

ただ、旧領が復されたとはいえ、広常と能常二人の領土は千葉氏と三浦氏に分配されたのだから、以前のように三氏が並び立つようなことは、今後はない。上総氏は有力豪族の地位から大きく後退し、影響力も発言力も失った。

千葉氏と三浦氏はいっそう強大になったものの、頼朝に逆らえばどんな未来が待っているのか、眼前で見せられたのだから冷や汗ものだ。昨年までは鎌倉政権下第一の一族だった上総氏を、頼朝自身は一兵も動かすことなく無力化させた。その鮮やかな手腕を見せつけられ、これまで通り長老のような顔で意見を述べられるはずもない。

それに、いつの間にか頼朝の側近の顔ぶれが変わっている。上洛して朝廷工作を担当するようになった藤原親能と入れ替わる形で、親能義弟の中原広元が鎌倉に下向し、頼朝の相談役に収まっている。

広元はのちに、文書管理を行う文官機関である公文所《くもんじょ》を設け、その別当（長官）に就任する男だ。広元の下で藤原親能、二階堂行政《ゆきまさ》、足立遠元、藤原邦通の四人が補佐した。この男たちが鎌倉の頭脳といっていい。

一方、鎌倉の武威を世に示したのは、頼朝の弟・範頼と義経だ。両者は寿永三（一一八四）年、頼朝の命で義仲追討のため上洛し、一月二十日には義仲を粟津《あわづ》の戦いで破って討ち取った。

休む間もなく翌二月上旬、福原を回復する勢いを見せた平家を一ノ谷の戦いで破り、鎌倉勢の強さを見せつけたのだ。

（強すぎないか）

知らせを受けた頼朝が目を瞠ったほどだ。

三月。鎌倉と断絶して伊豆に引きこもってい る北条時政に、頼朝は何事も無かったかのように仕事を振った。平家勢力の強い四国の中で、源氏に与する者たちへの指示書を出させる。

広常が見せしめとなって殺された今、頼朝に逆らっている時政としては、さぞ心乱れているだろう。戻ってくるきっかけを、頼朝から作ってやった。

さらに政子も連れて伊豆へ鹿狩りに向かった。伊豆から戻る際に時政も連れ戻すつもりだ。

久しぶりの故郷に、政子は嬉しそうだ。

「本当は、子供たちも連れてきたかったけれど……」

万寿は比企尼の一族が養育していて、すでに政子の手の中にいない。頼朝自身、母親から引き離されて育った。貴人はみなそうやって育つものだ。頼朝は当然のように考えていたが、政子は恨めしく感じているようだ。

今度の伊豆行きも、政子は万寿を連れ出そうとしたものの、

「とんでもございませぬ。世の中が騒がしいこの時期に、どこに誰が潜んでいるやもしれませぬ。若君を連れ出すなどとても」

比企尼《ひきのあま》に反対された。二十年間、頼朝の流人時代を精神面でも物質面でも支え通した比企尼は、頼朝にとって大恩人だ。政子も強く出られない。諦めざるを得なかった。

せめて娘の龍姫だけでもと誘ったが、こちらは本人に断られた。

「太郎（義高）様と片時も離れたくございませぬ」

というのが、理由らしい。義高の父義仲は、ほんの一月《ひとつき》半前に鎌倉軍によって討ち取られたばかりだ。もう人質としての価値はない。生かされるか殺されるか、頼朝の心次第。義高は、薄氷の上で暮らしているようなものだ。

（謀反人の息子に、ただ一人の娘である龍姫をやるわけにいかぬ）

娘は政治的に重要な手札となる。鎌倉にとってもっと意義ある婚姻を成さねばならない。可哀そうだが、鎌倉殿の娘としての責務に、龍姫とて目を瞑《つむ》ることなど許されない。鎌倉の為に死んだ男がいる。ならば、頼朝とその家族は、個を捨て、鎌倉のために身を捧げて生きるべきだ。

鎌倉を留守にしたのは、義高に脱走してもらう意図もある。義高の非を誘い、断罪して処分する。頼朝は自分自身にぞっとなった。

（吾はどこまで人の心を失くすのか……）

だが、新しい政権を打ち立てる男が、人並みで生きられようか。

久しぶりに会った時政は、初めはばつが悪そうだったが、元々磊落《らいらく》な性質だ。間に入った政子が朗らかに接したこともあり、すぐにまた頼朝と打ち解けた。

頼朝は時政を遠馬に誘い、北条荘から三島方面に向かって駆けた。山並みを彩る桜が、たなびく雲のように過ぎ去っていく。

「覚えていようか。初めて会った時、この道を逆に疾駆したのを」

しばらく走った後、馬を軽く歩ませながら頼朝から声を掛けた。

「もちろんです。あの時もちょうど春陽さす日でござったたな」

「流人とはどんな扱いを受けるのかと、本音を言えば不安であった。義父上が明るく迎えてくれたゆえ、どれだけ救われたことか」

「ハハハ、そう言うてくださるか」

「二十年間、変わらず兄のように接してくれたこと、感謝しておる」

「恐れながら明かせば、実は吾も弟ができたような心地でございました。だのに義父になってくれと言われた時はもう……」

二人は揃《そろ》って噴き出した。

馬を休ませるのにほど良い草地を見つけて下りる。雪を被った富士を眺めながら、政子が握った屯食《とんじき》を二人で食べた。

「春風が心地よいですな。のんびりした気分で娘の作ってくれた飯を食う……こういうのが、幸せというのでござろうか」

時政の何気なく口にした言葉が、頼朝の胸に刺さった。

これから、自分は娘の慕う許婚の命を奪う。まだ七つを数えたばかりの龍姫に、どれほどの傷を残すことになるか。

(吾にはそんな幸せなど、来そうにないな)

ふっと苦笑が漏れる。

国府の方角から土煙が起こった。馬上の男が近付いたと思うと、いったん通り過ぎ、手綱を引いて馬首を返す。頼朝近臣で十一人衆の一人、下河辺行平だ。朝光らと同じ小山一族の者で、先の一ノ谷の戦いにも範頼配下として出軍した。今は戻ってきて、再び頼朝の傍近くに仕えている。

「武衛、こちらにおられましたか」

行平は、少し驚いた面持ちで下馬して跪《ひざまず》いた。

「何用か」

「梶原殿の使者がこれを」

行平から差し出された文に目を通す。一ノ谷の合戦で生け捕られた清盛の息子・平重衡を、伊豆に連行したとある。

「現実に引き戻されたな」

頼朝は立ち上がった。

平重衡は、今年二十八歳になる清盛の五男だ。左近衛権中将《さこんえごんのちゅうじょう》まで昇り、従三位《じゅさんみ》に叙されていたため、三位中将と呼ばれている。

闊達《かったつ》で洒脱《しゃだつ》、細やかな情にも通じ、亡き高倉院とは身分を超えて良き友だったらしい。

百戦百勝の常勝将軍として名高い。平家の中でも、群を抜く戦上手だ。源平合戦で、この男が采配を振れば、鎌倉方も苦戦するだろうことは、誰もが予想していた。義仲軍と行家軍を蹴《け》散《ち》らしたのも、重衡なのだ。もし、頼朝が範頼・義経勢を上洛させねば、再び平家が都を占拠したかもしれない。最も警戒していた将が、一ノ谷の戦いで捕虜となった。頼朝の喜びはひとしおである。

重衡は、かつて権勢を誇った京で、市中引き回しの辱めを受けたが、知らせによると見物人から誹《そし》りや罵倒を受ける中、顔を真っすぐに上げ、最後まで乱れることがなかったという。それどころか、「こんな屈辱に負けるものか」という気負いもなく、終始淡々としていたそうだ。

（すごいな）

頼朝は感嘆した。もし、己が同じ目に遭ったなら、そこまで冷静な態度を取れただろうか。この話を聞いて以来、頼朝は重衡に会ってみたかった。

寿永三（一一八四）年三月二十八日、頼朝は伊豆で重衡を引見した。

都から連行した梶原景時が調えたのか、清潔そうな藍の摺《す》り染めの直垂に引立烏帽子《ひきたてえぼし》を身に着けている。南都を焼き払い、五千人余りを殺《さつ》戮《りく》した悪鬼のはずが、荒くれた様は片鱗も見られない。

敵将の前に引き出された者とは思えぬ優美な所作で膝を折る。瞳には、怒りも諦めも自嘲の感情も、宿していなかった。まるで静寂という衣をまとっているかのようだ。

（あの顔を乱してみたい）

頼朝は挑発するため、殊更《ことさら》平家の弱さを挙げ連ね、「この上は、近々予の前に這いつくばる槐門《かいもん》（宗盛）を見下ろすことになろう」と、重衡の兄で平家惣領宗盛のことも愚弄した。

それでも重衡は、深沈たる態度を崩さない。

「繁栄も零落も諸行無常の理の中。武士が死力を注いだ戦いの中、捕らわれたとて、恥とは言わぬ。貴公はただ、疾《と》く吾の首を落とされよ」

二十数年前の源家の姿を思い起こせば、まさにその通りではないか。

「確かに勝負は時の運。負けて武勇が地に落ちるわけではないわ」

感じ入った頼朝は、重衡を狩野宗茂《むねしげ》預けとし、首を刎ねなかった。


同じころ、京では桜の花びらの降りしきる中、院の宴《うたげ》に招かれた義経が、可憐な舞いを披露する白拍子に心奪われていた。

歴史に残る恋に燃え上がることとなる静御前《しずかごぜん》との出会いである。

宴に招かれたといっても、客が大勢呼ばれて盛大に催されたわけではない。会場に指定された神泉苑を訪ねて初めて知ったのだが、客は義経ただ一人であった。

「こ、これは」

狼狽する義経を、後白河院は自身の横に気軽に座らせる。

「当代一の舞姫を呼んだゆえ、存分に楽しむがよい。気に入ったなら、その方の堀川邸に連れ帰ってもよいぞ」

都の警護を頼朝に命じられ、義経はしばらく在京することが決まっている。六条堀川にある源家累代の館を使わせてもらっていた。父義朝も住んだところだ。憧れて已まない見たこともない父が、確かに生きて、居室を、廊下を、庭を、かつて歩いたに違いない場所。

そこに白拍子を誘い入れよと言われるのか、と腹立たしかったが、静御前を目にしたとたん、そんな思いは吹き飛んだ。

天上から降り注ぐような唄《うた》う声が聴こえたかと思うと、桜の枝を手に一人の娘が舞台へ上がり、舞い始める。動くたびにはらはらと枝から花びらが離れ、宙に散らばる。摺足《すりあし》で動いているのに、まるで重さが感じられず、常に空に浮いているかのようだ。

息を呑む義経の反応に満足したのか、

「日本一の舞姫ぞ」

後白河院は喉の奥で、ほっほっと甲高く笑った。

「白拍子は客と寝るのも仕事であるが、静は生《き》娘《むすめ》よ。気に入らぬ男の相手はせずとも良いと、朕が院宣《いんぜん》を出しておるゆえな」

「院宣……」

そんなことに院宣を出すのかと、義経は驚いた。

それにしても静御前の作り出す舞台は、何という美しさだろう。なぜこんなに切なくなるのか。心が洗われていく。弱い本当の自分がさらけ出される。そのうえで何もかも許されているかのような錯覚に、義経の目から涙が零れ落ちた。

その瞬間を、静御前の瞳が捉える。

二人はしばし見つめ合う。静御前は目を見開き、やがて義経を包むように微笑んだ。こんな優しい笑みを、初めて見たと義経は思った。静御前が舞い終え、舞台に伏して頭を下げる。義経は立ち上がり、「今宵」と声を掛けていた。


伊豆から鎌倉に戻った頼朝は、鶴岡八幡宮の廊《ろう》で、十四歳の時からずっと会いたかった男と対面した。流人時代の二十年間だけでなく、その後も絶えることなく使者を寄越し、都の情勢を頼朝に伝え続けてくれた三善康信だ。

――そろそろ鎌倉に下り、吾の仕事を全面的に手伝わぬか。しかるべき地位を約束しよう。

そう頼朝の方から誘った。

義仲を屠り、平家も多くの将が死に、未だ滅びてこそいないが羽を捥《も》がれた鳥のような姿となった。鎌倉と互角に戦える勢力は、もはや奥州藤原氏しかいない。

(随分と力を付けた今なら、鎌倉へ呼んで厚意に報いることができよう)

住み慣れた京を離れ、職を辞してまで移り住む価値ある政権を築いたつもりだ。鎌倉へ来てくれれば、これまでの二十数年の恩を返したい。そういう気持ちで誘った頼朝に、康信は応えてくれた。

いざ会うとなると、自分でも笑い出したくなるほど、頼朝の鼓動は早鳴った。いったいどんな男なのか。この年、四十五歳だと聞いている。二十一歳の時から、人生の半分以上の年月を、ただの流人で終わるかもしれぬ男のために尽くしてくれた。そう思うと有り難さに涙が滲みそうになる。

約束の場所に赴くと、優しい風貌の初老の男が、法体《ほったい》で頼朝を待っていた。畏《かしこ》まって控えるのを、頼朝が自ら手を差し伸べて立たせる。

「吾が頼朝である。その方が属入道《さかん》（康信）であるか」

「三善康信でございます。出家してからは善信《ぜんしん》と名乗っております。此度は正四位下《しょうしいのげ》に叙せられましたこと、おめでとうございます」

三月の除目で、義仲追討の褒賞として頼朝の位階が昇ったことに対し、康信は如才なく慶賀の言葉を述べた。

「うむ。今は吾のことより、そなたのことだ。善信入道には感謝してもしきれぬぞ。伊豆に居ながらにして外の世界を知ることができたのは、そなたがいたからだ。それに、支えてもらっているのだと思えばこそ、流人時代を腐らずに過ごすことができた。これからも、どうか吾のために鎌倉を支えてもらえるか」

康信は柔らかく笑ってうなずいた。

「もちろんでございます」

康信には、訴訟関連の事柄を取り扱う問注所《もんちゅうじょ》を設立し、初代執事を担当してもらうつもりだ。

七

頼朝が三善康信と対面した翌日の四月十六日、改元によって寿永から元暦《げんりゃく》へと変わった。

龍姫は、父の遣わした軍勢によって、許婚義高の父義仲が討たれたことを知らされて以降、心から笑ったことがない。ただもう義高に申し訳なく、どんな顔をして何を話せばいいのか分からなかった。

自分の顔など見たくないに違いない。それでも傍を離れなかったのは、二人の様子が逐一、頼朝に知らされていることを知っていたからだ。

二人の仲に距離ができれば、すぐにでも義高は殺されてしまうに違いない。息の詰まるような毎日だった。昔は母の次に大好きだった父が、この世で一番恐ろしい人間になるなど、想像すらしていなかった。

（どうしたら義高様をお助けできるのかしら。愚かな龍には、その方法が分からない）

なぜ人は争わねば生きていけぬのか……。

「母様の御威光で、どうか太郎（義高）様をお救いください」

母の政子に懇願したこともある。政子は困惑した顔で龍姫の頬を撫《な》で、

「言うてはみますが……近頃はもう母の言葉など、父上には届いていないようなのです」

本音を漏らした。龍姫の中身が年齢よりずっと大人びていると確信して以降、子供だからと誤魔化《ごまか》さず、政子はこうして現実を語ってくれるようになっていた。

「父上はどこへ向かって進んでおられるのですか」

「龍……」

「本当はお優しい方だったのに……。父上は御仏を信仰なされておりますが、御仏は人の命を掌の上で転がしてもよいとお教えなのですか」

「父上はただ人ではないのです。あの方は、『鎌倉殿』になってしまわれたのですから」

政子は、自分自身に言い聞かせるように答えた。

「なぜ？」

「……『鎌倉殿』にならねば、今頃は父上の首は胴から離れ、しゃれこうべとなっていたことでしょう」

「それが、世の理《ことわり》なのですか」

「やらねばやられる今の世の理です。されば、

父上はそんな世を変えようとなされているのです」

優しく言い聞かせながらも、政子の声は震えていた。

龍姫は、母の膝に顔を埋めて涙を零した。

（仕方がないことかもしれないけれど、私は義高様と幸せになりたい）

父親を殺されてからも、義高は龍姫に優しかった。龍姫はずっと、義高の前では無邪気な振りを通した。そもそも出会ったときから、龍姫は義高の前で違う自分を演じてきた。あまりに聡い女は敬遠されるかもしれないと、なるべく子供っぽく振る舞ったり、和める範囲の我儘《わがまま》を言ったりした。

双六をして遊ぶ時も、正直なところ勝ち負けなどどうでもよかった。義高と同じことを一緒にしているだけで、ただ嬉しかった。だが、負けた時は、

「ああ、負けてしまいました。太郎様はさすがです。けれど、次は負けませんよ」

悔しそうに頬を膨らませてみせることもある。

（義高様は本当の私を知らない……）

いや、真の妻になるまでは真名を告げてはならないと両親に言い含められていたから、実の名すらも知らないのだ。

父頼朝が鎌倉を空けた時、義高とその郎党海野幸氏《ゆきうじ》と望月重隆《しげたか》は、この機会に鎌倉を脱け出そうと企んだ。頼朝のことをよく知っている龍姫は、この留守が父の仕掛けた罠だと気付いていた。だからといって、このまま何もしなければ、確実に殺される。

止めてても行かせてても悔いが残る。

（いったいどうしたらいいの）

分からなかったから、今まさに脱走しようと

する義高の背に、そのまま伝えた。

「これは罠です。けれど、罠を仕掛けるくらいだから、残っても何か理由をつけられ、太郎様は殺されます」

逃げ出す姿を見られた恐怖に顔色を変えながらも、振り返った義高は震える手で龍姫を抱きしめた。

「置き去りにしていこうとしたのに、それでも姫は私を案じてくれるのだな。ありがとう」

「いいえ、いいえ。何もできぬ私にもっと怒ってください」

「何を言うのだ。どれほど姫の存在が救いだったか」

(こんな時さえ、お優しいなんて)

龍姫より五つも年上だから、常に兄のように振る舞っている義高だが、わずか十二歳の少年だ。本当は叫び出したいほど、恐ろしいに違いない。

義高は結局、この時は逃げなかった。

だが――。

四月二十日、龍姫は侍女から、頼朝がとうとう義高を近々謀殺しようとしていることを告げられた。おかしい、と龍姫はまず思った。あの周到な父の立てた計画が、本来なら侍女ごときに漏れようはずがない。それを、聞こえるように話したというのなら、これも頼朝の仕掛けた罠だ。

(けど、父上はもうどうしたって義高様を殺してしまいになる気でいる。だったら、少しでも望みのある道を選ばなければ……)

真夜中。龍姫は乳母の手を借り、義高の寝所に忍び込んだ。寝ずの番をしていた望月重隆が、叫びそうになる口をかろうじて押さえ、

「姫様がお見えでございます」

すでに寝入っていた義高を起こす。

「いったい何ごとだ」

義高は眉根を寄せたが、すぐに龍姫の存在に気付き、戸惑いながらも笑みを作った。

「大姫ではござらぬか。どうしたのだ。眠れぬのか」

いつものように優しい声音で龍姫を呼ぶ。

「大姫ではのうて、龍とお呼びください」

龍姫は初めて自分の名を、夫になるはずだった少年に告げた。

「龍……とは、姫の名か」

「私の本当の名でございます」

「……そうか。龍姫と言うのか」

「父と母が龍神様の御座《おわ》す走湯権現様に匿われた時に生まれた娘です。恐れ多いことですが、御恩を忘れぬように、そして御加護がいただけるようにと付いた名です」

「良い名よ。……龍姫」

改めて名を呼ばれ、龍姫の心は震えた。だが、今は余韻に浸る暇はない。

「お逃げくださいまし、太郎(義高)様」

逃がすことで、かえって義高の死期を早めてしまうのではないか、という恐怖に怯えながらも、龍姫は思い切って口にした。義高は目を見開き、目線をしばし泳がせたが、

「いよいよその時がきたのか」

すぐに運命を受け入れる。

龍姫は女物の着物を差し出した。

「これを身に着け、暁になりましたら御所を出る女房たちに紛れてお逃げください。馬を隠し繋いでいる場所へ私の乳母がお連れいたします。音が立たぬよう蹄《ひづめ》には綿を巻いておきましたゆえ、気兼ねのう走らせてくださいませ」

義高は驚いた顔をした。

「そなたが考え、用意したのか」

「……はい」

小賢《こざか》しいと思われたらどうしようと怯える龍姫の髪を、義高がそっと撫でる。

「そうか。龍は賢いのだな」

「太郎様！」

龍姫の瞳から大粒の涙が溢れ出た。

「添い遂げとうございました」

別れる間際、龍姫は本音を告げた。義高はそんな姫を抱き締め、

「鎌倉殿はさような夢が叶う世を作ろうと奮闘しておられるのではないかな」

己を謀殺しようとしている男を褒めた。

義高を送り出した龍姫はその場に頽《くずお》れ、しかし大人たちに気付かれぬよう声を殺して泣いた。

大姫様がご病気で、儚《はかな》くなってしまいになられそうだ――鎌倉ではこの話題でもちきりだった。

元暦元年五月。もう何も食べ物を口にせず、吉祥天女の如くと言われた姿は、ほとんど骨と皮だけになってしまったと噂されている。

理由は許婚だった源太郎義高が殺されたからだ。先月の二十一日の暁、交替の為に自分の屋敷に戻る通いの侍女らに紛れ、女装した義高は無事に御所を出た。乳母の手引きで前日に龍姫が隠していた馬が繋がれている場所まで行き、そこからは疾駆《しっく》した。

一方、生活していた小御所内では、同じ年齢の海野小太郎幸氏が義高に扮した。髻が見えるように宿衣《しゅくえ》を被り、起床の時間まで息をひそめる。昼間は居室で一人双六台の前で過ごし、望月重隆が近侍した。だが、隠し通せるものではない。結局、入れ替わりは露見し、二人は捕まっ

て激しい折檻《せっかん》を受けた。どちらも主君がどこへ向かって逃げたか口を割らなかったが、四方に放たれた討手にかかり、義高は二十六日に討ち取られたのである。

知らせを受けた龍姫は、ひどく取り乱し、

「私は間違えてしまった。私のせいです。私が逃げるように言ったから、浅はかな私のせいで、太郎様は殺されてしまったのです」

息ができなくなるほど泣き叫んだ。そして、ぴたりと食事をしなくなったのだ。日々義高の御霊《みたま》が安らぐように観音経を唱え、百日の間はやり遂げたいからと、水だけは飲む。

「百日が過ぎたら姫様はどうなっておしまいになるのでしょう」

乳母は狂わんばかりだ。

政子も、何としても娘の命を繋ぎとめようと説得を繰り返す。龍姫は、初めは表情を変えず黙したまま反応を示さなかったが、初七日を過ぎるとぞくりとするほど冷たい目を向け、

「誰も私の望みは叶えてくださらなかったのに、私が誰かの望みを叶えなければならぬ道理がございますか」

抑揚なく言い放った。

政子は背筋が寒くなった。あれほど可憐《かれん》だった娘の姿はもうどこにもない。まるで悪鬼に魅入られたかのようだ。いったいどうやったら元の龍姫を取り戻せるのか。何より食べてもらわねば、死んでしまう。焦燥と恐怖に胸はかき乱され、絞られるように痛んだ。

政子が途方に暮れていると、御所から小御所に頼朝が渡ってきた。やってきた頼朝に、政子ははらはらした。いったい何を言う気でいるのだろうか。これ以上、龍姫を傷つけてほしくない。龍姫は、父親に振り向きもせず、どこも見

ていない瞳で端座している。

頼朝が小さく溜《ため》息を吐いた。

「食事を摂らぬそうだが、このまま太郎（義高）の後を追うつもりか」

叱るような言い方では無かったが、冷たいと政子は感じた。温かい言葉を掛けられないなら、今はそっとしておいてほしい。そういう気持ちを込めて、首を小さく左右に振る。頼朝はそんな妻を無視し、信じられない言葉を続けた。

「海野と望月の処刑が決まった」

えっ、と政子は頼朝を凝視した。その目の端に、表情を変えた龍姫が映る。ずっと無表情だった顔が変わったというのに、喜べない。龍姫は、血を噴く心にいっそう刃を突き立てられて顔色を変えたのだから。

「……私も黄泉《よみ》の国へ共に参ります」

「何を言うのです」

龍姫に手を伸ばしかけた政子を、頼朝の手が引き留めた。龍姫の胸奥を覗くように瞳を見つめ、

「二人を助けたくないか」

頼朝が訊ねる。

「助ける……？」

まだ幼い子供なのに、眉間に皺を作り、龍姫が問い返した。

「姫が生きている限り、あの二人を生かそう。姫が亡くなった日が、あの二人の首が飛ぶ日だ」

龍姫は目が裂けるほど見開き、唇を噛み締め、ゆっくりと頼朝を見上げた。

「返事はせずともよい。そなたの命が返事となる。死ぬも生きるも好きに選べ」

「佐殿！」

政子はたまらなくなって叫んだ。

「それが、娘に掛けるお言葉でございますか。

他の誰でもない、貴方様《あなた》が取り返しのつかぬほどに痛めつけた娘の傷が塞がらぬうちに、それが……それが、最初に掛けるお言葉なのですか！」

「予のことが理解できなくなったか、御台よ」

「な……にを……」

「言いたいことがあれば御所で聞こう。参れ」

政子は憤然と立ち上がる。龍姫を乳母に預け、踵《きびす》を返した頼朝の背を追った。

（この人は、私の目の前を歩くこの男は、いったい誰だというの……）

自分の愛した佐殿は、もうどこにもいない。

政子は眩暈《めまい》がした。

頼朝の居室で、夫婦は対座した。重い空気が流れる。頼朝は情けない気持ちでいっぱいだった。

娘があんな状態になって、自分が哀しくないと妻は思っているのだろうか。

（吾も胸が押しつぶされそうだ）

何としても死なせたくないと、考えに考えた末に出した答えが、海野幸氏と望月重隆の命と龍姫の死にたい気持ちを天秤にかけさせる方法だった。

（もうすでに千鶴丸を失っているのだ。龍姫まで失くすなど考えられぬ）

優しい龍姫に付け込むような選択を突き付けるのだから、頼朝の心も血を噴いている。だが、これで龍姫は無理やりにでも食べ物を口にするだろう。

（憎まれてもよい。生きていてくれれば、それでいい）

かつて誰よりも自分の味方だった女は、鬼の形相で、

「佐殿は人の心を忘れてしまわれたのですか」

鋭く頼朝を切りつけた。人の心とはいったい何なのだ、と頼朝は政子から視線を外して考えた。手を施さず、黙って娘を死なせることか。それとも、未来の禍根となる義高を生かすことか。かつての清盛が頼朝の首を切らなかったように。

（その結果、何が起こっているというのだ。平家は、清盛の子孫は、まさにこの頼朝に攻め滅ぼされそうになっているではないか）

義朝の子らは、二十年という時を待ってみな起った。希義だけは兵を挙げる前に殺されたが、夜須行宗と無事に合流できていれば起つつもりでいたと聞く。

（吾が特別だったわけではない。源氏の血が流れる者は、受けた屈辱は決して忘れぬ。親の仇は、赦《ゆる》しはせぬ。義高にも、その血は流れている）

殺すしかないではないか。

無言の頼朝に、政子は苛立っているようだ。

「貴方は変わってしまわれた」

「いつまでも流人の佐殿ではいられまい。もう何人も鎌倉のために死んだのだ。今更やめるわけにもいかぬ。変わらねば潰されよう」

「佐殿が殺すのは、敵だけではないではありませぬか。お味方までも……邪魔になれば屠《ほふ》るのですね」

「私情は挟んでおらぬ。鎌倉のために殺すのみ」

「黎明の頃を支えた忠義の臣さえ葬り、守るべき子に消えぬ傷を付け、鎌倉はいったいどこに向かうのですか」

鎌倉がどこへ向かうのか――――。明確な答えを頼朝は持たない。朝廷や貴族の命で血を流し、骨肉の争いを強いられ、失うものが多いというのに、あ奴らからは見下げられ、平家や義仲のように邪魔になったら殺される。それが武士だ。地位を少しでも上げ、振り回されて踏みつけられることのないように、頼朝は鎌倉に政権を樹立した。朝廷の中に入り込み、力を振るって権力を得た清盛は、結局失敗した。その轍《てつ》を踏まぬよう、慎重にことを進めている。その過程で、朝廷に阿《おもね》ることもある。そうしなければ、出来上がる前に潰される。

「国を造る者は残酷でなければならぬ。日と月を掴んだはずのそなたが、そんなことも知らぬのか」

政子は動揺したのか、目を泳がせた。

「それは……」

「鎌倉はまだか弱い。わずかな失敗で崩落する。それが分からぬ者は、排除せねばいつか足をすくわれる。後々敵対勢力となり得る者は、なる前に叩き潰さねば、結局は多くの者の血を流すことになる。どれほど非情でも、最も犠牲の少ない道を選んでいくのが、鎌倉の頂点に立つ者の責任であろう」

頼朝を見つめる政子の頬を涙が伝った。手をついて頭を下げる。

「私が浅はかでございました」

「浅はかなのではない。覚悟が足りておらぬのだ。得るものが大きければ、それに比して失うものもまた大きい。吾もそなたも、鎌倉殿よ、御台様よともてはやされる。子らもそうだ。されどそれには相応の務めと責任が伴う。ただ人の幸せなぞ望めようか。死よりも厳しい生き地獄の道を行かねば、ことは成せぬと心得よ」

政子に掛けた言葉だが、自分自身へ向けた戒めだ。

平伏していた政子が顔を上げ、真っすぐに頼朝を見た。この時にはもう先ほど零した涙は乾いている。その瞳が、怒りに燃え盛っていた。

「おっしゃる通り覚悟も思慮も足りてはおりませんでした。貴方のお言葉一々尤《もっと》もなれど、子に阿修羅《あしゅら》道を歩ませる気で産む女がいましょうか。割り切るべきと諭《さと》されて、簡単にうなずけましょうか。たとえ間違っていても、愚か者の誹《そし》りを受けても、そんな伴侶はいらぬと見捨てられようとも、私は命尽きるまで、母として子の幸せを望みます」

今日まで共に歩んできた二人が、決裂した瞬間だった。

第四章　骨肉の争い

一

元暦元(一一八四)年八月二十八日。

「馬鹿な奴《やつ》だなあ、お前という奴は。兄上を怒らせるなど、命が幾つあっても足りぬぞ」

昨日、鎌倉から京へ入った範頼《のりより》が、六条堀川の屋敷に義経《よしつね》を訪ね、酒を酌み交わしながら呆《あき》れた声を上げげた。

義経は九つ年上のこの異母兄が、嫌いだった。会うたび今のように、嫌なことばかり言ってくる。

「あんなにお怒りになるなんて、思わなかったんです」

「思うさ、普通は。駄目だと言われたことはやらないものだ、分別があればな。御命令に背いて逆鱗《げきりん》に触れた後でさえ、まだそんなことを言っているようでは、先は長くないぞ」

「不吉なことを言わないでください。蒲《かば》の兄上(範頼)は、吾《われ》を怒らせたいのですか」

「まさか。心配しているんだよ」

義経はむすりと黙り込み、酒を煽《あお》った。

範頼の言う命令違反とは、頼朝《よりとも》の許しなく勝手に朝廷から官職を与えられたことを指す。

平家追討には、鎌倉武士以外の武士も動員されるため、命令系統がばらけぬよう、頼朝が朝廷に対し、この件においては鎌倉方の総大将の下知《げち》に任せるよう許しを得ていた。そして、勲功においても全て頼朝が計らう権限を承った。平家追討に関わる武士は、頼朝の許可なく官職を得てはならないのである。

それを義経は破り、後白河《ごしらかわ》院に押し切られる形で、検非違使《けびいし》・左衛門尉《さえもんのじょう》に任じられた。九郎判官《ほうがん》の誕生である。

義経は何度も辞退したのだ。が、断り切れなかった。義経にしてみれば、この国で一番偉いのは帝《みかど》である。院政が布かれている間は、院である。ならば、頼朝の命と院の命がぶつかった時、従うのは院ではないのか。

だから、この件を文で頼朝に告げた時も、激怒されるとは思っていなかった。

「吾《われ》のような一介の武士が、院の御命令を断れましょうか」

ぽそりと漏らす義経に、範頼は小さく溜息《ため》を吐《つ》いた。

「院の命に逆らったところで命は取られぬが、兄上の怒りを買えば殺されるのだ。どちらを優先させるべきかなど、吾なら一瞬たりとも迷わぬぞ」

「三郎兄上（頼朝）は吾のことがお嫌いなのでしょうか」

義経の呟《つぶや》きに、「はっ？」と範頼が眉根を寄せる。

「いやいや。好きとか嫌いとかの問題ではなく、言うことをきけと言っているだけだ。いいか、九郎。三郎兄上は、新しいことを成そうとしている。今は東国だけの王だが、いずれは日本全国津々浦々、みな鎌倉政権の支配下に置くおつもりだ。朝廷以外の権力が、この国でそんなことをしたことはかつてない。これは新しい歴史を築こうとしているに等しいのだ。平家にも成しえなかったことだ。なぜかお前に分かるか」

「……いえ」

「平家は、朝廷を刺激せぬよう既存の体制を崩さなかったからだ。兄上は違う。新しい体制を作り上げ、支配なさるおつもりよ。ゆえに新しい職務を作り上げていかねばならぬ。そこに既存の官職を勝手に朝廷から受ける者が出ればどうなる」

「待ってください。これは朝廷への御謀反ではございませぬか」

「そうではない。謀反人とならぬよう、一々朝廷に許しを得、少しずつことを進めているではないか。国ごとに国司とは別に軍政を敷く惣追《そうつい》捕使《ぶし》を置き、最終的には兄上がそれを束ねる日本の惣追捕使になる……そういう体制が出来上がるまでの間に、勝手な行いをする者が出れば困るのだ」

惣追捕使には、兵糧の徴収や兵役に駆り出す権限や、現地の治安を守る今でいう警察権も付与されていたが、臨時職なので有事が過ぎれば解任される。頼朝は、「平氏追討の間」という限定的な条件のもと、後白河院に設置を認めさせた。有事が起こるたびに任命し、平時になれば解任する――これを繰り返し、徐々に定着させていくことでのちの「守護」となる。

また、土地そのものを与えるのではなく、その地の支配権のみ与えることで、補任、解任を後の鎌倉幕府の意のままに行える体制に持ち込むための、地頭《じとう》の設置も頼朝は考えているが、時期尚早のため手を付けていない。だが、これらの布石のために、朝廷の支配体制下から武士を引き離していく必要がある。だからこそ、官職の補任は頼朝の意思が反映されていなければならないのだ。

義経には、範頼の言うことがあまり理解できなかった。そもそも義経は、組織というものがよく分からない。範頼が大事な話をしているのに、抱えていた不満を口にすることで話題を逸《そ》らしてしまった。

「蒲の兄上は、そりゃあ不満はないでしょう。

先の除目《じもく》で、国司に任命されたのですから。平家追討で、同じように総大将として兵を率い、結果を出したというのに、吾への褒賞は見送られました」

六月に行われた小除目で、範頼は三河守《みかわのかみ》に任命されたが、義経は外された。頼朝の意思だ。そのことを範頼が殊更《ことさら》喜んで、「九郎の奴め、意地汚く事前に兄上に頼み込んだくせに外されたぞ」と鎌倉で吹聴して回っていたことを、都にいた義経は人伝《ひとづて》に聞き知っていただけに、非難がましい言い方になった。

範頼は、そんなことは無かったかのように、慰めを口にする。

「あれは政《まつりごと》よ。武功とはまた一線を画した人事ゆえ、仕方あるまい。九郎にもそのうち順番が回ってこよう」

いっそう忌々しいと義経は思った。

「政なら、蒲の兄上は良くて、なにゆえ吾は駄目なのです」

「お前には後ろ盾がなかろう。手勢もほぼいないから兵は皆、武衛《ぶえい》からの借り物だ。比して、吾には帝《みかど》の乳母《めのと》父殿が後ろにおるゆえ、領内から徴兵できるし、朝廷にも影響力を持つ。お前よりは使える駒だわな」

ぐっと義経は言葉に詰まる。その通りだから何も言い返せない。範頼は鼻で笑った。

「此度《こたび》、補された面々を改めて見てみろよ」

義経は素直に言われるまま、官職に任命された者たちを思い起こす。

平頼盛《よりもり》が権大納言に、その子光盛《みつもり》が侍従に、同じく子の保業《やすなり》が河内守《かわちのかみ》、一条能保《よしやす》が讃岐《さぬき》守、源広綱《ひろつな》が駿河《するが》守、平賀義信《よしのぶ》が武蔵《むさし》守、そして、範頼が三河守だ。

池殿《いけどの》と呼ばれる頼盛は、清盛《きよもり》の腹違いの弟だが、平家の都落ちには付いていかず、後白河院に保護される形で都に残った。ただ、平家一門として義仲に首を狙われる可能性があったため、すぐに鎌倉の頼朝を頼ったのだ。

頼朝は、二十四年前に池禅尼《いけのぜんに》や池殿自身から命乞いをしてもらった恩を忘れず、喜んで迎え入れ、厚遇した。平家というだけで解官されていたのを、今回を機に返り咲かせたのである。取り上げられていた三十三か所の荘園も戻された。平治の乱では、頼朝の命が助けられたゆえ、他の兄弟も殺されなかった。そう考えれば、義経の恩人でもある。

一条能保は、頼朝の同母妹坊門姫《ぼうもんひめ》の婿である。行方知れずとなっていた妹は、母方の熱田大宮司と同じ上西門院系列の派閥に属す能保に娶《めと》られ、子も幾人か儲《もう》けていた。頼盛同様、義仲が都で幅を利かせた時期に、鎌倉の兄を夫婦で頼り、涙の再会を果たしたのだ。

頼朝の喜びようは尋常ではなかったと、全成《ぜんじょう》からの文で義経は知った。やはり同母は扱いが違うのだなと、義経は寂しく思ったものだ。どれほど慕っても、頼朝は自分には厳しい。

源広綱は以仁王《もちひとおう》と共に挙兵した頼政《よりまさ》の子だ。あの挙兵が無ければ今の頼朝はない。さらに伊豆守を務める時期が長く、頼朝が流人《るにん》時代を比較的おおらかに過ごせた理由の一つは、頼政が配慮してくれたためでもある。いわば、恩人の息子である。

最後の一人、平賀義信は、河内源氏二代頼義《よりよし》の三男義光《よしみつ》の孫だ。平治の乱の折、義朝《よしとも》に従って都を落ちた七人の一人で、頼朝にとっては辛《つら》い雪中の逃避行を共にした男であった。父義朝の信任が厚かった者として、頼朝は源家門葉《もんよう》筆頭と定め、重用している。本拠地は信濃《しなの》の佐久郡平賀荘で、義仲《よしなか》存命中は義仲勢の侵攻を止める要の人物であった。頼朝の方が慕い、敬愛している。

確かに落ち着いて見直すと、平家追討の戦いにおける褒賞をうたいつつ、平治の乱以降の二十四年間の働きや、その人物の持つ背景が決め手となっているようだ。義経にはその何《いず》れもない。

義経は嘆息した。何も持たずとも、これからの戦働きで奮戦し、なんとしても兄頼朝に己の存在を認めてもらいたい。そう思うものの、平家追討の総大将には範頼が任命され、義経は都の警護に留め置かれることが決まっている。

これは、いったん対義仲で同盟を結んだ伊勢《いせ》周辺の平氏が、反乱を起こしたこととも関係している。乱の鎮圧に当たったのは、伊賀《いが》、伊勢、近江《おうみ》の惣追捕使（後の守護）となった大内惟義《これよし》（平賀義信嫡男）、山内《やまのうち》首《す》藤経俊《どうつねとし》、佐々木秀義《ひでよし》（佐々木兄弟の父）だ。秀義は、この戦で流れ矢に当たって討ち死にした。

平氏側の首謀者平田家継《いえつぐ》、平信兼《のぶかね》、伊藤忠清《ただきよ》のうち家継は梟首《きゅうしゅ》されたが、信兼、忠清には逃げられた。このため、義経に頼朝から出陣命令が下った。義経は、在京していた信兼の息子、兼衡《かねひら》、信衡《のぶひら》、兼時《かねとき》を堀川の屋敷に呼び出して謀殺し、伊勢に進軍して信兼を討ちとった。ただ、伊藤忠清は姿を晦《くら》ましたので、都は今も警戒態勢の中にある。

後白河院や朝廷は、不安のあまり平氏追討で義経が京を去ることに難色を示した。

頼朝は、義経が命令に背いたことも含め、平家追討の任から外し、京都守護に専念させることを決めた。

「まあ、そう落ち込むな。とにかく吾は忠告したぞ。武田殿（信義《のぶよし》）の嫡男が、粛清されたことは伝え聞いておろう。兄上は、邪魔者をどんどん消すおつもりだ。生き残りたければ、血の繋がりなど、何の役にも立たぬと知れ」

範頼は言い捨てて帰っていった。

二

「あの馬鹿をどうしてくれよう……」

頼朝は薄暗い部屋で夜の食事を摂りながら、ぼそりと呟く。

一緒に食事をしていた政子《まさこ》が目線を上げた。傍《かたわ》らに灯された炎の影が、政子の顔や着物の上でゆらゆらと伸びたり縮んだりしている。

「結婚させたらいかがです」

二人の間に亀裂が入ってから、政子とは数えるほどしか会話を交わしていない。思いがけず話し掛けられて、頼朝は少し狼狽《うろた》えた。

「誰のことか分かるのか」

声が上ずる。

「九郎殿のことでございましょう」

「うむ。あ奴め、予の許しもなく判官となりおった。いったい九郎は何をしておるのだ。『鎌倉殿《どの》』の弟なら、手本となる行いを見せねばならぬ立場であろう。それが、真っ先に秩序を乱してどうする」

このままでは始末せねばならなくなる――と続く言葉はさすがに呑み込んだ。代わりに、

「馬鹿な奴め」

再び義経を馬鹿呼ばわりしたが、「馬鹿」と言葉にするとき、自分でもおかしなほど胸が軋《きし》んだ。あまりに義経が「兄上、兄上」と慕ってくるから、いつしか情が移ったようだ。頼朝から苦笑が漏れる。

「あ奴はなあ、御台《みだい》。別に悪い男ではないのだ。むしろ純粋で、邪気がない。どうせ法皇に優しくされ、ほだされて断れなくなったのだろう。だからといって、それを予の立場で許せるか」

頼朝がそんなふうに義経のことを言うと思っていなかったのだろう。政子は驚きながらも、少し嬉しそうな顔をした。妻のこんな顔を見るのは久しぶりだ。愚弟への憤懣《ふんまん》と、仲違いした妻との距離が少し縮まった気がする嬉しさが入り混じる中、

「それで結婚とは」

頼朝は政子に意見を促した。

「蒲殿が藤九郎殿（盛長《もりなが》）の娘御と結ばれました折に、同じように九郎殿にも比企尼《ひきのあま》殿のお孫の郷姫《さとひめ》を娶わせようとおっしゃっていたではありませんか。この機に姫を京へ送ってはいかがでしょう」

盛長の妻は比企尼の娘だから、範頼に嫁いだ姫は比企尼の孫娘である。頼朝が最も信頼している比企尼の血筋を嫁がせるのは、肉親を嫁がせるに等しい。破格の待遇だった。ちなみに全成には、政子の妹・阿波局《あわのつぼね》が嫁いでいる。

郷姫は、河越重頼《しげより》の十七歳になる娘だ。色白の肌に、頬がいつもほんのり桃色に色づいている。目が大きく幼い顔立ちだが、頭の回転が速く、見かけと違いしっかり者だ。

「九郎殿が間違った方角に進みそうになれば、きっと郷姫が正しい道へと引き戻してくれましょう」

と政子は言う。そうだろうかと頼朝は懐疑的だ。義経は二十六歳。十七歳の娘が九つ上の男に、気後れせずに意見が言えようか。そう思いつつ十歳下の政子を見る。

（御台のように政も理解したうえで、夫に真っ

すぐ考えを述べ、嫌われることも厭《いと》わず時に過ちを指摘し、道を自ら造りながら歩んでいく女は特別ぞ）

自分がそうだから、みなが同じようにできると信じているのではないかと思ったが、せっかく久しぶりに口を利いてくれているのだ。あえて否定するようなことは言わなかった。

ただ、

「九郎は今、静御前《しずかごぜん》とか申す白拍子《しらびょうし》に夢中だとか。郷姫が可哀そうなことになりはせぬか」

と心配した。人を想う気持ちは、理屈ではどうにもならない。

政子は、「貴方《あなた》がそれを言いますか」と言いたげに眉を顰《ひそ》めたが、すぐに不快な感情は無表情の面の下に隠し込んだ。

「こればかりは周囲がどうこう言うても、始まりませぬ。せめて、侮《あなど》られぬようお供の人数を増やし、盛大に送り出してやりましょう」

こうして三十人を超える家子や郎党を引き連れ、郷姫は義経の嫡妻となるため、都へ向かって出立した。

頼朝は平家没官領《もっかんりょう》のうち、二十四ヶ所を義経の支配地とするよう手配した。これで義経も鎌倉御家人として独り立ちし、十分な財力で郷姫と一家を築いていけるだろう。意のままにならぬ義経を厚遇することには多少の不安もあるが、頼朝を兄と慕ってくれているのもまた事実だ。出会った頃は弟と思えなかった異母弟だが、今となっては数少ない肉親である。

（互いに支え合えれば……）

そう思ったことを、頼朝はすぐに後悔した。

義経が再び頼朝の許しを得ぬまま、昇進したからだ。九月中旬に従五位下《じゅごいのげ》に叙され、翌十月には昇殿が許された。こともあろうか派手に拝賀の儀まで執り行ったという。

「馬鹿者が。予を弟殺しと呼ばせる気か」

報告を受けた頼朝は即座に罵《ののし》ったが、今度の「馬鹿」には、何の情も籠《こも》らなかった。

「何故だ、何故だ、何故だ」

誰もいないところで、頼朝は荒れに荒れて叫んだ。頼朝には、命令違反を繰り返す義経という弟がまったく理解できない。

「慕っていると口で言いつつ、何故言うことをきかぬ。訳が分からぬわい」

朝廷の命令系統に内包される武士団を独立させ、新たに鎌倉政権による支配系統を築き上げ、朝敵とみなされずに並び立たせる――――これが頼朝の目指すところだ。

今は、朝廷の命令系統から引きはがすことを試みている最中である。だのに、頼朝の実弟の義経が、これまで通りの朝廷にかしずく武士として栄達しようとしている。頼朝の計画の大きな綻《ほころ》びとなる前に、取り除かねばならない。

だが、義経の軍才は平家追討の中で必要だ。今は都に待機させているが、出軍した範頼勢の九州渡海が叶えば、平家の二大拠点である瀬戸の内海にある屋島を義経、早鞆《はやとも》ノ瀬戸（関門海峡）にある彦島を範頼に同時に攻めさせ、陥落させたい。

だとすれば、戦で利用し尽くした後、血を分けた弟を屠《ほふ》ることになる。

（なんと卑劣な……）

だが頼朝は、自身の評判や肉親の情で物事を判断する立場に、すでにない。どう動き、何を選べば、最小限の危殆《きたい》で最大の成果を上げられるか。上総広常《かずさひろつね》を謀殺したあの日から、常に判断の基準はそこにある。

そもそも平家追討は、一ノ谷の戦いがあまりに上手《うま》く行き過ぎて、少々甘く見すぎたところがある。

初め、備後《びんご》と播磨《はりま》を抑えさせていた土肥実《どひさね》平《ひら》・遠平《とおひら》父子と梶原景時《かげとき》に、山陰・山陽の武士を徴兵させ攻略を任せたが、一向に埒《らち》が明かなかった。八月には、土肥軍が破れ、京は恐怖のどん底に落ちた。再び平家の軍勢が上洛するのではないかと思われたからだ。

頼朝は鎌倉にいた範頼に新たに一千余騎を付け、総勢三万の軍勢を九州に向けて送り込んだ。平家は屋島から彦島に至る制海権を掌握している。平氏勢力が幅を利かす西国で、物資の徴収ができぬ中、物流も抑えられ、範頼勢はたちまち飢えた。九州に渡りたくとも船が無い。

さらに平家は屋島の対岸、備前児島《びぜんこじま》に城砦を築いて五百騎を送り込み、平氏の領域に入った範頼の背後を塞《ふさ》いだ。範頼は、「兵糧がない」「馬が足りぬ」「船もない」「御家人が鎌倉を恋しがって脱走を企てている」と、頼朝に頻繁に飛脚を送ったが、道を塞がれ、書状のやり取りもままならなかった。

年が明けて元暦二（一一八五）年となった。

頼朝は、義経の出陣を未だ見合わせている。範頼が彦島を眼前に捉えるまで待つつもりでいた。もし九州渡海が難しいなら、先に四国を攻めるよう範頼には伝えてあるが、遠い鎌倉からでは現状がどうなっているのか把握できない。目立つ動きは無いものの奥州藤原氏の脅威を背後に受けている以上、頼朝自ら動くのは難しい。

先月、ようよう佐々木三郎盛綱《もりつな》が備前の児島を陥落させ、今年に入って範頼の飛脚便が頼朝の手に渡った。一月六日のことだ。日付を確かめると前年の十一月十四日と記されている。

相変わらず窮状を訴える内容だが、一月《ひとつき》半前の情報だ。今はどうなっているのか、確かなことは何も分からない。範頼や御家人の身を案じながら指示書を送った。

内容は次の通りだ。


――在地の者が命令に従わずとも、すぐに怒ったりせずに冷静に対処し、憎まれることのないようにせよ。

――過去に帝を害した者はみな滅びの道を進んでいる。決して(安徳天皇《あんとく》を)傷つけることのないよう、二位殿《にいどの》(清盛の妻・時子《ときこ》)や女房たちとご一緒に救い出せ。

――内府(平宗盛《むねもり》)は臆病者ゆえ、自害はすまい。生け捕りにせよ。

――時がかかってもよいから、筑紫《つくし》の者どもを味方に付けるよう。その際、横暴に振る舞ってはならない。

――物資に関しては、馬は送れぬが兵糧と船は用意する。

――千葉常胤《つねたね》をことに大切に扱うよう。

これについては、出立するときも言い含めたが、重ねて記した。

――小山氏と、前年に粛清が行われた武田方の中で伊沢信光《のぶみつ》と加賀美長清《ながきよ》には気を配って大事に扱うよう。逆に、長清の兄の秋山光朝《みつとも》は、平家と義仲に加担した過去があるゆえ、後々所領を与えねばならぬ活躍をさせるべきではない。

これは、戦が終わった後に頼朝が思い描く全国支配の絵図にあわせて手柄を取らせたり、活躍ができぬようにしたりと、現地で調整するよう範頼に指示しているのだ。

また、この遠征は平家追討が最終目的ではない。西国、四国、九州の豪族を鎌倉政権下に置く前準備となるようにするところまでが仕事である。だからじっくり腰を据え、臨機応変に策を変えつつ侵攻することを範頼に望んだ。

（六郎、正念場ぞ）

しっかりやれよ、という気持ちを込めて戦地へ飛脚を送った。

頼朝は範頼に送る物資の手配を中原広元《ひろもと》に任せ、自身は政子を連れて相模の栗浜《くりはま》明神（現横須賀・住吉神社）へ参拝に向かった。五里ほどの距離だ。祀られているのは、海運と家運の神だ。二人で馬を走らせるのは久しぶりである。供の者は少し遅れて付いてくる。

流人時代はよくこうして二人で駆けた。懐かしい感覚だ。政子も心地よさげだ。

「御台の男姿は久々よ。今も似合うておるな」

髪を靡《なび》かせ、政子がにこりと笑った。何の含みもない自然な笑みを向けられたのは、義高《よしたか》を殺してから初めてだ。思いのほか嬉しく、頼朝は目を瞬かせる。

あの日から、と政子が言う。政子の「あの日」は、男の形をして共に馬を駆っていた日のことだろう。

「ずいぶんと遠くまで来てしまいましたね」

「……うむ。そうよの」

あの頃は今思えば平和で、楽しかった。近頃のように、「鎌倉の発展のために」日々誰を殺すべきかなど、考える必要はなかった。多くの者が流人である自分を慕ってくれた。蔑《さげす》む者もいたが、今のように腹の探り合いの日々よりずっと心は凪《な》いでいた。

（何を目指し、どこへ向かっているのか、魂に

刻み付けねば、あまりの辛さに、見失いそうになるな）

自嘲した頼朝に、

「一時はすっかり人がお変わりになられたようで寂しゅうございましたが……佐殿《すけどの》はやっぱり佐殿。今もお優しいのですね」

思いもしないことを、政子が口にする。

「予が優しいだと」

腹黒だぞ、という言葉は呑み込んだ。

「六郎（範頼）殿の為に、今日は参拝をお決めになられたのでしょう」

その通りだったが、素直になれず、

「送る船や物資が無事に着くように、源家が栄えるようにだ……」

全て公事のような言い方をした。「龍姫《たつ》が再び笑顔を取り戻すように」と心中で付け足したことは、どうしても口に出せない。


だのに、隠した言葉も聞こえているかのような、哀しみと優しさと慈愛の入り混じった瞳で、政子が頼朝を見つめる。観音様のようだと思いながら、頼朝は以前と変わらぬ希望を改めて繰り返した。

「予はもっと遠くへ参る。平家を倒し、鎌倉以西を併合し、最後は奥州を臨む。前人未踏の武士の国の王となる。朝日よ、王の伴侶はそなたでなければならぬ。修羅の道だが、共に歩んでほしい」

政子は目を見開いた。その目が濡れてきらきらと光る。頬が少し朱に染まったと思うや、

「私の方こそ、貴方の横を誰に譲る気もございませぬ」

と答え、馬を疾駆させた。

平家の擁立した先帝（安徳天皇）の命を守り、

三種の神器を取り戻すことは最優先される事柄で、平家を討ち果たすより大事なことだ。そのため、絶望を与えぬよう侵攻する必要がある。

東国からわざわざ遠征した御家人たちの苦労を思えば、相応の見返りは与えたい。そのために彼らに手柄を立てさせることも、大将軍の任務の一つである。以前、範頼が大将軍にもかかわらず、先駆けしたことがあったが、頼朝は激しく叱責《しっせき》した。軍勢を鼓舞し、先陣争いをさせて士気を高める立場の者が、自ら駆け出すなど何事か……と。

あの時の教訓から、範頼は長老ともいえる千葉常胤をよく立て、周囲の者たちとも協議を重ね、慎重にことを進めている。

鎌倉にも幾度も飛脚を飛ばし、大袈裟なまでに情けない泣き言を交え、「どうか鎌倉殿から御家人らへ、よく励むようにと改めて御命令を寄越《よこ》してくだされ」と頼むことで、現地の御家人たちに向ける頼朝の言葉を上手く引き出している。これにより、頼朝は主だった御家人には、一人ずつ書状を認《したた》めて届けた。

頼朝の命令などいとも簡単に無視する義経に、果たして同じことができるだろうか。

(現地で指揮を執らせるのは危ういな。戦いが無い時期の戦場を掌握するのは、戦いの采配を振るより何倍も難しいからな)

義経のことは、ここぞという時に呼び出し、鋭く投入するのが良い。そう思い、義経がいなくなった後の畿内近国の治安維持をさせる代わりの御家人も上洛させていたのだが。

当の義経は頼朝の命令を待たず、後白河院に直接出陣を希望して勅許《ちょっきょ》を得、勝手に京を出立してしまった。一月十日のことらしいが、頼朝が知ったのは、三月に義経自身が「屋島陥落」

の知らせを寄越してからだ。

（何だって……）

平家の二大拠点の一つを破った知らせは、鎌倉を湧き立たせた。頼朝は、喜ぶ御家人たちに水を差さぬよう笑みを湛えたが、腸は煮えくり返った。

義経の知らせでは、範頼勢が膠着《こうちゃく》して一向に成果を挙げないから、自分が出ていって風穴を開けたのだと言わんばかりだ。しかも梶原景時率いる鎌倉勢と合流しておきながら、いざ戦いの時は抜け駆けして嵐を厭《いと》わず渡海し、平家の背後を衝《つ》いたという。梶原勢は、置き去りにされたのだ。

頼朝の描いた戦後の絵図が無茶苦茶になった。なんのために範頼に慎重に当たらせていたのか……。

（おのれ九郎。取り返しのつかぬことを……なんという馬鹿な男なのだ）

今度の「馬鹿」には、憎しみが強くこもった。

近いうちに、と頼朝は確信する。

――吾の足元に築かれた死体の山に、弟が加わるだろう。


同じ三月の二十四日。

頼朝はもうひとりの弟の夢を見た。

「兄上、兄上」

聞き知った声ではないのに、どこか懐かしさを覚える成人した男の声で呼ばれ、頼朝は真っ暗闇の中、辺りを見渡す。なぜ自分がこんな暗闇の中にいるのか、ここがどこなのかも分からない。

「こちらでございます。兄上」

声の方から男の姿がスーと浮かび上がる。

「何者だ」

誰何《すいか》すると、

「お忘れですか」

男は悲しげに瞳を澱《よど》ませた。初めて見る顔だが、やはりどこか懐かしい。

(母上に似ているな)

思ったとたん、熱いものが体の芯から噴き上がった。まるで火山が身の内で爆発したような感覚の後、大きな哀しみに包まれた。

次の瞬間、土佐《とさ》に流されて殺された同母弟希《まれ》義《よし》なのだと、はっきり分かった。

「五郎、五郎なのか！」

「はい。五郎でございます」

男は嬉しそうに笑った。

「ああ、五郎か。別れた時はまだ八つだったというのに、大きくなったなあ。それにしても生きておったのだな。亡くなったと伝え聞いておったため、どれほど嘆いたか」

頼朝は駆け寄って希義の顔をよく見ようとした。だが、近づくと同じだけ遠ざかる。しかも希義の足は少しも動いていない。

頼朝は呆然《ぼうぜん》となった。やはり希義は死んだのだ。黄泉《よみ》の国から会いに来たというのか。

「何か、未練があるのか……」

そう尋ねて、すぐに未練だらけだろうと胸が痛んだ。だのに、

「いいえ。未練は今日、立ち消えました。ご覧ください」

希義がそう言うと辺りがぼんやり明るくなり、足元にも遠くにも、幾千もの屍《しかばね》が頽《くずお》れている姿が目に映る。屍は皆、甲冑《かっちゅう》を身に着け、矢が刺さっている者も多くいた。

「これは……」

「平家の屍でございます」

「平家の……追討が成し遂げられたのか」

希義がそうだとうなずく。

「これでやっと本当の意味で吾は眠りにつくことができます。ああ、長かった……」

希義の頬に涙が幾筋も伝い、見る間に小さな子供の姿に変わる。頼朝の見知った姿だ。

「もっと生きていたかった。憎うて憎うて、鬼になってしまうところでございました」

頼朝は、駆け寄って五郎を抱きしめようとしたが、伸ばした手は小さな身体をすり抜けて、空を掴《つか》む。五郎は、頼朝の手の動きに掻《か》き乱され、煙のようにゆらゆら揺れた。そのまま薄らいでいく。

「兄上、お達者で」

「待て、五郎。行かないでくれ」

頼朝も十三の少年のような心地になって懸命に叫んだが、弟の姿は消えていった。

ハッと目を覚ました頼朝の頬にも涙が伝った。


（五郎よ、お前が生きてくれていれば、どれほど心強い味方となったことだろう）

それにしてもなぜ五郎の夢を見たのか。不思議なことは続く。

希義の夢を見た三日後、鎌倉に一人の僧が土佐から訪ねてきた。土佐と言えば希義が亡くなった地だ。聞けばこの僧が、討ち取られて放置された弟の死体を引き取って、埋葬してくれたという。その際、鬢髪《びんぱつ》を切って木箱に収めていたものを、急に思い立って首にかけ、はるばる頼朝まで届けにきたのだ。

「実は土佐殿（希義）が、夢枕に立ちましてな。何も言われませなんだが、拙僧といたしましてはどうしても鎌倉へ参らねばならぬような気がいたしました」

そう言って差し出された遺髪を、頼朝の方から進み寄り、受け取った。

「かたじけない。弟の魂が予の許《もと》へ帰ってきたような気がします」

僧の手を握り締めて礼を述べ、手厚くもてなした。

その後、鎌倉にある全成の屋敷を訪ねる。そこに、同母妹の坊門姫が居候していたからだ。妹と希義は二つしか違わず、ことに仲が良かった。坊門姫は頼朝が持ってきた遺髪を、

「兄上様」

大切そうに掻き抱いてすすり泣いた。

全成が、

「私が、ご遺髪を前に百日間、写経をし、転読いたしましょう」

希義の供養を申し出てくれる。

頼朝は、少し前に希義が夢に出てきたことを二人に告げた。

「そんなことが」

坊門姫は驚きの声を上げたが、全成は、

「それは本当に長門《ながと》にて平家追討を成しえたか、これより成功する吉兆かもしれませぬ。五郎兄上が知らせに来られたのでしょう」

と述べた。

果たして、半月後の四月十一日、頼朝の許に平家滅亡の知らせが入った。

その日は奇しくも父義朝の菩提を弔うために頼朝が建立する勝長寿院《しょうちょうじゅいん》、御所の南方に位置するため通称南御堂の立柱の儀が執り行われている最中であった。この偶然に、頼朝の心は激しく揺さぶられた。

(父上……)

二十五年かかったが、源家の雪辱を果たしたのだ。希義が夢の中でようやく眠れると言っていたが、父義朝もこれでやっと安らげるに違いない。

ただ気になったのは、知らせてきたのが平家追討の大将軍範頼ではなく、義経だったことだ。

長門と筑紫の間に横たう壇ノ浦で三月二十四日、鎌倉方八百四十余艘、対する平家方五百余艘の軍船で海戦を繰り広げ、二刻（約四時間）かからず勝敗を決したという。

二十四日といえば、希義の夢を見た日ではないか。やはりあれはただの夢ではなく、希義が戦勝を喜び、感極まって会いにきてくれたのだ。そう思うと、頼朝の胸は熱くなった。

義経は昨年の戦の折は、使者だけ寄越し、己の活躍を中心に口頭で伝えてきただけだった。戦況が全く把握できず、頼朝は叱責したものだ。そのせいか、今回は右筆《ゆうひつ》を使って一巻の巻物に、状況を詳細に綴《つづ》ってきた。

（あいつも成長しているじゃないか）

二十五年来の悲願を成し遂げ、喜びが抑えられない。愚弟のことも今日だけは褒めてやりたい気分だ。その思いは、藤原邦道《くにみち》が進み出て跪《ひざまず》き、公文所の寄人として巻物を読み上げ始めたとたん消え去った。邦道の第一声に、頼朝から血の気が引く。

「一つ、先帝は海底に没したもう」

頼朝の心の臓がどくりと鳴った。聞き違えたのだろうか。今、安徳天皇が海に沈んだと言わなかったか……。心音が早鳴る中、

（いや、まさかそんなはずは……あれほど先帝の御命をお救いすることが最重要事項だと言い聞かせたではないか）

頼朝は冷や水を浴びせられたような寒気を覚えた。邦道は、頼朝の気持ちなど知らぬ態で入水した平家の者の名を、書いてあるままに読み上げる。最初に読まれた名は、これも助けるよう言い伝えていた二位尼だ。邦道が、守貞王《もりさだおう》（安

徳天皇の異母弟）と建礼門院徳子《けんれいもんいんのりこ》は無事だったことを告げ、さらに生け捕った者どもの名を、よく通る声で述べていく。最後に、三種の神器のうち宝剣を失い、目下捜索中であると、重大なことを読み上げた。

何ということだろう。これで頼朝の平家追討には、大きなケチが付いてしまった。後白河院率いる朝廷と渡り合う時に、大きな足かせとなるだろう。

それよりも恐ろしいのは、帝を害してしまったことだ。この国では、帝を傷つけて無事だった者などいない。必ず天罰が下っている。

（源家は終わるかもしれない……平家のように……）

足元から崩れ落ちてしまいそうだ。頼朝は邦道から巻物を受け取って巻き戻し、鶴岡八幡宮の方角に体を向け、ふらつく足を悟られぬよう座した。いつまでも無言でいる頼朝に、居合わせた人々は、「鎌倉殿は感無量でいらっしゃる」と、頼朝のこれまでの労苦を思い、感動に咽《むせ》んだ。

大倉御所に戻った頼朝は、義経の寄越した使者を改めて呼び出し、詳しい話を聴いた。

義経は周防《すおう》国の船奉行から数十艘の船を用立て、大島の津で三浦義澄《よしずみ》と合流し、二十二日に壇ノ浦へ向かって出立した。義澄は、範頼軍に属していたが、九州に渡る軍勢が追撃されぬよう、周防国の抑えに残留させられていたのだ。

平家方も義経軍が迫っていることを知り、海へ漕ぎだした。

二十四日の正午、両者は壇ノ浦でぶつかり、最後の決戦の幕が上がった。九州に上陸して現地の平家勢力との戦いに勝利を収めていた範頼は、突然始まった海戦に驚きながらも、平家の背面を塞いで退路を断つ役割を担い、陸から矢を放って義経勢を助けた。

戦は二刻（約四時間）で決着が付いたということだ。

頼朝は評定の結果、範頼を引き続き九州に残して没官領《もっかんりょう》の把握と管理を行わせることで彼の地の支配を進め、義経には捕虜を連れて上洛させることを決めた。命令は直ちに、雑色《ぞうしき》を使って範頼と義経の許に発せられた。

頼朝は、雑色の中でも目端が利き、足が速い者だけを集めて、飛脚に使っている。彼らは、知らせを伝えたり書状を運んだりするだけでなく、頼朝の知りたいことを調査したり探ったりする役目も担っている。まだ組織立てていないが、鎌倉を動けぬ自分の目となる役割の人材を育て上げねば、綻びが出ることを今度の戦で痛感した。

夕刻からは、盛長や邦道ら、流人時代から苦労を共にした少数の気の置けない者たちと私的な宴《うたげ》を開いた。まだ多くの者が遠征中で苦労をしているから、ごく簡単なものだ。料理も特別に用意させず、それぞれがあるものを持ち寄って、父義朝のかつての屋敷跡に集まった。

「父上、勝ちましたよ」

義朝のために用意した杯に真っ先に酒を注ぎ、捧げる。

みなの顔を見渡し、

「この者たちが吾を今日という日に導いてくれました」

父に報告する形で謝意を語ると、いつもおどけた盛長の目から涙が零《こぼ》れた。

「苦労をかけたな」

「いえ」

「これからもっと苦労をかける」

「お手柔らかに頼みます」

みなが昔のように笑う。大騒ぎする者もおらず、大袈裟に勝利を称《たた》えておべっかを言う者もいない。どちらかといえばしんみりと勝利に酔った。

館に戻った頼朝を政子が迎え入れる。肩や腰を揉んでくれた。

「大願成就、おめでとうございます。しみじみと嬉しゅうございますなあ」

「これからが大変だが、山を一つ越えたのは確かだ」

本音は家族で喜びを分かち合いたかった。龍姫が未だ殻に閉じこもったままのため、家族揃《そろ》って和み合うなど夢のまた夢だ。平家を倒し、勝利を手にし、娘の心を失った。度重なる戦いの中で、愛する者を捥《も》ぎ取られた御家人は多い。

(吾に嘆く資格はないさ)

自嘲してフッと笑いを漏らした頼朝に、政子が自分の膝をぽんぽんと叩いた。

「しばしの間、何も考えずにおやすみなさいませ」

頼朝は逆らわず、政子の膝を枕に目を閉じる。

「御台は温かいな……」

ぽそりと呟くと、瞬く間に眠りに落ちていった。

頼朝は、平家追討の褒賞で従二位《じゅにい》となった。鎌倉に居ながら公卿《くぎょう》に昇格し、これより「二品《にほん》」と呼ばれ始める。

だが、気持ちは鬱々《うつうつ》として晴れない。日が経つにつれ、頼朝の元に義経への不平が御家人たちから集まってきていたからだ。頼朝が都や現地に放った雑色からも、聞き捨てならぬ報告が幾つも上げられてくる。

義経の非は次の通りだ。

周防国で船を用意した船奉行に、終戦後は鎌倉御家人に取り立てるという文書を、勝手に与えた。

現地で御家人の処罰を、頼朝へ報告なしに行った。

九州は範頼に任せたのに、その権限を壇ノ浦の戦いを勝利に導いたことを根拠に、実際には義経が行使した。

頼朝の政策の意図を十分に理解する梶原景時が、義経の過ちを幾度も正そうとしたが、そのたびに揉めに揉め、大喧嘩《げんか》に発展することもしばしばだった。

さらに、義経を京へ戻す命令が鎌倉から到着する前に、勝手に捕虜を連れて上洛した。

(いったい、九郎は何をやっておるのだ)

頼朝は直ちに西国、九州、四国へと飛脚を飛ばし、「関東に忠義を捧げる者は、今後一切、廷尉《ていい》(検非違使の唐名・義経を指す)に従ってはならない」と厳命した。

これで、現地の混乱は収まるはずだ。

範頼にも、御家人が間違いを犯したり命令に違反したりしても、裁きは全て鎌倉で行うため、問注所《もんちゅうじょ》に訴えるよう改めて申し伝えた。

それにしても、義経問題をどう始末するか。

殺すのは簡単だが、どこかで惜しいという気持ちがある。義経に悪意はない。ただ無知なだけだ。政治の何たるかを学ぶ機会がなかったのだから、知らぬのは当然ではないか。藤原秀衡《ひでひら》は奥州で義経に何も教えなかったのだ。ただ真っすぐに純粋に、誰かの役に立ちたいと願うような男に育てた。限りなく利用しやすいように。そう思うと、義経があまりに哀れだ。

(そうだ、あいつは利用されやすい)

後白河院の親切に裏があるなど思いもよらず、

よくしてくれることに感激し、ただひたすら役立ちたいと突っ走っている。あの怪物のような院に懐いているのだろう。掌《てのひら》の上で転がされているのが分からないのだ。

三

なぜ、兄弟の仲がここまで拗《こじ》れてしまったのか……義経には幾ら考えても分からなかった。

義経は五月七日に平宗盛・清宗《きよむね》父子とその家人らを連れて京を出立し、十五日の夜に相模《さがみ》国酒匂《さかわ》駅に到着した。翌日には鎌倉入りする予定で、兄・頼朝に使者を立てた。ところが、酒匂に北条時政《ときまさ》がやってきて、捕虜だけを連れて立ち去った。困惑する義経のところに、やがて結城《ゆうき》朝光《ともみつ》が頼朝の使者として訪れ、鎌倉に入ることを固く禁じた。

「いったいどういうことであろう」

訳の分からぬ義経は、本当は朝光のむなぐらを掴んで問い質したかった。が、鎌倉殿の言葉を伝える使者に礼儀を弁えねば、頼朝への礼節を欠くことになる。手を出すことだけは、ぐっと耐えた。

「二品（頼朝）はたいそうお怒りですから、次の指示があるまで、どうか大人しくお過ごしください」

人の良い朝光は、本来なら言わずとも良いことを告げ、これ以上の会話は無用と言いたげに、サッと帰っていった。

頼朝が怒っていることは、義経も知っている。戦を進める上で意見が食い違ったため、現地でずいぶんとぶつかり合った梶原景時が、あることないこと頼朝に告げ口したと人伝に聞いた。

（何もかも誤解だ）

誤解なら、誠意をもって話せば、きっと分かってもらえるはずだ。だから、まずは会う前に少しでも怒りを鎮めてもらおうと、「義経には全く異心などございません。一生涯、鎌倉殿にわが身を捧げ、忠誠を誓います」と綴った起請文を提出した。

だのに、それがいっそう頼朝の怒りの炎に油を注いだという。

「戦場にあっては自分勝手を押し通し、何一つ鎌倉の指示を仰ごうとしなかったではないか。同じように兵を率いた範頼は、何かにつけこまめに飛脚を寄越し、身勝手に動くということは一つとして無かった。範頼にできることが、義経にできぬはずもない。それを、やっと書状を寄越してきたかと思えば、言い訳か」

と義経の使者を叩き返した。

義経にも言い分はあった。日々刻々と状況の変化する戦場で、遠い鎌倉宛に一々相談していれば、勝機を逃す。戦《いくさ》には「ここぞ」という時と場所がある。実際、実直に相談していた範頼は、時機を逸し、膠着《こうちゃく》状態に陥った。自分が援軍に向かわねば、危なかったのではないか。

義経には自負がある。

——吾こそが、源氏を勝利に導いたのだ、と。

その自負こそが、頼朝の怒りを買っていると は気付かない。

「誰の兵で戦ったのだ。お前一人で何ができる。みな、この頼朝のお膳立てあってこその実績ではないか」

義経の驕《おご》る様が鎌倉に報告されるたび、頼朝がそう怒ってきたことを当人は知らない。

知らないがゆえに、もし、兄と共に同じ戦場に立ち、頼朝の眼前で戦うことができていれば、今日のようなことは起こらなかった、と信じている。直に自分を見ていただければ、きっと分かってくださる――と。

(そうだ。兄上は、「九郎、よくやった」と褒めてくだされたに違いない)

頼朝の中で、「一番頼りになる弟」になれれば、どれほど嬉しかったろう。

「さすがは、九郎。予も鼻が高いぞ」

夢想したのはそんな言葉の一つである。欲を言えば、

「これからも頼りにしているぞ、九郎」

ともう一声、添えてほしい。

義経の願いなど、その程度のことで、何も大それたものではないのである。それなのに、なぜこれほどまでに邪険にされるのか。

(異腹とはいえ、血を分けた兄弟ではないか)

義経には一条能成《よしなり》という異父弟がいる。母常盤御前《ときわごぜん》が、再婚相手の一条長成《ながなり》との間に儲《もう》けた子で、義経とは六歳離れている。共に暮らした期間は少ないが、今も昔も、「兄上、兄上」と義経のことを慕ってくれる。義経も能成が可愛く、今年で二十三歳のいい歳をした青年だが、たまにうっかり子供扱いしてしまうこともある。

(兄弟とは、そういうものではないのか)

これから自分はどうなるのか、という不安と、実の兄に疎まれている切なさが入り混じり、義経は鎌倉を目前に辛い日々を徒《いたずら》に過ごした。少しでも兄の傍《そば》に近付きたく、小田原を少し過ぎた辺りの酒匂から、鎌倉を眼前に捉えた腰越《こしごえ》まで移動した。

そこへ実兄の全成が訪ねてくる。

「兄上、よく来てくだされた。どうしてよいか分からず、途方にくれておりました」

抱き付かんばかりに喜んで義経は迎え入れたが、全成は困ったような憐《あわ》れむような、何とも

言い難い表情を弟に向けた。

「元気そうで良かったよ」

「こんな事態になって、元気などありませぬ」

「兄上からの言伝だ。お前に会うそうだよ。ただし最後の機会だ。『間違うなよ』と仰せだ」

全成が告げたのは、今後の生死を分ける重要な意味を含んだ言葉だったが、義経にはやっと兄に会える喜びが大きすぎ、肝心な部分はあまり心に響かなかった。

会いさえすれば、と義経は思う。

（言葉を尽くせば、兄上も必ず分かってくださる）

「それで、いつお会いできますか」

「今夜……」

「それはまた、急なことです」

「……郎党は連れず、お前一人で来るようにとのことだ」

「一人でだと」

「危険ではないのか」

義経の傍に控えていた側近、伊勢三郎義盛《よしもり》や武蔵坊弁慶《べんけい》らが、歯に衣着せぬ言葉で騒ぎ立てる。

鎌倉政権は創成期を過ぎ、次の段階へ移行した。今までは何事も頼朝の一存で決めていたが、問注所や公文所《くもんじょ》などが創設された今では、評定によって方針が決まる。その移行段階で、用無しとなった者たちを、次々と謀殺している最中である。一人で来いと言われて、警戒するなという方が無理な話だった。

全成はざわめく郎党らにちらりと視線を送り、義経に微笑《ほほえ》みかけた。

「門前までは、吾も共に参ろう」

「罠だ」

義盛がなおも怒鳴るように言ったが、義経は手で制す。

「殺されても構わぬ。兄上に直にわが赤心を述べる機会がいただけるなら、それでもよい。元々、黄瀬川《きせがわ》に駆け付けたあの日より、わが身は兄上に捧げたのだから」

全成の目に涙が光った。

「そうだ、九郎。参ろう。そしてお前の胸の内を聞いていただこう。お前の真心が届かぬはずがあろうか。兄上とて、鬼ではないのだ」

義経は支度を整え、人の寝静まった時刻に、全成と共に鎌倉に入った。

御所の入り口には頼朝の片腕とも言える中原広元と小野田盛長、十一人衆の北条義時《よしとき》と結城朝光が待ち構えていて、出迎える。物々しい雰囲気に、

(兄上は、吾を呼び出して、今宵まこと殺す気であろうか)

よもやそこまではすまいと頼朝を信じていた義経だったが、さすがに疑念が湧いた。だからといって、怯《ひる》むことはない。頼朝にならば殺されてもよいという言葉に、嘘は無かった。全成が、「さあ、行っておいで」と背を押すように、優しく肩を叩いてくれた。

義経は寝殿の西にある侍廊に端座させられ、待たされた。ここは昨年、武田信義の嫡男、一条忠頼《ただより》が誅殺された場所だ。床に染みた血痕が、まだ残っている。義経の側面にも背後にも、頼朝警固の役目の侍《さむらい》が、いかめしい顔で待機している。やはり自分はここで殺されるかもしれぬ、と義経は覚悟した。

半時ほど過ぎたころ、義経の座した正面の障子が開き、頼朝が姿を現す。あれほど会いたかった兄の姿に、義経の胸がぎゅっと痛んだ。それにしても、何という冷ややかな目をしているの

だろう。

（こんな雰囲気の人では無かった。以前より冷徹なところはあったが、もっとどこか温かみのある目をしておられたというのに）

鎌倉殿という「職務」が、どれほど過酷なのか垣間見た気がした。

（吾の働きで、少しでも兄上を楽にして差し上げることができれば）

この期に及んでも、まだ義経は焦るような気持ちで、そう願うことを止められない。

「廷尉、まずはその方の言い訳を聞こう」

頼朝は嫌な言い方をした。これまでは九郎と呼んでくれていた。それに、「言い分」ではなく、「言い訳」と言われたことも、義経には堪えた。まるで重い石を腹の底に投げ込まれたようだ。それでも、機会が与えられただけましなのだ。義経は口を開いた。自分に異心は無いことと、全ての行いは兄・頼朝の宿願を叶えるための役に立とうとしたものであることを、言葉を尽くして訴える。

「曇りなきわが真心を憐れみ、今後も傍でお仕えすることを、お許しください」

義経の魂から絞り出す哀願を聴いても、頼朝は眉一つ動かさない。

「言いたいことはそれだけか」

声音があまりに冷たく、背筋が凍る思いだ。たまらず、

「吾は兄上が好きでございます。全ては兄上のお役に立ちたく、ただ立ちたくて……この九郎義経には、他には何もございませぬ」

血を吐くような叫びで繰り返した。

「ならばなぜ、命に背く。お前が予に褒めてほしいように、わざわざ鎌倉より出立した御家人たちも、遠征で苦労を重ねた分、褒賞が欲しい

のだ。その機会をなぜ奪った。それに、その方は大きな勘違いをしておるようだ。予はその方の兄ではない。鎌倉殿だ」

義経は、言葉を失った。

二人の間に流れる重い沈黙を破ったのは、頼朝だった。

「ところで廷尉、その方に訊《たず》ねたき儀がある」

「は、はい……」

「これはあまりに馬鹿げた噂だと思うておるが……捕虜の一人、平大納言《へいだいなごん》から命乞いの代償に差し出された娘を、その方が凌辱《りょうじょく》したと聞いたが、よもやさようなことはあるまいな」

平大納言とは、清盛の妻である時子《ときこ》の弟・時《とき》忠《ただ》のことで、「平家にあらずんば人にあらず」の言葉を生んだ男である。

義経の背に冷たい汗が流れた。

「大納言の処罰は朝廷が決めることゆえ、吾は一切、口を出しておりませぬ。ただ……」

喉が渇く。

「娘を抱いたのか」

「妾《しょう》にいたしました」

答えた刹那《せつな》、頼朝の目に絶望の色が宿る。

「大将軍がさようなことをして、下の者にけじめがつくと思うたか。お前の母は、同じく敵将清盛に命乞いの代償に身を捧げたと聞く。そんな母君を見て、何も思わなかったのか。清盛に憎しみが湧かなかったと申すのか」

「それは、もちろん許せぬことでございます。ことに吾の命を救うための犠牲だったのですから、猶更《なおさら》」

「ならば何故《なにゆえ》、同じことをいたす。復讐《ふくしゅう》か」

「いいえ。ただ……哀れに思い……。差し出された娘は平大納言に見捨てられた娘でございましたゆえ」

どういうことだ、と頼朝が先を促す。義経は話を続けた。

「平大納言が下心あって娘を差し出してきたのは明白でございました。ただその際、若く美しい愛娘を手放すのを惜しみ、言葉は悪うございますが、そのう、日頃より捨て置かれ、行き遅れていた前妻の娘を差し出してきたのでございます」

頼朝のこめかみが怒りでひきつるのを義経は見た。

「つまり源氏ごときに渡すのは、出来の悪い方の娘で十分だと馬鹿にされたということか」

「……確かに吾は見下されましたが、それ以上にそんな形で敵将に渡された姫が可哀《かわい》そうで……吾は……」

頼朝から大きな溜息が漏れる。

「お前は馬鹿なのか」

「あまり利口な方ではございませぬ。されど、女に何の罪がございましょう。そんなことをされても父親を恨まぬ優しい姫君です。吾が預かって後、嫌がることは一切いたしておりませぬ。凌辱などは決して……。ただ、心穏やかに過ごしてもらえればと」

頼朝はもう一度大きく溜息を吐く。すっと立ち上がった。とたんに、控えていた男たちが殺気を帯びる。

(斬られる？)

義経の身体は、反射的に身構えかけた。が、

(それが兄上のご意思なら、従うまで)

一切の抵抗は見せず、見下ろす頼朝に向かい、おもむろに平伏した。誰かが太刀を抜く気配と足を踏み出す音がしても、いったん覚悟した義経は姿勢を崩さない。

「ふむ……」

鼻から抜けるような頼朝の声に合わせ、その場から殺気が消えた。

頭上に頼朝の声が降り注ぐ。

「相分かった。正式な処分は追って沙汰《さた》する。此度鎌倉を去って後、予の許しなくこの地を踏むことは罷《まか》りならん」

踵《きびす》を返す気配がした。頼朝が部屋を出てからも、義経はしばらくそのまま動かなかった。

「九郎殿、終わりました」

盛長が声を掛ける。義経はようやく頭を上げた。盛長は微笑しつつ太刀を納める。このまま殺されることはなさそうだ。

御所の外に出ると兄の全成が待っていて、

「良かった、九郎」

弟の無事を喜んだ。

「兄上……。やはり返答如何《いかん》、態度次第で、吾の命は危うかったのですね」

「お前だけじゃないさ。ここでは誰もが態度次第で明日を奪われる」

「今宵殺されなかったとて、とうてい許されたわけではございませぬ。吾はこれからどうなるのでしょう」

あまりの心もとなさに、義経はつい弱音を吐いたが、すぐに首を左右に振る。

「いや、違うな。どうなるかではなく、肝心なのは吾がどうするかだ。あくまで己の往く道は己で決めねばなりますまい」

「九郎、その考えでは生き延びられぬぞ」

全成の咎《とが》める言葉に義経は首を傾げた。

「兄上の『生きる』とは、どういう状態を指すのでしょう」

「どういうとは」

「傀儡《かいらい》として生きるか、源九郎義経として死ぬか。どちらが生き抜いたことになりますか」

「それは……」

「従うも、逆らうも、みな吾の意志でなければなりませぬ」

「そうか。どんな未来が来ようとも、それは九郎が選び取った結果と申すのだな」

義経は空を見、続けて御所を振り仰いだ。

「父上に、そして敬愛する三郎兄上に恥じぬ道を、吾は選び続けます」


どうしてこんなことになってしまったのか……と、郷御前は眼前に控える雑色と届けられた文《ふみ》へ交互に視線を走らせた。頼朝の命で義経に嫁いで、まだ一年も経っていない。

文は政子と母からの二通だが、頼朝の使う雑色が届けてきたのだから、認められた中身は鎌倉殿の意向に違いなかった。

(これは御命令なのだ)

二通の文は、同じことを郷御前に告げている。夫、義経が東国へ下向して不在の内に、堀川邸を抜け、鎌倉へ戻ってくるように、と。

義経に嫁いでから今日までのことが、郷御前の心にくるくると蘇った。義経の傍には、静御前という深い寵愛を受けた白拍子が常に寄り添っていることを、嫁ぐ前から聞き知っていた。辛い結婚になると、覚悟して京へ赴いた。

愛妾どころか、呆れたことに他に幾人も義経には妻がいた。堀川邸で暮らすのは静御前一人だったが、京のあちらこちらに夫の通う場所があったのだ。「嫡妻である郷御前にご挨拶を」と、上洛したての頃に女たちが次々と堀川邸を訪ねてきた。これらの女たちとも寵《ちょう》を競わねばならないのかと、郷御前は暗澹《あんたん》たる気持ちにさせられたものだ。

義経は常に優しかったが、男が女に向ける愛情とは程遠かった。郷御前も優しさに応えたかったし、どうせ一緒に生きていかねばならぬなら、睦《むつ》まじくしたい。

（けど……愛なんて分からない……）

顔を合わせて会話を交わし、肌が触れ合う時は愛おしさが湧くが、義経が静御前と燃え上がる恋に夢中になっていても、もやっとする程度で激しい妬心《としん》は湧かない。むしろ、もし自分が静御前ほど求められたら体がもたないと思うだに、有り難さすら覚える。

それでも気に入られようと努力はした。鎌倉を発つ前、政子に義経を正しい道へ導くよう言い聞かされていたからだ。愛されてもいない女の言葉は、心に響かぬものだ。せめて夫が耳を傾けてくれるくらいには、情を交わしたい。

（そう思っていたけど、あまりに何もかもがめまぐるしく進んでいった。私は、何もできなかった）

嫁入りしたのが昨年の九月。義経が平家追討のため京を去ったのは一月。凱旋が四月で、今月五月には夫は鎌倉へ向かって出立した。妻として忠告を与えられるほど、信頼関係を築く時間など取れぬまま今日を迎えた。

「お方様、いつご出立できましょうか」

黙り込んでいると、雑色が訊ねた。

「急なお話過ぎて……頭が真っ白になってしまいました。共に参った女房たちの都合もございますし、明日のお返事ではなりませぬか」

郷御前はいったん雑色に帰ってもらい、人払いをしたまま、母からの文に再び目を通した。

郷御前の母は比企尼の次女で、頼朝嫡男万寿《まんじゅ》（頼家《よりいえ》）の乳母《めのと》をしている。文には、すでにどれほど義経のことを慕っていようと、鎌倉からの命令に背くことのないよう綴ってあった。郷御前の出方次第によっては「謀反人」となること、家の存続も危ぶまれる大事となることが、包まず書かれている。

女は愛を知ると何をするか分からない。御台所《みだいどころ》もその昔、親を捨て、頼朝を選び、嵐の中を走った。あの時、清盛がもっと頼朝に関心を抱いていれば、北条氏は危うかった。

郷御前は文を握り締めて目を閉じる。

（私は未だ愛を知らぬ。九郎様のことも母上が心配するほどには、お慕い申し上げていない……。けれど）

郷御前は自身の腹をそっと撫《な》でた。

（私の中には九郎様とのお子が息づいている）

このまま鎌倉に戻り、義経が反逆者と呼ばれて追討の対象になった暁には、この子はどんな扱いを受けるのか。

（女の子なら、お慈悲をいただけるかもしれない。でも、男児なら？　きっと殺されてしまう）

夫の義経のことは諦めが付く。だが、わが子の命は諦められない。

（奪われたくない。命に代えても守りたい）

手の中でくしゃくしゃになった文をもう一度開く。鎌倉へ戻らず義経に従えば、実家の河越家の存続が危ぶまれると書いてある箇所を、郷御前は何度も目で追った。

「私は、父上母上兄上たちのお命と未だ見ぬわが子の命の、何《いず》れかを選ばねばならない」

小さく震える声で呟く。

（生まれてくる子は男と決まったわけじゃない。賭けてみる？　ああ、でも男児だったら後悔してもしきれない）

だからといって、女の子が生まれれば、親兄弟を地獄に叩きこんだことを、それこそ己を呪うほどに悔いるだろう。

誰にも相談できなかった。もし、自分が相談される側なら、鎌倉に戻ることを促すからだ。男児が生まれてしまえばその時に生き延びる方法を探れば良い、と諭《さと》すだろう。相談すれば、きっと多くの者がそうするように答えるはずだ。だから、誰にも相談したくないというのであれば、郷御前の中ですでに答えは出ているのだ。

「私は戻りませぬ」

と郷御前が答えた時、頼朝に仕える雑色は目を見開いた。

「失礼ながら申し上げます。その結果、何を引き起こすことになるか、分かってお決めになられたのでございましょうか」

「何もかも、承知で申しております」

「……父君が殺されることになってもよろしいのですか」

「よいわけがございませぬ。されど……」

郷御前は恐ろしさに体を震わせた。目の前にいる男は、身分は雑色だが役目は違う。頼朝が、己が目の代わりとして放つ、いわば間諜《かんちょう》である。（お腹に子が宿っていることだけは悟られてはならぬ。けれど、見透かされてしまいそう）

何もかも引き換えにしてもよいほど、男を愛したことがない郷御前には、骨の髄まで男に溺れた女が、こんな時、父母兄弟を見殺しにできるものなのか、分からなかった。

ただ義経を愛してしまったという理由だけで、一族を窮地に陥れる選択をするのは、不自然ではないのか。郷御前は、雑色に表情を読まれる恐ろしさから、泣き崩れるように体を伏した。

「私は、私は九郎様とは離れられませぬ」

それ以上は何も喋《しゃべ》らないと決めた。下手に言葉を重ねれば、偽りと暴かれてしまうだろう。

郷御前の脳裏に、可愛がってくれた父の姿が蘇った。いつも郷御前の幸せを願ってくれていた。その優しい父を、わが子を生かす代わりに生贄《いけにえ》に差し出そうとしているのだ。

（私は何と自分勝手で、親不孝者なの）

そう思うと涙が溢《あふ》れ出る。いつまでも顔を上げずにいると、

「もうしばらく京におります」

と言って、雑色は自身の居場所を明かした。

「気が変わった時は吾をお呼びください」

郷御前は返事もせず、最後まで顔を上げなかった。

（誤魔化《ごまか》せたろうか……）

分からなかったが、雑色が部屋を出た後も、しばらく泣き伏していた。

義経が京へ戻ってきたのは、六月に入ってからだ。嫡妻として出迎えた郷御前に、

「少し見ぬ間に、お方は大人びたな」

義経は微笑して声を掛けた。義経の姿と声に、頼朝の要求を突っぱねて以降の緊張が、一気に解《ほぐ》れていくようだ。そうするつもりなど無かったというのに、郷御前は義経の胸に飛び込んでいた。

四

七月二日。鎌倉。

頼朝は、京から戻ってきた橘公長《たちばなのきみなが》から、処刑された宗盛父子と重衡《しげひら》の最期を聞いた。平家物領宗盛と嫡男清宗の死は、真に平家が終焉を迎えたことを意味する。

頼朝は、義経によって連行された宗盛と、一度だけ会った。官位を剥奪されて身分なき罪人となった宗盛に、二位に叙された頼朝が対面することはないという中原広元の進言を聞き入れ、

わが身は簾中《れんちゅう》に隠した。言葉も、比企能員《ひきよしかず》を通して掛けた。

「予は、御一族への宿怨《しゅくえん》から戦ったわけではござらぬ。ただ、勅命ゆえ追討使を発し、その結果、貴方をかような辺土にお迎えすることとなった。平氏総帥《そうすい》にお会いでき、弓馬の身の誉《ほまれ》であることよ」

歴史に残る場面となることを頼朝は意識して、言葉を選んだ。源家と平家、真にどちらが優れているか、最後の対峙《たいじ》である。宗盛は、何と返してくるか。一族を背負い、人生観をぶつけ、魂から絞り出す言葉を期待したが、宗盛はひたすらへりくだり、聞き取りにくい声で命乞いをした。

頼朝に衝撃が走った。

（こんな男と戦っていたのか……）

居並ぶ鎌倉武士が、宗盛の卑屈さに呆《あき》れ、ざわめき始めた。

頼朝はこれ以上、見ていられず、引見を切り上げ、その場を去った。だから、何かもごもごと要領を得ない言葉を口にしながら、能員に頭を下げる姿が、宗盛を見た最後である。

「京へ連れ戻して首を切れ」

橘公長へ命じ、身柄を都へ戻る義経一行に預けた。この時、一年前に捕虜となり鎌倉で過ごした重衡も、南都の僧侶からの身柄を引き渡せとの要望に応え、共に出立させた。重衡のことは殺したくなかったが、引き渡しを拒んで寺社を敵に回すわけにいかない。

鎌倉のために忠臣さえも葬《ほうむ》ったのだから、どれほど良い男だとしても敵将を庇《かば》うことはない。上総広常を屠《ほふ》ってから、頼朝の基準は常に「広常の誠」にある。あの男以上に価値があるかどうか。

悪源太《あくげんた》ではなく、武衛だからこそ鎌倉は成り立つのだ――この言葉以上の重みを感じることができるかどうか。

「それで、三人の平家は、いかような死に様であったか」

頼朝に促され、公長はそれぞれの最期を語り始めた。

まずは、平宗盛からだ。

宗盛は京を目前にした近江の篠原で、息子の清宗は野路口《のじぐち》で首を切られた。義経があらかじめ使者を立てて大原から高僧を呼び、二人が安らかに極楽浄土へ行けるよう取り計らったという。

ほう、と頼朝は感心する。敵への要らぬ温情とは思わない。先の対面の時も感じたが、義経は心の底から優しい男なのだろう。

「それで、あの小心者の宗盛は、怯えずに死出の旅路に就けたのか」

実際に首を刎《は》ねた橘公長が、「はっ」と首肯したが、

「これといって取り乱すこともなく……」

ご立派な最期でございました、と続けず語尾を濁した。

「平家総帥の最後の言葉は何であったか。歌など詠《よ》んだのか」

「いえ。御子息のことを最後まで気に掛け、お子の名を呼びながら死んでいきました」

「さようか」

武人としての評判は悪いが、宗盛が家族思いの情け深い男であったことは、世間に知られている。嫡妻が亡くなった時は職を辞したほどだ。継室の産んだ能宗《よしむね》のことも、産後の肥立ちが悪くて儚《はかな》くなった妻の遺言を聞き届け、乳母に預けず自身の手で育てたと聞く。内府にまで駆け

上がった男が、どれほど愛情深ければそんなことができるのか。鎌倉に送られる前、別々に捕えられた六歳の能宗に何とか会わせてほしいと義経に懇願し、一日だけ共に過ごすことが許されたという。別れの時間がきても能宗は宗盛にすがりつき、

「父上と離れたくありません。ずっと一緒にいとうございます」

泣いて頼んだが叶うはずもなく、翌日には一足先に処刑された。

宗盛は食事が喉を通らぬほど絶望の淵にいたが、それでも残った息子清宗への労《いた》わりは忘れない。眠る息子の寝衣がずれると掛け直してやったという。清宗は十六歳なのだから、過保護といってもよい可愛がり方だ。

「槐門《かいもん》（宗盛）の最後の願いは御子息と共に葬ってほしいとのことで、廷尉（義経）は二人の身体を同じ穴に納めました」

「うむ。金吾《きんご》（右衛門督《うえもんのかみ》の唐名・清宗）の最期はいかがであった」

「父親の最期の様子を尋ね、立派であったと聞くとたいそう喜び、これで思い残すことはないと首を差し出しました」

あの父子は、互いを思いやりながら死んだのかと思うと、頼朝には少し羨《うらや》ましく感じられた。

重衡の最期はどうであったのか。文武両道で武芸にも秀で、どこか達観した見事な男であった。惜しい、と感じ、御所に住まわせ、身柄を預かる間は最大限の礼を尽くした。

政子が可愛がっていた千手《せんじゅ》という名の女房が、重衡を慰めるための宴で琵琶を奏でたが、たちまち恋に落ちた。政子の計らいで、千手は重衡の身の回りの世話をする役に付き、二人は濃《こま》やかな情を交わしていたようだ。南都へ引き渡さ

れるために鎌倉を出立するまでの一年間、それは続いた。

できればこのまま二人を夫婦にしてやりたいと政子が祈りながら見守っていたのを、頼朝は知っている。頼朝もそうしてやりたかった。だが、東大寺と興福寺を焼き、僧侶のみならず信徒共々焼き殺した罪は、償わなければならない。

南都は強い恨みを持って重衡を文字通り八つ裂きにするだろうと、噂《うわさ》されていた。穏やかな死は望めまい。もしかしたら全ての平家の中で、もっとも惨《むご》い死を迎えたかもしれない――そう案じたが、

「あれほど荘厳な死は、見たことがありませぬ」

公長が意外なことを言う。

「荘厳だと。どういうことだ」

「三位中将《さんみのちゅうじょう》（重衡）は出家を望まれましたが、南都焼打ちをやった身で叶うはずもなく、『罪業は深く、善根は微塵も蓄えなき身』と己の死後の行き先を覚悟しておりました」

それでも、東山吉水の草庵で浄土宗を広めていた法然房源空《ほうねんぼうげんくう》を呼び、生前に自身の仏事を済ます逆修《ぎゃくしゅ》を行ったという。源空は、専修念仏《せんしゅねんぶつ》を説き、「南無阿弥陀仏」を唱えれば悪人も救われると教え、衆生救済を目指す僧だ。

南都の大衆は、いかに苦痛を与えて重衡を殺すか知恵を絞ったが、「苦しめて殺すなど、僧たる者として恥ずべき行為であろう」と言い出す者がいて、結局は連行した侍に処刑の方法も含めて一任した。このため、木津川の河原で普通に首を切られることになったという。

当日は、重衡に家族を殺された者たちや、野次馬が駆け付け、その数は数千に及んだ。

「わが罪の重さの数よ」

重衡は見物人の山を見て呟いた。

いざ首を切るという段になって奇跡が起こった。西の空に紫雲がたなびいたのだ。西に現れる紫雲には仏が乗っていると伝えられている。それが重衡の死を前に現れたのなら、かの罪人の魂は御仏の来迎を授かったのだ。誰もが息を呑《の》んで神々しい空を見た。重衡も空を仰ぐ。仏に応えるように高らかに念仏を十遍唱え、「いざ」と処刑人に声を掛けた——という。

頼朝は重衡の死に深く感じ入った。

（吾はどんな死を迎えるのであろう）

誰にも言えぬが、自分がなぜ自身の心を殺し、「鎌倉殿」として生きているのか、分からなくなる時がある。だからといって、大勢の血肉を喰らって強大に育っていく「鎌倉」という名の化け物を、今更放り出すわけにいかない。誰が鎌倉に嫌気がさして去っていこうと、化け物を産んだ頼朝だけは、立ち止まらずに共に走り続けなければならない。

（ほかに制御できる者もおらぬしな）

ただ、人生の中で本当に欲しかったものは何なのか、そう己の胸奥に問い掛けたとき、蘇るのはなぜかいつも八重《やえ》姫と千鶴丸《せんつるまる》の三人で過ごす穏やかな風景だった。かつて頼朝の手から零れ落ちた二度と取り戻すことの叶わぬ憧憬だ。

だから、あの臆病者の宗盛が、最後は平家総帥という殻を脱ぎ捨て、ただの親馬鹿のような姿で死んでいったのは、ある意味、天晴《あっぱ》れだった。

（槐門とて、壇ノ浦の決戦までは、逃げ出すことも叶わず、一族を率いたのだ）

幾人もの平家の公達《きんだち》が、都落ちの後に戦いを放り、自害したり逃走したりした。一番に逃げ出しそうな性格の宗盛だったが、投げ出すことなく崩壊しかける平家を最後まで統率した。ただ最後は、「もう十分だろう」とばかりに、自分自身に戻ったのだ。

他の誰が蔑《さげす》んでも、役割を捨ててただ人として死んでいった宗盛を、平家と勢力を二分する武家の棟梁頼朝だけは「よくやった」と心中で称《たた》えてやった。

(吾は鎌倉という化け物に、すでに半分ほども魂を喰われておるというのに。槐門は己にとって一番大切なものを、最後まで見失わなかったのだな)

後世に名の残る立場にある者として、なかなか宗盛のように振り切れるものではない。重衡でさえ、「南都焼打ちをした平家の大将」という役割のまま死んでいったではないか。

そういえば、と頼朝は思い出す。龍姫が心を失くした際、政子は鎌倉殿の御台所としてではなく、一人の母として頼朝に食って掛かった。

(御台も未だ何一つ大切なものを見失ってはおらぬようだ)

その大切なものの中に、すでに頼朝はいないのかもしれなかったが。

凄《すさ》まじいばかりの孤独は、常に権力者の支払う代償だ。鎌倉は未だ血を欲している。頼朝が引き返すことはない。

五

鎌倉から京へ戻った義経を待ち構えていたのは、頼朝から与えられた二十四ヶ所の所領の没収だった。一から出直せという意味だろうか。それなら未だ首の皮一枚で、兄とは繋がっているのだ。

七月に入って、京とその近隣は地震《ない》に見舞われた。被害は殊《こと》の外《ほか》ひどく、山が崩れて川や谷が埋まり、地面は裂けて水が諸所から噴き上がった。海から波が迫り、海岸沿いの村々をあっという間に呑み込んだ。多くの家々や寺社も倒壊し、都は瓦礫《がれき》の山と化した。その下敷きでたくさんの者が命を失った。

都の誰もが平家の怨霊《おんりょう》の仕業を疑い、滅ぼすべきではなかったのだという恐怖に囚《とら》われた。が、義経の住まう館だけはびくともしなかった。

何事もなかったかのように佇《たたず》む堀川邸に、

「平家の呪いなら、一番に倒れそうな堀川邸が無事とはどういうことだ」

「やはり廷尉（義経）は普通のお人ではないのだ」

「鬼神ではないのか」

人々が畏怖の念を抱く。

義経は平家を倒した英雄として、四月に凱旋《がいせん》して後、京ではずっと称えられている。だのに、鎌倉では冷たくあしらわれたと噂が立つにつれ、都人の間で頼朝の狭量さが失笑を買った。きっと、惜しみない賞賛を浴びる義経に嫉妬《しっと》しているのだろうと。

（兄上はそんな方ではない）

義経は歯がゆかったが、どれほど訂正しても「なんと心の清きお人だ」と自分が褒められて終わる。ほとほと困っていたところでこの地震だ。義経の評判がいっそう跳ね上がり、

「鎌倉殿が廷尉であれば良かったのに」

「義経がいれば頼朝はもう必要ない」

など、頼むからやめてくれと叫び出したくなるような言葉が囁《ささや》かれ始めた。

この状況も、きっとすぐに鎌倉に伝えられる。もうわずかなことでも粛清されかねない崖っぷちに立つ義経にしてみれば、恐々とする思いである。

八月、地震を鎮める願いを込めて、元暦は

文治へと改元された。「文治」という元号には、もう戦いは終わったのだ、ここから先は道徳や御仏の教えや法によって国を治めるのだという朝廷の意思が込められている。さらに、強くなり過ぎた武士の国「鎌倉」を退けたいという、潜在的な希望さえ含まれる。

義経は、対鎌倉の旗印のように、朝廷によって持ち上げられ始めた。

八月の除目で義経は受領《ずりょう》伊予守《いよのかみ》に任じられた。これは四月に頼朝が朝廷に申請していたものが叶えられた結果である。

義経から涙が零れ落ちた。頼朝には義経の働きを評価する気があったのだ。

今となっては伊予守に推薦したことを頼朝は後悔しているが、いったん朝廷に申請したものは簡単に取り消せないため、そのまま補されたとのことだった。それでも、一度は評価されたのだという事実が、義経には嬉しかった。

（それを、吾を殺したいほどに怒らせてしまった……）

義経は伊予守補任で気付いた。頼朝は、血を分けた兄弟に腹心となってもらい、目指す武士の国を造る手助けをしてほしかったのだ。ただ御家人たちの目もあるから、あからさまに贔屓《ひいき》はできない。義経が、相応の誰もが認めざるを得ぬ働きを示すのを、待っていたのだろう。

その働きは、戦場で勇敢に敵を打ち砕くことではない。いかに軍勢を率い、全体に目を届かせ、派兵された者たちに不満を抱かせずに上手く用いるか。用兵の技量が求められていたのだ。だのに、義経は御家人たちに嫌われ過ぎた。壇ノ浦の戦いの後、義経への苦情が、頼朝の許へ殺到したという。たとえそれが誹謗中傷の類いだったとしても、そんなことを配下の者に口にされる時点で、役立たずのいらぬ存在に違いない。

（今なら分かる。吾が愚かだったのだ。戦は勝てば良いと思っていた。強いことが正義だと信じていた。違う。戦もまた、政だったのだ）

勝つことが大事なのではない。どう勝つか、何を得るか、そして何《いず》れの形で幕を下ろすか。後始末含め、それらが戦には肝要なのだ。

頼朝との間に出来た溝が、埋まる日は来るのだろうか。もう一度、機会が欲しい。

そう願う義経だったが、後白河院には兄弟間に亀裂の入った今の状況が望ましいようだ。義仲も倒れ、平家も滅亡し、もう朝廷を脅かすほどの強い武士団は必要ない。だから、今度は頼朝に義経をぶつけ、両方の力を殺《そ》いでしまいたい——そんな後白河院の腹の中が、政を意識して改めて全ての物事を見直した義経には、ようやく読めてき始めた。

ずっと、院には寵愛《ちょうあい》されていると思っていた。

（吾は、鎌倉を揺さぶるための駒として、いいように操られていただけだ）

呪わしいことに、最も慕った兄を傷付ける刃となっていたのである。

慣例で、受領が検非違使を兼任することはない。伊予守となった義経は、検非違使を辞官せねばならない。当たり前のこととして辞そうとした義経を、しかし後白河院が止めた。

「兼任せよ」というのだ。

「さすがにそれは……」

義経は慌てたが、

「朕《ちん》は打診しておるのではない。命じておるのじゃ」

後白河院はごり押しした。これは、右大臣九条兼実《かねざね》が、「未曾有《みぞう》」のことと日記『玉葉《ぎょくよう》』に綴ったほど、有り得ないことだった。

　頼朝が義経を伊予守にした理由の一つに、検非違使を辞めさせたいという思いがあった。検非違使に就いている限り、義経は朝廷の支配体制の中に組み込まれていることになる。鎌倉殿の支配下で一からやり直すには、まずは何を差し置いても検非違使の職から外れる必要があった。

　以前の義経には、検非違使を任官することの意味がよく分かっていなかった。ただ、頼朝の許しなく勝手に受けてしまったことが怒りを買ったのだと思っていた。もちろんそれも大きな理由の一つだ。義経以外にも勝手に任官した者たちはいたが、みな頼朝の逆鱗《げきりん》に触れた。頼朝は、彼らの墨俣《すのまた》以東の下向を禁じ、違反すれば本領を取り上げた上で首を切ると通告した。実質、東国からの追放である。もっともすぐに謝罪した者はすでに赦《ゆる》されている。

　これらの処罰は、頼朝の命《めい》に逆らったことが原因だと表向きは言われている。だが、真の問題点は、頼朝の創るこれまで世に存在しなかった御家人支配の構想の枠組みから、はみ出してしまうことだった。

「兄上は『鎌倉』という新しい組織のための、独自の支配体制を構築なさろうとしているのだよ」

　鎌倉に下向した際に、全成が噛んで含めるように、図まで描いて義経に説明してくれた。だから、何としても検非違使は辞さねばならないというのに、後白河院によって阻まれた。兄弟を敵対させるため、院は全て分かってやっている。

　さらに悪いことに、叔父の源行家《ゆきいえ》が頼朝に叛《はん》心《しん》を抱いているという噂が立っていたが、義経も加担していると囁かれ始めたのだ。

義経の心を置き去りに、ことは悪い方へ向かって進んでいく。

頼朝はすぐさま反応し、鎌倉から梶原景季《かげすえ》と義勝房成尋《ぎしょうぼうじょうじん》を京に遣わした。これが九月のことだ。

頼朝の使者として義経の住まう堀川邸を訪ねてきたのは、二十五歳の青年、梶原景季である。景時の嫡男で、源平合戦では平重衡を捕えるなど華々しい活躍を見せただけでなく、箙《えびら》に梅の花を挿すような風流な一面も持ち合わせている。雅なことが好きな朝廷でも人気のある御家人だ。

このため、壇ノ浦の戦いの凱旋後に後白河院から官位を授けられ、頼朝の怒りを買った一人でもある。今はすでに赦されている。

義経は戦の最中、梶原景時と激しくぶつかり、憎まれた。景時はその時の様子を逐一頼朝に報告したという。頼朝は義経の言には耳を傾けなかったが、景時の話は聞いた。そして、官位の一件では、未だ赦されぬ者が多い中、景季はすでに頼朝の傍に仕えている。

梶原父子への頼朝の寵がどれほど深いかが知れ、義経の胸の奥が妬心《としん》で疼《うず》いた。

その景季が、頼朝の命令を伝える役目を担ってて訪ねてきたのである。折あしく、義経はひどい熱病で枕が上がらない。日を改めてもらい、三日後に対面した。義経の体調はまだ悪く、背を伸ばして座ることさえ苦しかった。だからといって、頼朝の使いを二度も追い返すわけにいかない。申し訳ないと思いながらも、脇息に寄り掛かるというよりはしがみ付くような態で、会った。

景季は義経の状態に驚きつつも、頼朝の命を淡々と伝える。

曰《いわ》く、源行家を誅戮《ちゅうりく》せよと。

義経は息を呑んだ。叔父を殺すことが自身の犯した罪の禊《みそぎ》となるのか。

（吾は試されている。おそらく、これが最後の機会となろう）

兄の許で仕えたいなら、迷ってはならない。今、この瞬間の逡巡《しゅんじゅん》さえ、景季によって頼朝に告げられるのだ。義経は喜んで引き受けるべきだった。だのに、迷いが生じる。馬鹿な考えが浮かぶのは、高熱のせいだろうか。

許されたとて、またいつ命を脅かされるかしれぬ日々。一生、顔色を窺《うかが》いながら、何度となく今度のように試され、自分が生き延びるために人の命を奪い、果たして死ぬときに胸が張れるのか。

（そんな日々をこの先何十年も過ごすなど、生き地獄ではないか）

いや、と義経は考え直す。

（少しは利口になれ）

妻や側室、これから生まれる子、義経を信じて従う郎党たち――守らねばならぬ人たちの顔が浮かぶ。

何と答えるか……考えるうちにも発熱のため、意識がもうろうとしてくる。もう何も思考できなくなり、

「謹んで、お受けいたします」

掠《かす》れた声でうなずいた。

「直ちに出陣することを二品（頼朝）はお望みです。今日、明日中に準備が整いましょうか」

使者の梶原景季が無茶なことを言う。義経は苛立《いらだ》った。今の自分を見て、軍勢を率いることができるように見えるのか。

「病が癒えるまで、猶予をいただきたい」

「配下の者を先立たせ、伊予守殿は病を退けた

後で発てば宜しかろう」

「家人だけ寄越すのは心もとない。長く待たせるわけではござらぬゆえ、吾が自ら討ちに参ります。そう二品にお伝えくだされ」

景季は複雑そうな顔で、

「ならばそう伝え申すが……『承知いたした』とのみ答えるのが伊予守殿のお為と存じますぞ」

言い置き、帰っていった。

義経はそのまま倒れ込む。景季の最後の言葉がぐるぐると頭の中を回った。景季は正しいことを言っている。

(されど何という惨《みじ》めな生き方よ)

「承知いたした」としか言えぬのなら、頼朝の意のままに動くだけの傀儡《かいらい》ではないか。

(鎌倉は武士の国と申すが、少しも心躍らぬところであるな)


「あの小僧、何の用でござった」

大鬼が山伏の衣装を身にまとったような武蔵坊弁慶《べんけい》が、大声を上げつつ座敷に入ってくる。昔からの側近だ。荒くれ者を手懐けたため、口調はぞんざいで無礼な振る舞いも多いが、義経は気にしない。

弁慶は倒れている義経に慌て、

「どういたした。予州、わが君よ」

駆け寄って頬を軽く叩いた。

「大事ない。うるさいぞ、弁慶」

「餅が焼けそうなほど熱いぞ」

「せめて湯が沸きそうだと言ってくれ。なあ、弁慶、今の吾はお前の目から見てどうだ」

「正直魅力ござらぬな。今、出会っていれば、臣従などいたさぬわい」

「やはりそうか。もし、鎌倉殿から離反すると言うたらどうだ」

「実に愉快よ。『殺されても構わぬ』とふざけたことを言うて、単身鎌倉入りした時より、よほど賛同できるというものだ」

「お前ならそう言うと思うていた」

「で、裏切るのか」

弁慶は嬉しげだ。

「さあ、どうするかな」

ふふっと笑い、義経はそのまま眠りに落ちていった。


文治元(一一八五)年十月二十二日。

頼朝の許に、「頼朝追討の勅命が下った」という知らせが入った。義経の奏上が叶えられた結果という。

頼朝は激高することなく、

「義経、謀反か」

口の中で低く呟いた。おそらく周囲に控える者にも、使者にも、何と言ったか聞き取れなかったろう。呟いてみると、初めから定められていたことのように、義経が造反した現実が頼朝の中にすとんと落ちた。

使者の口上は続く。

頼朝への反逆が噂されていた源行家が義経を訪ねたのが、十月上旬。十一日に義経は院へ、行家に謀反を思いとどまるよう説得を試みたが失敗した旨を、奏上した。なぜ義経がそういう報告をするに至ったか定かではない。後白河院から内々に行家を思いとどまらせるよう依頼されていたのかもしれない。

ところが十三日に事態が一変した。義経は再び参院し、頼朝から離反して行家側に付くことを表明したという。理由に、これまで頼朝が義経に対して行った理不尽な扱いの数々と、義経を亡き者にしようとしていることを挙げた。

「この上は、頼朝追討の宣旨《せんじ》をいただきたい」

と述べたという。

確かに検非違使を不当に害そうとしているのだから、頼朝に罪を問えるだろう。だが、院はうなずかない。「まあまあ」と義経を宥《なだ》めて返した。

翌十四日、このやり取りが噂となって漏洩《ろうえい》し、都の空気は緊迫した。その後の数日の間に、義経の下で働いていた者の中には、頼朝と義経の確執に巻き込まれまいと京を脱出する者も出始めた。反対に、擦り寄る者もいて、都は混乱を極めた。

十六日、三度義経は院に、頼朝追討の宣旨を賜りたいと奏上した。この日は先日より強い決意で、宣旨がなくとも決起する意思を見せた。院は、評議に掛けることを約束し、早まることなくしばし待つよう伝えたという。

十七日、朝廷はこの一件を評議した。右大臣九条兼実は、頼朝追討の宣旨が下る場合、一番の根拠となる「頼朝による義経誅殺《ちゅうさつ》の計画」が義経側のみの証言であることは公平さを欠くとして、頼朝にも確かめるべきだと主張した。が、強く反対したのが右大臣のみだったため、頼朝追討の決議がなされたという。

この日の夜、義経の堀川邸が八十騎ほど引き連れた土佐房昌俊《とさのぼうしょうしゅん》によって襲撃された。

義経は危なげなく、土佐房昌俊らを追い払ったらしい。

(相変わらず戦いとなると強いな)

頼朝は半ば感心した。

十八日に前日に決議された頼朝追討の宣旨が正式に義経と行家に下ったということだ。

「相分かった」

口上を聞き終え、使者を下がらせた頼朝から、薄く笑いが漏れた。

土佐房昌俊は、頼朝が義経を誅殺するために遣わした刺客と後に言われるようになるが、実際は違う。頼朝はこれまで鎌倉の外で起こす軍事行動の全てに、賊軍とならぬための根拠を用意してから臨んでいる。義経は検非違使なのだ。いわば朝廷の定めた令外官《りょうげのかん》の一人であり、その身は院や帝のものだ。頼朝配下の軍勢が神聖なる都で夜討ちなど仕掛ければ、鎌倉の力を形骸《けいがい》化したい後白河院に、付け入る隙を捧げるようなものだ。そんなことをすれば鎌倉側が賊となる。

頼朝追討は決議されたが、それは土佐房昌俊夜襲の前であり、襲撃事件は理由の一端を担っていない。

だとすれば、頼朝追討の罪状は、「検非違使の殺害を実行しようとしている」という、実に曖昧《あいまい》で真偽も確かめられていない一事に因《よ》る。頼朝は幾らでも朝廷に無罪を主張でき、冤罪《えんざい》である以上、鎌倉の武力を背景に怒りをぶつけられるのだ。

（ふざけた茶番の代価は払わせるさ）

頼朝追討の宣下がなされたことで、上手く立ち回れば「鎌倉による全国支配」の野望に王手をかける好機となる。

（九郎に感謝せねばならぬかもしれぬな）

頼朝は誰ともこの件については語り合わず、二日後に行われる父義朝を祀る勝長寿院の一大供養の準備を、淡々と進めた。

そうしながらも頼朝の頭に、義経が初めて訪ねてきた黄瀬川の出会いの場面が浮かんだ。それから、全成と義経の三人で、義円《ぎえん》の死を悼《いた》んだ日のことも浮かんだ。つい五ヶ月前に大倉御所で内々に対面した日のことも。

義経は何度も、「兄上の、お役に立ちとうございます」と言っていた。最後に会った時も、盛長が殺気と共に剣を抜いてさえ、逆らおうとはしなかった。あの時、もし義経がわずかでも抵抗を見せれば、そのまま斬るつもりでいた。だが、あの男はゆっくりと平伏してみせた。だから、もう一度だけ機会を与えたのだ。

（どこで気持ちが変わったのか）

義経が源行家を見事討伐すれば、再び鎌倉へ呼び寄せるつもりでいた。父の供養の行事に参加させてやりたかったからだ。

供養の日は、平家追討の遠征で西国に行った者たちもほとんどが鎌倉に戻り、勝長寿院に一堂に会することになっている。現地で戦後処理をしていた範頼も、一昨日供養の導師を連れて戻ってきた。義経も参加すれば、いったん亀裂が入った兄弟仲も修復されたと、御家人どもに知れ渡るはずだった。これまでのことは互いに水に流し、範頼・全成と共に片腕となってもらえれば……そんな甘いことを頼朝は夢想した。

何もかも潰えてしまったわけだが、それも悪くない。おかしな感情だが、義経が権力に阿《おもね》る道を取らず、あくまで自分に正直に命の焔《ほのお》を燃やそうと起《た》ったことを、いっそ清々しく感じた。

（吾の下で型にはまった生き方ができるほど小さな器ではなかったということだ）

暴れ馬のような男だが、結局はそれこそが実に源氏らしいではないか。

弟と骨肉の争いを繰り広げる己もまた、平和の中では燻《くすぶ》るしかなく、血の匂いの湧き立つ争いの中でより輝く源氏の気質に満ちている。

義経をこれから屠《ほふ》るのだと思うと、そんな結末しか迎えられなかったことへの悔恨と同じくらい、ぞくぞくする悦びを覚える。義経も同じかもしれない。

（吾と戦えることに悦びを覚えているのではないか）

頼朝は、二十四日の供養の際の選抜された随兵の中から、郷御前の弟の河越重房《しげふさ》を外した。愚かな姉を持ったばかりに、重房の未来は厳しいものになるだろう。

二十四日は空が青々と晴れ渡り、風の無い日となった。頼朝は巳《み》の刻（午前十時頃）に束帯姿で御所を出た。徒歩で勝長寿院へと向かう。

頼朝の剣は長沼宗政《むねまさ》が携え、鎧は佐々木高綱《たかつな》が身に纏《まと》った。全ての始まりとなった山木館襲撃の際、頼朝方が最初に上げた堤信遠《のぶとお》の首級を掻《か》き切ったのが、佐々木兄弟だ。今日の栄誉は当然の報労だった。

行列を組んで従う御家人らは百二十人を超える。みな、頼朝によって選び抜かれたつわものたちで、誇らしげな顔をしている。このうち境内へ入るのは半数で、残りは門外に左右に分かれて控える。

御堂の左側に設《しつら》えられた仮屋の御座に頼朝は座した。

（父上、ようやくここまで参りました）

頼朝は心中で父義朝に話しかけた。


供養も終わり、御所へ戻った頼朝は、和田義盛と梶原景時を呼び、

「明日、出陣するぞ」

唐突に告げた。

「はっ……御自らでございますか」

景時が訊ねる。

「うむ。予自ら上洛する。戦上手の義経相手に、最小の犠牲で勝ってみせよう」

頼朝は楽し気に答えたが、出陣はしても京ま

で進むことにはならぬだろうと踏んでいる。義経が起《た》った今、鎌倉を空けるのは実際、危険だった。義経と奥州が呼応して襲い掛かってくれば、頼朝勢は挟み討たれ、これまで積み上げてきた鎌倉の全てが灰燼《かいじん》と化すやもしれぬ。奥州が直に動かずとも、通じている佐竹氏が起つやもしれぬ。

これら頼朝の抱く危惧を、義経や行家が想像しないことがあろうか。二人は、「頼朝は鎌倉を動けない」と読んでいるはずだ。ならば、早急に動いて見せるべきだろう。戦とは、所詮は心理の読み合いなのだ。相手がどう考えているかをできるだけ正確に捉え、敵の読みを外していく。兵を動かし刃を交えることだけが、戦いではない。

「参陣できる者と、そのうち明け方には出立できる者の名を記し、なるべく早く予の許へ提出せよ」

頼朝の命に従い、義盛、景時の二人は夜までに答えを持ち帰った。出陣する者がおおよそ三千。明け方までに準備を終えられる者が五十八人。

翌暁、小山朝政《ともまさ》・結城朝光《ともみつ》兄弟を中心とした五十八名が、まずは先駆けて出立した。

頼朝自身は、危ぶんだ通り佐竹氏と共にすかさず謀反の動きを見せた片岡八郎常春《つねはる》を、所領下総《しもうさ》三崎荘から追い落とし、同地を千葉常胤に分け与えてから二十九日に出陣した。土肥実平《さねひら》が先陣、千葉常胤が後陣を務める。

この時、過去に平家方に与したために隠遁生活を余儀なくされていた者たちへ、参陣を呼びかけた。帰順する機会を与えただけでなく、こうすることで義経方に味方をさせぬようにしたのである。

十一月一日。頼朝は黄瀬川に着いた。かつて義経と出会った地だ。ここに頼朝は陣を張ると、義経・行家らの動向を探ったうえで策を決めると触れを出し、しばらく留まることを全軍に告げた。黄瀬川なら、鎌倉が襲われても対処できる。

元々頼朝は黄瀬川より西へ行くつもりはない。ここを動かずして勝てる手を、すでに巧妙に打ってある。

義経は伊予守となったが、勝手に兵糧や兵の確保ができぬよう、頼朝は地頭を置いた。お飾りの伊予守にしたのだ。実を伴っていれば、伊予国にいったん入って兵を整えることもできるが、義経にはそれができない。

京周辺の畿内や西国の領主らに呼びかけ、義経側に味方する者を募らねばならないが、私兵の少ない男の呼びかけに応じる者がどれほどいようか。

加えて、頼朝自身が出陣している。「源頼朝」という名がすでに脅威となる。義経・行家らは、大軍を用意することができぬまま潰れるだろう。最初に出軍させた小山朝政ら五十八人でも、初戦は十分に対応できるはずだ。

状況に応じ、頼朝は背後に気を配りつつ黄瀬川から軍勢を投入するつもりでいる。

果たして、義経らの呼びかけに応じる者はほとんどいなかった。合わせて二百騎ほどの寡兵しか従う者がいない。今のままではとうてい頼朝軍を迎え討つことができぬと判断した義経と行家は、三日には都を落ちた。

先発した鎌倉勢五十八人が京へ入ったのは、この二日後である。

義経は、すでに摂津《せっつ》国河尻《かわじり》まで逃れていた。大物浦《だいもつうら》から船に乗り、西海へ向かうためだ。義経らは後白河院から下された、「四国は行家に、九州は義経に従うよう」と書かれた書状を手にしている。豊後国《ぶんご》の者も一行に交ざっていたため、まずは九州に逃れて再起を図る心積もりだった。

河尻では、頼朝に加担する豪族らが義経の足を止めようと次々と襲い掛かったが、難なくすり抜けた。

六日、かねて用意していた船数隻に、義経らは分かれて乗り込んだが、にわかに海が荒れ狂う。舵を失った船は、再び摂津の浜に舞い戻り、打ち上げられてしまった。このため彼らは散り散りに逃れ、鎌倉方は義経の姿を見失った。

後白河院は義経と行家の挙兵が決定的に失敗に終わったことを察すると、両人こそが賊であるとし、捕らえるよう院宣《いんぜん》を下した。これらの報告に、頼朝は苛立《いらだ》ちを覚えた。義経を逃がしてしまったこともそうだが、なにより院の変わり身に腹が立つ。「そもそも、何もかもが貴様のせいだ」と怒鳴りたいのをぐっと堪えた。

後白河院がいなければ、父義朝は死なず、弟義経との不和も起こらず、今日という日を迎えることもなかった。

「九郎を誑《たぶら》かし、鎌倉への違反を繰り返させ、振り回すだけ振り回し、最後はこの頼朝に討たせるか」

と吐き捨てた。

頼朝は黄瀬川の宿所に主だった御家人を集め、今後のことについて話し合った。

「急ぎ上洛して、朝廷の馬鹿どもを締め上げましょう」

千葉常胤が、憤慨《ふんがい》した顔で進言する。頼朝はフッと吹き出した。

「な、何か吾は可笑《おか》しなことを申しましたかな」

「いや、義経らを屠《ほふ》るためではなく、千葉介は朝廷を締めるために上洛するのだと思うてな」

「いえ、それは……」

「よいよい。愉快だ。それにしても、五年前のことを思い出す」

あの時は、頼朝が興奮してこの黄瀬川から上洛を急ごうとしたが、常胤らに止められた。常胤は皺《しわ》の多い顔を真っ赤にさせた。後三年で齢七十になるが、まだまだ壮健だ。

「あの時はそのう……」

「予の人生の中でも一、二を争うほどの良き進言であったぞ。あの時、上洛していれば、鎌倉はあるまいよ。千葉介よ、改めて礼を言う」

「や、や、これはもったいのうございます」

常胤はすっかり恐縮してしまった。

頼朝は微笑したまま、考えを述べる。

「されど、此度《こたび》は予が上洛を反対しよう。このまま鎌倉へ引き揚げるぞ。代わりに北条四郎(時政)」

「ははっ」

時政が、一歩前に進み出た。

「その方に千騎預ける故、上洛いたせ。京のことは今後しばらくその方に任せるとしよう」

「はっ。承ってござる」

「意見のある者は遠慮なく申せ」

頼朝が見渡す。そこにいた全員が、異議を唱えずひれ伏した。

常胤の言う通り、朝廷には苦情を述べ、ある程度震えあがってもらうつもりだが、頼朝の姿が見えぬ方がより恐怖心を煽《あお》れるはずだ。

(この頼朝の腹が見えぬ不気味さから、こちらの要求に対し、より多く譲歩してくるだろう。鎌倉が躍進する好機となる。我が鎌倉は、次の段階に入るのだ)

頼朝は十日には鎌倉へ戻った。すぐに、義経の舅《しゅうと》・河越重頼と重頼の婿・下河辺政義《まさよし》の領土を取り上げる。義経と呼応して起たせぬためである。頼朝は全ての可能性を想定し、一つ一つ潰していく。

十五日、朝廷からの使者が鎌倉に到着し、後白河院の言い訳を頼朝に伝えた。「天魔のせいだ」などとふざけたことばかり並べ立てられ、頼朝は怒りで我を失った。天魔のせいで逆賊にされたのではたまらない。

（天魔のせいだと。紛れもなく法皇のせいであろう）

さらに、頼朝追討は院の意思ではなく、院宣を出さねば自殺すると義経らに脅されたため、仕方なく……と続く言葉に、

「この言い訳は他でもない。院のご意思なのだな」

使者に確認した。使者は困ったように項垂《うなだ》れる。そうだと答えたようなものだ。

頼朝は怒声を上げげた。使者に対してではなく、遥か京にいる後白河院に対してだ。

「これまで院に命じられるまま、院への忠節から数多《あまた》の朝敵を成敗してきた我が行いを、『反逆』と簡単に言われるか。しかも、それは本気では無かったと？」

（本気でない追討の命で討伐されたら、たまらぬわい。やられる方の身になって考えたことはあるのか）

頼朝はいったん言葉を切ると、大きく息を吸い込む。呼吸を整え、再び罵倒を始めた。

「ご意思無き院宣を下されたことで、新たな血が流れ、人生が終わる者も出てくるのですぞ。哀れとは思われませぬか。文治となった世に徒《いたずら》に騒乱を呼べば、諸国は混乱を極め、やがてはそれが人民の困窮へと繋がりましょう。さ

れば……」

　さすがにこの国の最大の権力者に向かって言葉が過ぎるという冷静な思いが頭を過《よぎ》ったため、ほんのわずかの間、頼朝は次の言葉を口にするのを躊躇《ためら》った。が、利口過ぎて破天荒になり切れぬ自身の殻を破るような心持ちで、一際《ひときわ》大音声を響かせる。

「されば、他でもない、日本国第一の大天狗《てんぐ》ではござらぬか」

　貴方こそが、という言葉は呑み込んだ。

　後で小野田盛長から、「よくぞ、申された」と喜ばれ、中原広元からは、「今後は感情に任せた言動はお慎みくだされ」と大真面目に咎《とが》められた。

「予は冷静である」

　頼朝はむすりと答えると、同じ内容の書状を認《したた》め、御所にも送り届けた。

　後白河院は書状に目を通した後、「諧謔《かいぎゃく》なぞ分からぬ男と思うたが、面白いことを言いよるわ」と笑ったが、「さてさて、鎌倉の要求を呑まねばならぬが、何と言うてくることか」と脇息の上で人差し指を上下させたという。

　頼朝は、全国にあまねく惣追捕使と地頭の設置を認めさせ、鎌倉に否定的な公卿を解官させて朝廷から一掃した。

六

　京の御所と鞍馬の中間付近にある岩倉の人里離れた庵《いおり》に、息を潜めるように郷御前は暮らしている。共に過ごすのは、身の回りの世話をする女房と守役の老人、そして産まれたばかりの赤子の三人だけだ。

　都ではすでに桜が満開になっている頃だが、

岩倉では固いつぼみが冷たい風に震えている。

生まれた子は女の子だった。郷御前は賭けに負けたのだ。その結果、父と兄が頼朝に殺された。母だけは比企尼の娘だったからか、頼朝の嫡子・万寿の乳母だったからか、命を助けられたと聞いている。

（私があの時、言われるままに鎌倉に戻っていれば……）

義経と手切れになっていれば、悲劇は避けられたかもしれない。そう思うと気が狂いそうになる。頼朝は、河越氏が呼応して起つことを警戒したのだ。

判断を誤って親兄弟を地獄に叩き落としてしまった自身が呪わしい。それでも郷御前がなんとか正気を保っていられるのは、娘の存在が大きい。

（赤さんて、何て可愛らしいの）

郷御前ほどの身分だと、本来なら乳は乳母が与える。だが、今は罪人として追われる身。なにもかも自分でやらねばならない。女房の千は、「お可哀《かわい》そうに」と、主人の境遇を嘆いたが、赤子に乳を含ませるとき、得も言われぬ愛おしさが胸の奥から湧き上がり、

（こんなことにならなければ、一生涯知らずにいた幸せね）

郷御前は今の暮らしに喜びを覚えた。大きなものを犠牲にして、守った子だ。死んでいった父と兄には申し訳なかったが、

（この子が、私がいなくても生きていけるようになったら、その時はそちらに参ります。だから、もうしばらく、この子と二人で生きていくことをお許しください）

郷御前はそう祈って、しっかり育てていこうと決意していた。

義経には何の期待もしていない。

（あのお方には、私以外に女が十数人もいて、一番愛していたのは静御前だもの）

都落ちするとき、女たちのほとんどが、義経と共に行きたがった。実際の話、鎌倉方は義経が京で通った女の身元や数まで把握しきれていないに違いない。嫡妻である自分や、愛妾の静御前、平時忠の娘の蕨《わらび》の前は別だが、他の女たちはしばらく親元で大人しく潜んでいれば、見つかることなくやり過ごせるはずだ。仮に見つかっても、殺されたりしないだろう。

義経は、海路を取って九州へ行くと言っていた。九州など、見たこともない海を隔てた地だ。京に残るより何倍も恐ろしいはずなのに、女のほとんどが付いていくという。よほど誰にも優しい男だったのだろう。

郷御前だけが、

「私は、共に参りませぬ」

話を聞かされた時、きっぱり断った。

義経は誰が断っても北の方だけは付いてくると疑っていなかったのか、ひどく動揺した。

「そなたの身体にはわが子が宿っているではないか」

「だからこそでございます。このお腹《なか》に」

と郷御前は自分の腹を優しく撫でた。

「子がいるのにどうして激しく動けましょう。逃げる皆さまの足手まといになるようではいけませぬ。船に乗るのも子供のことを考えれば不安が残ります。ですから私はどこか鄙びた田舎に身を潜め、身二つになってから、わが君の許へ参ります」

郷御前は義経の手を掬《すく》い取り小さな両手で包み込むと、夫の顔を下から見上げた。

「そこがどんなところだったとしても、きっとこの子と共に参ります。だから、今はお別れいたしましょう」

嘘偽りのない言葉だ。義経の傍以外、この世のどこにも自分と子の居場所などない。義経は仕方ないと言いたげにうなずいた。

「そなたの今後は、母上と義父上にお頼みいたそう」

郷御前は正直ほっとした。これから潜伏する家も、自分で探さねばならないと覚悟していた。金は幾ばくか持っていたが、頼る人のいない都に、逆賊義経の嫡妻の立場で一人置き去りにされるのは、心底恐ろしかった。

「ありがとうございます。本当は怖くて……子のためとはいえ、とても怖くて……」

ほっとしたとたん涙が溢れ出た。義経がそっと抱きしめて髪を撫でてくれた。

「九州で落ち着いたら迎えを寄越そう。だから、それまで待っておいで。他の誰がいなくとも、北の方の貴女《あなた》だけは、やはり吾の横にいなくては」

はい、と素直にうなずきながら、

(でも、本音は静御前に横にいてほしいのでしょう)

郷御前は心中で呟いた。

その静御前は当然のように義経に付いて都を落ちていった。出ていく前、黙って頭を下げる静御前に、「君をお頼みいたします」と郷御前も低頭した。

義経らを乗せた何艘《そう》もの船は、暴風雨に遭って再び同じ浜に打ち上げられたという。もう九州への道は閉ざされた。義経の再起は、限りなく絵空事となったのだ。

女たちはやっと現実が見えたのか、それとも義経の方がこれ以上は連れていけぬと断ったのか……。おそらく両方だろう。陸路による過酷な潜伏生活が始まるのだから、人数がいては露見しやすい。男たちは散り散りに逃走することになり、女たちは他に行く当てなどなく都へと戻った。

ただ、静御前だけは、その後も義経に付いて共に逃げたという。従者は三人のみ。源有綱《ありつな》、堀景光《かげみつ》、そして武蔵坊弁慶だ。有綱は、以仁王と共に起った頼政の孫で、義経の養女（常盤御前の娘）を妻としている。景光は奥州にいたころからの義経の郎党で、平宗盛の長男・清宗を斬った男だ。弁慶は、義経が未だ幼名牛若丸《うしわかまる》を名乗っていたころからの知り合いで、郎党というより押しかけ子分のような、時に友のような存在だった。

四人は雪の降り積もる吉野山に逃れた。女の静御前はやはり何かと足手まといだったのだろうか。その場にいない郷御前に詳しいことなど分かりようもないが、吹雪く山中に置き去りにされたらしい。

（まさか……あれほど愛し合っておられたのに？）

郷御前にしてみれば、にわかに信じ難い話であった。義経は女にはいつも優しかった。

（噂じゃ何も分からない）

ただ、静御前は吉野山にいる僧に捕らえられ、しばらく京都守護というこれまでなかった役職に就いた北条時政に預けられたというのは、確かなことだ。そして、春を待って鎌倉へ送られたという。

噂では、静御前は郷御前と同じく、都落ちのあの時、義経の子を身籠《みご》っていたという話だ。郷御前にしてみれば、寝耳に水だった。まったくそんな素振りは無かったから、きっと未だ身籠って間もない時期だったのだろう。

（どれほど辛い思いをしたことか）

同じ女として、静御前の辿《たど》った道の過酷さに胸が痛んだ。都落ちのあの日に、静御前の体調に気付いていれば、どんなことをしても引き留め、一緒に子を育んだろう。

鎌倉方は義経だけでなく、郷御前のことも血《ち》眼《まなこ》になって捜しているという。それでも今日まで見つからなかったのだから、静御前も匿《かくま》ってやれば、今も無事でいられたはずだ。

鎌倉では、静御前を拷問にかけて義経の居所を吐かせるつもりでいるという。お腹の中の子ごと殺すつもりでいるのだろうか。郷御前は静御前の行く末を思い、ぶるりと身体を震わせた。

七

政子は、龍姫の髪を手ずから梳《す》いてやっていた。巻き上げられた御簾《みす》の向こうには、暖かな日差しの中、吹き渡る春風に薄桃色の花びらが舞っている。

龍姫の部屋の周囲は限られた者しか入ってこられないから、天気の良い日はこうして開け放つことも多かった。龍姫の意思ではない。姫は未だ二年前の義高殺害事件が尾を引いて、ほとんど感情を露《あら》わにすることは無かったし、あまり喋ることもない。

ただ、時々笑顔を見せるようになっていた。今年、文治二（一一八六）年に入ってすぐ、政子が龍姫の妹を出産したのだ。名を三幡《さんまん》という。生まれたばかりの赤子を覗《のぞ》き見ているときだけ、龍姫の目に生気が戻る。三幡が笑うと、微かだが釣られて龍姫も笑う。

(このまま少しずつでも感情を取り戻してくれれば……)

母親として、政子には祈ることしかできない。せめて母が味方なのだと伝えたく、毎朝こうして娘の髪を梳くようになった。返事はあまり返ってこないが、髪に優しく触れながら、色々な話をする。

「昨日は少し騒がしかったでしょう。九郎殿の側室で、舞いの名手で名高い静御前が都から参られたのですよ」

いつもは微動だにしない龍姫の頭がぴくりと動いた。えっ、と政子の鼓動が高鳴る。

(いったい今の言葉のどの部分に反応したというの)

決して楽しい話題ではないので、さらりと終えるつもりでいたが、もし娘が興味を持ったのならと、政子は静御前の話を続ける。この二年で龍姫が妹の誕生以外で興味を示したのは、二回しかない。義高の二人の従者海野幸氏《ゆきうじ》と望月重隆《しげたか》が鎌倉御家人として取り立てられたときと、義仲の妹・宮菊《みやぎく》姫が救われたときだけだ。

「もしかしたら舞いを観る機会があるかもしれませぬね」

これから厳しい尋問にあうことや、身籠った子を殺されるために鎌倉で産まねばならぬことなど、静御前に用意された過酷な運命はまさか話すわけにいかない。当たり障りなく舞いの話をした。

「九郎様は見つかり次第、殺されるのでございましょう。ならば静御前はどうなるのでございますか」

だのに龍姫は、自ら際どい話題に踏み込んだ。愛娘が、こんなに長く言葉を発したのは久しぶりだ。政子はこの機会を逃してはならないと焦った。

「父上は女性を殺すことは、いたしませぬよ」

「けど、心は殺しておしまいになるのでしょう。それとも私が一際《ひときわ》弱かったのでございましょうか」

政子は龍姫を後ろから抱きしめた。

「姫はまだ幼かったのです」

当時が七つ。今でも九つ。どれほど気丈に振る舞っても、幾ら人より頭が良く大人びていたとしても、心が強いはずもない。いや、経験が浅い年齢に比して、物がよく見えるせいで、より強く叩きのめされたろう。

だのに、

「ごめんなさい。こんな娘で」

龍姫が弱々しく謝る。己を責める娘の姿が辛く、

「何を言うのです」

政子は、龍姫を抱く手に力を込めた。その手に姫がそっと頬ずりをする。こんなに反応を返してくれるのは、義高を失って以来、初めてだった。

龍姫は小さな声でさらに続ける。

「ありがとうございます、叱らないでいてくださって。……私……母上の娘で良かった」

(ああ、この言葉だけで)

政子は溢れ始めた涙の中で思った。生まれてきた意味があったのだ、と。

「私も姫の母で良かったといつも思うておりますよ」

政子は自分のぬくもりで姫の小さな体を包み込んだまま、しばらく頭を撫でてやった。

「私、赤さんみたいね」

龍姫が言う。

「いいえ。このくらい普通ですよ。静御前も十九歳になるけれど、母君と一緒に鎌倉へ来たのです」

「母君と？」

「母君は来る必要も無かったのですが、娘が心配で付いてきたのだそうですよ。私も同じ立場なら、娘が幾つでもそうしたでしょう」

この日は、これで会話が終わったが、この二年間で交わした言葉を全部かき集めたのと同じくらい、龍姫は喋ってくれた。政子は、静御前に感謝した。

翌朝。政子がいつもと同じように小御所の姫の居室まで髪を梳きにいくと、あきらかに昨日より目に力の宿った娘が出迎えてくれた。政子の胸が嬉しさに高鳴った。

「お願いがあります」

しばらく髪を梳いていると、姫が口を開く。

姫からおねだりをしてくるなど、大きな変化だ。どんなことでも聞いてやりたい。

（このまま本来の姫が戻ってきてくれればどんなにか）

政子は、期待を込めて龍姫に尋ねる。

「お願いって？」

「私を静御前の尋問の場にお連れください」

「えっ」

あまりに予想外の「お願い」だ。場合によっては拷問になるかもしれぬ場に、子供を立ち会わせるなど、とんでもないことだ。ただ、政子自身は同席するつもりであった。行き過ぎた行為があれば、止めるためだ。

すぐに見つけ出して始末することができると思っていた義経らが、案に反していつまでも逃走を続けている現状に、頼朝は苛立っている。院が裏で手助けしているのではないかと、疑っているのだ。頼朝の怒りは、取り調べる者の焦りを生むだろう。何としても有力な情報を静御前から引き出さねば――と。

（身重で長時間人前に引き出されるだけでも辛いでしょうに。それをさらに痛めつければ、母子共に死んでしまうかもしれない）

子はどのみち生まれたその日に殺されるのだが、もし女の子だったら、政子としては何としても助けてやりたい。頼朝や男たちと闘うつもりで、尋問の場に乗り込む気でいる。

（姫は、何のために？）

いずれにせよ、二年もの間、心を閉ざしてきた娘が、ようやく扉を少し開きかけている。このまま開いてくれるか、再び閉ざすか、今後の対処次第となるだろう。

「なぜ」

政子はまず理由を尋ねた。

「私、あの方のことが他人事とは思えなくて」

政子はハッとなった。共に過ごした時間がわずか一年ほどで、愛する人を頼朝に奪われる二人の境遇は、確かに似ている。そう思った瞬間、許婚《いいなずけ》を父に殺された龍姫を、乳母や女房たちが慰める光景が脳裏に蘇った。あのとき、「たった一年の御縁ではございませぬか」と、過ごした時間の短さを簡単に口にする者が何人もいた。それが、龍姫を思いのほか深く傷つけていたのだ。政子は、頼朝だけが姫を傷つけたと思っていた。それは、間違いだった。

（皆でよってたかって……姫からすればそう思えたに違いない）

自分はどうだったろう、と政子は考える。もしかしたら自身の慰めの言葉も、娘を傷つけたかもしれない。

龍姫は、血の気の引いた政子を、じっと見つめた。

「私は、静様が父上に屈するか立ち向かうか、見てみとうございます」

育まれる気持ちの深さは、時間など関係ない、とその目は語っている。静御前が頼朝に負けることはないと、龍姫は信じているのだ。

「父上は渋りましょうが、何とかいたします」

政子は龍姫に約束した。

龍姫の小御所を出ると、政子は真っ直ぐ頼朝のところへ向かった。政子には頼朝をうなずかせる勝算があった。ちょうどこの時期、頼朝は政子に強く出られない状況に陥っていたからだ。つい十日ほど前、侍女に手を付けて宿った子が生まれたばかりなのだ。

政子の身籠った間に、頼朝はまた別の女に手を付けた。亀のときと同じ過ちを繰り返したわけだ。今度は、子まで成している。しかも、男児。仮に万寿に何かあった時は、別の女が産んだ息子が頼朝の後を継ぐのかと思うと、政子も平静ではいられない。

ここまで苦労を共にしてきたのは自分なのだ。共に命の危険に晒《さら》され、辛い思いにも耐え、頼朝を支えてきた。それが、ただ愛されただけの女がすべてを攫《さら》っていくかもしれない。許せるはずがない。もしその子が後を継ぐようなことがあれば、政子は頼朝もその子も殺して鎌倉を潰す覚悟でいる。

政子を憚《はばか》って、その子は幼名も与えられていないらしい。出産の儀も行われず、政子を恐れて乳母のなり手もいないという。その状況にも政子は腹を立てていた。

(私が怖いなら、他の女には手を出さない。手をお出しになるなら、出来た子とその母は決然と守る……「鎌倉殿」の癖に、どうしてこんな

簡単なことができないのか）

「お時間をいただけますか。お話がございます」

政子は頼朝の部屋を訪ねた。ふいに現れた政子に、いったい何を言われるのかと頼朝が恐々としているのが見て取れる。

政子が龍姫の願いを口にすると、見る間に眉間に皺が寄った。

「そんな場所に姫を連れ出して大丈夫なのか」

「大丈夫かどうかは分かりませぬ。なれど、生ける屍《しかばね》のようだった姫が二年ぶりに生気を見せたのです。この機を逃したくありません」

頼朝は唸《うな》ったが、

「反対するおつもりじゃありませんよね」

政子がぴしゃりと畳みかけると、不承不承うなずいた。

こうして、政子と龍姫は、問注所の一室の側面に仮置きした簾《すだれ》の掛かる衝立《ついたて》に身を隠し、静御前の尋問に立ち会うことになった。頼朝も龍姫を心配してか、上座の御簾《みす》の中に座す。

連れられてきた静御前は、もし本当にこの世に天女がいればこんな女人だろうかと思うほど、嫋《たお》やかで消え入りそうなのに、目が離せなくなる華があった。田舎の女が太刀打ちできぬ洗練された所作だ。その声もどこまでも澄んで伸びやかだ。政子から溜息が漏れた。

静御前は、右筆《ゆうひつ》の藤原俊兼《としかね》から尋ねられるまま、逆らうことなく答えていく。義経らと共に都を出たこと。難破して、二百の兵がばらばらになったこと。付き従った女たちは、ここでみな都へ戻ったこと。自分だけは義経に付いて、吉野山へ入ったこと。

雲行きが変わったのは、次の問いからだ。

「北の方（郷御前）はいかがいたした」

俊兼が訊ねる。

「分かりませぬ」

「分からぬはずはなかろう。北の方であるぞ。本来なら、最後まで予州（義経）に付き添うのは、その方ではなく北の方であろう」

「そうではございますが、伊予守様（義経）は私だけを連れていきました。きっと、お方様には雪山は難しいと思うたのでしょう。実際、白拍子として足腰を鍛えております私でも、無理でございました」

「嘘だな」

口を挟んだのは頼朝だ。

「その方、訊ねられたことにずっと簡単な言葉のみで答えておったのに、今の台詞《せりふ》だけやたら長い。人はのう、嘘《うそ》を吐く時、言い訳が織り交ざって言葉も長くなるものよ。郷御前の何を隠そうとした」

頼朝が鋭く突く。静御前の元々悪かった顔色がいっそう蒼褪《あおざ》める。

「いいえ、何も」

「他の女に聞くところによれば、元々郷御前は九郎の都落ちに付いていかなかったそうではないか」

あっ、という顔をして、静御前は言葉を失った。京都守護職の北条時政が、他の義経の女も尋問し、その内容を鎌倉に送っていたのだ。

「何故《なにゆえ》、郷御前は付いていかなかったのだ」

「それは……分かりませぬ」

「昨年、予は郷御前に予州（義経）と別れ、鎌倉へ戻るよう説いたが、あの女は予州を愛している故と首を縦に振らなかった。だのに、此度は付いていかぬなど矛盾しておると思わぬか」

静御前は、どう答えて良いか分からなくなったのか、困ったように視線を落とした。

「郷御前も身重だったのではないか」

静御前の顔が強張《こわば》る。

「なるほどのう。何としても郷御前も捜し出し、生まれた子を取り上げねばならぬようだ」

尋問の役は、再び藤原俊兼に戻った。

「それで、何故、吉野の山で別れたのか」

「私が、足手まといになったからでございます」

「見捨てられたのか」

「伊予守様は雑色にわが身を預け、無事に下山できるよう計らってくださいました」

「一人吹雪の中をさ迷い、死にかけたと聞くが」

「下山した後も暮らしていけるよう、伊予守様は矢銭《やせん》を削って私に分け与えてくださいました。けれど、雑色がその銭を奪い、私を置き去りにしたのです」

何とひどい話だろうか。政子は唇を噛《か》んだ。子を孕《はら》んだ身で吹雪く山に捨てられた時の絶望はいかほどだったことか。


「その雑色を探し出し、まこと左様な卑劣なことをしたのであれば、手足を斬って放り出せ」

頼朝が命じる。静御前が恐ろし気に身を震わせた。政子の横で龍姫も震えた。

「予州の一行は、その後どこへ向かうと申しておった」

「何も聞いておりませぬ」

「嘘を申すでない。正直に言わねば、体に訊《き》くことになるのだぞ」

「どれほど訊かれても、知らぬのです」

静御前の呼吸が荒くなってきた。腹を手で押さえている。体が辛いのだろう。「もう、そこまでに」と口を開きかけた政子より早く、龍姫が立ち上がった。

龍姫の突然の出現に、静御前は驚きと不安の入り混じった顔を、衝立の方角に向けた。頼朝は久しぶりに娘の姿を見て、思わず、と言わんばかりに御簾から姿を現した。

龍姫は、頼朝を刃物のような目で見つめる。いったい何をするつもりなのかと、政子は、はらはらした。

龍姫が頼朝の前に進み出て、平伏する。

「鎌倉殿に申し上げます」

「許す。面を上げよ」

頼朝の声は、わずかに上ずった。龍姫が顔を上げ、口を開く。

「静御前は体がもう限界でございましょう。子を宿した女に無理をさせて死なすことになれば、鎌倉の名が悪名として歴史に刻まれます。今後日本国に生を受ける全ての女を敵に回すおつもりですか」

「……配慮が足りなかったようだ。今日はここまでといたそう」

「静御前は嘘を申しておりませぬ。知らぬと言葉短く答えているのがその証拠」

先刻、静御前の長い台詞を嘘の証しと頼朝が指摘したことを逆手に取った言葉に、なんという娘だろうと政子は感嘆した。頼朝も同じだ。目の端に涙が滲《にじ》んでいる。

「うむ。そうであるな」

「鎌倉殿にお願いがございます。静御前は日本一の舞いの名手なのだとか。鶴岡八幡宮にて舞いを奉納し、それが見事であったなら、褒美を取らせてくださりませ」

「構わぬ」

頼朝は承知したが、当の静御前が首を横に振る。

「身重で舞いは無理でございます」

その声が聴こえぬかのように、龍姫は話を続けた。

「褒美は、お腹の子の命というわけには参りませぬか」

その場の誰もがハッとなった。二年前に聞き入れられなかった命乞いを、龍姫は形を変えて行っているのだ。頼朝は試されている。再び突っぱねるか、今度こそ娘の願いを聞き届けるか。

政子は祈るような気持ちで頼朝を見つめた。一人の人間としてではなく、鎌倉殿として生きる頼朝が、今更情にほだされるわけがない。うなずけば奇跡である。

（奇跡が起こってほしい。どれほどご自身のお心を偽っても、貴方は生身の人間なのだから。流人時代はお優しい方だった。今は、どれほど無理をしていることか。このままではいつか、壊れておしまいでしょうに）

夫はこの分水嶺をどちらに進むのか。

頼朝の顔に動揺が走ったのを、政子は見逃さなかった。だが、口にした言葉は冷淡だ。

「それはできぬな」

龍姫の整った横顔に、絶望の色が浮かぶ。そんな娘を見つめる頼朝の瞳にも、苦悶《くもん》の色が澱《よど》んでいる。

頼朝は言葉を続ける。

「大姫よ、鎌倉に仇《あだ》なす者の血は残せぬ。禍根を次の世代に残せば、新たな争いを生み、人が死ぬ。赤子一人を殺すよりずっと多くの人が死ぬだろう。その中には、幾人もの赤子が含まれるのだぞ」

「それは……」

「人は、見知らぬ者の命なぞ、ただの数に過ぎなくなる。身近な者の死には悲嘆にくれようが、遠くで知らぬ誰かが十人死んでも、せいぜいが気の毒なことだと思うだけだ。されど、人の上に立つ者は、それでは駄目だ。死んでいった者たちの一人一人に、生活があり、日常があり、その死を悼《いた》み、嘆き、人生を大きく狂わされる者もいるのだと知らねばならぬ。そういう者を一人でも無くすためにこそ動かねばならぬのだ。そのためになら、予は幾らでも非情になろう」

　龍姫は床についた手をきゅっと握り締めた。

「なら、女なら……生まれてくる子が女の子だったら、お許しいただけますか。女の身で、鎌倉を相手に挙兵はできますまい。鎌倉殿の理屈なら、女の赤子なら許していただけるのではございませぬか」

　頼朝はこれにはあっさり了承した。

「舞いが見事であったならば、女の赤子は静の腕の中へと返そう。そのまま母子がどこへ行こうと咎《とが》めぬことを褒美といたそう」

　ぴくりと静御前の身体が反応した。鎌倉方に捕まって以来、真っ暗闇の中にいたようなものだったろう。そこにほんのわずかながら、光明が差した。こういう時、人は希望への喜びよりも、言い知れぬ恐ろしさを覚えるものだ。

　龍姫が静御前へと振り返る。

「舞いますか」

　静御前の顔色が紙のように白いのは、体調が悪いせいもあるが、身重でどこまで舞えるか不安に思っているためもあるだろう。

　それでも、

「舞います」

　震える小さな声で答えた。それしかわが子を助ける道がないのなら、ほとんどの母親が同じ道を選ぶだろう。


　文治二(一一八六)年四月八日——。静御前による一世一代の舞いは、鶴岡八幡宮にて八幡大菩薩《ぼさつ》へ奉納された。

　満開の藤の濃紫を背に、白拍子の衣装を着た静御前が、設《しつら》えてある舞台へと上がる。水干《すいかん》も小袖も長袴も卯の花色一色の中、懸緒《かけお》と袖括《そでくくり》の緒は純白の絹をあしらっている。このため、静御前が動くたびに光が跳ね、銀色に煌《きら》めいた。扇は目を刺す緋《ひ》。烏帽子《えぼし》は髪色と同じだ。

頼朝と政子は、子らと共に御簾の中から眩《まばゆ》い舞姫の姿を見物する。嫡男の六歳になる万寿の周りには、この日も大勢の乳母が取り囲み、どことなく感じる距離が政子の心に暗い影を落とした。一方、御簾越しとはいえ二年ぶりに人前に姿を現した龍姫は、母の横に少し下がる形で座し、乳母らは後方に控えさせた。

舞台に上がった静御前が、頼朝と八幡大菩薩の方に平伏してから立ち上がる。はらはらと紫の花びらが舞う中、ただそれだけの動きがすでに幽玄で、舞いを観に来た人々は声にならない溜息を洩《も》らした。

（この世のものではないような……）

「なんて美しい姿」

政子は嘆息したが、頼朝の横顔は険しいままだ。頼朝の目には、静御前は希代の舞姫などではなく、あくまで義経の妾としてしか映っていないのだろう。

政子は頼朝の手をそっと握った。驚いて顔を向けた夫に微笑を返す。

「日本一の舞姫だそうですよ」

「楽しみか」

「はい。とても」

「それは良かった」

音楽が奏でられ始める。

鼓は都帰りの工藤祐経《すけつね》が、銅拍子は鎌倉一美麗な男・畠山重忠《しげただ》が務める。

その音色に合わせ、天上から降り注ぐが如《ごと》き静御前の唄声《うたごえ》が、辺りを支配する。

よし野山
みねのしら雪

スッと舞姫の扇を持たぬ手が空を指したかと思うと、掌《てのひら》をチラチラと返しつつ下げていく。その動きに合わせ、袖括の緒が光の粒を生み、まるで本当に雪が降っているかのようだ。みな、思わず空を見上げた。

静御前が針の筵《むしろ》に座る思いで、頼朝の前で舞いを披露しているちょうどその時、郷御前は赤子を抱き上げ、乳を含ませていた。

これから先、いったいどうなるのかまったく分からない。すぐにも追手が踏み込んできて、自分たちを捕えるのではないかという不安に、毎日苛《さいな》まれている。郷御前の豊かだった髪は薄くなり、滑らかだった肌も荒れ、艶《つや》やかな唇はかさついていた。

夫、義経は今のところ上手く逃げ切っているいと、数日前に届いた義母常盤御前からの文に書いてあった。今、住んでいるこの岩倉の庵は、常盤御前が用意してくれたものだ。だが、ここもなるべく早く出た方が良いと記されていた。

「私も取り調べられるかもしれません。しばらく身を隠すつもりです」

と常盤御前は言う。続けて次のように綴ってあった。

「今までは、私が一条大蔵卿（長成）の妻であることを鎌倉方も配慮して、捜索の手が緩うございましたが、あまりに九郎の行方が分からぬゆえ、今後は取り調べがきつくなりそうです。岩倉にも手が回るでしょう」

それで次に移り住める場所を、郷御前に今も仕えてくれている女房と守役が、慌てて探しているが一向に見つからない。早く逃げ出したいが、行く場所も無いまま闇雲に飛び出すわけにいかない。

　郷御前は、焦る気持ちや叫びたくなるような恐怖心を、何も知らずに泣いたり笑ったりするわが子の姿を眺めることで、どうにか抑え込んでいた。乳を飲んで満足したのか、赤子がうとうとし始めた。夫に相談せぬまま名を決めるのも悪いからと、まだ正式な名を付けていない。ただ、最初に産まれた子なので、便宜上「初《はつ》姫」と呼んでいた。

「お腹いっぱいになりましたか。さあさあ、初姫、母が背をさすって差し上げましょう」

　郷御前は赤子に優しく話しかけ、胸に抱いて背を下から上へさすった。やがて、「けふんっ」と初姫の小さな唇から空気が漏れる。それだけで郷御前の目尻が下がる。

「ああ、愛おしい。なんて可愛いの」

　そうつぶやいた時、庵の外から荒々しい足音が複数、聞こえた。

　えっ、と郷御前の全身が緊張する。とうとうその時が来たのだ。今、この庵の中には自分と初姫しかいない。無報酬のまま仕え続けてくれた守役と女房が外に出ている時で良かったと、郷御前は思った。

（あなたたちだけでも、どうか無事に逃げて）

　常盤御前がかつて清盛の前に引きずり出された時、わが子が死ぬ姿を見たくないから、せめて自分を先に殺してくれと頼んだのだと、寝物語に義経が話してくれたことがある。その時は、ああ、それが母心というものなのかと、郷御前はぼんやり思っただけだった。今は、常盤御前の気持ちが痛いほど分かる。

（私も……できればそうしてほしい……）

　郷御前は、ぎゅっと初姫を強く抱きしめ、男たちが踏み込んでくるのを待った。

だが、足音は庵の戸の前でいったん止まり、わずかな間のあと、

「郷」

優しく穏やかな声が郷御前を呼んだ。

(このお声は、まさか……)

郷御前の鼓動が跳ね上がる。聞き覚えのある柔らかな声が、再び呼び掛けてきた。

「郷、私だ。入るよ。いいね」

「は、はい」

郷御前は瞬きも忘れて戸を見つめる。本当は開けてやればよかったのだろうが、あまりのことに足が動かなかった。戸は、ゆっくりと外から開けられた。眩《まぶ》しい、と郷御前は目を瞬かせる。

「お前たちはここで待っていてくれ」

声の主が周囲の男たちに指示を出し、一人で入ってくる。まぎれもなく夫の義経だ。

「迎えに来たよ。約束だ。一緒に参ろう」

「九郎様!」

緊張の糸が切れた郷御前から、涙がどっと溢れ出た。

「私……私……」

「毎日がさぞ怖かったろう。これからはこの義経がそなたを守ると誓おう」

自分のことなど、もう義経の中にはないのだと郷御前は思っていた。この男に何の期待もしていなかった。だのに、忘れずに来てくれた。心が震えるほど嬉しい。

「見てください。貴方様と私の子でございます。生まれたのは姫でございました」

郷御前は夫に初姫を見せた。義経はまず覗き込み、

「おお……。可愛らしいものだな」

しみじみと言う。それから遠慮がちに手を伸

ばし、自ら抱き上げた。

「何度か逃げ隠れながらもどうして己は生きているのかと悲嘆に暮れたものだが……生きていて良かったよ。この子に会えたのだから」

「私も、お見せすることができて、ようございました」

郷御前は涙を拭《ぬぐ》い、半年ぶりの夫に笑顔を見せた。


――――一方、鎌倉の鶴岡八幡宮では、静御前が唄いながら舞い踊る。

　よし野山
　みねのしら雪
　ふみ分けて
　いりにし人の
　あとぞ恋ひしき

夏だというのに、舞台の上は瞬く間に冬の雪山に姿を変え、見物の人々は知らぬうちに身震いをする。

静御前と別れて去っていく義経の背を、誰もが見たような気がした。恋しい人を追いかけたくても見送るしかなかった女の哀しみが、どっと胸に押し寄せてくる。

身を切られるような別れは、この動乱の世を生きる者のほとんどが、経験していた。静御前のやるせなさが、己のかつての感情と重なり、すすり泣く者も随所にいる。

政子も、かつて頼朝を戦場に見送った。どんなに付いていきたかったことか。もう会えないかもしれない……そんなことはない。きっと、あの人は戻ってくる……。揺れる心を持て余し、不安の中、懸命に神に祈った。

（どうかご無事でと……無事でありさえすれば他には何も望まないと、あの時は思っていた）

すっかり忘れていた感情が蘇る。

（それなのに、いつから私は、愛した人に寄り添えなくなっていたのだろう……）

ただの田舎の豪族の娘が、いつしか「御台様」と呼ばれるようになり、あまりに生活が一変し、心が追いつかなかった。権力者の伴侶として幾つもの非情な場面に向き合う中、常に御家人たちの目に晒され、平然とした振りをするので精いっぱいだった。愛娘の心が壊れ、どうしていいか分からなかった。

（けれど、三郎様と離れ離れになって走湯権現様の許で過ごした時、どれほど愛おしく想っていたか）

静御前の舞いに、当時の感情の全てが蘇る。

しづやしづ
しづのをだまき
くり返し
昔を今に
なすよしもがな

私の愛しいあの人が称えられ栄えていたあの日々が再び舞い戻ればどんなにか——そういう願いが込められた歌を、静御前が高らかに唄う。歌詞に乗って、政子の心もいっそう過去に飛ばされていく。

「ああっ」

と龍姫が小さく叫んだ。その声にハッと政子の心も、現実に揺り戻された。龍姫の目が、きらりと輝くのが、振り向いた政子の目に映る。

今では後白河院でさえ顔色を窺うようになった「鎌倉殿」に、静御前が堂々と逆らってみせたのだ。この場で見事に舞えば、産まれてくる子が女なら、母子共々命を助けると約束されていた。ならば、頼朝に気に入られる舞いを披露するのが常だろう。それを、静御前は、頼朝の世を真っ向から否定し、義経の世を願う歌を毅《き》然《ぜん》と唄ってのけた。

　昔を今に
　なすよしもがな

静御前が繰り返す。胸元からスッと天に両手で差し上げた緋の扇が、まるで噴き上がった血のようで、誰もが息を呑み、目を見開く。

この時、晴れ渡った空で雷鳴が轟《とどろ》いた。

静御前の舞いは終わったが、場はしんっと静まり返り、誰一人微動だにできない。

最初に動いたのは政子だ。真横から殺気を覚え、ゆっくりと首を右へ向けた。頼朝が蒼白な顔で、射貫くような怒りの目を静御前に向けている。こんなに怖い顔の頼朝を見たのは初めてだった。

（静御前は殺される）

政子が取りなそうとする前に、

「八幡大菩薩の御前で、反逆者を恋《こ》うるとはなんたる無礼」

地の底から響くような声で、頼朝が怒号した。今にも御簾を跳ね上げ、静御前を殺しそうな勢いで中腰になった夫を、政子の手が止めた。

「あれが、女の心でございます」

「何だと」

「もし、私が今の静と同じ立場なら、どれほどの御方の御前であろうと、君を慕う心を唄います。当たり前のことではございませぬか。君の下された愛を忘れ、権力者を称える歌を口にできましょうか」

「御台……」

「覚えておられますか。その昔、父は時の権力者である清盛の目を恐れ、君を愛した私を館に閉じ込めました。けれど、私は嵐の夜に、ただ一心に三郎様を求め、親兄弟を捨てて走ったのです。君が石橋山で戦った際も、この世の全てと引き換えにしてもよいほどに、恋慕《こいした》っておりました。今の静と同じ気持ちです。その気持ちをお咎《とが》めになりますか」

頼朝は政子に瞠目《どうもく》した。

「同じ……気持ちなのか」

「同じでございますとも」

「今でも」

「ずっと。これからも」

「そうか。ならば、咎めるわけにもいくまい」

頼朝は表情を和らげると、用意していた卯の花重ね——表は花の、裏が葉の色の衣を静御前に与え、

「見事だ。舞いだけでなく、その心意気も鮮烈であった」

と称えた。

「かねてからの約束通り、生まれてくる子が女であれば、そのまま都へ連れて戻り、安寧と暮らすが良かろう」

静御前は無言で平伏した。

この日の夜、政子は龍姫の招きに応じ、小御所を訪ねた。

「私、驚きました」

龍姫が興奮気味に口を開く。

「今の父上にあんなに真正面から逆らうことができる方が、母上以外にいるとは思っていませんでした」

「本当に、少しも媚《こ》びるところなく、九郎殿への想いを貫いてみせましたね。今日の静御前の気丈さは、きっと後々まで語り継がれる伝説となりましょう。立ち会えたのは幸運でした」

政子も同意する。

「たった一年……出会ってから一年しか経っていないのに、真の愛は存在するのだと示してく

れました。敵だらけの鎌倉で一人きり立ち向かう姿を見て、私も変わらねばならぬと気付かされました」

娘の健気な言葉に、政子の鼓動がとくりと鳴る。

「姫……」

「いつまでも哀しみに囚われて、何一つ成さぬままこの世を去れば、きっと向こうで太郎様(源義高)にお会いしても、顔を上げることができませぬ」

政子の目頭が熱くなる。静御前には、どれほど感謝してもしきれぬと、心の中で手を合わせた。

龍姫は、気持ちに区切りを付けるために十四日間の寺籠りをしたいと願い出た。龍姫が本当に変われるかどうかは未だ分からない。それでも、今のままでは駄目だと踠《もが》くいじらしさに、政子の胸は締め付けられた。

頼朝に相談すると、

「それなら南御堂(勝長寿院)が良かろう」

と涙を滲ませ、このときばかりは父親の顔を覗かせた。

閏《うるう》七月。静御前が産気づいた。夜明けを待たずに陣痛が始まったが、頼朝の目が覚めるのを待って、政子が知らせてきた。

「左様か」

うなずきながら、頼朝の中で複雑な気持ちが絡み合う。

龍姫が生気を取り戻したのは、静御前のおかげだ。どれほど嬉しく、有り難かったか。だのに、生まれる子の性別如何《いかん》で、己は残酷な現実を突きつけねばならない。

それに――と、頼朝は無惨に死んだわが子、千鶴丸を思い浮かべる。

（吾は千鶴丸を殺した祐親と同じことをやるのか……あれほど憎しみを募らせたというのに）

「産まれてくる子が、女であれば良いな」

ぽろりと本音が漏れる。

政子がハッとした顔をして、すぐに困ったように視線を床板に落とした。

「真に祈るばかりです」

二人の間に、沈黙が流れた。何か言いたいことがあるのに、逡巡している様子が政子から伝わってくる。聞かずとも、頼朝には分かる。今一度、赤子の命乞いがしたいのだ。頼朝の言い分を理解しているだけに、あえて口にするのはためらわれるが、どうしても諦めきれないというところか。身重の静御前の世話を焼いているうちに、情が移ったというのもあるだろう。それ以上に、龍姫のことで深く感謝しているのだ。


なにより、政子は前々から、頼朝の起こす戦や政変に巻き込まれて立ちいかなくなった女たちに、手を差し伸べてきた。それは、頼朝の背負う罪を、わずかなりとも軽くしたいとの気持ちの表れであろうか。それとも、持って生まれた性分なのか。おそらく両方だろう。

（何れにせよ、優しい女だ）

さっき、頼朝が本当は赤ん坊を殺したくないという胸の内を明かしたからこそ、いっそう政子は命乞いがやりにくくなったのだ。頼朝がただ非情なだけなら、いつもの気性の激しさから幾らでもきっぱりと意見を述べたに違いない。こういう時に情けを振りかざすような女でなくて良かったと、頼朝はしみじみ思った。

この後、二人で朝餉《あさげ》を摂っていると、静御前を預かっている雑色の安達新三郎清経《きよつね》が訪ねてきた。子が、産まれたのだ。清経はふたりが一番知りたいことを言葉少なに告げた。

「男児でございます」

頼朝の隣で政子が息を詰める。

(上手くいかぬものよ)

「由比ケ浜に沈めて殺せ」

頼朝は淡々と命じた。

「せめて」と政子が叫ぶような声を上げる。頼朝の横に座していたのを、にじりながら前へと移り、平伏した。

「どうかせめて少しの間、母子で過ごさせてはいただけませせぬか」

「情が移る。かえって可哀《かわい》そうではないか」

「いいえ。わが子は一目なりとも見たいもの。抱き上げて、乳を吸わせ、柔らかな頬を撫でたいものでございます。一日とは申しませせぬ。せめて数刻なりとも」

「許す」

「ありがとうございます」

「御台よ、全てが終わったら知らせてくれ」

「はい」

政子と清経が去ると、頼朝は独り御所の庭へ降りた。

(九郎、お前は今、どこにいるのだ)

義経の居所は依然として分からない。どこそこに潜んでいるという噂《うわさ》ばかりが入ってくる。鞍馬寺《くらまでら》にいる、比叡山にいる、仁和寺《にんなじ》にいる、あるいは伊勢大神宮に参拝した……など。

噂が立つごとに捜索を試みるが、寺社相手に乱暴に踏み込むような真似はできない。平家が犯した過ちを繰り返さぬよう、慎重にことを進めている。手の者を直《じか》に差し向ける前に、まずは朝廷の正式な機関、検非違使に調査の依頼を出す等、段階を踏んだ。

こんなことをしているから逃げられるのだ、

ということは頼朝も十分承知している。だが、我慢のしどころだ。

（清盛も義仲も、結局は我慢がきかなかったのだ）

寺社や朝廷を武力で押さえつけるという、もっとも楽な道を選んだから、武力によって滅びたのだ。鎌倉は、同じ轍《てつ》を踏んではならない。そう己を律しても、実際はもどかしさに苛立ちが増す。

だが、頼朝は忍の一字を胸に刻み、鎌倉以外の勢力と軋轢《あつれき》を生まぬよう事を進めていく。

こうして、叔父の源行家が五月に和泉国《いずみ》、義経の婿の源有綱は六月に大和国《やまと》に潜んでいたところを、それぞれ討ち取ることに成功した。

義経に関しても全く進展がなかったわけではない。七月には、片腕の一人、家人伊勢義盛《よしもり》を仕留めた。そして今月、義経の小舎人童《こどねりわらわ》（雑用係の少年）を捕え、最近まで確かに比叡山に隠れていたことを白状させた。もっともすでに義経は下山し、その後の行き先は知らぬという。それでも比叡山の中の誰が匿ったのか、噂ではなくはっきり分かっただけでも進歩であった。俊章《しゅんしょう》・承意《じょうい》・仲教《ちゅうきょう》ら悪僧だという。

事に当たった京都守護の一条能保（頼朝の同母妹・坊門姫の夫）は、貴族的な政治感覚ですぐに三人を捕縛せず、まずは天台座主《ざす》と執政九条兼実《かねざね》の同母弟・殿法印《とののほういん》慈円《じえん》に相談の形を取って比叡山の関与を伝え、後白河院にも知らせた。比叡山側は、三人の僧は逃げたと返答した。京都守護前任の北条時政は、能保のやり方を手緩いと憤慨し、

「吾ならとっくに予州を捕まえておりますぞ」

豪語した。

その言葉を聞くだに、京都守護を入れ替えて

良かったと頼朝は密かに胸を撫でおろした。平家を討ち取った直後の混乱期には荒事も辞さない時政を充てたが、少し世が落ち着いてからは朝廷に詳しい能保の方が、京都守護に適している。

それにしても、と頼朝の中で疑惑が頭をもたげる。

（これだけ探しても見つからぬのは、やはり法皇が九郎の逃亡に手を貸しているからではないのか）

朝廷は、義経の名前が摂関家の者と重なるからという理由で、「義行《よしゆき》」と変えさせた。こういう態度を見れば、逆賊として忌《い》み嫌っているようにも見えるが、都周辺に気配を残しつつ、あまりに上手く逃げ延びている。

それに、郷御前も見つからない。

こちらは義経の母と妹を捕え、尋問したことで岩倉に潜んでいたことが知れた。さっそく庵に踏み込んだが、その時には誰も居ず、人が暮らしていた形跡も消されていたという。

常盤御前の庇護で岩倉の庵に姿を隠していたはずが、今は誰が匿っているというのか。郷御前には、都近隣に知り合いなどいないはずだ。

（岩倉を出た後の潜伏先など、自力で探せるはずもあるまい）

ならば、こちらが踏み込む前に夫・義経と合流したと考えるのが自然ではないのか。

夫婦の逃亡に手を貸す強大な力を有した者がいるはずなのだ。

昼過ぎ、安達清経が、静御前が部屋に立てこもって赤子を渡そうとしない旨を、頼朝に知らせてきた。

「御台はいかがした。上手く説き伏せてくれているのではないのか」

「それが……」

清経の目が泳ぎ、口ごもる。

「かまわぬ。ありのまま申せ」

「御台様が部屋の前に立ちはだかっておいでで、『もうしばらく』と仰せでございますれば、無理に赤子を奪うわけにもいかず……。このままお待ちしてもよろしいでしょうか」

頼朝は嘆息した。その様子が見ずとも目に浮かぶ。

「予が参ろう。御台と少し話がしたい」

頼朝はすぐさま立ち上がったが、とんでもないと清経が狼狽《うろた》える。

「えっ、あ、いえ、わが館にお越しになるのでございますか。されど、むさくるしいところなれば」

清経は御家人ですらなく、雑色の身分だから、頼朝の渡りに驚くのも無理はない。

「何を慌てることがあろう。予はその方の実家にも数日滞在したことがあるのだぞ」

平治の乱の折、義朝一行とはぐれて凍えながら彷徨《さまよ》う頼朝に、「もし。腹が減っていなさらんか」と声を掛け、匿って温かい食事を用意してくれた見知らぬ農夫が、この清経の親である。その恩に報いるため、頼朝は息子の清経を取り立てた。いざ使ってみると拾い物と言えるほど優秀な男であった。主に飛脚兼密偵に使っている。一時期、義経の動向も京で探らせていた。

「気にすることはない」

頼朝は清経の館に向かう。従者を館の外に待たせ、中へ通った。

（むさくるしい……か。私が流人時代に住んでいた館より、よほど立派ではないか）

雑色が住む館でさえ、そこそこ見栄えが良いことに、頼朝は内心で満足した。まだ始まったばかりだが、こんなふうに人々がある程度の水準で生活できる世界を造り、広めていきたいのだ。今はまだ鎌倉だけだが、そのうち日本中の侍と、彼らが治める土民たちが、より豊かに暮らせれば……。

これまでに多くの犠牲を出しているのだから、より良い国を造らねばならない。

静御前のいる部屋に近付くと、子守歌が聴こえてきた。静御前が赤子に唄っているのだ。天上から降り注ぐような、気高い声の持ち主だが、今は泣き叫んだ後なのか、声が掠れている。

目的の部屋に行き着く前に、頼朝来訪の知らせを受けた政子が姿を現した。

「あと少しだけ……」

充血した目で懇願する政子に、きりがないなと思いつつ、

「日没まで許そう」

頼朝は承諾した。

二人は清経の用意した部屋に入った。

「静は赤子を殺して自害したりせぬだろうな」

頼朝は危惧していることを口にした。

「母である磯禅師《いそのぜんじ》が付いておりますゆえ」

「そうであったな」

「静はさっきまで、『憎い憎い』と泣いておりました。赤子を取り上げようとする新三郎（清経）が憎い、殺せと命じた二品（頼朝）が憎い、そして生まれてすぐに死なねばならぬ定めにわが子を突き落とした九郎（義経）が憎いと泣くのです。一番憎いのは、愚かな己自身だとも……。最初に母から聞かされる言葉が『憎い』では、なにやらやるせのうございますゆえ、そのように伝えたら、今度は『ごめんなさい、ごめんなさい』と赤子に謝って、後はずっと子守歌を唄っているのでございますよ」

「……赤子を助けることはできぬが、静には『助ける』とその方から伝えるがよい。頼朝の目を欺《あざむ》き、殺したふうを装い、密かに赤子を別の誰かに託すとな」

政子が息を呑む。

「それは、私に嘘を吐《つ》けということでございますか」

「そうだ。命を助ける条件に、今後一切、会うことは叶わぬとな。赤子はとある人物に身分を伏せ、その家の子として育てさせると偽りを申せ。誰かに利用され、担ぎ上げられることのないよう、決して本当の父母が誰であるか分からぬよう育てるゆえ、遠くで子の幸せを祈るがよいとな」

政子は瞬《まばた》きを忘れた瞳で頼朝をじっと見つめていたが、一度唇を噛んでうなずいた。

「静に希望を与えるのですね」

「残酷な希望だがな。知っているか。千鶴丸は生きていると噂が立った。平家への遠慮から殺したことにしたが、実際は知らぬ誰かが隠し育てているのだと……そういう噂だ」

「真でございますか」

「ただの噂で真実ではない。死体が揚がったのだ。千鶴丸は確かに死んだ。それでもだ。もしかしたらと信じたくなる。今頃どこかで、自分が頼朝の子とも知らぬまま幸せになって、笑っているのではないかとな。だから静も、というのは間違っているやもしれぬが、せめて」

政子は頼朝の手を握ると優しくさすってから部屋を出た。今から静御前のところに辛い嘘を吐きにいくのだ。

頼朝は独り残った部屋の中で、ふと妻が触れた手に視線を落とした。政子の癖だろうか。今までも幾度か今日のように手をさすってくれた。

人生を共に歩む相手だが、これまで何度か政子の心が離れていったことがあった。今も決して結ばれたころのように深い絆で繋がっているとは言い難い。それでも寄せては返す波のように、離れかけては戻ってくる。最後は、頼朝にそっと寄り添う。

頼朝は妻の撫でたところをなぞるように自身も撫でた。不思議と温かい気持ちになる。

館を去る前、さっき静御前の子守歌が聴こえてきたところまで歩み寄ってみたが、今はもう何も聴こえない。政子が赤子の件を話して聞かせているのだろう。

頼朝は安達邸を出た。

夕暮れ過ぎ――――。

赤子の供養のために写経をしているところに政子が訪ねてきた。人払いをした部屋の中で、

「全てが終わりました」

と告げた。

「そうか、終わったか。静はどうしておる」

「落ち着いております。嘘を信じ、二度と会えずとも生きていてくれさえすればよいと、何度も私に礼を述べる姿が切のうございました」

「辛い役目をさせた」

いいえ、と政子は首を左右に振ったが、罪悪感に苛《さいな》まれているのは一目で知れた。しばらくはさぞ夢見が悪いだろう。

「そなたに嘘を吐かせてしまったが、その罪は吾のものだ。新三郎の赤子殺しの罪もこの頼朝のものだ。鎌倉のおおよそ全ての罪は、『鎌倉殿』が背負うゆえ、誰も案ずることはない」

「いいえ」

政子はもう一度首を横に振る。

「共に背負うために三郎様の妻になったのです」

「共に背負えば地獄に落ちるぞ」

「貴方のいない極楽より、私には価値ある場所でございます」

頼朝は少し驚いた。頬が熱くなる。

「清盛にも会えるな」

「会いとうございませぬ」

二人は目を見交わして笑った。

九月中旬、静御前と母の磯禅師は、政子と龍姫に見送られ、鎌倉を去っていった。

八

文治三（一一八七）年。二月に入って、重大な情報が京都守護から鎌倉の頼朝へもたらされた。義経が伊勢《いせ》国から美濃《みの》国経由で奥州に向かったというのだ。

（秀衡を頼るのだな。最終的に行き場はそこしかあるまいと思っていたが、やはりそうなったか）

義経一行は、山伏や稚児姿に扮《ふん》し、女子供も紛れているという。

（女子供……妻子と一緒ということか）

書状には、女子供の名まで記されていなかった。それが誰であるのか、今の段階では頼朝には分からない。女だけなら、都に戻った静御前と再会を果たしたとも考えられるが、子がいるのなら別の女だろう。

権力者となった頼朝を目の前にして、義経への愛を命懸けで唄い上げた静御前。敵の巣窟・鎌倉での出産を強要され、たった数刻抱いただけの愛《いと》し子を取り上げられる運命に耐えた。義経が子を生《な》した他の女と奥州を目指したと知れば、どんな気持ちになるだろうか。

（残酷な現実だな）

だが、義経に付いていった女にも未来はない。それこそ文字通り、地の果てまで追いつめ、親子諸共屠《ほふ》るつもりだ。

（女は郷御前か）

静御前への尋問の際に疑ったように、義経の都落ちの時期、郷御前は身籠っていたに違いない。産まれた子が女であろうと男であろうと、今度は一切、容赦はしない。

（ここまで手こずらせたのだ。向こうも覚悟の上だろう）

去年は義経の噂にさんざん振り回された。

だが、九月下旬に義経の郎党・堀景光が捕縛されてから、状況が大きく動いた。「義経が南都の興福寺に匿われていたこと」と、「後白河院の側近、藤原範季が逃亡を手助けしていたこと」を、景光が吐いたからだ。

景光が捕まった二日後には、密告があって義経の片腕の一人、佐藤忠信《ただのぶ》も見つかった。忠信は鎌倉方の武士に取り囲まれ、「今はここまで」と自害して果てた。

この男は、義経が奥州を去った時に、藤原秀衡が特に選んで兄の継信と共に護衛に付けた従者である。常に義経に付き従っていたが、兄の継信は屋島の戦いで戦死した。

頼朝は、佐藤兄弟が秀衡の命で鎌倉の様子を探り伝える密偵役も担っているのではないかと疑い、常に警戒してきた。このため、義経を鎌倉の内政に関わらせることができず、心理的にも物理的にも遠ざけてしまった。もしかしたら、佐藤兄弟の存在がなければ、義経の背後に奥州を意識することなく、もっと違った関係が築けたかもしれない。

頼朝は、義経にいつも奥州の脅威を重ねて見ていた。義経に領土を与えることは、まとまった兵力を授けることに等しい。もし、義経が奥州と呼応して決起すれば、東と西から鎌倉は攻められることになる。

(杞憂《きゆう》だったというのは結果に過ぎぬ)

わずかでも可能性があるのなら、事前にその芽を摘むのが「鎌倉殿」の役目である。

だが――とどこかで思う。「兄上、兄上」とあれほど慕ってくれていたのだから、もっと違った明日を選び取ることもできたはずだと。

(くだらぬ感傷だな。なにより、九郎が反逆したことで得たものは大きい)

「頼朝追討」の宣旨が出たおかげで、頼朝は朝廷に憤慨してみせ、その勢いで朝廷人事に口を出した。頼朝を排除しようとした者たちを逆に退け、好意的、あるいは公正な人物を中心に据えた。これによって、後白河院の院政の権力は殺《そ》がれて後退した。今の朝廷は、頼朝にある程度都合よく動く流れが出来ている。

義経が謀反を起こさねば、朝廷の人事に介入するなど、できぬ荒業だった。頼朝自身が殺されそうになったからできたのだ。

普通、朝廷の勢力図を書き換えれば、その者は新たな権力者として朝廷の中に入り込んでいくものだ。清盛もそうだった。が、頼朝は鎌倉を動かない。朝廷を掌握するようなこともない。

むしろ、いかに鎌倉政権を朝廷から切り離すかに苦心した。全ての人民は、朝廷を頂点とした土地による支配体制の中に組み込まれている。それが日本という国だ。それを、御家人は、鎌倉殿を頂点とする新たに創設した体制下に置き替える――それが頼朝の目指す明日だ。そのため、没官領として頼朝が得た地に地頭を置いた。平家政権下にも「地頭」は存在したが、名は同じでも性質は別のものだ。鎌倉政権下の地頭は、朝廷の関与しない、鎌倉殿が御家人に与える恩賞であり、任命、解任は既存の朝廷が定めた官職や地位――例えば国司などからの干渉を受けない。

伊予守に任じられた義経が、実権を持つことができぬ理不尽さに憤ったのは、頼朝が伊予国内に多くの荘郷《しょうごう》地頭を置いて、勝手に軍勢を編成できなくしたためだ。

新しく頼朝によって考案されたこの支配のやり方は、初めはあまり上手くいかなかった。平家の残党や鎌倉に背く者たちを制圧した場合、没官領の地頭には追討した者が補任されることとしたのが原因だ。やる気を引き出すために、鼻先に餌をぶら下げたわけだが、餌の効果がありすぎた。

御家人らは、土地を得るために奮戦した。その結果、隣人のわずかな粗《あら》を探し、謀反人に仕立て上げては不当に攻撃したり、平家に加担していない者まで通じていたと難癖をつけては略奪に走ったりする者が続出した。

これら鎌倉の落ち度を朝廷が黙っているはずがない。付け入る隙を与えてしまい、早々に地頭制度をいったん停止せざるを得なくなった。頼朝は御家人の教育に苦心した。これまでこの世に存在しなかった新しい体制の中に幾ら組み入れても、御家人の頭の中は少しも一新されない。昔ながらの考えに基づき動いただけなのに鎌倉殿の不興を買う。頼朝は何度となく言葉を尽くすが、古い体制が染みついた者には届かない。

世の中が平穏になっていくにつれ、後白河院や公卿らは、頼朝にこれ以上の新たな没官領を持っていかれるのが惜しくなっていた。頼朝の方は、できるだけ早く、一カ所でも多くの土地を得、鎌倉の勢力を拡大させたい。

鎌倉方と朝廷方の土地を巡っての綱引きが、膠着《こうちゃく》状態に陥りかけた時、義経謀反が起こった。渡りに舟の如く、眼前が開けた。

頼朝はすかさず、朝廷の非を攻め立て、謀反人追捕を理由に守護と地頭を全国に置く勅許を出すよう申請した。いったん頓挫《とんざ》した地頭制度を、暫定的とはいえ復活させることに成功したわけだ。

鎌倉政権による内輪の地頭職任命の制度だったものが、勅許によって公に認められた。つまり日本国の制度になったということだ。この意義は大きい。

さらに、義経らの追捕が目的のため、頼朝の領有地に限らず、一時的とはいえ全国に支配を拡大できた。

また、恩賞ではなく義経追捕のための地頭職なのだ。名前は同じでも、最初に制定した地頭とは性質が異なる。文治勅許による地頭は、目的を達成すれば解任される。それだけに、以前のような暴挙に出る御家人は減る。頼朝は、後々は恩賞としての地頭を復活、定着させるつもりだ。だからこそ、この暫定時期に、御家人の意識をしっかり指導し、略奪・狼藉《ろうぜき》の起こらぬ政権を目指すのだ。

守護・地頭の設置が完成すれば、これまでなかった世が、日ノ本に訪れるはずだった。

頼朝には悲願が三つある。

一つ目は、平家を倒し、父・義朝を復権させることだ。これは叶った。

二つ目は、源家にとって因縁の地、奥州を切り取ることだ。報告通り、義経が奥州に向かったのなら、秀衡の出方次第で奥州攻めの大義名分が立つかもしれない。これまでは全く絵空事だったが、微かに目標が見えてきた。

三つ目は、新しい世を迎えることだ。今まで地上に存在しなかった武士の世を――。これを叶えるのが、鎌倉政権の要の事業となる「守護・地頭制度」である。

思えば、いずれもあの不肖《ふしょう》の弟が、足掛かりを作ってくれた。そう思えば、義経こそが頼朝の人生で最も必要な人物だったのではあるまいか。


桜の季節。

謀反人義経を匿った咎《とが》で、興福寺の僧・聖弘《しょうこう》が鎌倉に連行された。

聖弘を捕える時は、南都でひと騒動あった。今回は憶測ではなく、堀景光の自白により、聖弘が匿ったことがはっきりと分かっていたため、五百騎の兵を南都に送り、義経の捜索を行った。

武力衝突こそしていないが、南都を荒らされ、衆徒らは騒然となった。しらみつぶしに捜したが、結局この時もまた鎌倉方は義経を見つけ出すことができなかった。ただ、聖弘を捕えることには成功したのだ。

頼朝は信仰心から高僧を粗略に扱うことができず、自ら尋問することを決めた。聖弘を御所に呼び出し、座は対等に設《しつら》え、対面した。

会うまでは憎んでいたが、穏やかな目をした僧だ。聖弘は、臆することなく真っすぐに頼朝を見た。

頼朝も鋭く見返した。

「予州は天下の大罪人である。それを匿うことが何を意味するか、御坊とて分からなかったわけではあるまい。匿うだけでは飽き足らず、予州のために祈祷《きとう》もしたというではないか。いったい、いかなる心から反逆人のために祈るのだ。

予州と組んで、何か悪しきことを企んでいるのではあるまいな」

「祈祷は二品のために行ったのでございます」

「予のためだと」

「確かに予州に頼まれて祈祷いたしましたが、平家討伐の折に、兄君のために鎌倉の無事を祈ってくれと言われましてな」

頼朝は自分の眉尻が吊《つ》り上がるのを感じた。

「馬鹿な。可笑《おか》しいではないか。平家追討はとうの昔に終わっておるが、御坊の祈祷は最近まで続いていると聞くぞ」

「頼まれたのは平家打倒ではござりませぬ。鎌倉の無事でございます。源平の戦の前から今なお、拙僧は鎌倉の平穏を祈祷し続けているのでございます。何の罪がございましょうか」

頼朝はすぐに言葉が出なかった。

（何を言っているのだ、この僧は。騙されはせぬ。かように言えば、言い逃れできると思うておるだけであろう）

体の奥底からふつふつと怒りが湧いてくる。

「ならば匿った件はどうなのだ。すぐに突き出すべきであろう」

「寺が逃げ込んできた者を突き返すのであれば、二品と御台様は結ばれてはおりますまい」

頼朝の顔がカッと熱くなった。

（何を言い出すのだ、このくそ坊主）

聖弘は言う。

「拙僧は予州に兄君へ謝るよう、お伝えいたしました。予州は、『許されぬことゆえ』と首を左右に振りました。確かに、予州から謝ったところで、何も変わりますまい。この御兄弟の仲違いは、兄君から手を差し伸べねば、このまま弟君が亡くなって終わるのでございましょう」

頼朝は首を左右に振った。

「御坊は勘違いしているようだ。これは兄弟喧《げん》嘩《か》ではない。そういう捉え方をすれば、外から見れば争いは止めて、手を取り合えばよいものをと思うであろうが、吾は予州の主君で予州はその主の追討を望んだ逆臣なのだ。討たねばならぬ」

「謀反の心を起こさせたのは誰でございましょう」

「吾の方に非があると言うのか」

「矢面に立って戦い続け、その度に勝利をもたらした者へ、あまりに非情な仕打ちだったと言えませぬかな。いえ、答えずともよいのです。それ貴方様がご自身の胸の奥にお尋ねになり、それでもなお一点の非もないと仰せなら、それでもよろしいでしょう。されど、御仏はすべてを知っておられます。本当に、予州だけが悪かったのでしょうか」

「それは……」

頼朝は目を閉じた。しばしじっと聖弘の言わんとしていることを、馬鹿正直に考えた。

「追い詰めてしまったのは間違いない」

頼朝は己の非を認めた。ただ、と続ける。

「それでも謀反はやってはならぬのだ」

「二品が真に天下静謐《せいひつ》を願う者なら、今すぐ予州を呼び戻し、互いに協力し合うのが上策でございましょう。されど、できぬのなら仕方ありますまい」

「そうだ。できぬものはできぬ」

これで聖弘への尋問は終わった。

この後、頼朝は聖弘を客人としてもてなした。

「鎌倉に留まってはもらえぬか」

勝長寿院の僧として鎌倉の人間になることを頼んだ。

聖弘は驚いた顔で、「お咎めになられぬのか」

と尋ねる。

「真っすぐに苦言を述べる者は、得難いではないか。たとえ意見が合わずとも」

頼朝の返答に、聖弘は目を細めた。

「ああ――。予州が、追われてもなお、二品を慕うのが分かる気がいたしました」

（あいつは未だ吾を……兄を慕っているのか……）

聖弘の言葉に、頼朝はなんともいえぬ気持ちを味わった。

第五章　夢のあと

一

　長旅を終えて、ようやく義経《よしつね》主従数名と郷御《さとご》前母子《ぜん》は、奥州平泉《ひらいずみ》を眼前に捉えた。

　郷御前と再会を果たした後も、義経は極めて少人数で都周辺の寺を点々と頼った。妻子を連れての潜伏は困難を極めた。このため、手を差し伸べてもらうように任せ、郷御前と娘は藤原範季《のりすえ》に預けた。

　範季は、平治の乱の後、範頼《のりより》を匿《かくま》い育てた公《く》卿《ぎょう》で後白河院《ごしらかわ》の側近だ。さらに、後鳥羽《ごとば》天皇を養育した人物でもある。実は、亡くなった兄の子らも皆引き取って育てている。そういう男だ。

　義経が範季と出会ったのは、範頼が仲立ちしたわけではなく、後白河院の手引きであった。院は、いざという時のために、どうしても義経を手駒に残しておきたかったのだ。

　親切心や同情からではないことを、今となっては義経も承知している。昔はただ、優しくしてもらって嬉しく、院に懐いていた。よもや院と頼朝《よりとも》が、激しい心理戦を繰り広げ、まるで双六《すごろく》のように陣地を奪い合っているなど、思いもよらなかったのだ。知っていれば、必要以上に院に近付くこともなかったろう。だが、今は頼るしかない。

　都落ちした他の者たちが次々と捕まったり誅《ちゅう》殺《さつ》されたりする中、義経だけが長い期間逃げ続けることができたのは、後白河院の助けが大きい。

　鎌倉政権の人事介入のせいで政治力を失った院は、蛇蝎《だかつ》の如《ごと》く頼朝を憎んでいる。

　頼朝は、公卿に昇進してからも決して鎌倉を動かない。これまで権力を振るおうとした全ての人間が、都に上り殿上人《てんじょうびと》となって宮中に出入りすることを望み、そうできる己を誇りとした。だからこそ、後白河院もその分かりやすい欲望に付け入り、操ることができたのだ。だのに、頼朝だけがこれまで現れた誰とも違った。

そうだろうと義経は思う。

(兄上は誰とも違うのだ)

鄙《ひな》びた場所から、たびたび申請と称して帝《みかど》に勅命を出させ、全国に御家人を配置することで頼朝は国自体を操り始めた。姿を見せぬ頼朝が、まるで正体の分からぬ妖《あやかし》のようで、院も公卿も都人《みやこびと》も不気味で仕方なかったようだ。

今まで自分こそが妖怪であり続けた後白河院にしてみれば、己が後手に回らされる現実は屈辱的だったのだろう。

(なんとか一矢報いたいという気持ちに突き動かされ、この義経を庇護したのだ。吾《われ》への情愛などではない)

頼朝には、他者の心理が手に取るように分かるらしい。次のような書状を議奏《ぎそう》に送りつけてきた。

それにはまず、「鎌倉を嫌い」とずばり書き、後白河院の度肝《どぎも》を抜いた。その後に、「義行《よしゆき》(義経)に心を寄せているから、捜索が手緩《てぬる》いのでしょう」と続ける。言葉を換えれば、「お前がわざと逃がしているのだろう」と指摘したに等しい。まったくその通りなので、後白河院の背筋は凍ったことだろう。

頼朝の書状はさらに次のように続く。

「木工頭《もくのかみ》範季朝臣《あそん》が義行と同心した件は、憤怒抑えがたく、他にも仁和寺宮《にんなじのみや》など逆賊《ぎゃくぞく》に味方する者がいるようですが、それを許しているのは、どういう了見なのか理解に苦しみます。だいたい、義行などと名前を変えるから『能《よ》く行く』に音が通じ、逃げられて見つからないのです。名前は元の義経に戻してください」

　義経は範季から、この書状について聞いた。範季に対して申し訳ないという思いもあったが、文面にじわじわと可笑《おか》しみを覚えた。

（吾の名前のことなど、兄上にはどうでもよさそうなものだが……）

　名を変えられたことは義経も面白くなかった。義経に戻してもらえれば嬉しかったが、朝廷側は、「『音』が悪いのなら『義顕《よしあき》』となす。これなら、顕《あきら》かになるのだから、近日中にきっと捜し当てることもできるだろう」と返答し、義経は不本意ながら今は義顕と呼ばれている。

　頼朝は他にも、「鎌倉から都へ軍勢を送り込み、一大捜索に着手してもよいが、それはそちらが嫌でしょう。ならば、早く義行を捜し当て、差し出していただきたい」とも述べた。これ以上隠したら、軍勢を都に駐屯させて朝廷を監視下に置くぞ、と脅したのだ。

　もうこれ以上、隠し通すことはできないと言われ、義経は妻子共々奥州に下ることを決めた。日本中見渡しても、もうそこしか居場所がない。いや、そこでさえ、受け入れてもらえるかどうか。

（迷惑かもしれない）

　秀衡《ひでひら》を頼ることには不安があった。事前に連絡を入れずに押し掛けた。今からそちらに向かうとあらかじめ伝えて断られたら、もうどこにも行き先がなかったからだ。

　そしていよいよ平泉を前に、来訪の使者を出した。秀衡は何と答えるか。義経の胸は押しつぶされそうだ。

　弁慶《べんけい》ら従者も緊張している。いつものように軽口を叩いても、頬が強張《こわば》っている。

七年前に反対を押し切って奥州を出ていく義経に、秀衡が付けてくれた従者、佐藤兄弟が生きていればもっと希望が持てたろう。だが、そのどちらも今は三途《さんず》の川を越えてしまった。

皆が祈る思いで使者の戻りを待つ中、郷御前と姫だけが陸奥《むつ》の遅い桜を楽しんでいる。

宿を使えぬから、ここまで山中に身を隠しながら進んだ。時々、山伏一行として寺に泊めてもらった。今も、寺の軒下を借り、使者の戻りを待っている。

女の身には辛《つら》い旅路だったろう。だのに郷御前は愚痴《ぐち》一つ零《こぼ》さず、笑っている。

「皆さま、花びらが雪のよう。綺麗でございますねえ」

郷御前が義経だけでなく、十に満たぬ従者らに朗らかな声で話し掛ける。

落ちぶれた自分に最後まで従ってくれた者たちだ。真の忠臣たちである。その者たちを郷御前がいつも気に掛け、今のように語り掛けてくれるのは、義経にしてみると正直有り難かった。

郷御前は、桜の雨を浴びながら奥州の政庁・平泉館がある方角に体を向け、

「かつて九郎様は平泉に住んでおられたのでしょう」

無邪気に尋ねる。

「そうだ。この栗原の辺りも含めて、みな庭のようなものだ。あの頃と景色は少しも変わっていない」

「良いところでございますね」

「そうであろう。第二の故郷だと思うておる。その方に見せることができて良かった」

言いながら、義経は吉野で別れた静御前《しずかごぜん》を思い浮かべた。

（静……）

寝物語に奥州の話をしたとき、

「いつか行ってみとうございます」

ねだるように口にしたのは、静御前の方だった。

（静には可哀《かわい》そうなことをした。日本一の舞姫が……吾と関わらなければ幸せな一生を送れたろうに）

吉野山で再会を約束したが、果たせなかった。

横で郷御前が小さなあくびを漏らす。ちらりとこちらを見て、義経と目が合うと恥ずかしそうに肩を竦めた。

（叶わなかったことを嘆くより、目の前にいる妻と、共に来てくれた者たちを何より大切にしよう）

目を細めた郷御前の横顔を見ながら、義経は心中で改めて誓った。

しばらく経つと、平泉館に寄越《よこ》した使者が戻ってくる。

「どうであった」

「御嫡男殿自ら、百五十騎を率いて出迎えに来られます由《よし》」

おおっ、と従者らから声が上がる。

「吾の首を取りに来るのではあるまいな」

義経が軽口を叩いた。

「入道はたいそうお喜びでございましたぞ」

義経はひとまずほっとした。それでもまだ油断できない。匿われて手元で育ててもらっていたころ、秀衡はいつも優しかった。だが、父は信頼した男に裏切られ、首を取られた。

「九郎、九郎よ、久しいな」

出迎えてくれたのは、秀衡の嫡男で義経より四歳年上の泰衡《やすひら》だ。福々しい顔をしている。

秀衡には「太郎」が二人いる。長子国衡《くにひら》が父太郎と呼ばれ、泰衡は母太郎と呼ばれている。

義経はどちらのことも「兄者」と呼んでいた。

「兄者よ、真にお久しゅうございます」

「どうよ。本物の兄上より、血は繋がらぬが吾の方がずっとよかろう」

泰衡が豪快に笑う。屈託のなさが懐かしかった。もっと懐かしいのが秀衡だ。第二の父と慕っている。頼朝を憚《はばか》って、七年もの間、文《ふみ》一つ送らなかった。

(吾は馬鹿であった)

平泉館の前で秀衡は待っていてくれた。

(老いた)

その姿を見た瞬間、義経の胸がぎゅっと痛んだ。かつてのような覇気が、秀衡から感じられない。見るからに偉大な男だと分かる風貌をしていたのに、今は好々爺《こうこうや》といった趣《おもむき》だ。

(どこかお悪いのではないか)

義経の心配をよそに、

「出ていった時は一人であったが、妻子を連れて戻ってきたか」

秀衡は上機嫌だ。郷御前と姫の姿に目を細める。それから、「よき女子を見つけたのだな。まだ若いのに、笑い皺《しわ》が刻まれておる」と、耳打ちした。

秀衡の温かさに触れていると、この七年間は何だったのかと思えてくる。兄・頼朝に憧れ、慕い、全身全霊で仕えたのに、嫌われて追われた。

頼朝は魅力的な男だった。常に精力的に働き、誰より鎌倉に身を捧げていた。物静かだが決断力がある。安心して付いていけた。未来をも見通す目は、漆黒で深く底が見えない。時おり鋭くきらりと光った。

冷酷に見えるが実際はどこまでも優しい男だ。笑う時は、癖で照れたような顔をする。「兄上」と呼ぶとぎこちなく応えてくれる。

あの男に認められたかった。出世して近い場所から支えられる弟になりたかった。それが叶わぬなら、いっそ敵対するのも悪くない。頼朝にとって、最も特別な存在になりたかったのだから。

（兄上に歯向かって、真《ま》っ向《こう》から戦って死ねれば本望だった）

だが、実際は兵を集めることすらできず、戦うことなど叶わぬまま、ただ逃亡しただけだ。

（吾は強いと奢《おご》っていた。されど、兄上の足元にも及ばなかった）

「こんな身の上で、また世話になってもよいのでしょうか」

義経は秀衡に尋ねる。

「男は己のことを『こんな』なんて言うものじゃない」

「押し掛けておいて口にするものではないかもしれませぬが、私がいると鎌倉が黙ってはいないでしょう。それでも置いていただけますか。もし無理なら、せめて妻子だけでもこっそり匿ってはいただけませぬか……」

義経は後ろに控える弁慶らの仕官も頼むべきかと瞬時迷ったが、それは違うと思い直した。ここまで自分に付いてきた者たちだ。置いていくと言えば、自ら命を絶つかもしれない。みな、義経を慕っている。

秀衡は息を吐いた。

「それでそなたはどうすると言うのだ。他に行く当てでもあるのか」

「もっと北を目指します」

「北か。そなたなら何とかなるやもしれぬが、まあ聞け。頼朝は少し前から、ずいぶんと難題を持ち掛けてこちらの出方を窺《うかが》ってくる。そなたのことがなくとも、敵対は避けられぬようだ。

気にすることはない」

有り難さに、義経の中に込み上げてくるものがあった。

「七年前、助言も聞かずに飛び出し、申し訳ございませんでした」

義経は心から頭を下げた。

「よいよい。飛び出してなければ、心残りとなったであろう。なにより父の仇《かたき》を討ったのだ。頼朝が何を言おうが、平家を直接討ったのは、九郎、そなただ」

ぐっと義経は丹田に力を入れた。そうしなければ泣き出してしまいそうだった。

(そうだ、吾が討ったのだ)

膝に置いた手をぐっと握り締める。その様子を、

「何だ、感動しておるな。泣いてもよいのだぞ」

秀衡がからかう。

「父者は」と秀衡のことを昔のように呼び、

「一言余計です」

義経も言い返した。

(ここは温かい)

この日、秀衡は宴《うたげ》を開いてくれた。かつて兄弟のように一緒に過ごした秀衡の子らも集まった。三男で八歳下の和泉三郎と呼ばれる忠衡《ただひら》は、二人の実兄より義経に懐いていた。別れた時は少年だったのに、すっかり大人の男に成長している。

「兄上」

今も義経のことをそう呼び、七年前に泣いて見送ってくれたように、

「お会いしとうございました」

今度もどっと涙を流した。

宴も引けて、義経一行は平泉館に泊まった。

床に就くと義経の肩の力がどっと抜ける。七

年ぶりに、自分でも驚くほど深く眠った。

翌日からは、北上川支流の衣川《ころもがわ》左岸にある衣川館に移る。そこは丘陵地になっていて、景色が素晴らしい。秀衡の岳父・藤原基成《もとなり》の館である。

基成は、義経の養父・一条長成《ながなり》の従甥《じゅうせい》に当たる男だ。元陸奥守で、鎮守府将軍を兼任していたこともある。平治の乱の首謀者・藤原信頼《のぶより》と兄弟だったため、連座して配流となった。以後、奥州で強い政治力を持ちながら、今日に至っている。齢《よわい》は七十に近い。

義経は、前に秀衡の世話になった時も、最初は基成を頼ったのだ。それが、秀衡に気に入られ、息子同様によくしてもらった。

今度も郷御前が不自由しないようにと、十数人の侍女や下女を付けてくれた。

「元の生活のようにはいくまいが、今後は不自由も減るだろう。今まで苦労をかけた」

数え二歳の娘を抱いて丘の上から物珍し気に町を見下ろしている郷御前の背後から、義経が声を掛ける。近付く義経に気付いていなかったのか、驚いた顔で振り返った。

「苦労だなんて。毎日が新鮮で楽しゅうございますもの。こんなことにならねば見ることのできなかった景色を、たくさん目にいたしました。それに知ることなど無かったはずの人の心も……」

と笑って、郷御前は娘の初姫《はつ》に頬ずりをした。岩倉で再会した折、「貴方《あなた》の子です。お名前を付けてくださいまし」と郷御前に頼まれた。

「最初の子だから、初姫にしよう」

義経が答えたとたん、郷御前は目を見開いて、声を立てて笑い始めた。

「可笑《おか》しな名ではないと思うが」

戸惑う義経に、

「貴方にお名前を付けていただくまでの間の仮の名が、初姫だったものですから」

「そうか。同じ名か」

義経も笑った。これで姫の名は「初姫」に決まったのだ。

赤ん坊を連れての旅は厳しかったが、同道した誰もが姫に夢中になった。笑った、泣いた、欠伸《あくび》をしたと、何をやっても大騒ぎしたが、それが楽しかった。

どれ、と今も義経が手を伸ばし、郷御前の腕から初姫を抱き上げる。目を細めて見ていた郷御前が、「あのね」と義経の耳元で囁《ささや》いた。

「私、幸せでございます。だから気に病んだりせずに、安心してくださいませ」

義経の胸に温かい気持ちが満ちた。

「奇遇だな。吾も幸せだ」

二人は互いの目を見て微笑《ほほえ》み合った。


義経は本当に幸せだった。妻と子と心より信頼できる従者だけに囲まれて、妙な話だがこれまでの人生の中で今が一番満ち足りている。

以前、ここにいた時は、「このままではならぬ」という焦燥に常にかられていた。大切に扱われていたのに居たたまれず、いつも落ち着かなかった。だから、兄の頼朝が挙兵したことを知った時、一も二もなく飛び出した。それからの日々は理不尽の連続だった。

(あの日々があったから、きっと今が有り難いのだ。この平穏が、いかに得難いものか、今の吾は知っている)

そして、時々ふと思う。

——兄上は、幸せなのだろうか、と。

(あの人は、朝廷をも脅かす権力者となったかもしれぬが、屍《しかばね》の上に建つ国の主なのだ)

自分なら耐えられない。

（吾は、愚か者だったかもしれぬが、真心を尽くし、命を懸けて兄上にお仕えした。されど、繰り返し疑いの目を向けられた。常に疑心暗鬼で生きているあの人は、さぞ孤独だろう）

奥州入りをしてようやく生活が落ち着いてくると、佐藤兄弟をはじめ伊勢三郎義盛《よしもり》など、自分のために命を落とした者たちへの供養として、義経は一人につき百度の写経を行った。

「あまり根をお詰めになりませぬよう」

寝る間を惜しんで取り組む義経を郷御前が労る。それには答えず、

「信夫荘《しのぶ》の大鳥城には、佐藤兄弟の父君が、二人が吾への忠義を全うするよう願いを込めて七年前に植えた桜があるのだ」

別の話題を振った。

「まあ。御父君の願いは叶ったのですね」

「そうだな。あの二人がいなければ、吾はとっくに命を落としていた」

「ええ」

「信夫荘はここから遠いが、来年の桜の季節には初も連れて、一緒に大鳥城を訪ねてみないか」

義経は平泉に来る前、弁慶と二人だけで大鳥城に立ち寄った。城主佐藤基治《もとはる》が味方になってくれるか分からなかったため、郷御前や他の者は近くの寺に置いていったのだった。

大鳥城は奥州を守る防衛線上にあり、南から攻め入るならまずはこの城を落とさねばならない。要衝を守る男の城に、お尋ね者の身で訪問するのは危険な行為だ。それでも、己の矢面に立って敵の矢に射貫《いぬ》かれて死んだ継信《つぐのぶ》の遺髪を、義経はどうしても届けたかった。

体温が落ちていく継信を掻《か》き抱き、義経は忠臣の最期の言葉を聞いた。

「さして思い残すことなどござらぬが、わが君

の栄達する姿が見とうござった。武士は誉《ほまれ》のために生きるもの。さぞご立派なお姿であろう」

継信は、まだこれほどまで残っていたのかと驚く力で、義経の手をぎゅっと握った。あの時の感触が今も手に残っている。

継信は、義経が平家討伐から凱旋したら、栄光が待ち受けていると信じて死んでいった。

（すまぬ、継信。誉どころか大罪人だ）

遺髪を届けると、母の乙和《おとわ》御前は泣き崩れた。父基治は、

「かたじけない」

謝意を述べた後、桜の話をしてくれた。実際に木を見せてもらったが、力強く大地に根を張り、固い蕾《つぼみ》が奥羽《おうう》の風に揺れていた。

義経は何度も幹を撫《な》で、

「きっとまた会いに来るぞ」

桜に約束をして、弁慶と共に皆の待つ寺へ戻った。

その時のことをぽつぽつと語ると、

「あの時はそういう御用でございましたか。話してくださり嬉しゅうございます」

郷御前は穏やかに微笑する。

（そうか、わが妻はこういうことを喜ぶのか。郷が喜ぶと吾も嬉しいものだな。これからはもっと自分のことを打ち明けていこう）

「桜がまるで佐藤兄弟そのもののような気がしてな、来年はわが娘を見せてやりたい」

「はい。きっと参りましょう」

平泉で短い春と夏が過ぎ、秋が駆け足でやってきた。

いつまでも平穏な日々が続くと、義経も思っていたわけではない。頼朝の目的は、義経を誅《ちゅう》殺《さつ》することだけでなく、この平和な奥州を戦乱で血に染め、わが物にすることだ。

力を付けた今はもうその野心を隠そうとしない。昨年辺りから、たびたび挑発じみた要求を奥州に突き付けてくるようになった。

最初の要求は、奥州藤原氏が朝廷対策として度々貢物《みつぎもの》を贈り、和平を保ってきたところに目を付け、今後は鎌倉を通して行うようにと言ってきたことだ。奥州は鎌倉より下だと宣告したに等しい。それを、書状一枚で突き付けてきた。

この無礼さはもちろんわざとである。無茶を突き付け、秀衡の出方を計ったのだ。

秀衡はあっけなく頼朝の要求を呑《の》んだ。争いを好む男ではなかったからだ。だが、その後も無茶なことばかり突き付けてくる。

「戦《いくさ》は避けられぬやもしれぬ」

秀衡は覚悟し始めていた。

その秀衡が、早い冬が奥州に到来したころ、病に倒れた。

秀衡の住まう伽羅御所《きゃらごしょ》へ見舞いに駆け付けた義経に、

「お前が心労を掛けるからだぞ」

泰衡が文句を述べる。

それはその通りだった。秋には頼朝が朝廷に、「秀衡は義経を助け、兵を挙げようとしている」と難癖を付けた。このため、朝廷から奥州に確認の使者が送られたが、それに付きそう形で鎌倉からも雑色《ぞうしき》が送り込まれた。雑色は平泉中を歩き回り、義経のいる痕跡がないか、兵を動かす準備をしていないか、調査して戻っていった。

義経らの知らぬことだが、この雑色は鎌倉に戻ってから頼朝に、「秀衡に反逆の兆《きざ》しあり」と報告している。秀衡側にその意思はなかったのだから、兆しなど見つけようがない。それでも「あり」と告げたのなら、真実がどうであれ、初めからそう報告することが決められていたのだろう。

一方、義経に関しては、滞在している確かな証拠は掴《つか》めぬままだったようだ。

ただ、実際に義経がいてもいなくても、秀衡が匿っていることを前提に、奥州に攻め入る朝廷工作を頼朝は進めている。

「すまない」

義経は素直に泰衡に謝った。

「おいおい、何を神妙になっておるのだ。調子が狂うではないか」

泰衡が苦笑した。義経の肩に手を置くと、

「湿っぽくなるなよ。きっと持ち直すと吾は信じているのだ」

「そうだな。親父殿は強いお方だ」

「父上の前に出たら辛気臭い顔はやめろよ。『鬼の霍乱《かくらん》だな』くらい言って笑ってくれ」

「そうしよう」

義経は泰衡の肩を叩き返した。

泰衡は明るく振る舞っているが、よほど悪いことの裏返しだろう。焦って混乱しているのだ。

秀衡が死んだら、泰衡が家を継がねばならない。

黄金を生む広大な領地、朝廷との特殊な関係性、そして鎌倉から執拗《しつよう》に狙われている現状。足元から這《は》いよる恐怖があるに違いない。

兄弟関係も結束が固いとは言い難い。嫡子は泰衡だが、長子国衡の方がなにかにつけて優れた男だったからだ。そして、二人はそこまで仲が良くない。もし、兄に離反されたら、という危惧を内側に抱え、頼朝に言いなりの朝廷の下、いったいどうやって鎌倉と渡り合っていけばいいのか。秀衡が死んで戦に持ち込まれたら、奥州は果たして頼朝の軍勢を追い返せるのか。

(吾が支えてやれればよいが)

しばらく近くに仕えていたから分かる。頼朝と互角に戦える力のある者は、この奥州には秀衡以外いない。あるいは自分なら、ある程度は揺さぶりをかけられる。雪が深いこの地で戦が長引けば、鎌倉勢とて引かざるを得ない。だが、義経は兵を持たない。

義経は、泰衡の案内で秀衡の寝所に通った。

「親父殿、鬼の霍乱だな」

泰衡がじっと見つめる中、秀衡の枕元で義経は言われたままの言葉を口にした。だが、秀衡は真面目な顔で、

「いや。吾はもう長くない」

と言う。

「父上、何を言うのです」

叱りつけるように泰衡が否定した。

「まあ聞け。皆も、伝えたいことがあるゆえ聞いてくれ」

息子たちが集まっているのか確かめるため、秀衡は首だけ起こして周囲を見渡す。義経はすかさず、秀衡の頭を支えた。

息子たちも「ここにおります」と言いたげに、近くに寄る。

「遺言だ」

秀衡に言われ、居合わす者がハッと息を詰めた。泰衡の顔が蒼白になる。

嫌だ、嫌だという心の声が、顔に出ている。泣いていないが、心が泣き出しているのが分かる。

「頼朝は必ずやわれらの地を盗《と》りにくる。戦はもはや避けられまい。その時は、九郎を大将軍としてことを構えよ。万に一つの勝機はそこにしかあるまいよ」

義経のみぞおちに大きな石が落ちた。ぐっと奥歯を噛《か》み締め、血の気の引く思いで周囲を見渡す。

皆、義経と秀衡の方を、強張《こわば》った表情で見つめている。

「戦わずに済むならそれが一番良い。されどあの狡猾《こうかつ》な頼朝の描くままに現実は進行しよう。吾は争いを避けてきた。思えば、鎌倉がひ弱な時期に潰しておくべきであった」

義経は唇を噛んだ。自分が平泉を飛び出し、頼朝麾下《きか》へと走ったから、秀衡は鎌倉を攻めることができなくなったのではないか。

「泰衡よ。その方に家督を譲る。しっかり当家を守り抜け」

「はい。必ずや守ります」

「国衡よ。よく泰衡を守ってくれ」

「はっ、仰せのままに」

「誓いの証《あかし》に、わが妻にして泰衡の母を娶《めと》れ」

「……は？」

今、父は何と言ったのか、という顔を国衡はした。義経も驚いた。自分たちに例えるなら、異母兄弟が争わぬよう、頼朝が義経の母の常盤《ときわ》御前を娶るようなものだ。ざわりと義経に寒気が走る。

「互いに争うことのなきよう」

秀衡が重ねて言う。皆、今度は国衡と泰衡を交互に見た。国衡の目は戸惑いのあまり頼りなく泳ぎ、泰衡はもはや顔色が白かった。

「兄弟和融を誓い、祭文を交わせ。良いな」

秀衡は遺言したが、かえって確執が生まれるのではないかと義経は恐れた。

二

文治四（一一八八）年一月。

頼朝は、この年以降、鎌倉政権の恒例行事となる二所詣《もうで》を行った。二所とは、走湯《そうとう》山と箱根山を指すが、これに三島社を加えて、実際は三ヶ所を回る。

初年度となる文治四年は、三百人余を従えて大々的に行われた。門葉《もんよう》筆頭の平賀義信《よしのぶ》、弟の範頼、以仁王《もちひとおう》と共に挙兵した頼政《よりまさ》の子の広綱《ひろつな》ら重鎮が、供として頼朝の周囲を固めた。

鶴岡八幡宮参詣後、若宮大路を南進し、出発する。参詣の順番は、まずは走湯山へ。途中、三島社へ立ち寄り、最後に箱根山へと向かう。

出立する前、政子《まさこ》が、

「どうかお気を付けて。馴染《なじ》んだ道中といえども、決して御油断なさらぬようお願いいいたします」

心配そうに頼朝の腕をさすった。義経の襲撃を危惧したからである。義経は奥州に逃れたのだと頼朝は確信しているが、まだはっきりと姿が確認できたわけではない。奥州にいると見せかけて油断を誘い、鎌倉の近くに潜んでいる可能性もないわけではない。

（そんなことは万に一つだろうが……）

「御台《みだい》は心配性だな」

政子の頬に手を添えて頼朝は微笑した。だが、義経を慕う者が暴挙に出ない保証はない。

「気を付けて参ろう」

と言葉を添えて出立した。

頼朝は行列の馬上、源家悲願の地、奥州のことを考えている。

奥州藤原氏は、元々は頼朝の先祖八幡太郎義《よし》家《いえ》がいたからこそ興《おこ》せた家だ。

ことの発端は、義家の父・頼義《よりよし》の代から始まる。今から百三十年以上も前の話だ。

蝦夷《えぞ》の地・奥羽を、朝廷は帰属した者を俘囚《ふしゅう》と呼び、その族長に支配させた。中でも奥州北部――奥六郡を支配する安倍氏の力が強く、柵《さく》と呼ばれる城砦を十二も築き、強大な力を誇示していた。安倍氏が尚も勢力を広めようと南下の動きを見せたため、朝廷が派遣していた陸奥守藤原登任《なりとう》の軍勢と激突した。世にいう前九年の役の勃発である。

初戦は安倍氏が圧勝したため、朝廷は源頼義を陸奥守・鎮守府将軍として送り込み、安倍一族を討伐するよう命じた。

都を出立した頼義は坂東武士を従え、安倍氏に代わり奥州の新しい覇者とならん野望に燃えて北進した。ところが、折しも太皇太后彰子《あきこ》が大病を患い、その平癒祈願のために大赦《たいしゃ》が行われた。討伐対象の安倍氏棟梁頼良《よりよし》も赦《ゆる》された。

安倍頼良は大赦に浴してすぐに恭順し、頼義と同じ音の名を憚り、「頼時《よりとき》」と改名した。

頼時を討伐できなくなった頼義は、陸奥政庁多賀城で歯噛《はが》みした。敵がいなければ武士の出世は難しい。それに奥州を制したなら、黄金と鉄と馬と塩と北方交易が手に入る。どうして諦めることができるだろう。

頼義は、何度となく安倍氏を挑発したが、陸奥守の任期が終わる五年の間、頼時が乗ってくることはなかった。

事件は、任期満了となった頼義が、都への帰途に就いたところで起こった。野営中に何者かに襲われたのだ。

頼朝は、頼義の計略だったのではないかとみているが、百年以上前のことなので真相は子孫でも分からない。

頼義は、犯人を頼時嫡男・貞任《さだとう》の仕業と決めつけ、息子を引き渡すよう要求した。頼時がこれを突っぱねたため、頼義が五年間待ち望んだ戦いが勃発した。前九年の役の再開である。

あれほど望んだ戦いだったが、蓋《ふた》を開けてみると頼時側が圧倒的に強かった。双方に寝返る者が出て戦いは泥沼化し、七年後に出羽《でわ》の清原氏を引き入れることに成功した頼義側が、からくも勝利した。

しかし、次に奥州支配を任されて鎮守府将軍となったのは、頼義ではなく、清原武則《たけのり》だった。俘囚で鎮守府将軍となった初めての男である。頼義は伊予守《いよのかみ》、その子義家は出羽守に補され、源氏の夢はいったん潰えた。

野望敗れた頼義は、前九年の役で戦って死んでいった者たちの御霊を、敵味方なく弔うため、幾つもの神宮を建立したが、そのうちの一つが鶴岡八幡宮の前身となる鶴岡若宮なのだ。今は頼朝が受け継いで発展させている。

源家に再び奥州制圧の野望の機会が巡ってきたのは、頼義の息子・義家の代になってからだ。

安倍氏の後、奥羽一の俘囚となった清原武則は、戦の最中に源氏方から安倍氏方へ寝返り処刑された藤原経清《つねきよ》の妻・有加《ありか》を、戦利品として嫡男の武貞《たけさだ》に再嫁させた。有加が安倍頼時の娘だからだ。その際、有加と経清との幼子・清衡《きよひら》ごと引き取った。有加はその後、武貞との間に家衡《いえひら》を産む。だが、清原家棟梁となった武貞の後を継いだのは、別の女が産んだ長子・真衡《さねひら》だった。

この真衡を有加の息子清衡と家衡が討とうとして起きたのが後三年の役だ。ちょうど陸奥守としてこの地に戻ってきた源義家は、真衡方に味方し、勝利した。清衡と家衡は、降伏した。

ところが――。

不測の事態が起こった。勝者となった清原真衡が病死したではないか。

義家は、真衡の遺領を、弟たち――すなわち敵対した清衡と家衡に分けて相続させた。

（成衡《なりひら》はいったいどこへ消えたのか）

百年以上も後の時代を生きる頼朝は首を傾げる。

成衡とは、真衡が養子に迎えた嫡男で、妻は義家の妹だった。真衡の遺領は成衡が継ぐのが自然だが、この男がどうなったのか、歴史の狭間に沈んで、痕跡が消えた。幾つかの伝説が残るものの、本当のところはよく分からない。

（順当に成衡が継げば、源家の出番はないからな）

そして、清衡と家衡が、分け与えられた領土に満足しても、義家の出番はない。彼の地に乱が起こらねば、黄金が眠る陸奥は手に入らない。義家は、きわめて不平等に、清原氏の所領を清衡と家衡に分けた。

父頼義と同じく、争いを誘ったのだと頼朝は解釈している。これから、頼朝自身も同じ道を歩む予定だ。義経を呼び水に、奥州に乱を――。

結局、義家の裁量に不満を募らせた家衡が清衡の館を襲撃し、妻子を皆殺しにしたことで後三年の役の後半戦が始まった。義家・清衡対家衡の戦いは義家側が勝利し、家衡側の将は殺された。

だが、源家が北方で勢力を握ることに警戒した朝廷は、この戦いを私戦と断じ、義家を陸奥守から罷免して立ち去るよう命じた。恩賞一つ出なかっただけでなく、この後十年もの間、義家は冷や飯を食うはめになった。

一方清衡は、清原氏の遺領を全て手に入れた。この後、実父の姓の藤原氏を名乗り、勢力を拡大しながら奥州藤原氏の祖として君臨した。

清衡の孫が頼朝の宿敵だった秀衡であり、今は四代泰衡が源家宿願の地を継承している。

（必ず盗《と》る）

二所詣に向かう頼朝は、馬上で強い決意を漲《みなぎ》らせた。

頼朝にとって、奥州藤原氏はずっと得体のしれぬ相手だった。どれほどの戦力なのか、まるで分からない。頼義も義家もかろうじて勝利を得たが、ひどく苦戦した。当時と今では、敵の規模がまるで違う。いったい何倍に膨れ上がったのか。

（されどわが鎌倉も、あの頃の源家とは比べものにならぬ規模に今は育った。時は満ちたはずだ）

奥州藤原氏が動員できる人数は、十七万騎とも言われている。たいてい、噂《うわさ》よりは少ないものだ。それでも秀衡という男は怖かった。頼朝は、何度も無茶な要求を突き付けることで探りを入れ、力量を測ろうとした。

それが――。

（よもや死んでくれるとは……）

幸運だと思う一方で、残念でもあった。

（干戈《かんか》を交えた上で勝者となりたかった）

頼朝は空を仰いだ。柔らかい青が広がっている。噂の域を出ないが、秀衡の遺言が都にも鎌倉にも伝え聞こえている。家督は泰衡が継ぐこと。泰衡の母を国衡が娶ること。義経を総大将とし、頼朝の襲撃に備えること。

三人が力を合わせ、異心無く来るべき難局を乗り切るよう祭文を書かせたという。

これが真実なら、秀衡亡き後の奥州の実力が、頼朝には透けて見えた。兄弟間で離反が起こる可能性があること。泰衡に大将軍の力量が足りぬこと。奥州には義経以上に戦に熟知した将軍がいないこと。

ならば心理的に揺さぶりを掛ければ、戦う前に大きく崩れる可能性がある。秀衡がもっとも恐れたのは、三人の結束が崩れることだ。自ら一番の弱点を教えてくれたことになる。

結束を崩すためには、すぐに戦を仕掛けぬことだ。考える時間を与えねば、秀衡の遺言した通り力を合わせ、共通の敵に向かうだろう。かつて、本来は仲がよいはずもない異父兄弟の清衡と家衡が、手を組んで真衡と戦ったように。

逆に考える時間を与えれば、各々の思惑が頭をもたげる。本当に秀衡の指し示した道を行くのが良いのか、と。

恐怖心がじわじわと芽生え、精神を蝕《むしば》めば判断力も弱くなる。

ただ、期間を見誤れば、十分な戦準備の時をいたずらに稼がせるだけとなるだろう。熟慮せねば、塩梅《あんばい》が難しい。緊張感が切れ、戦意が落ちるまでの期間――。

（一年……半か）

頼朝は決めた。一年半はこちらから手出ししないと。義経を引き渡すよう要求はするが、戦は一切仕掛けない。

さぞ、鎌倉の動きが不気味に映ることだろう。このままもしかしたら戦わずとも済むのではないかと思い始める者も出るだろう。一族間で大きく意見は割れ、互いに疑心暗鬼となる。

頼朝は義経の首よりも泰衡の首こそを欲しているが、義経さえいなければ……という気持ちも生まれるはずだ。

（来年の夏に母上の供養を大々的に行った後、今度こそ吾自ら出陣しよう。それまでは、なるべく殺生《せっしょう》を慎むとしよう）

源氏の白旗が奥州を埋め尽くす光景が、頼朝の脳裏に咲いた。

よほどの番狂わせがない限り、それは現実となるだろう。流人《るにん》となった遠い日、ここまで辿《たど》り着けるとは思っていなかった。二十八年前、全てを失い、独り伊豆に流された。忍従の二十年間、浮上できる兆しは見えず、このまま流刑地で朽ちるのかと、何度となく諦めかけた。

以仁王の令旨が下っても、平氏に一矢報いるだけに留まるかと思われた。よもや、東国武士があれほどまでに旗下に馳せ参じてくれようとは、夢のようだった。前九年と後三年の役で坂東武士を従えた頼義・義家時代の先祖が築いた縁である。

ことに義家は、私戦と見なされたせいで、従った兵たちへ渡す褒美を一切、切り取ることが叶わなかった。このため、私財を擲《なげう》ち分け与えた。みな、義家という男に感嘆したのだ。河内源氏と坂東武士の絆は強まった。この絆が、頼朝を押し上げてくれる。

義家は陸奥守として使ったはずの戦費も認められず、莫大な借財を抱え、返済に十年かかった。支払いが終えるまでは、当たり前の職に就けず、中央からは冷遇され続けた。

だが、腐らず全てを受け止め、こつこつと払い終えたゆえに得た「信頼」は大きい。それはひいては河内源氏への信頼に膨れ上がり、百年後の子孫、頼朝の財産となった。

だから、頼朝は成し遂げねばならない。頼義、義家の悲願である奥州征伐を。一族の宿願が叶えば、それが鎌倉の望む、「全国を支配下に置き、長く続いた朝廷支配の仕組みそのものを変える」という、新たな宿願のきっかけとなるだろう。

(新しい世を、吾が開くのだ)

後の世の言葉で言えば、頼朝こそが古代から中世への扉を開くのだ。

感慨深く馬の歩を進めていた頼朝は、とある場所に差し掛かったところで足を止めた。

「兄上、いかがいたしましたか」

範頼が馬を寄せ、いったん下馬してから声を掛ける。

「その方、ここがどこか分からぬか」

「……石橋山でございますな」

「そうよ。まだ起《た》ったばかりで従う兵も少なく、大庭の軍勢の前に吾は大敗した。最初の関門となった石橋山だ」

あの時、陣を作るために多くの木を伐採した。今は植林され、若木が育っている。

戦の後地には、幾つかの墓標が佇《たたず》む。石橋山の合戦で散っていった者たちの墓だ。

各々の故郷には親族が設えた墓が別にあったが、あえて忘れられぬようにと頼朝が建てさせたものだ。ずいぶんと立派に造ったが、それが何だというのだろう。こんなもので報いることができようか。

まだ海のものとも山のものともつかぬ、力を持つ前の己に付き従い、命を落としていった者たちの墓を、頼朝はじっと見つめた。

（あの者たちは、吾がその後に何を成すと思い、何者になると期待して命を懸けたのか。生きて、今の吾と鎌倉を見てほしかった）

頼朝は馬を下り、墓の前まで歩んだ。屈んで石をそっと撫でる。撫でたのは、流人時代から頼朝を慕い、自分もことに目をかけていた佐奈田与一義忠《よしただ》のものだ。下ろしたての華美の鎧が自慢で、目立ちすぎると狙われるからよせと言ったのに、「晴れ舞台ですから」と胸を張った。

「吾が佐殿《すけどの》第一の家臣となり、生涯お仕えいたします」

いつもそう言っていた。

「与一、与一よ。吾はその方に恥じぬ主君たり得る男でいるだろうか。平家はすでに一掃し、これより源家の宿願を果たさんとしているところだ。これからも、見ていてくれ。今も、お前の存在が吾を支えているぞ。天晴《あっぱ》れ、第一の家臣に間違いない」

語り掛けた後、他の者たちの墓にも参り、古戦場を見渡す。ここに眠る男たちのそれぞれが、何かを夢見、頼朝に付いて戦い、死んでいった。頼朝はその全ての遺族に相応に酬《むく》いてきたが、何をしても足りぬ気持ちだ。武人であれば、戦いで散るのは誉れであり、契約でもある。が、頼朝にとって、不利と分かっていた石橋山の戦いは特別だった。

墓石の主らの生前の姿が一人一人脳裏に蘇ると、頼朝の目から涙が溢《あふ》れ出た。自分でも思わぬことだった。こんな、三百騎も従えた人前で無防備な素の姿を晒《さら》そうとは。

間近にいる者たちのぎょっとした気配が伝わったが、今更隠しようもない。

頼朝は無言で涙を拭《ぬぐ》うと、再び馬上の人となった。

二所詣は滞りなく終わり、鎌倉に戻った頼朝を政子と嫡男の万寿《まんじゅ》が出迎えてくれた。

この直後、義経が奥州にいるという確かな知らせが鎌倉に届いたのだ。頼朝は、義経を差し出すよう朝廷から泰衡に命じて欲しい旨を、後白河院に申請した。

文治四年は、鎌倉から直に奥州とやり取りすることはなく、全て朝廷を通して交渉が行われた。が、泰衡側がこれに応じることはなかった。

義経問題に進展のないまま、文治五年を迎えた。

やがて、泰衡が祖母や末弟を殺害したという知らせが、京や鎌倉に入ってきた。頼朝の狙った奥州藤原氏の内部分裂が表面化してきたのだ。泰衡は、精神的にかなり追い詰められていると知れた。

義経も、さぞ居心地の悪い思いをしていることだろう。奥州を去るつもりでいるのだろうか、比叡山の悪僧と組んで再び挙兵を企てているという情報も入った。鎌倉方の北条時定《ときさだ》が、首謀者と思われる千光房七郎《せんこうぼうしちろう》を捕縛した。

少しずつ、時が満ち始めている。

頼朝は、一年以上過ぎても何一つ事態が変わらぬことを朝廷の手緩さだと批判し、この上は鎌倉が直《じか》に義経追討に乗り出すという意思を露《あら》わにした。また、義経と親しかったり、過去に庇護したりした者を、改めて処罰するよう申し入れた。

後白河院こそが、義経と親しく、庇護した者だったのだから、頼朝の言い分に腸が煮えくり返ったことだろう。とはいえ、今の力関係では如何《いかん》ともしがたい。院は要求を呑み、自らの手で自分を支える近臣らを処罰し、流刑などを行った。

頼朝は奥州にも人を送り込み、より詳しい情勢を探った。また、いざ戦に備え、地形も丹念に調べさせた。

二月下旬になって泰衡から、義経の所在が分かったゆえ、命じられた通り捕えることとする、という請文《うけぶみ》がようよう出されたが、頼朝は鼻で笑う。今更「義経の所在が分かった」など、随分とふざけた言い分ではないか。泰衡はまだ己の立場が分かっていないようだ。

頼朝は朝廷に、義経だけでなく泰衡を含めた「奥州追討」の宣旨《せんじ》を申請した。後白河院は諾とした姿勢を示しつつも、祈祷《きとう》を行うなどして時を稼ぎ、なかなか与えない。頼朝は強固に申請を繰り返す。これが四月。

閏《うるう》四月に入ってもまだ後白河院は、「出軍はいつを予定としているのか、期日が分かり次第宣旨を出そう」と、京と鎌倉の往復の期日分の引き延ばしを行った。

このずるずるしたやり取りは、これまでの付き合いから頼朝には想定済みだ。後白河院がごねる分の期間も計算に入れて、全ての計画は立てている。

母の供養のための塔を鶴岡八幡宮の敷地内に建立し、盛大な追善の儀を行う六月九日を過ぎてから、すぐにも出立する予定だと返信した。

何もかもが順調だった。だが、宣旨が下る前の閏四月三十日に、それは起こった。

三

文治五（一一八九）年閏四月三十日。藤原泰衡は、父秀衡の遺言を破り、友として育った義経のいる衣川館を攻めた。首を頼朝に差し出し、恭順して生き延びるためである。

泰衡の軍勢五百騎ほどがこちらに向かっているという知らせを受けた義経に、驚きはそれほどなかった。むしろ秀衡が没して一年半、泰衡はよく庇《かば》ってくれたと感謝している。

「何、五百騎くらい、吾が蹴散《けち》らしてしんぜようぞ。わが君はその間に平泉を抜け、北へ活路を見出すと良いでしょう」

弁慶がニッと笑ったが、義経に抗う気は起こらなかった。こちらの手の者は十数騎。弁慶が言うように時を稼いでもらえば、平泉を抜けるまではできるかもしれない。だが――。

「そんなことをすれば、泰衡が困るだろう。何としてもわが首がいるのだろうから」

「何を言う。諦めるのか」

弁慶の言葉遣いがぞんざいになった。

「諦めるのではない。友に報いるのだ」

自分が平泉を頼らなければ、泰衡が頼朝に追い詰められるような事態は避けられただろうか。いや、そんなことはない。己のこととは関係なく、頼朝は奥州を欲しがっていた。それは源家の悲願だったからだ。

それでも、罪人となった義経一行が来たことで、鎌倉勢が侵攻しやすくなったのは確かだ。迷惑をかけていることが後ろめたく、比叡山の悪僧と連絡を取り、もう一度都近くで挙兵できないかと義経は画策した。そうすれば、泰衡と組んで頼朝を挟み撃ちにもできる。

こちらに確かな勢力が揃《そろ》えば、後白河院は再び帝の名で頼朝追討の宣旨を出さぬとも限らない。最後の賭けだった。

その義経の動きが、かえって泰衡に不信感を与えたのだ。泰衡からすれば、問題だけ持ち込んで義経が逃げるように感じたようだ。梯子《はしご》を外される恐怖に、人が変わってしまった。挙句、全面的に義経を支持した末弟の頼衡を謀殺した。元々仲の良い兄弟ではなかったが、殺し合うような仲でもなかった。

（吾のせいだ）

「再起を図ったが失敗した。その時に吾の命運は尽きたのだ。最後の最後まで抗《あらが》った結果だ。やりきったのだから悔いはない」

悔恨はないが、泰衡には申し訳ないことをした。

「されど、君の首を渡したところで、頼朝はきっと攻め寄せてくるぞ。あやつの狙うのはこの北の大地であろう」

食い下がる弁慶に、そうだと義経はうなずく。

「泰衡はそうは思っていない。頼朝という男を知らぬからな」

「くそう」

「最後の頼みだ、弁慶。吾が経を読み、自害する時間を稼いではもらえぬか」

「わが君ほどの武人が、逃げぬだけでなく戦わぬつもりか」

信じられないと弁慶は眉間に皺を寄せた。

「せめて最期は派手に散らぬか。九郎義経らしくな。今日まで付き従った者のために、君の雄姿を見せてくれ」

「そうだな。そうしたい気持ちは吾にもあるが、泰衡とは戦いたくないのだ。攻め寄せてくるのが兄上の軍勢なら、きっと最後まで抗ったろう。されど泰衡とは兄弟のように過ごした日々がある。今なら分かる。血の繋がりこそないが泰衡こそがわが心の兄上であり、同じ血が流れていても……頼朝は最後まで他人であった」

弁慶は歯ぎしりをした。しばしの沈黙の後、

「分かった」と承知する。

「この弁慶が敵を食い止めてやる。存分に経を読み、心を鎮め死出の旅路に就くがいい」

「あの世で会おう、弁慶」

「ああ、死んでも貴様に仕えてやる」

弁慶が義経の郎党を従え、鎧をまとって飛び出していくと、義経は郷御前を呼び寄せ、事情を話した。取り乱すかと思ったが、郷御前は驚きの顔一つ見せずに、

「どこまでもお供いたします」

静かに微笑《ほほえ》んだ。

「今ならまだ逃がしてやることもできる」

義経は生きる道も示唆したが、郷御前はきっ

ぱりと断った。

「逃げ切れるものではありますまい。どこへ行こうと鎌倉殿がその気になれば、見つけ出されて殺されます。それに、九郎様が岩倉に迎えにきてくれたとき、どこまでも付いていこうと決めたのです。たとえそこが、黄泉《よみ》の国であろうとも」

「良いのだな」

「はい」

「初姫も……」

「連れて参ります。だって、親子三人の暮らしは、幸せだったもの」

「幸せ……だったのか」

「とても」

「そうか」

何か義経は救われた気持ちになった。

「そうだな。吾も幸せだった」


この一年半は真綿で首を絞められるように、じわじわと頼朝に追い詰められていく日々だった。それでもわが子の成長を間近に見守り、郷御前と過ごす時間はひどく穏やかで優しかった。

「みなで共に参ろう。これが一蓮托生《いちれんたくしょう》ということか」

「掛け値なしの絆というものです。果たして、鎌倉殿は得ることができましょうや」

郷御前の言葉に、確かにと義経はうなずく。

どんな立場の者でも、人は得るものと失うものがある。頼朝は莫大な権力を得たが、それによって失ったものも多いだろう。

追われて殺される自分は、波乱万丈でままならぬ生涯であった。それでも、最後まで付いてきてくれる者たちに囲まれ、死んでいく。

「吾の得たものは大きく、貴重なものだったのだな。最後に気付けて良かった」

衣川館は秀衡の岳父・藤原基成の館だ。館を出て避難する基成に、義経はこれまでの厚情に対する礼を述べ、別れを告げた。

基成は泰衡の祖父であり、朝廷との繋がりの強い貴族だ。泰衡の政務をよく助けており、奥州になくてはならぬ人物である。殺されることはないだろう。

義経は妻と娘を伴い、敷地内の持仏堂に籠った。ここが最期の場所となる。

四つを数える姫は、状況が飲み込めずに不安げな顔で母と父の顔を交互に見ては小首を傾げる。振り分け髪が、ふっくらした頬の横でさらさらと揺れる。義経が笑いかけてやると、姫は眉を八の字にしたまま笑みを作った。

郷御前が姫の頬を愛おしげに撫でる。

「今から父上と一緒に、楽土《らくど》へ参りますよ」

「楽土て、なあに」

「悲しみも苦もない、楽しい場所です」

「なら、ここと同じですね」

姫の思わぬ言葉に、義経と郷御前は目を見交わした。ああ、姫はずっと現世の楽土に住んでいたのかと思うと、義経は不思議な気がした。

（業《ごう》を背負った吾の真横に、楽土があったというのか）

外がずいぶんと騒がしくなってきた。泰衡の兵が到着したのだろう。五百騎に対してこちらは十数騎。いかほども、持たぬだろう。急がねばならない。

「では、参ろうか」

と声を掛け、義経は姫に目を瞑《つむ》らせる。幼少から大切にしてきた守刀を抜いて、小さな胸を過《あやま》たず刺し貫いた。

「あっ」

吐息のような声を漏らし、小さな体が頽《くずお》れかける。郷御前が抱きとめ、そっと自分の膝を枕に寝かせた。

郷御前は、義経の目を信頼の籠る澄んだ瞳で真っすぐに見つめる。

「こんな時代に、姫は苦しみを知らぬまま楽土へと参りました。ありがとうございます。貴方に嫁いで良かった。今はきっと、姫は向こうで母を捜しておりましょう。私も早く参らねば」

と目を閉じた。

義経は、姫の時と同じく、なるべく苦しまぬよう郷御前の胸を刃で貫いた。郷御前は吐息も漏らさずに逝った。

横たわる二人の身体に、予《あらかじ》め用意していた卯の花色の衣を掛けてやる。

独り残った義経は、持仏堂を見渡した。ここは、義経が建てたものだ。ある日、差出人のない荷が義経宛に届いたが、ほどいてみると見覚えのある御仏だった。兄の全成《ぜんじょう》が手ずから彫ったものだ。

(七郎兄上……。頼朝に知られれば命がないというのに、いったいどんな気持ちで送ってくれたのだ)

亡くなった父や義円《ぎえん》を想いながら彫っている姿を、何度か見かけた。本当は自身が供養で使おうと思っていたのだろうが、義経に送ってくれたのだ。

――離れていても、罪人として追われていても、今もお前は吾の弟だ……。そう言われたようで、胸に沁《し》みた。

義経は全成の代わりに父や兄義円の供養を行おうと持仏堂を建てた。いつしか、父や兄だけでなく、自分を助けて命を落とした全ての男たちの供養を、この持仏堂で行うようになった。だから、ここには幾十もの男たちの名を刻んだ位牌《いはい》が安置されている。

生まれてすぐに頼朝に殺されたと聞く静御前との間の子も、名を付けて刻んだ。

今この時も、泰衡の差し向けた兵と命を捨てて戦ってくれている弁慶らの名も刻みたく、義経は新たな木の札を手に取った。さらに妻と娘の名も記し、最後に己の名を刻んだ。

位牌の前に手を合わせ、よく通る声で心を込めて法華経を読む。物心ついてから今日までのことが、一気に頭を駆け巡った。敗者の子として始まった人生だ。頼朝という稀有《けう》な男を慕い、嫌われ、追い詰められて抗い、敗者として死んでいく。だが、これほど凪《な》いだ気持ちで死ねるのなら、きっと良い人生だったのだ。

経を読み終えた義経は、持仏堂に安置された全ての者へ届けとばかり、大音声を上げる。

「のちの世も　又のちの世も　めぐりあへ　染む紫の　雲の上まで」

辞世の句だ。

「必ずまた巡りあおうぞ」

義経は、肌を晒すことなく守刀を左胸の下に深々と突き刺し、そのまま臍下《せいか》まで力ずく腹を捌《さば》いた。淡々と臓腑《ぞうふ》を掴みだす。それから手と刃に滴る血を袖で拭った。脇息《きょうそく》にもたれゆるりとした姿勢を作ると、真横に眠る郷御前の手を優しく握る。

形容しがたい安堵《あんど》の中、ああ、終わった……と呟《つぶや》いた。

四

藤原泰衡に義経が誅《ちゅう》されたという知らせが鎌倉に入ったのは、文治五年五月二十二日のことだ。泰衡から鎌倉へ直接知らされた。義経の謀反が発覚してから三年半の月日が流れている。

（九郎がまこと死んだのか）

頼朝の脳裏に、義経と初めて会った日のことが蘇った。こんな結末を迎えることになるとは知らず、兄頼朝に会えた嬉しさに、義経は涙に咽《むせ》んだ。声を掛けるとそれだけでいつも嬉しそうに応じていた。

もし、平治の乱が起こらず、共に都で暮らしていたなら、あれほど慕われればさぞ可愛く思えたことだろう。だが、時代はそうは動かなかった。

（考えても詮《せん》無いことよ）

それより、やっかいな時期に殺されたものだと、頼朝は不機嫌になる。

あと少しで奥州征討の宣旨が出るはずだった。朝廷は、義経を命じられるまま誅した泰衡を、容易には討たせてくれぬだろう。

（これでは今までの苦労が水の泡だ）

さらに頼朝は母の供養を六月九日に控えている。だのに、「義経の死」という不浄が鎌倉に持ち込まれれば、儀式の遂行が難しくなる。

（これは延期せざるを得ぬだろう）

さっそく朝廷に義経の死を知らせる飛脚を出し、母の塔供養の延期も知らせた。

それに対し、すでに導師も鎌倉へ出発し、院からの進物も下された後なので、供養の行事は予定通り行うよう朝廷から返事が来た。仕方がない。義経の首は本来ならすぐに鎌倉に届けられるべきものだが、留め置いて供養を終えてからの首実検と決まった。

そして案の定、「義顕が死んでこれで世も平和になったのだ。これ以上の争いは収めるがよい」と内々に後白河院が命じてきた。

頼朝が歯噛みしたのは言うまでもない。

それでも感情を露わにすることなく、六月九日には予定通り塔供養を盛大に行った。

四日後。泰衡の使者が義経の首を運んでやってきた。鎌倉方は腰越《こしごえ》に留め、首実検は頼朝の遣わした和田義盛《よしもり》と梶原景時《かげとき》が行うこととなった。

「ご自身で首を改めませぬのか」

政子が非難めいた言葉を頼朝に掛ける。かつて義経が悲痛な思いで腰越から鎌倉を望んだことを思いあわせれば、首になってすら同じ場所に留め置く仕打ちは残酷ともいえる。だが、腰越の浦が刑場になっていたから、罪人の首がそこに運ばれるのは当然のことだ。

いや、政子が言いたいのは、そういうどこまでも事務的な処理の仕方が冷たいということなのだろう。

「此度《こたび》の首実検は、予がしてはならぬ。九郎が死んで四十三日が経過しておる。今は夏の暑い盛りだ。酒漬けであろうが、誰と判別できる首ではなくなっておろう」

頼朝の説明に政子はああ、と合点した。

「別の首の可能性もあるということですか」

「まずないとは思うが、万に一つ、もし九郎が生きていて後日人前に現れるようなことがあれば、予が首を見たことが鎌倉の瑕疵《かし》となる。それは政権を維持するためにも避けねばならぬ。予は失敗が許されぬ」

「それでは和田殿と梶原殿は……」

「どれほど崩れた首を見ても、『間違いなく予州の首であった』と予に告げよう。こうして源義経の死が確定し、世が鎮まる。鎌倉は次の段階に歩を進める」

「それでは、もし……もしも九郎殿が生きていれば和田殿と梶原殿はどうなるのでございますか」

「死ぬしか無かろう。それができる男を選んでいる」

政子は目を見開き、すぐに伏目がちにうなずいた。

「まだまだ私は未熟でございます」

「そんなことはない」

頼朝の思考に付いていける者は多くない。政子は、理解している方だ。が、

「いいえ。安っぽい情を翳《かざ》して意見した己が恥ずかしゅうございます」

首を左右に振って恥じ入った。

「いや、多くの者が此度の件は予が冷淡だと思うておるのだ。されど口にしたのはその方のみであった。もう、予の行いに疑問を抱いても、面と向かって口にできる者はほとんどいなくなってしまった。そなたの存在は有り難い。これからも、何か思うところがあれば言うてくれ。共に成長していければ嬉しいではないか」

「はい」

頼朝は自身の言葉に少し照れて、話題を変えた。

「親父殿（時政《ときまさ》）が奥州征討の勝利を祈り、北条荘に伽藍《がらん》を建ててくれたこと、礼を言う」

「願成就院《がんじょうじゅいん》と申します」

「そのままの名だな」

「まことに。父上らしゅうございます」

二人は時政の顔を思い浮かべ、同時に吹き出した。

夕刻。戻ってきた和田義盛と梶原景時は、頼朝が期待した通り、首は確かに義経だったと告げた。

朝廷からの許可は下りなかったが、頼朝は

着々と奥州征伐の準備を進めた。

「いくら義経の首を差し出したとて、長く義経を匿ってきたことは反逆に値する」というのが頼朝の言い分である。

そうこうするうちに奥州では乱が起こり、泰衡のやり方に反発を示した弟二人が討たれたという知らせが入ってきた。最初に頼朝が画策した通り、奥州は内部分裂でがたがたになっている。

（叩くなら今だ。今攻めるのがもっともこちらの損害が少なく済む）

だのに朝廷は、「鎌倉の怒りも分かるが、義顕（義経）も死んだのだから、征討は猶予せよ」と言ってくる。

（猶予せよと簡単に言ってくれるが、物事には機がある。今を逃せば、また準備に時間を要する。泰衡も地固めが進もう。誰が相手であれ、侮《あなど》って良いものではない）

頼朝が一番知っている。人は成長するものだ。清盛の前に引きずり出された遠い昔、頼朝はわずか十四歳で無力な少年だった。偉大な父の後を継いで未熟さばかりが目立つ泰衡だが、今後どう育つかは未知数だ。

（今なら奥州が盗れる）

だが、追討の宣旨は必要だ。義家の時のように、戦が終わった後になって「私戦」の名のもとに朝廷から突き離されぬとも限らない。

ただ、当時の義家と今の頼朝では、権力に雲泥の差がある。頼朝とぶつかる覚悟がなければ、「私戦」と切り捨てることなど朝廷にはできぬだろう。鎌倉を凌駕《りょうが》する武士の集団は、今の日本に存在しない。

六月下旬。すでに鎌倉には、西国や九州の御家人も含め、一千の兵が集結し、頼朝の出陣の命を待っている。鎌倉に来ていない者は、奥州までの経路に待機し、頼朝勢に合流すべく進軍を待ち構えている。あまり時間を過ごせば、士気が下がるだろう。

頼朝の心は出軍と決まっていたが、宣旨のないままでの進軍を躊躇《ためら》う者も出るかもしれない。頼朝は、兵法の故事に詳しい大庭景能《かげよし》を召して尋ねた。

「出陣の準備は日に日に整っているというのに、未だ勅許が出ない。どうしたものか」

本気で景能の意見を求めているわけではない。景能が答えて良い返事は一つのみ。

「軍中は将軍の令を聞き、天子の詔《みことのり》を聞かずという故事がございます。勅許を待たず出陣するのがよろしいでしょう」

欲しいままの答えだ。頼朝は満足げにうなずき、以後、誰が何を言っても兵を進めることを公言した。

文治五年七月十九日（新暦九月六日）。

頼朝は勅許を得ぬまま泰衡のいる平泉に向けて進発した。

これ以上、出陣を延ばせば、奥州は雪に閉ざされる。頼朝は雑色を幾人か秋から春先にかけての奥州に送り込み、主要な戦地となりそうな場所の天候や雪の深さを、予め調べさせ、頭に入れている。

すでにこの時期でさえ、戦が長引けば、鎌倉勢は戦いとは別の理由で全滅するかもしれない。もし、泰衡が冬の到来を待って粘れば、またもや源家は北の地を取り逃がす。

（この戦、何もかもすみやかに行わねばならぬ）

奥州の地を得ることは、源家の宿願だ。必ず頼朝自ら出ねばならない。が、それ以上に、これまでのように鎌倉から悠長に指示を出す時間などないのだ。

源平合戦の時は、背後の秀衡を恐れ、決して鎌倉を動くことができなかった。今やっと挟み撃ちに遭うかもしれぬ恐怖もなくなり、己が留守の間に鎌倉に攻め入られる心配もなくなった。

ようやく戦地に出られると思うと感慨深い。

奥州十七万騎と言われているが、果たして今の泰衡にどれだけ動員できるか。

頼朝は事前にこちらの兵力を二十三万騎と喧伝させている。進軍しながら道々兵力を膨らませていくから、頼朝自身、最終的に鎌倉勢が何万騎になるか分からぬが、二十三万騎には届かぬだろう。

だが、本当のところなど、どうでも良いことだ。戦とはどういう印象を敵に与えるかで、勝敗が決まることさえある。かつての富士川の合戦のように。

頼朝自ら指揮を執り、雲霞《うんか》の如き大軍を引き連れてやってくるというだけで、逃げる者も出るはずだ。こちらと内通したがる者もいるだろう。

頼朝は兵を三つに分け、三方向から奥州を目指すことにした。

一つは、千葉常胤《つねたね》と八田知家《ともいえ》を大将軍に、東海道を進む。常陸《ひたち》、下総《しもうさ》の兵を吸収しつつ、宇《う》大《だ》、行方《なめかた》から岩城、岩崎方面に進み、鞭楯《むちだて》（現仙台市）を正面に望む遇隈湊《あぶくまみなと》を渡る。

もう一つは、比企能員《ひきよしかず》と宇佐美実政《さねまさ》率いる北陸道軍。こちらは、他二軍に先駆け、一日早く出立する。上野《こうずけ》国方面に向かい、高山、小林、大胡《おおご》、佐貫の兵を拾いながら、越後《えちご》へ。海岸線沿いに出羽《でわ》の念種関《ねずがせき》を突破する。

最後は、畠山重忠《はたけやましげただ》を先陣に頼朝が率いる大手軍だ。鎌倉街道から下野《しもつけ》の兵を従え、奥州へ。

留守の間の鎌倉は、流人時代の頼朝を支援し続けた公家《くげ》、かの三善康信《みよしのやすのぶ》に任せた。

進軍する大手軍一千騎に、此度の戦にあわせて千葉常胤に作らせた長さ一丈二尺の旗がたなびく。

寸法は、前九年の役で先祖頼義が使ったものに揃えた。「伊勢大神宮・八幡大菩薩《ぼさつ》」の文字が白糸で縫われ、その下には八幡大菩薩の使いである二羽の鳩が向かい合っている。

常胤に作らせたのは、石橋山の大敗の後、千葉氏が味方となって馳せ参じたのを機に、多くの東国武士が頼朝の旗の下に集ったからだ。此度もあの時と同じく、良い流れになるよう縁起を担いだ。

吉報はすぐにあった。かつて敵対した城長茂《ながもち》が梶原景時のとりなしで従軍することとなり、頼朝が城氏の旗を掲げることを許したので、散り散りになっていた郎党が再び集まってきた。

二十六日に下野宇都宮を出たあたりで、近年まで抵抗し続けた佐竹秀義《ひでよし》が、常陸国から駆け付け加わった。頼朝はおおらかに対応した。

佐竹氏の祖は頼朝と同じ源頼義までつながる。このため旗が頼朝と同じ、白旗だった。混戦時の混乱を避けるため、頼朝は持参した月の出が描かれた扇を与え、

「これを旗の上に立てるが良い」

と差別化を図った。以降、佐竹の家門は扇に月となる。

これら敵対勢力や中立だった者たちの吸収は、はじめから頼朝の企図したものだ。奥州藤原氏の壊滅だけでなく、道々の武家を従えて傘下とすることも、この戦の目的の一つであった。そうしてこそ、全国の支配が完成する。奥州征伐が成功すれば、源家の宿願を遂げるだけでなく、

武門としてはまだ誰も到達したことのない支配領域を得ることになる。

史上初、前人未到の支配体制が完成する。新しい仕組みを構築した永遠の先駆者として、歴史に名が刻まれる。

二十九日、大手軍は白河関を越えた。

一方、泰衡方は、鎌倉勢の進軍の知らせに、伊達郡阿津賀志山《あつかしやま》（南奥福島と中奥宮城の境）に城壁を築き、国見宿との間に堀を造って逢隈河《あぶくまがわ》の水を引き入れた。

大木戸と呼ばれる要衝地で、中奥への道はこの関門の突破なしでは成し得ない。両軍の命運を懸けた激突が予想できる地だ。泰衡は、兄の国衡に二万の兵を預け、守らせた。

苅田郡《かった》にも新たに城郭を築き、二つの河を利用して柵を構えた。栗原、三迫《さんのはざま》、黒岩口、一野辺一帯に郎党数千を配置する。出羽にも派兵し、自身は国分原鞭楯《こくぶがはらむちだて》に布陣した。

頼朝ら大手軍が、阿津賀志山を眼前に捉える国見に到着したのが八月七日。

雨も降っていないのに、にわかに雷鳴が轟《とどろ》き、まるでこれから不吉なことが起こる予兆のように、頼朝の宿舎に落雷した。

破壊され、燃え上がった宿舎はすぐに消し止められたものの、雷獣がよそ者の侵入に怒り狂い、暴れまわる姿を想像させる。なおも轟く雷鳴に怯《おび》える者が出る中、

「雷獣が怖い者は、帰ってもいいぞ」

頼朝が少し冗談めかして言ったので、騒ぎはすぐに収まった。

この日の夜、頼朝は信頼できる将軍らだけにごく内々、「明朝、仕掛けるぞ」と奥州合戦を開始する旨を告げた。そこで畠山重忠が夜中のうちに陣を出て、泰衡方が鎌倉勢の足を止める

ために造った堀を、連れてきた人夫八十人に埋めさせた。気取られなかったのは、雷鳴のおかげだ。音が紛れて敵陣に響かなかった。

翌八日。いざ戦いが始まると力の差は圧倒的だった。初日は阿津賀志山の前面に陣を構える金剛別当秀綱《こんごうのべっとうひでつな》率いる数千とぶつかった。夜明けとともに始まった戦は、正午を待たず決着した。気の毒だが人数が違い過ぎる。鎌倉方は獲った敵将の首十八を阿津賀志山の峰に晒した。

その後二日間、戦いは続いたものの、鎌倉方が大きな被害を受けることもなく、三日目には阿津賀志山に築かれた城砦を破り、敵大将国衡の首級を挙げた。首を掻き切ったのは重忠の客分だが、致命傷を与えたのは和田義盛の矢である。

二日後の夕方、頼朝は多賀国府に入った。逢隈湊方面に向かった東海道軍から、大将軍の千葉常胤や八田知家らが頼朝の許《もと》に駆け付けた。また、出羽方面に向かった北陸道軍も、泰衡の郎党らとぶつかったが難なく勝利を収めたと知らせてきた。

戦いは思った以上に手応えがなかったが、肝心の泰衡の居所が分からない。どこそこにいると報告が上がるが、その場所がいくつもある始末だ。その全てを丹念に攻めたが、どこにもいない。この調子で主だった砦を片っ端から掃討しつつ北上し、二十二日の土砂降りの中、頼朝は平泉に入った。

泰衡は政庁として三代栄えた平泉館に火をかけて去ったらしい。まだ煙がくすぶっているからさほど前ではないが、炎はすでに鎮まっているので直後でもない。忙しく逃げ去る中でも、頼朝に平泉の栄華を語る宝の山は渡したくなかったようだ。宝物庫は一つを除いてすべて焼け落ちていた。

泰衡は、何故《なにゆえ》戦わないのか。頼朝には理解できなかった。先祖の栄誉も俘囚の誇りも、どこに消え去ったというのだろう。

頼朝は常に先祖と共に歩んでいる。頼義も義家も義朝も、頼朝にとって過去の男たちではない。自分の身体に流れる血の一部だ。ならば、恥じぬ振る舞いをすべきではないのか。捕らえたらまず訊《き》いてみたい。お前の矜持《きょうじ》はどこにあるのかと。

八方手を尽くして行方を探る中、それは起こった。

頼朝の宿舎に人夫が近付いたと思うや、書状を投げ入れ、さっといなくなったのだ。書状はすぐに頼朝の許に運ばれた。

見ると「進上鎌倉殿侍所《さむらいどころ》　泰衡敬白」と表書きされている。

「泰衡からだと」

一瞬、目を疑うほど驚いた。眉根を寄せて、頼朝は書状を藤原親能《ちかよし》に渡す。

親能が読み上げるのを聴きながら、頼朝は怒りに震えた。これは、命乞いの書状ではないか。義経のことは父秀衡が匿ったもので泰衡の知らぬこと。自分は貴命に従い誅殺した。褒美があってもいいはずだ。だのに、こうして攻められるのはなぜなのか、と問うている。

（何を言っているのだ、こやつは）

泰衡はさらに言う。御家人の列に加えて欲しいと。叶わぬなら、せめて死罪ではなく流罪にしてもらえぬか……と。

あまりの見苦しさに、

「本当に泰衡が書いたのか」

頼朝は疑った。そこにいた側近の誰もが首を傾げる。

さらに返事は比内郡《ひない》（現大館市）のどこぞに落とし置いてくれとある。

「比内郡とは……確か」

「ここより北方に、おおよそ五十里ほどの場所でしょうか」

地理が頭に入っているのか、親能が答える。

「そこまで返書を持って来いと？　ずいぶんと厚かましくないか」

泰衡に恨みを持つ者が、非常識な内容で人格を貶《おとし》め、さらに居場所をも知らせるために偽の書状を作成して投げ入れたのではないか、と頼朝は疑った。

だが、比内郡にいるのは十分考えられる。その先には、奥州藤原氏の支配が及ぶ夷狄島《いてき》（現北海道）がある。彼らにはなじみの地だが、鎌倉勢には脅威の大地だ。逃げられればやっかいなことになる。頼朝は直ちに泰衡を追い、北進した。途中、平泉から十八里ほど離れた陣岡《じんがおか》で、北陸道を進んだ軍勢と合流した。

九月六日。陣岡に布陣する頼朝の許へ泰衡の首が届けられた。比内郡贄柵《にえのさく》の譜代郎党河田次郎が、頼って落ちのびてきた主君を裏切ったのだという。

三代にわたって栄華を極めた奥州藤原氏の、あっけない幕切れだった。

頼朝は、かつて頼義が安倍貞任の首を八寸の長さの釘で丸太に打ち付けた故事に倣《なら》い、作業を行った子孫を召し出した上で泰衡の首も同じ長さの釘で打ち付けた。

河田次郎は、頼朝の御家人となることを望んだが、同じような裏切りで父を亡くしている頼朝は、血が逆流するほどの怒りを覚える。

「首を刎《は》ねよ」

一顧だにせずに処刑を命じた。

夜。一息つきたくて、側に控えている結城朝光を置いて、頼朝は宿舎を出た。一息つくと言っても、手には油断なく弓矢を携えている。有事を常に想定しているからだ。ここはまだ戦場だ。

一面に広がる薄《すすき》の花穂が、月明かりに照らされて金色に光を弾いている。その合間に、同じだけ数があるのではないかと思うほどの、白旗が揺れていた。

泣きたくなるほど胸に迫る光景だ。今日という日を忘れないだろう。本来頼義が手にするはずだった奥州を、この手で切り取ったのだ。それだけでなく、武家の全国支配をも成し遂げた。

この戦で頼朝は、九州を含む西国の武士をも御家人として徴兵し、かつて敵対した者どもも従軍を希望すれば過去の罪を許して吸収した。以仁王の挙兵から始まる治承・寿永の乱の集大成のような軍勢で、頼朝の支配の及んでいなかった唯一の地を征服した。

ふと、これは夢ではないのかと頼朝は錯覚しそうになる。目を覚ませば自分はただの流人で、わずかな従者と沼地に建つ小ぢんまりとした館に住んでいるのではないか。

そんな馬鹿げたことを思うほど、あの状態から抜け出し、今日の勝利を掴むのは奇跡のような話ではないか。

九月九日、泰衡追討の口宣《くぜん》と院宣《いんぜん》が、頼朝の許にやっと届いた。どれほど待ち焦がれたか。順序は逆になったが、これで、義家の二の舞にはならない。

誰もが平泉に向けて撤退かと思ったが、頼朝は逆の方角に動いた。あと一つ、やらねばならぬことが残っている。

前九年の役を、頼朝の手で真に終わらせ、頼義・義家の供養と成すのだ。そのためには、今以上に北進せねばならない。

九月十日。頼朝は陣岡を発ち、北方二十五里の厨河柵《くりやがわのさく》に向かった。かつて安倍氏の本拠地だったところで、同氏滅亡の地でもある。つまり前九年の役が終結した地だ。

康平五（一〇六二）年九月十七日に敵将が死に、頼義は厨河柵陥落で勝利を手中にした。その後に起こる朝廷の仕打ちなど知りようもなく、この地を掴んだと信じたはずだ。

源家の、武家としては当然の願いが握り潰されたから、前九年の役で終わらず、義家が後三年の役に介入した。それもまた、朝廷に踏みにじられたゆえ、宿願となって頼朝が奥州征伐を起こした。

もう終わらぬ戦を終わらせるのだ。そのために頼朝は、平泉ではなく厨河柵で九月十七日を迎え、奥州征伐に片を付けた。

十七日、頼朝は一日を戦後処理に費やした。この日は特に寺社の取り扱いについての考えを示し、藤原三代の遺体が安置された中尊寺は、遺体を含めて何一つ侵すことなく、寺領も全て寄付することを僧侶らに約束した。

翌十八日、この日までに頼朝はほぼ残党も狩り終え、ここに奥州征伐の終結を確信し、朝廷に報告の書状を認《したた》めた。

大仕事を一つ終え、頼朝は大きく息を吐いた。元々頼朝の血筋を辿れば、河内源氏棟梁の嫡流の出ではない。それもこうして頼義の宿願を遂げたことで、もう誰からも文句を言われることのない後継者として今後は歩んでいけるだろう。鎌倉はまた、次の段階に進むのだ。

頼朝自ら出軍したこの戦に、従軍したかしないかで忠義の底も測れた。押し上げるべき人物と排除すべき人物が可視化された。奥州征伐の論功行賞も含め、これまでの敵味方関係なく再び組織を組み替えるつもりだ。鎌倉は全国支配の完成に向け、再度新しくなる。

奥州藤原氏初代清衡は、理不尽に征夷の対象となり続け、常に血の臭いの湧き立つ蝦夷《えぞ》の地に、仏土を生み出すことを夢見たという。その遺志を継ぎ、二代、三代と続く中で幾千万宇の伽藍を造立した。

その理想は、なんと美しいことか。頼朝も憧れる。しかし、浄土を求めるその心が、平和に浴した永き時間が、奥州十七万騎は幻だったと思わせるほど弱くした。地上に修羅がある以上、弱い者は滅びるしかない。

「難しいな、安寧とは実に難しい」

平泉を去る前、頼朝は一度だけ義経の自害した衣川館のある北上川を望む丘陵を歩いた。同じ場所をちょうど五百年後に松尾芭蕉《ばしょう》が訪れ、俳諧を一句記す。

——夏草や兵《つわもの》どもが　夢の跡

頼朝は、まだ夢のなかにいる。

第六章　大将軍

一

頼朝《よりとも》が来た、あの頼朝が京に。

――とうとう。

建久元（一一九〇）年十一月七日。

後白河院《ごしらかわいん》は心中のざわめきを静めることができず、朝から落ち着かなかった。おおよそ三十年前、息子・二条天皇の蔵人《くろうど》を務めていた男。

あの男の母方の伯父たちは、己の側近だった。ゆえに、後白河院は頼朝を宮中で見かけたことくらいはあるのだ。まだ稚《いとけな》い少年だったが、顔が大きく華があった。鎧を着て大軍を率いれば、さぞ映えるだろう。

あの男のことを考えるとき、いつも浮かぶのが、

（朕《ちん》が、清盛《きよもり》に命乞いをしてやったのだぞ）

という一事である。

頼朝の命乞いというと、池禅尼《いけのぜんに》の名前ばかり世間で上がるのが、後白河院は気にいらない。頼朝自身も、池禅尼には今も感謝の気持ちを忘れていないという。このため、池禅尼の息子でさえ、優遇された。だのに朕は――と後白河院は不満である。

「大天狗《てんぐ》」とまで悪口を言われた。

（朕だけが敵視されている）

何はともあれ、源頼朝とは、これまで日本史上に存在したことのない、怪物のような男だ。この機にじっくり見てやろうと、後白河院の心は踊った。

それで今、牛車の中にいる。

入京する頼朝と鎌倉御家人らの行進を見物するため、在京の貴族たちが加茂川の河原にずら

りと牛車を並べて待ち構えている。その中に紛れ、後白河院も見物を決め込んでいるのだ。

この日は、朝から雨だった。それが、頼朝が入京する前には晴れ渡り、今まで吹かなかった風が吹き荒れた。

昔から、「神が通るときは強風が吹く」と言う――。

（あの男が神と共にあるとでも……それとも、神すらもこの行進を見にきたと言うのか……）

一瞬でもそんな考えが過《よぎ》ったことが、後白河院にしてみれば腹立たしかった。

申《さる》の刻（午後四時前後）、黒糸縅《おどし》の鎧姿の畠《はたけ》山重忠《やましげただ》率いる先陣が、三騎ずつ六十の列を成し、京の地を踏んだ。先頭の重忠は十一人の家子と郎党を従え、その他の御家人には一騎につき二人の従者が前に付いて歩む。

それぞれが自慢の鎧を身に着け、まだ先陣だというのに、実に華々しい。後白河院は、牛車の中でうっかり息を呑《の》み、そんな自分に歯噛《はが》みした。

先陣が行き過ぎると、いよいよ頼朝の登場だ。後白河院は牛車の簾《すだれ》を巻き上げさせ、前のめりに頼朝を見た。

赤い紐《ひも》で彩った艶《あで》やかな大きな黒馬に跨《またが》り、紅の衣に緑青色の絹の水干袴《すいかんばかま》、頭には侍烏帽《さむらいえぼ》子《し》を被った姿で威風堂々と頼朝が進む。

かつて、わずかな人数に見送られ、京を追われた少年が、三十年の月日を経て凱旋したのだ。

（いったい、あやつめは馬上で何を思うてこの都の土を踏んでおるのか。さぞ感無量であろうぞ）

しかもその偉容の随所に、源頼義《よりよし》の姿がちら見える。頼朝は、「沈毅《ちんき》にして武略にまさり、最も将帥《しょうすい》の器なり」と言われた先祖・頼義が、奥州から凱旋したときに身に着けていたものを、所々模していたのだ。

（なんと意地らしいではないか）

後白河院は自分でもおかしなことに、そんな頼朝の姿を見たとたん胸が熱くなった。感動の涙が溢《あふ》れ出る。

よく、よくぞ……と頼朝の歩んだ三十年の歴史と、奥州を臨んだ源氏の百数十年に及ぶ野望に思いを馳せる。

先祖の想いを引き継ぎ、困難を克服して悲願を達成した男の、あくなき挑戦と成功を、「美しい」と思う感性が後白河院にはあった。

そんな自分に、

（朕はなんと人が良いのじゃ）

舌打ちがもれる。

だが、

（今日ぐらい、あやつを称《たた》えてやっても良かろうよ。天晴《あっぱ》れなことに変わりないゆえのう）

結局はそんな気持ちに収まった。

頼朝の歩みはここで終わらず、その先が未来へと伸びている。

そして、自分こそが――という思いが、後白河院を興奮させる。

そう、院こそが、日本史上に忽然《こつぜん》と現れた稀有《けう》な「頼朝という才能の塊」の眼前に立ちふさがる、もっとも大きな障壁なのだ。

（お前の希望は朕が潰す）

そう考えただけで、ぞくぞくと心が震えた。

頼朝がこちらの存在に気付くと嫌だと思ったが、まったくの杞憂であった。こちらをちらりとも見ず、ただまっすぐに前を向いてあの男は通り過ぎていった。

矛盾しているが、院からは再び舌打ちが漏れた。

頼朝には十人の水干姿の従者が従い、その後ろに後陣の御家人がやはり三騎ずつ四十六列が続く。郎党を率いた梶原景時《かげとき》と一族を引き連れた千葉常胤《つねたね》が殿《しんがり》を務めた。

行列がすべて眼前を通り過ぎると、後白河院が呼んだ遊女たちがどこからともなく現れ、今様《いまよう》を謡《うた》い、舞い始めた。

頼朝の行進が終わって、隙間なく並んだ見物のための牛車が動き出さねば、院の牛車も動けない。退屈になるのが分かっていたから、あらかじめ手配していた。

周囲の牛車が、遊女の舞に感嘆の声を上げる。後白河院がこよなく愛する「乱痴気《らんちき》騒ぎ」が始まった。

だが、それを見ることなく、後白河院は簾を下ろし、

「ふうむ」

小さく唸《うな》って肘枕《ひじまくら》で寝転がる。

まだなお頼朝のことを考えていたかった。

奥州征伐の折、頼朝は朝廷の許しを得る前に出陣した。ああ、とうとう勝手な行いに出たかと後白河院は忌々《いまいま》しく思う一方で、ほくそ笑んだものだ。

（所詮はあやつも清盛と変わらぬ）

ずっと得体のしれなかった頼朝という男の、片鱗を掴《つか》んだような心地がした。

権力を握り、力に酔いしれ、朝廷をも牛耳《ぎゅうじ》れると奢《おご》り昂《たか》ぶったとたん、どんな男もその人間の芯のようなものが炙《あぶ》り出される。わずかでも実態が見えれば、院の慧眼《けいがん》には、「隙」が浮かび上がってくる。

（朕も、もう六十四を数える。いつ迎えがくるやもしれぬ身よ。頼朝との勝負は時間切れになるかと思うたが、なに、この調子なら仕留めら

れるやもしれぬ）

そこまで思った。

頼朝は奥州を制圧し、全国の武士の支配の完成を目前に、出陣前よりいっそう驕《おご》っているに違いない。

——出陣前ですら、朝廷の許しなどいらぬという態度を取ったのだ。制圧後はどれほどの我儘《わがまま》を通そうとすることか。

「こちらの命など聞けぬ」という態度を頼朝から引き出すため、院はわざと首を縦に触れぬ要求を突きつけてみた。

それに利用されたのが、伊勢神宮で二十年に一度行われる式年遷宮の臨時課税である。

朝廷は遷宮を国家第一の行事と定めてある。このため、遷宮に伴う費用——「役夫工米《やくぶくまい》の負担」は、勅命によって全国の公領《こうりょう》・荘園に賦課され、徴収されることとなっていた。が、朝廷の慣例に馴染《なじ》まぬ多くのにわか地頭《じとう》が応じなかったため、頼朝に弁済の沙汰《さた》を下すよう強く要求した。

頼朝は御家人を守る立場にある。朝廷をも脅《おびや》かす軍事力を握った今、勅命にも反発の姿勢を向けるのではないか、と後白河院は期待した。

同様の手口で操った清盛や義仲《よしなか》は、後白河院を幽閉した。追討の口実を、自ら与えてくれたわけだ。

頼朝とて似たようなものだ……と院はほくそ笑んだ。

ところが——。

頼朝は、これらの挑発には、まったく乗ってこなかった。

むしろ積極的に、

「臣下として院には尽くすべきである」

と主張した。

未済の者はすみやかに弁済するよう沙汰を下し、従わぬ者へは強い態度で臨んでみせた。

まさか、と後白河院は目を剥《む》いた。これでは御家人の不満を煽《あお》るようなものではないのか。やっと、鎌倉を本拠地に朝廷をも武力で凌《しの》ぐ侍の集団を束ねることに成功したというのに、頼朝の反応をどう解釈すればよいものか。

結局はこれまでの侍たち同様、朝廷の下で使役されるつもりでいるのだろうか。

後白河院は、頼朝が「武士の国」を創り出そうとしているのだと信じていた。

（違うのか。朝廷の第一の武士集団になれればそれでよいというのか。馬鹿な。だとすれば、これまでの十年は何だったのだ……。そうだ、そんなはずがない）

ひどく混乱し、いったんは掴めそうに思えた頼朝という男が、再び分からなくなった。

（あの男は何がしたいのだ。あの男は何を望むのだ。あの男は、朕を、そしてこの国を、どうしようとしているのだ）

疑問ばかりが浮かんだが、院はすぐに次の一手を打った。頼朝の前に美味《うま》そうな餌をぶら下げてやった。

駿河《するが》・尾張《おわり》・美濃《みの》の地頭を務める御家人で、頼朝が煙たく感じている連中――板垣兼信《かねのぶ》・葦《あ》敷重隆《じきしげたか》・高田重家《しげいえ》・山田重忠《しげただ》に、無法や違勅があったとして、訴えた。

板垣兼信は甲斐武田の棟梁だった武田信義《のぶよし》（文治二年死亡）の三男で、頼朝に誅殺《ちゅうさつ》された一条忠頼《ただより》の弟である。

自身が起《た》った当初に独立勢力を保とうとした武田氏を、頼朝はよく思っていない。それなのに身の程もわきまえず土肥《どひ》実平《さねひら》の下に付くことを嫌い、不平不満を頼朝に訴え、きつい叱責《しっせき》を受けた。何か失態を犯して消えてくれないか、というのがあの男の本音だろう。

他の三人は、尾張をはじめ都への途上に勢力を張る山田一族で、長く独立勢力として動いていた。

義仲勢が入京した折に機を見て上洛し、源平合戦では源氏方として参戦した者もいる。その後、頼朝に帰順して御家人となり、地頭職に任命された。

心から頼朝に臣従しているわけではなく、力に屈しているだけだ。新たな勢力が台頭すれば、簡単に裏切るだろう。

院は、此度《こたび》の上洛の途上にいる連中をわざと選び、生贄《いけにえ》のように頼朝の鼻先に吊るしてやった。

この機会を頼朝が逃すはずがない。

どう始末をつけるか。軍は動かすのか。

相手はひとりではない。忠頼のときのように鎌倉に呼び出して殺すことはできないだろう。(派兵すれば面白いことになるやもしれぬ)

滅ぼされるかもしれないとなると、連中も黙っていないだろう。全員が手を組んで頼朝と事を構えるかもしれない。さすれば、頼朝を心の底では煙たく思っていた連中も、動き出すのではないか。

後白河院は、頼朝の対応が楽しみだった。

案に反し、あの男は、朝廷の裁きのまま受け入れると言って、こちらが動くのを待った。なるほど、頼朝が裁くのではなく朝廷が裁決したのだから、連中も逆らえば逆賊《ぎゃくぞく》となる。意味も重さもまるで違ってくる。

けっきょく連中は朝廷の判断で配流《はいる》と決まり、頼朝は決定に従う形で罪人となった彼らの地頭職を解いた。配流になったものの、なかなか流刑地に出立しない者は、今度の上洛の途中で捕《ほ》縛《ばく》して都に連行し、自らは罰することなく朝廷に差し出している。

頼朝は個人的には何一つ動かなかった。すべてを朝廷の意思のまま、文書のやり取りの中で言質を取っては確たる証を残しつつ、勅命によってのみ動いた。

頼朝は朝廷というものを熟知している。何をすれば足を踏み外すのか、分かっているのだ。

そんな男をこれからどう崩していくか。

とにかく会えば、なにかとっかかりがみつかるかもしれない。そう思いながら今日の行進を見物した。

これまで入京してきた男たちの行進とはなにもかも違う。衣装は華やかだが、行進は厳かな、という表現がよく似合う、一糸乱れぬ動きを見せた。「鎌倉」が、どれほど統制が取れた組織なのか、ずらりと並んだ牛車の中で、貴族らは肝を冷やしたことだろう。

(一番肝が冷えたのは朕やもしれぬ)

苦笑が漏れる。

明後日は直接会っての対決だ。

頼朝は、どんな手を用意し、どう出るか――。まるで分からぬが、こちらの次の一手は決めてある。

頼朝が朝廷に入り込み、権力を握る道を、こちらから作ってやるのだ。清盛の辿《たど》ったのと同じ道だ。

栄華に彩られた未来が眼前に開けたとき、果たして無視できた者が、これまでの日本史上にいただろうか。

(あやつの、いかにも欲し気《げ》な官職を与えてやれば、さすがに食いついてこよう。欲をかけば、とたんにその人間の底が見えるもの。これまで

朕がやってきた通り、たとえあの男であろうとも、幾らでも牛耳《ぎゅうじ》りあやつることができるに違いない）

くくくと笑うと後白河院は、ふたたび牛車の御簾《みす》を上げた。

「さあさあ、酔えよ、歌えよ、舞い狂え」

後白河院は今様で鍛えた美声を張り上げた。

そのころ――。

頼朝はゆっくりと京の大路を進み、日暮れになって明々と篝火《かがりび》を灯して照り輝く六波羅《ろくはら》の新第《しんてい》へ入った。

二

二日後、頼朝と後白河院は仙洞《せんとう》御所の六条殿で対面を果たした。

頼朝は勅許により着用を許された直衣《ひたたれ》姿、院は真っ白な絹の衣姿である。

いったん公卿《くぎょう》の座の端に待機した頼朝は、やがて対面の場へと先導された。後白河院は常の御所の母屋の中に座し、頼朝は己のために敷かれた畳の並ぶ南廂《みなみびさし》に平伏する。

頼朝が型通りの挨拶《あいさつ》を述べた後、後白河院は他のすべての者を下がらせた。

（どういうつもりだ……）

頼朝は警戒する。

「宮中はしきたりが多くてつまらぬな。ここにはその方と朕しかおらぬゆえ、好きに話すがよい」

後白河院は、直答を許した。

頼朝は大仰に度肝《どぎも》を抜かれたふうを装い、「されど……」といったんは遠慮を見せる。

「よいよい。ゆるりといたせ」

院は、目の前の几帳《きちょう》を手ずから押しやり、親しく頼朝の前に姿を現した。

「ささ、顔を上げよ」

命じられて頼朝は顔を上げる。上げたからといってまともに貴人を見るわけにいかぬが、それでもここ数十年もの間、日本を操り続けた「大天狗」の姿を、ちらりと拝んだ。

鼻はツンと高く、おちょぼ口で紅を指したように唇が赤い。細長い魚が向き合ったような目の横に、深い笑い皺《しわ》が刻まれていた。そのくせ眉間には神経質そうな縦皺が数本くっきりと現れ、この男の二面性を如実に表している。

一番の特徴は綺麗に剃り上げられた頭で、文《ふ》机《づくえ》に使えそうなほどてっぺんが平たい。

(これが……幾つもの他人の前途を摘み取り、その者の人生を弄《もてあそ》び続けた男……か)

こんなに分かりやすく怪しげな面相の男に義経は騙されたのかと、頼朝は唖然《あぜん》となった。

(いや、仕方ないのかもしれぬ。清盛でさえ、結局は溢れんばかりの権力におぼれさせられたことで、院に抑え込まれていたようなものなのだ)

後白河院を幽閉したこともあったが、それでも抑え込まれていたのは清盛の方だ。

だからこそ一族は壇ノ浦に沈んだ。

(それは多くの武士の中で一番力を握ったにすぎぬ段階で、己を過信させられたからだ。遷都を行い、なにかこれまでとは違う体制を生み出そうとあがいたようだが、あやつは失敗した。清盛は、所詮朝廷の中で生きざるを得なかった)

朝廷の下に多くの武士団がある。その中でもっとも肥大化したのが清盛時代の平家だった。平家に与した武士団は、そうすることが得策だから協力したのだ。

頼朝が次に進むべき段階は、朝廷の下に鎌倉殿があり、さらにその下に武士団がある構図である。御恩と奉公による直接的な支配体制だ。

そうすることで、力では鎌倉が、名目では朝廷が覇権を握る。

むろん最終的には、朝廷と並び立つ武士政権の樹立を目指す。が、まだその時期ではない。

武士の命を弄び続けた貴族や皇族の支配から抜ける——それが頼朝の目指す明日だ。だが、頼朝は朝廷が巨大な怪物だと知っている。歯向かえば忽《たちま》ち逆賊となる。逆賊になっては全てが詰む。そういう「仕組み」だ。だから決して歯向かわずに、こちらも並び立てる「仕組み」を作らなければならない。

その第一歩が平時における地頭の存続であった。

地頭は戦時における臨時の職務であったがゆえ、設置を許されたものだ。だからこそ、任官の権利が頼朝に許された。平時になれば、解任せねばならない。

奥州平定後に起こった同地の叛乱《はんらん》をも鎮めた今、地頭の支配を手放さねばならぬ時が、目前に迫っている。

そんなとき朝廷が、「役夫工米の負担」を地頭に課した。頼朝にとってそれは、渡りに船の好都合な出来事だった。

国家第一の行事の費用を勅命によって弁済することで、戦時の臨時の職である地頭を、平時に定着させる小さな仕組みを作ることができる。

ここで重要なのは、「勅命によって」という部分だ。勅命を得れば、それは私的ではなく公的なこととなる。

頼朝は、後白河院が必ず勅命を出すと読んでいた。なぜなら、「頼朝は抵抗を示すだろう」と考えていたに違いないからだ。

後白河院にとって、頼朝は煙たい存在だ。源氏に平家を討たせたように、第三の武士団に鎌倉殿を征討させたいことだろう。それには、頼朝に違勅してもらわねばならない。

平家を倒し、奥州藤原氏も滅し、武家としての成果を最大限に上げた今が、頼朝がもっとも慢心しているときだと、後白河院は考えたはずだ。

実際、奥州平定前ですら、朝廷の人事に口出しし、さらに勅命を得ぬまま奥州へ進軍した。

朝廷も後白河院もこう考えたはずだ。

――ああ、とうとう頼朝も清盛や義仲と同じように間違いを犯すのだ……と。

それを踏まえて頼朝は後白河院の打つ手を読んだ。いや、誘導した。その結果、狙い通りに勅命を得て、「平時の地頭の役割」を朝廷に対して穏便に示してみせた。

頼朝が今度の上洛でやるべき仕事は、朝廷への忠誠心を徹底的に見せるつけることだ。後白河院は、頼朝が清盛のように慢心して無茶を言い出すことを望んでいる。

(ならば院の本意の逆の態度を示せばよい)

つまりは、徹底恭順の姿勢を貫くのである。

そうすることで、朝廷側の警戒を解き、じわじわと「仕組み」を作り上げていく。

後白河院がたとえ頼朝の企みに気付いたとして、恭順の姿勢を貫く者にそう簡単に手出しはできまい。

(じっくりやるさ、時間をかけて)

院は老境で、今上帝はまだ十一歳。分はこちらにある。

頼朝は、この世になかったものを生み出すという、あまりに途方もないことを、やり遂げようとしている。この野望が成就するかは、分からない。

まだ名前もない。概念すらない。貴族の支配する世に、朝廷と争わずに武士の支配する世を作り出すということは、そういうことだ。

四十四歳を数え、もしかしたら自分一代では無理かもしれないという思いが、頭を掠《かす》めることもある。だからといって、焦ればこれまでの全てが無駄になる。

上総広常《かずさひろつね》も同じ夢を見ていた。殺す直前に頼朝はそのことを知った。

（失敗すれば、あやつの死が無駄になる）

こうした思いを抱えて臨んだ後白河院との対談――。

「久しいのう」

と後白河院が声を掛ける。久しいと言われても、頼朝の方に実感はない。顔を見るのも、声を掛けて貰ったのも、今が初めてだ。

「はっ」

とのみ頼朝は返す。

「三十年ぶりの都はどうであった」

「二度と踏めぬと思うておりましたゆえ、不思議な気が致しました。これも、法皇様が三十年前にこの三郎めの命を救ってくだされたお陰と、しみじみ有り難く感じ入りました」

後白河院が「ほっ」と体を乗り出した。

「そう言うてくれるのか」

「もちろんでございます。感謝の心を一時たりとも忘れたことはございませぬ」

「されど、朕を『大天狗』と呼んだではないか」

「いいえ。誰が……とは一切口にしておりませぬ」

「ほっほう。なるほど、なるほどのう。して、そのほうの望みはなんぞ。願いは過分でなければなんでも叶えてやるゆえ、申してみよ」

いきなり、後白河院が本題を口にする。なんでも、と言いつつ過分でなければと付け足す。これは、頼朝という男を試しているのだ。

ならば、と頼朝は顔をしかと上げた。後白河院の目が期待に歪《ゆが》む。頼朝が欲望を露《あら》わにする瞬間を見たがっている顔だ。

「院はこの日本をどのような国にしていきたいとお望みでしょうか。我が国は、保元の乱より始まって、騒乱の日々が続きました。おそれながら、そろそろ静かな日々をお望みなのではないかと愚考いたしました」

「ふうむ。して、ならばどうだと言うのだ」

「院の目指す平和な世のお手伝いを、鎌倉に御命じくだされ。それが三郎の望みでございます」

後白河院はしばし沈黙を作った。顔は不快気である。それはそうだろう。勝手に目指す世を語られた挙句、鎌倉に日本を守る権利をくれと言われたのだ。言葉を変えれば、平和な時にも、鎌倉政権が存続する意義をくれと言われたわけだ。

それはつまり、頼朝を日本の大将軍にせよと言ったに等しい。

将軍の付く地位は幾つかあるが、頼朝はそういう既存の地位を欲しているのではない。これまで日本に存在しなかった「大将軍」の役割を欲している。

後白河院の頬がぴくぴくと引き攣《つ》った。

「過分であればどうかお叱りを」

頼朝は平服した。

「過分とは言わぬが……平和な世がくれば、武士は困らぬか。争いのない世では、武士は出世ができまいよ。静謐《せいひつ》の世では生きられまい。清い水ではかえって息が苦しくなる魚に似ていると思うておるが、どうじゃ」

「仰せの通り、武士は争いがなければ肥え太ることはできますまい。されど、それは私事にすぎませぬ。今は、院の治めるべき天下の話をしております」

「朕の治めるべき天下は、太平の世でなければならぬとな」

「いかにも」

「戦乱の中で立ち上がり、血の支配でのし上がった男がそれを言うのか」

「それでも、歩む道の一番先には、修羅の国ではなく、人の住む世がなければなりますまい」

ふっはははは、と後白河院は声を上げて笑った。

「即答はせぬ。また時間を作るゆえ、熟考したのち、再び語り合おうぞ」

第一回目の会見は終わった。

後白河院への拝謁が済み、頼朝は今上帝・諡《し》号《ごう》後鳥羽《ごとば》天皇の内裏《だいり》へ向かった。

昼御座で拝謁する。

後鳥羽天皇は、後白河院の孫で高倉《たかくら》天皇の息子、安徳《あんとく》天皇の五歳下の異母弟である。母は安徳天皇の母・平徳子《のりこ》（建礼門院《けんれいもんいん》）に仕えていた藤原殖子《たねこ》である。

十一歳の少年天皇で、摂政は九条兼実《かねざね》が務める。頼朝派の公卿である。

後鳥羽天皇も後白河院と同じく、御簾の中から姿を現した。垂れ眉で頬がふっくらした顔立ちである。

「その方が兄を死に追いやった頼朝か」

優し気な顔に似合わぬ、不躾《ぶしつけ》な言い方だ。このため、頼朝は謝罪から入らねばならなかった。

「面目次第もございませぬ。どうかお叱りを」

横で兼実が青ざめ慌てている。

「良い。ここだけの話、戻って来られても扱いに困ったゆえ。現にもう一人の兄の扱いには困っておる」

こんな際どいことを言われても、頼朝には答えようがない。

もう一人の兄とは後鳥羽天皇の一歳上の同母兄守貞《もりさだ》親王のことで、運の悪いことに平家の都落ちの際、安徳天皇の皇太子として共に西国へ連れ去られてしまった。海に沈んだ安徳天皇とは違い、こちらは救出されたが、後鳥羽天皇の次の帝を決める際、皇位争いの火種《ひだね》になることは間違いなかった。

今の言い方では、こちらも殺してくれれば良かったとも聞こえ、頼朝は眉宇《びう》をひそめる。酷薄な性格にもぞっとなったが、わずか十一歳で自身の立ち位置を正確に把握していることを示唆している。

さらに、

「三種の神器が揃《そろ》わぬ、朕は不完全な帝である」

やはり源氏が平家との合戦の中、回収することができなかった天叢雲剣《あめのむらくものつるぎ》のことを責めた。この件に関しては、ひたすら謝罪するしかない。

「知っておるか。神器はそのものが神であり、御意思を持つ。ゆえに必ずや正当なる帝のもとに自ら戻るそうな。……まだ朕の許《もと》には戻らぬぞ。あとどのくらいで戻ろうか」

頼朝は答えに窮した。剣は、おそらくは壇ノ浦に沈んだのだ。二度と戻らぬ可能性が高い。だが、帝は戻るか戻らぬかを訊《たず》ねているのではない。己の帝としての価値そのものを問うている。

頼朝は答えられない。

後鳥羽天皇は頼朝が答えるまでは許さぬつもりのようだ。兼実が見かねて別の話題を振ろうとしたが、

「朕は今、この男に訊ねておる」

なあなあに終わらせる気はないのだと叱責《しっせき》した。

形ばかりの謁見だと思っていた頼朝は、頭を殴られたような気分に陥ったが、ならばと口を開いた。

「おそれながら申し上げます。それは神のみが知ることでございます」

冷たい答えであったが、「そうか」と後鳥羽天皇はうなずき、話題を変えた。

「御所再建への尽力、苦労であった」

焼けてしまった帝と院の御所の再建を、頼朝が多くの部分で請け負ったことに対し、礼を述べた。

落として持ち上げられた頼朝は、後鳥羽天皇がすでに人心を操る術を知っていることに驚嘆した。

頼朝にとって後白河院は、格別に頭が切れるやっかいな政敵であった。そんな院も六十四歳。そこにある種の活路を見出していたが……。

(甘かったやもしれぬ)

後鳥羽天皇を拝謁し、頼朝の中にざわめきが生まれた。

(「大天狗」の孫はやはり天狗であったか)

冷や汗の出る思いだ。

頼朝はどこかで、今上帝は傀儡《かいらい》だと高をくくっていた。今は確かに院政の下、後白河院の傀儡に違いない。だが、末は史上稀《まれ》に見る化け物になるかもしれない。そんな片鱗を見せている。

「礼がしたい。朕にしてやれることは少ないが、望むものがあらば、言うてみよ」

後白河院と同じ問いだ。

「されば、鎌倉に朝廷をお守りさせていただきたく存じます」

頼朝は院への返答と似たことを口にした。これも、戦乱だから許された鎌倉政権を、来るべき平時にも「お許しくだされ」と言ったに等しい願いだ。

――平時の定着。

これが、頼朝の此度《こたび》の上洛の一番の目的だ。

「院が許せば、朕も許そう」

帝からは慎重な答えが返ってきた。

後鳥羽天皇の御前を退いたあと、清涼殿裏鬼門にある鬼の間に移り、頼朝は兼実と語り合った。兼実は、後鳥羽天皇の摂政であり、娘は帝に入内《じゅだい》している。

「いやはや上は、天叢雲剣なく即位したことがずいぶんとお辛《つら》いご様子で……常に御自身は偽の帝なのかと問いながら過ごしておられるところがおありでおじゃる」

と言われ、剣を取り戻せなかった非を、頼朝は素直に詫《わ》びた。頼朝には他にも詫びねばならないことがあった。拝謁の順番が、帝と院が逆になってしまったことだ。

「全ての武家の信仰する武神でおわす八幡神の御神託により、歴代の帝《みかど》をお守りいたしますこと、頼朝のなにより優先させる務めでございます。ゆえに当今にお仕えいたしますこと、並びなきこと。されど、今は法皇が天下の政《まつりごと》をお執りになってございます現状。このため、まずは法皇にお仕えし、法皇御万歳（崩御）の後に主上治天の御時は誠心誠意帝にお仕えいたします。今も少しも粗略に扱う心はございませぬ」

兼実に滔々《とうとう》と語った。

「分かっておじゃる」と兼実はうなずく。

頼朝はさらに続けた。

「父義朝《よしとも》は逆賊となりましたが、天子への忠義の心は偽りなきものでございました。その証に、息子であるこの頼朝が、『朝《ちょう》の大将軍』となったのです」

朝は朝廷のことだ。まだ頼朝は「朝の大将軍」ではなかったが、朝廷を守る唯一無二の武士団の棟梁であることを印象付けた。そのために鎌倉があるのだと。

兼実は篤実な男で天狗ではない。素直に頼朝の忠義の心に感動した。

この日、頼朝に権大納言《ごんだいなごん》の地位が贈られた。

頼朝は京にひと月ほど滞在した。その間、後白河院との会談は九日の謁見も併せて八回に及んだ。天下静謐の中に鎌倉政権を定着させるため、院に対して太平の世の到来を繰り返し望んでみせた。

一度、院に妙な質問をされた。なにゆえ広常を誅殺《ちゅうさつ》したのか——と。頼朝にとっては不快な問いだったが、

「あの者は私が朝廷の御為《おんため》に駆け付けようとするのを反対いたしました。朝廷への忠義に欠けるゆえ、成敗いたしました」

朝廷への忠義心を示すために利用した。そういう己に嫌悪感が湧いた。が、それ以上に、嫌悪感が湧いた己の偽善ぶりにもっと嫌気がさした。

（そんな権利はなかろうに……）

十一月二十四日、頼朝は権大納言に続いて、右近衛大将《うこんえのだいしょう》——いわゆる右大将に任官した。宮中を警衛する近衛《このえ》府の最高職である。

唐名は、「羽林《うりん》大将軍」「親衛大将軍」「虎牙《こが》大将軍」「幕下」「柳営」「幕府」である。

このため任官以降、頼朝の居る政庁は「幕府」となる。

この「幕府」は、江戸時代中期に規定された征夷大将軍《せいいたいしょうぐん》下の武家政権を指す「幕府」とは別ものだ。

頼朝の幕府は、当時はただ「幕府」とのみ呼ばれ、後の世のように「鎌倉幕府」とは呼ばれなかった。

「鎌倉幕府」とは、江戸時代に定められた「征夷大将軍下の武家政権を指す」言葉で、それは頼朝の時代には「まだ存在しない」概念である。

鎌倉は、「大将軍下の武家の国」を目指しているのだ。

頼朝は、右大将就任の祝いの宴《うたげ》を盛大に行い、世に自分が右大将となったことを大々的に広めた。そのくせ、十二月三日には「権大納言」と共にあっさり辞任した。辞めなければ鎌倉に帰れないからだ。

辞任した後も「前右大将」の呼称は残るため、それを利用して鎌倉政権を平時に合わせて再び組み替えるつもりだ。

頼朝は、十二月十四日に京を発ち、二十九日に鎌倉の土を踏んだ。

こうして初めての上洛は、大きな成果を上げて終わった。

三

鎌倉に戻った頼朝は、これまでの政所《まんどころ》を「前右大将家政所」へと刷新した。

翌建久二年一月十五日に吉書始の儀式を行うことで、新生政所の業務を始動させた。

それに伴い、これまで「頼朝」の名で与えた新恩給与に関する下文《くだしぶみ》を回収し、「前右大将家政所」から新たに発給し直すことを決定。御家人たちへ通達した。

これには二つの意味がある。

前右大将という朝廷から与えられた官職の家の家政機関から発給することで、これまで頼朝が私的に与えた地頭職などを、公的なものにすることが一つ。これも、「地頭」や、「それを任命する制度」、そして「鎌倉政権」そのものを、平時に定着させるための一環である。

もう一つは、公的なものにすることで、頼朝個人と御家人の間に成り立つ主従関係を、頼朝の死後も後継者に円滑に継続させるためである。

頼朝は後白河院と後鳥羽天皇に会うことで、近い将来朝廷の権力者が代替わりすることを意識した。同時に、鎌倉の代替わりをも意識せざるを得なかった。

自身は今、四十五歳。嫡男の万寿《まんじゅ》は十歳。すぐに己に死が訪れるなど考えていないが、十年、二十年など、あっという間に流れる。

（頼朝個人の力で支配する段階は終わったのだ）

これからは、全てを「制度化」させていく。そのための布石であった。

とはいえ、奥州征伐が終わってからの頼朝の行動や政策の意図は、御家人たちには分かりにくい。随所で不満がたまっていることは、ひしひしと感じていた。

今は、帝や公卿らから睨《にら》まれぬよう、朝廷の支配体制の中に自身の手にした権利をうまくはめ込み、定着させている最中である。

頼朝のこうした態度は、御家人から見れば、「結局は朝廷の支配体制から抜けることのできない頼朝像」として映る。失望した者もいるし、理解できずに苦しんでいる者もいる。

平家と奥州藤原氏を滅した後は、鎌倉政権を朝廷支配から外していく働きかけをすると思っていたのに、逆に動いたのだから、意味が分からないだろう。

だからといって、御家人の期待する動きを見せれば、征討の対象になる。

今の朝廷は鎌倉の軍勢に勝てるはずもないが、狡猾《こうかつ》な後白河院からすれば、頼朝を排除するための初手は、幕府が征討の対象になるだけで構わないのだ。

次は、日本中に綸旨《りんじ》をばらまく。そうしておけば、かつて頼朝が起ったように、いつか第二の頼朝が誕生する。

（院は、全力で吾《われ》を逆賊となるよう仕掛けてくる。ゆえに、吾も全力で征討の対象にならぬための手を打っていく――今はそういう段階だ）

それは、最終的には独立した政権樹立のための行いだが、頼朝の真意は御家人にも腹心にも漏らすわけにいかない。どこかから漏れれば、頼朝は後白河院との騙しあいに負ける。

恐ろしく孤独だが、頼朝にしかできぬ戦いだ。

ただ、もっと信頼している政子《まさこ》にだけは告げた。

だれひとり頼朝の胸の内を知らなければ、万が一、自分が不慮の死を遂げたときに、目指したものと正反対の武士政権ができてしまう。

話を聞いた政子は、たいそう戸惑った様子を見せた。少し寂し気に、

「三郎様が今も天上人を目指しておられるのは嬉しゅうございますが、その方法は理解が追いつきませせぬ」

正直な胸の内を明かしてくれた。

「そうかも知れぬ」

「貴方《あなた》はどこまで先を歩いていかれるのか……。真横に立っておられた気がしたこともあったの

ですが……」

今も――。

そう言ってやりたかったが、頼朝自身、自分の隣にもう誰もいなくなった気がして久しく、何も言わなかった。

頼朝の傍《そば》には誰もなく、ただ足元に己のせいで死んだ膨大な死体が転がっているだけだ。

人は、他者とはどれほど親しく接しても、どこまでいっても真の意味では交われない。元々誰もが嘘寒い孤独の中に生きている。それは帝でも、貴族でも、武士でも、百姓でも、商人でも同じことだ。

だから、誰にも行きつけぬ領域に頼朝が足を踏み入れたことで、誰からも理解されぬ孤独に押しつぶされそうな夜があったとしても、嘆くことはないのだ。

それでも、政子が隣にいないことは寂しく思った。

だが、

「私、学びます」

政子が前のめりになって、頼朝に宣言した。

「一生懸命に学んで、必ずまた貴方の横に立ってみせます」

頼朝は、あたたかな感動を覚えた。政子なら、きっとそうしてくれるような気がする。

「そうか」

「そうして少しでも三郎様の重荷が減らせれば……」

「頼もしいな。ならば広元《ひろもと》に学ぶがよい。話は通しておいてやる」

政所別当《べっとう》中原広元のことである。元々貴族の出だから、朝廷の権謀は肌で知っている。朝廷を知らねば、武士政権の樹立など絵空事となる。清盛は熟知してなお失敗し、義仲はまったく分からぬまま殺された。

「武士の国がこの日ノ本に平時においても存在し続けるためには、何が必要か御台《みだい》に分かるだろうか……」

政子の澄んだ目が、真っすぐにこちらを見ている。

「……勅許」

と小首を傾げる。

「朝廷を制御することだ」

膝に置いた手を、ぎゅっと政子が握りしめた。こくりとうなずく。

「されど、潰してはならず、反目しあってもならぬ。なぜなら、大和《やまと》王朝に集う民の国が日本であり、武士もまた日本の民だからだ。この本義からは、何人たりとも逃れられぬ。もし、逸脱するなら、その者は『日本』の民をやめねばならぬが……それは得策ではないのだ」

頼朝は政子に自身の日本の国に対する理念を、このとき初めて明確に語った。政子はかわいそうなくらい、言っている意味が分からなかったようだ。

平家は朝廷の中に入り込み、権力によって支配しようとしたが、清盛という傑物が去れば、そこで終わった。

鎌倉はその轍《てつ》を踏んではならない。自分が死んだ後、次の世代に繋げるには、朝廷の外に武士政権を作り上げ、朝廷に認めさせ、並び立ち、定着させる必要がある。

だが、いかに新しい体制を作ろうとも、頼朝が日本人であり続ける以上、朝廷ありきである点は変わらないのだ。これが限界と言われればその通りだ。だから、己が生きている間に、いかに朝廷を骨抜きにして制御し続ける「仕組みを作る」かが、頼朝の課題であった。

そのために頼朝は鎌倉に「幕府」を作る。だから、前右大将家政所を始動させた。そうなのだと、政子に語ってきかせた。今は分からずとも、話しておけばいつか「あの時の話はこういうことだったのか」と、この女なら分かる日がきっとくる。政子は、月と日を袂《たもと》に収める女なのだから。

政子は真剣に聞いてくれた。

——この日があったから、政子は夫の死後、血流よりも頼朝が作り上げようとした「仕組み」を重視した。武士政権の存続をなにより優先させ、史上名高い「尼《あま》将軍」と呼ばれる悪女となった。

頼朝の政策は、この時期ほとんどの御家人に理解されなかった。

下文も、私的なものから公的なものに変えるのだから、より信頼度は上がる。だのに、御家人の目から見れば、頼朝の花押《かおう》が入っていないため、心もとなく感じられるようだ。下文の入れ替えはなかなか進まなかった。

結局、頼朝の花押入りの下文も添えて発給することとなった。

三月三日。

鶴岡八幡宮で上巳の節句の行事が執り行われた。箱根山から招いたたれ髪の稚児《ちご》十人が、華やかな衣装を身にまとい、可憐に舞う。

その後の臨時祭りでは、着飾った少年十騎が馬長を行い、続いて大人たちの流鏑馬十六騎、相撲十六番も執り行われた。

頼朝はこうした大きな行事があるたびに、御家人たちの席順や役割に気を配り、彼らの順列を見せつけてきた。今年は新生鎌倉がどういう順列で始まったのか、お披露目の意味もあったから、正月の初詣、二月の二所詣と臨時祭に続き、三月も常の年よりいっそう気を配った。

御家人たちが酒盛りをして楽しむ姿を、頼朝も嬉しく眺めた。

ところが、丑《うし》の刻――。

小町大路《こまちおおじ》から火が出たのだ。南風に乗って燃え広がり、あっという間に大火となった。有力御家人の屋敷が数十戸、次々と焼け落ちる。鶴岡八幡宮も御所も灰燼《かいじん》に帰した。

死者は奇跡的に出なかったものの、頼朝は呆然《ぼうぜん》となった。

火の手が回らなかった若宮大路西南の甘縄《あまなわ》にある、小野田藤九郎盛長《もりなが》の屋敷に、頼朝は入った。御所が再建されるまで、政子と大姫と共に世話になる。万寿は盛長の妻の実家・比企《ひき》氏が預かった。

久しぶりに、頼朝は盛長と差しで飲んだ。数少ない、信頼できる男である。まるで、流人《るにん》時代が戻ったようだ。

「藤九郎よ、此度の火事のこと、どう思う」

頼朝は、腹を割った話がしたく、手ずから盛長の盃《さかづき》に酒を注ぐ。

「放火……を疑われておられますか」

「うむ。予への不満がそういう形であらわれたかと思うてな」

昔から京では政や人事の不満が募ると御所が焼かれた。

「どうでござろう。それなら御所だけ焼けばよいのでは」

「それでは、あからさまではないか」

「抗議しているのですから、あからさまでなければ意味がございませぬ」

「そういうものか……」

「第一、八幡様を風下に火を点《つ》ける武人はおりますまい」

「それもそうだな」

頼朝は、放火の可能性を捨て、捜査を行わないことにした。

だが、自身が放火を疑うほど御家人からの不満を感じとっていることについては、もう少し真摯《しんし》に考えた方がいいだろう。

じれったいが、改革はいったん足踏みすべきかもしれない。

（今はまず再建に力を尽くそう）

みなで再び鎌倉の街を造り直す。その作業で気持ちを一つにまとめていきたい。

焼けた場所を視察してまわった頼朝は、四日後には再建工事に着手し、七月下旬には御所を完成させた。

この年の暮れ、鎌倉に大きな知らせが飛び込んできた。後白河院が病に倒れたという。

（とうとう……）

呼吸が苦しくなるほど、頼朝はその知らせに喜びを覚えた。

翌年の三月十三日、頼朝を苦しめ抜いた日本国の大天狗、後白河院が崩御した。

鎌倉にその知らせが届いたのは、死去三日後の十六日の午後のことである。

頼朝の目から涙が吹き零れた。むろん喜びの涙だ。この男がいなければ、保元の乱以降の戦乱は起こらなかった。どれだけの人間の命を弄《もてあそ》び、地獄へ叩き落してきたことか。

頼朝の中に義経の顔が浮かんだ。

何か思いが言葉になる前に、頼朝は幻像をかき消した。

誰もいない部屋で、一語一語噛《か》みしめるようにつぶやく。

「やっと死んでくれた」

一つの時代が終わったのだ。

己の死が、時代の終わりを告げるというのは、どれほどの名誉だろう——。

「偉大な男の死だ」

頼朝は後白河院の死を悼《いた》み、大々的な法事を鎌倉でも取り仕切った。自身も七日ごとの潔斎《けっさい》を遂行し、人々への施浴《せよく》も行った。


後白河院の崩御で長らく続いた院政が終わりを告げ、朝廷では九条兼実を中心に後鳥羽天皇の新政権が始まった。

頼朝は、新朝廷に対し、大将軍任官を要求した。先右大将は後白河院から授かったものだ。代替わりした次の政権からも認められている証《あかし》が欲しい。

ことに今度の代替わりは、四十年弱の長きにわたって政治の現場に居座った後白河院の死を受けてのものなので、旧体制の色々なものが改められていくことが分かっている。早急に、現政権からも己が「朝の大将軍」であることを、誰の目にも分かる形で承認されておきたい。

朝廷では兼実主導のもと朝議を開き、次の四つの候補から決めることにした。

「惣官《そうかん》」「征東大将軍」「上将軍」「征夷大将軍」

このうち、惣官と征東大将軍はそれぞれ平宗《むね》盛《もり》と源義仲が過去に任官してどちらも不幸な最期を辿ったため、頼朝に配慮して候補から消えた。上将軍は大将軍の意味だから、頼朝としてはこれが一番よかったかもしれない。だが、日本では前例がなく、頼朝がどうとでも解釈して使いそうなため避けられ、消去法で残った「征夷大将軍」に決まった。

補任された段階で、頼朝の目的はほぼ達成されている。自身が要求した手前、しばらく官職に就いていたが、二年後には辞任してもとの前右大将に戻った。こちらの方が、地位が高いからだ。

ただ征夷大将軍は御家人たちには受けが良かった。二代目征夷大将軍の坂上田村麻呂《さかのうえのたむらまろ》は武人の間で人気が高かったし、田村麻呂以降四百年弱ぶりの補任なのだから、鎌倉中が湧きたった。比べて右大将は、過去に何十人と補任され、直近では平重盛《しげもり》と宗盛が任官している。

盛長などは、

「征夷大将軍の方が耳で聞いたときにかっこよく聞こえまするな」

とまで言った。

なにより征夷大将軍は都の外にいることが前提の職である。その点、辞任せずとも鎌倉に居られることは大きかった。

唐名は「大樹《たいじゅ》」「柳営」「幕府」「幕下」である。征夷大将軍は、慣例で代々鎌倉政権の棟梁が任じられるようになる。それが室町政権に引き継がれ、さらに徳川政権でも棟梁は征夷大将軍職に就いて、大樹、あるいは将軍と呼ばれた。己が任官したせいで、後の世で武士の棟梁を指す権威ある地位に変わろうとは、先見の明を持つ頼朝もこのとき想像できなかった。

四

建久四（一一九三）年夏。

頼朝の大姫である龍姫《たつ》は十六歳になっていた。義高《よしたか》を失って十年の歳月が過ぎたのだ。

自分がこのまま誰にも嫁がずに済むはずがないことを、龍姫も十分理解している。頼朝の娘に生まれたからには、何不自由ない暮らしをさせてもらった代償は払わねばならない。

それに、最近では父が目指すところを龍姫も理解しているつもりだ。

（義高様と私のようなことが起こらぬ世を、父上は目指しておられる）

されど、この日ノ本でもっとも血塗られた男――そう頼朝が囁《ささや》かれていることも、龍姫は知っている。

頼朝の理想を実現させるためには、多くの犠牲が必要なのだ。

（それでも父は、最小限の犠牲となるように尽くしてこられたのでしょう）

義高のときもそうだったのだ。義仲の息子ひとりが死ぬことで、後の禍根を絶った。

（義高様はお優しいお方だったけれど、旭《あさひ》将軍の御子。かつて父がそうしたように、好機がくれば蜂起したのでしょう）

義高の中に流れる「血」が、やられたままで済ますはずがない。子供のころは「義高様に限って」と思い込んでいたが、源氏の血には抗《あらが》えまい。

それに、仮に義高が稀な男で、過去に囚《とら》われなかったとしても、周りが放っておかないものだ。戦が起きれば、多くの者が死ぬ。死んだ者の背後には、幾人ものその死を悼む人たちがいる。義高の死で心が壊れた自分のような存在が、無数に控えている。

そういうことの一つ一つが年を経るにつれて分かってくると、あの当時の自分がいかに傲慢《ごうまん》だったかと恥ずかしくなる。

もういい、と龍姫は諦めていた。

（私はじゅうぶんに我儘《わがまま》を言ったのだから、もう今生は父上の道具でいい）

頼朝の事業のための駒になるなら、喜んでなろう。その変わり、母が望む娘の幸せを願うだけの婚姻は、頑として断るつもりだ。

(義高様を不幸にした私が……私だけが幸せになっていいはずがないもの)

そう思っていたが……。頼朝が龍姫を後鳥羽天皇の後宮に入れようとしていると気付いたときは、さすがにどこぞの沼か崖に身を投げようと思ったものだ。

女御《にょうご》として入内する——そんな大それたことが務まるはずもないではないか。何一つ、宮中に入るための教育を受けていない。一歩でも足を踏み入れれば、針の筵《むしろ》だろう。そんなところで、父の望む成果をあげなければならないのだ。

この婚姻は政治なのだから。

「無理です」

そう喉元まで出かかっていたが、まだ実際には頼朝から何も告げられていない。

頼朝は後白河院の喪が明けてから、巻狩《まきがり》に夢中になっている。楽しむためではなく、御家人たちをじっと観察するためだ。

巻狩は軍事訓練の一環だったし、鎌倉の御所にいるだけでは見えてこない御家人たちの姿を、直《じか》に見ることができる。直に接していれば、相手の本音が透けるときもある。

繰り返される巻狩で、頼朝は鎌倉政権や頼朝に不満を抱く者を炙《あぶ》り出そうとしているわけだ。

これは、後白河院崩御を受けて、頼朝が一年間供養や潔斎以外、ほぼ何も行わなかった間に、きな臭い動きを見せる輩《やから》が出てきたことと関係している。

そして今、富士山麓で行っている巻狩は、これまでにない規模のものだ。集まれるだけの御家人を招集したため、その数は数十万とも百万を超えたとも言われている。

初めは藍沢《あいざわ》で行われたが、今は富士野に移ったそうだ。

そこで十二歳になった嫡男万寿の、頼朝後継者としてのお披露目が行われる。頼朝の後継者――。どれほどの重圧が、まだ幼い弟に掛かっていくことか。

心配ではあったが、万寿は龍姫にとってほとんど他人だった。いつも比企氏を中心とした取り巻きに囲まれ、会うことなど滅多になかったからだ。龍姫からすれば、去年生まれた千幡《せんまん》（後の実朝《さねとも》）の方がよほど可愛い。

巻狩の準備は北条時政《ときまさ》が取り仕切った。仮の館を幾つも建て、そこを頼朝や有力御家人の旅館として割り振るなど、大掛かりなものだ。

しばらく鎌倉には戻ってこないが、飛脚が頻繁に行き来して、巻狩の様子は手に取るように伝わってくる。

龍姫は巻狩が好きである。

龍姫にとって巻狩は、母が寝物語にしてくれた父の物語なのだ。

まだ頼朝が伊豆の流人だったころ、伊東祐親《すけちか》が行った数年に一度の大々的な巻狩に、命を狙われていると知りつつも、堂々と参加してみせたのだという。母がそのときの父の話をするときは、いつも目が輝いて、ときに頬を夕日色に染め、若やいだ。

「恐れずに立ち向かったゆえ、あの巻狩を契機に、父上はずいぶんとお味方を得たのですよ」

と母は言う。

「あの巻狩の後、父上は母を娶《めと》ってくださると決めたのです」

そう話す母は実に嬉しそうだ。

（こんなに愛してらっしゃるのに、母は父と反目してまで、私を守ってくださろうとしたのね）

人生で一番辛かった時、母の手がいつも龍姫を包んでくれた。

毎日髪を梳《す》いて、

「私はここにいますよ。貴女《あなた》の味方の母がここに」

そう無言で示してくれた。だから、龍姫は生きたのだ。何も喋《しゃべ》らず、表情も変わらぬまま、ただ存在しているだけのように傍《はた》から見えていた時、龍姫は常に生きるか死ぬかの狭間で藻掻《もが》いていた。

この世に踏みとどまらせたのは、髪を梳く母の大きく温かな手だ。

母は言う。

「父上が、巻狩の宴の場に現れると、会場が一斉にざわめきました。入道(祐親)がぎろりと睨むと、父上も怯むことなくその瞳を受け止め、睨み返したのですよ。本当にあのときの父上は恰好《かっこう》良かった……」

母はそのときの父の姿を脳裏に浮かべたのか、ほうっと溜息《ためいき》を漏らす。

「けれど、命を狙われていたのでしょう。母上は心配ではなかったのですか」

「胸が張り裂けそうでした。けれど平気なふりをしていました。なので、本当のことは父上に内緒ですよ」

そう話すときの母は、いつも悪戯《いたずら》っぽい顔で笑う。

龍姫は、

(父上に正直に言えば、もっと母上を愛おしく思うだろうに……)

と思うから、幼いころに一度、母を裏切りこっそり父に伝えたことがある。

父は目を見開いて、すぐにくしゃりと相好を崩した。

「分かっているよ。だから母上と共に生きていきたいと思うたのだ」

そうして一度だけ、父からも巻狩の話を聞いた。母から聞いていた巻狩とはまた違い、獲物を追い立てる様子など、臨場感あふれる話しぶりに、龍姫はまるで自分がその場にいるような錯覚を覚えたほどだ。

その日の夜は、巻狩の夢を見た。

ふたりとも、巻狩の楽しい話だけを龍姫に教えてくれた。成長した今は、龍姫も知っている。その巻狩でひとつの悲劇が起こったことを。

頼朝は生きて帰ってきたが、別の男が殺された。伊東祐親に恨みを抱いた工藤祐経《すけつね》の郎党に、河津祐泰《すけやす》が射殺されたのだ。下手人は祐親を狙ったが、矢はその隣にいた嫡男の祐泰に当たった。

父も母もその話を、龍姫には一切しなかった。だが、此度の大々的な巻狩の準備のせいで、昔語りがあちらこちらから聞こえてきた。その中で一番の話題は、祐泰の死であった。

（そんなことがあったなんて……）


五月下旬。富士野から使いの梶原景高《かげたか》が母のところに駆け付け、万寿が十六日に見事大人の鹿を射止めたと報告した。その日は射手の万寿が一人前の男の仲間入りをしたことを祝う狩猟の祭り、矢口祭が執り行われたという。

ようは、御家人たちへのお披露目がつつがなく終わったわけだ。

心配だったのか、ずっと落ち着きのなかった政子は、ほっとしたようだ。そのくせ、複雑そうに眉根を寄せて、嬉しそうな表情は見せなかった。万寿の初狩の祝いの宴を、後日盛大に比企氏主導で行うことが分かっているからだと龍姫は母の心を推し量った。

それでも政子は、知らせが入るまで、ずっと八幡大菩薩《ぼさつ》に向かって、息子の成功を祈願していたのだ。

万寿への政子の感情は複雑だった。それだけに、次男の千幡の養育は実家の北条氏主導で行うのだと、頑として譲らなかった。

万寿のお披露目は終わったが、巻狩自体はまだあと半月ほども続く。

鎌倉にとどまっていた御家人たちが、御所の政子のところまで次々と祝辞を述べにきた。その中に頼朝の弟の範頼《のりより》もいた。

「なぜ現地に駆け付けないのか」

政子はあとで不満を漏らした。

龍姫から見ても叔父の行いは疑問である。範頼はこれまで、頼朝の望むことを先読みし、その通りにふるまうことで、「良い弟」であり続けた。奥州合戦にも参加している。

それが、平時になって以降、公卿の争いに首を突っ込むなどの頼朝が喜ばぬ動きを見せ、綻《ほころ》びが出始めている。

五月下旬まで続いた静かな日々は、二十八日に到着した富士野からの使者で突然乱れた。

二十八日の子《ね》の刻、曽我祐成《すけなり》とその弟の時致《ときむね》が、頼朝や重臣たちが宿泊している旅館に押し入り、父の仇の工藤祐経を討ち果たしたというのである。

祐成・時致兄弟は、母の再嫁先の曽我の名を名乗っているが、紛うことなきかつて殺された河津祐泰の遺児である。

当時五歳と三歳だった幼子が、十七年もの時を経て、仇討《かたき》ちを果たしたのだ。

激しい雷雨の中、暗闇の現場は混乱し、すぐに斬り伏せられた祐成とは違い、時致は捕えようと駆け付けた警備の者ら十余人を次々と斬りつけた。さらに、頼朝をも祖父伊東祐親の仇と定め、走り寄って斬り伏せようとした。

時致は義理の叔父に当たる時政の郎党をしており、仇討ちの舞台となった旅館の設営に携わっている。

他の者が暗闇に動きを封じられる中、目を瞑《つむ》っても走れるほどに二人の仇――祐経と頼朝の位置関係を体にたたき込んでいたのだろう。

ところが……。

使者の話はここで終わるのだ。

肝心の頼朝の安否については、首を左右に振る。

「分かりません」

と言うではないか。

そんなことがあるのだろうかと、龍姫は不思議だった。父が斬りつけられて重症の状態で、使者が出立したということだろうか。

政子は馬を駆って自ら現場へ駆け付けようとしたが、

「なりませぬ」

中原広元に止められた。

政所別当の広元は、頼朝のいない鎌倉を預かっていたのだ。知らせを聞いてすぐに政子のところに駆け付けてきた。

「鎌倉中、すでに将軍が亡くなられたとの噂《うわさ》でもちきりです。真偽を確かめるため、こちらからも飛脚を富士野へすでに送ってございます。御台様は真の安否が分かるまでは、御所を動かず、生きておられることを前提にお過ごしくださいますよう」

「されど……」

「すでに将軍が亡くなったものとして、嫌な動きを見せる者どもが出てきはじめております。軍を集めている者もいるのですぞ」

「まさか」

「そこまでせずとも、互いの館を行き来し、なにごとか相談しておる輩もございます」

「なんということか」

「御台様が取り乱せば、鎌倉は瓦解します」

　政子は広元の説得を受け入れ、鎌倉でいつも通りに過ごすことを決めた。

　気丈に振舞っていたが、娘の龍姫だけには本音を吐露する。

「早く使者が戻らぬものか。祈ることしかできないなんて。いつも、いつも、いつも、私は何もできない」

「母上……」

　龍姫は政子の背を撫でてやりながら、自身の胸の中も不安でいっぱいだった。

（父上がいなくなるかもしれないなんて、これまで考えたこともなかった。考えなかったから我儘ばかり言ってきたような気がする……）

　政子と一緒に龍姫も祈る。

（どうかご無事で。これからは私も鎌倉のために尽くします。この身を捧げますから、どうか御無事に戻ってきて）

　しばらくして、叔父の範頼が駆けつけてきた。範頼は頼朝が亡くなったことを前提に、

「鎌倉にはまだ吾がおりますゆえ、お嘆きなさるな」

　消沈する政子を慰める。

　政子は範頼を睨んだだけで、何も答えなかった。

「父上を心配して富士野に向かう御家人方も多いと聞いております。叔父上は行かれないのですか」

　龍姫が問うと、

「吾は鎌倉を守らねばなりませぬ」

範頼は当然のように答え、自分の館へ戻っていった。

夜になると武蔵《むさし》国から馬を馳せ、汗だくの全《ぜん》成《じょう》が訪ねてきた。政子の妹阿波局《あわのつぼね》が知らせたようだ。千幡の乳母《めのと》を務める全成の妻である。

全成は政子の前にひざまずき、もどかしげに告げた。

「将軍の許へ人を送ってございます。すぐに詳しい状況が知れましょう。また、各地の御家人の動きも探らせてございます。すべて千幡様へお知らせいたす手筈《てはず》となっておりますゆえ、吾はこれより単騎、富士野へ参ります」

千幡はまだ赤子だから、実際は妻の阿波局のもとに知らせが届くと言っているのだ。

政子はこれにはほろりとなり、

「頼みますよ」

絞り出すような声を上げた。


人前では政子がどっしりと構えていたため、鎌倉は表面上すぐに落ち着いた。二日もすると、頼朝は無事だと知らせが入り、騒ぎは鎮まった。

やがて、当の頼朝が、怪我《けが》一つない姿で鎌倉へ戻ってきた。珍しく龍姫が、政子と共に出迎える姿に瞠目《どうもく》し、微笑する。

その笑顔に、

「良かった……ご無事で」

ここ数日味わった、父を失うかもしれないという恐怖が解れ、龍姫から自然と涙が溢れ出た。

しかし――。

(怪我一つしていないのに、第一報で安否が分からなかったというのは、どういうことなのか)

龍姫もおそらく政子も、使者が事件のあった旅館を出るとき、時致の剣が届いて頼朝は深手を負ったのだと思っていた。だから、安否が知れないだけでなく、すでに死んだなどという不穏な噂まで流れたのだと。

だが、頼朝は傷を負っていない。それなら使者は、「ご無事でございます」と御台所《みだいどころ》に伝えられたはずではないのか。

（わざと……伝えなかったのだとしたら、父上の意図が働いているのでしょう）

ぞくりと、龍姫の背に怖気が走る。

（父はやはり恐ろしい人）

そっと横に立つ母の顔を窺《うかが》う。

（今からまた、粛清が始まるのですね）

目で語り掛けると、政子がそうだと目線で答える。

頼朝が死んだかもしれないという曖昧《あいまい》な噂を流し、それを耳にした御家人たちがどんな行動をとるのかを試したのだ。その行いの代償として、これから処罰される者が出てくるわけだ。

まるではじめから仇討ちそのものを、頼朝が仕組んだかのような手際の良さだ。

（でもそれは違う……殺された工藤様は父上の寵臣だもの。犠牲になさるはずがない）

つまりは、仇討ちは予期せぬ形で突発的に起こったが、この状況は使えると咄嗟《とっさ》に判断した頼朝が、すかさず利用したのだ。

これで鎌倉への忠誠心が炙り出されるだけでなく、またこのようなことが起きて本当に頼朝が亡くなったとき、謀反に走りたい御家人は此度の一件を思い出し、迅速にことを起こすのをためらうだろう。

実はまた生きていて、自分たちは試されているのではないかと。

龍姫の想像は大方あっていた。曽我兄弟の仇討ちは、祐成が討ち取られ、時致が梟首《きゅうしゅ》になったに留まらなかった。これより先、粛清が続き、所領が取り上げられる者、誅殺される者、監禁される者など、罪に問われる御家人が相次いだ。

その中でも、誰もが驚いたのが、実弟範頼の処罰だろう。頼朝は範頼に謀反の心があると疑い、真偽を訊ねた。範頼はすぐさま起請文を提出し、無実を訴えた。

ところが、受け取った頼朝は、その起請文の範頼の名が「源範頼」と記されているのを見て激怒したのだ。自分と同じ「源」姓を名乗るのは何事か、頼朝と一族のつもりなのかと。

範頼は紛れもなく源範頼であり、一族なのだが、広元を通じて「分を弁えろ」と頼朝は起請文を運んだ使者を叱責した。

使者は、

「参州（範頼）は左馬頭殿《さまのかみ》（義朝）の御子息で将軍の弟であることは知られたことです。将軍御自身が、先の平氏討伐の折はそのように発言し、公文書にも記載されています。決して参州が身勝手に名乗ったわけではございません」

と返答した。

頼朝は、無言だった。

その話を聞いた龍姫は、なんという悪手を……と驚いた。

頼朝は、今後は一族としてではなく、家臣として尽くせと言ったのだから、源範頼と名乗ったことをすみやかに謝罪し、今後一切源姓は名乗らないことを伝えれば良かっただけだ。さしずめ、所領の吉見《よしみ》を名乗り、吉見範頼だろうか。

これまで頼朝が範頼を弟として接してきたことは、頼朝自身が一番分かっていることだ。それにも関わらず、あえて叱責したことの意味を、なぜ一切考えないのか。

頼朝が言いたいのは、幕府の後継者のことなのだ。自分の子息以外の者には一切継ぐ権利がないことを、範頼自身に自覚させる意味と、こうして公式に叱責することで皆に知らしめる意味がある、いわば儀式のようなものだ。

それは、頼朝が死んだかもしれないと伝わった際に、範頼が「鎌倉にはまだ吾がいる」と発言したことに、端を発しているのだろう。

範頼は頼朝の代わりに自分がいると主張したわけではない。あのときは、御台所を気遣っただけだろうし、頼朝の遺児を自分が支えていくくらいの意味だったかもしれない。なんといっても範頼の妻は比企尼の娘・丹後内侍《たんごのないし》と盛長の娘なのだから、万寿を貢献する比企氏とは縁が深い。

それが分からない頼朝ではないが、それでも後見役そのものではないのだから、後者の意味でも越権行為だ。

また、範頼に二心なくとも、担ぎ上げようとしたり唆《そそのか》したりする者が、でるかもしれない。

現に、範頼のことを「吉見御所」と敬った呼び方をする者たちもいる。「御所」などと絶対に呼ばせてはならないのに、範頼が断った形跡はない。

後難の可能性を摘み取ろうとしている頼朝の意図を汲み取って動けば、ことなきを得たかもしれない。範頼が間違えたのは、起請文で叱責された後の対処だ。

結局、頼朝の望む返答は範頼からはなかった。

それだけでなく、範頼の家人が頼朝の寝所の下に潜んで様子を窺うという、常軌を逸した事件が起こった。頼朝は普段から用心して生活しているため、自ら気配を感じ取り、側近に命じて捕らえさせたという。

範頼は知らないと関与を否定したが許されず、伊豆への配流《はいる》が決まった。これ以降、その身がどうなったのか、一切分かっていない。

これでもう叔父上の命運は絶たれたのだと龍姫は悟ると、悲しみが身の内から湧き起こった。

範頼はこれまで上手《うま》くやってきた。それでも、献身に対して見返りがあまりに少ないと不満を感じていたのかもしれない。このままいつまで顔色を窺い、過ごしていかねばならないのかと、心がすり減っていたのかもしれない。

一方、頼朝にとっては、もう大きな決戦は考えにくく、範頼の使いどころは著しく低下していた。さらに、万寿には脅威に成り得る存在に映った。

龍姫の中で再び疑問が湧き起こった。

鎌倉とは何だろう。弟さえ必要がなくなれば排除せねば保てぬ武士の国。その修羅《しゅら》の国の頂点に君臨する父は、阿修羅王の化身だろうか。

――まこと、父は人なのか。

子供のころ、龍姫は父が大好きだった。まだ何者でもなかった頼朝は、優しくて温かで慈悲深かった。あのころの父を返して欲しい。

（だけど、起たねば殺されていた。父だけでなく、母も私も、もうこの世にはいなかったろう）

何が正解なのか、考えれば考えるほど分からない。

挙句、熱を出して寝込んでしまった。

自分の心の弱さを呪う中、頼朝が見舞いにやってきた。いつもなら政子と共に訪ねてくるが、このときはひとりだ。

起き上がって迎え入れようとする龍姫を制し、頼朝は枕元に座った。

「ごめんなさい。最近は調子が良かったのですけど……」

体は義高が死んで以降、弱くなった。それでも、当時に比べればずいぶんとましになったのだ。

「なぜ謝る。病はそなたのせいではない」

頼朝が、龍姫の額に手を当てる。

「されど将軍の娘が弱すぎます。これではお役に立てませぬ」

入内のことを頭に浮かべて龍姫は言った。おや、という顔をしたので、頼朝は龍姫が何を考えたのか分かったようだ。

「もうよいのだ。今は元気になることだけを考えよ」

諭《さと》す頼朝の目に、龍姫は諦念の色を見た。

（あ……）

たちまちものすごい焦りが生まれる。

（見捨てられた）

胸が痛くて、何も言葉が出ない。

その日、頼朝は終始優しかった。

五

翌建久五（一一九四）年。

思わぬ形で龍姫の結婚の話が持ち上がった。相手は当初予定されていたはずの帝ではない。頼朝の同母妹坊門姫《ぼうもんひめ》の嫡男・一条高能《たかよし》である。

龍姫が十七歳なのに対し、高能は二つ上の十九歳。年齢も近く、義高のときのように敵方でもなく、従兄妹《いとこ》同士の婚姻だ。

義父の一条能保《よしやす》は、鎌倉政権の京における出先機関のような役割を早い段階から担い、頼朝の信任も厚い。能保がいなければ、これほど上手く頼朝の事業が進んだかどうか。その父の後を、高能はいずれ継ぐ。

高能に嫁ぐことで龍姫が遭遇する困難は、極めて少ないと思われる。

この婚姻を思いついたのは、頼朝ではなく政子だった。早くに辛い経験をした龍姫に、ひとえに幸せになって欲しいという母の愛情から出たものだ。

龍姫にも、それはよく分かっている。

（でも、お母様……私は）

龍姫はもう、今生に幸せは求めないと決めている。

（結婚は、父の道具に成り得るときだけ受け入れる）

母が知ったら、泣き出してしまいそうな決意である。

そうする以外、義高への愛を貫く方法が、龍姫には分からなかった。

（敵だけでなく、お味方の血をも浴びて歩んでいる父上は、もう誰も自分のような思いをしないですむ静謐な世をお望みなのだから、そのための犠牲になるなら、生きてきた意味もあったというもの……）

龍姫は政子の許へ行き、

「右兵衛（高能）様へ嫁がねばならぬのなら、この身を深淵に沈めます」

きっぱりと拒絶した。

政子はなんともいえぬ悲しみに満ちた顔を見せたのも一瞬、すぐに笑みを作って翳《かげ》りを隠した。

「貴女には幸せになってほしくて……元より悲しませたり困らせたりするつもりはないのですから、嫌ならばなかったことにいたしましょう」

母の返答に、龍姫の胸の内はきしきしひずみ、申し訳ない気持ちでいっぱいになった。

そのせいだろうか。数日、高熱で苦しんだ。

混沌とした意識の中、寝ずの看病を続ける母が手を握りしめ、「私のせいで」と煩悶《はんもん》する姿を何度か見た。

（母上……母上、違うのです。母上のせいではございません）

そう伝えてやりたかったが、すぐに意識は闇に呑まれ、口にすることはできなかった。

ようやく熱が引いたころ、去年のように頼朝がひとりで見舞いに来た。

「母上も誘ったのだが、そなたに悪いことをしたゆえ、今しばらくは見舞いにくるのを我慢なさるそうだ」

「そんな……。悪いことをしたのは私の方ですのに」

「ならば、来て欲しがっていると伝えてもよいか」

「はい、ぜひとも」

頼朝は昔のように龍姫の頭を撫でた。ふいのことに龍姫は困惑する。

「あのう……」

「聞いてほしいことがあるのだ。大事な話だ」

頼朝は龍姫がうなずいたのを確かめてから人払いをした。

二人きりになると、

「吾は近い将来、娘を今上帝へ捧げるつもりでいる」

とうとう入内について切り出した。

龍姫は帝に関する話なので起き上がろうとしたが、去年同様、頼朝が止めた。

「今はふたりしかいない私的な場ゆえ、寝ていなさい」

「……はい」

頼朝は、鎌倉のために入内しなさい、とは言わなかった。代わりに、思いもよらぬことを口にした。

「吾には娘がふたりいる。どちらが嫁いでもかまわない」

龍姫には三幡《さんまん》という妹がいる。まだわずか八歳だ。

あどけない三幡の顔が龍姫の脳裏に浮かぶ。

(なんて惨《むご》いことを)

「私が」

たまらず、龍姫は叫んでいた。

「御所へは私が参ります」

「三幡が可哀《かわい》そうだから、己が犠牲になるつもりか」

「いけませんか」

「三幡は初めからそのつもりで育てている」

「えっ」

「そなたが入内するなら、三幡は東宮(皇太子)か有力な公卿に嫁ぐことになる。幼いながらにあの子はそれを受け入れている」

龍姫は言葉を失った。自分が周囲に心を閉ざし、一人の世界で暮らしている間、三幡は宮中に入るための教育を受け、その心構えで育てられていたというのか。

別の館で暮らしていたとはいえ、今日まで気付かなかったなど……。

(私はいったいどれだけ自分のことしか考えずに生きてきたのだろう)

龍姫は自分という人間が恥ずかしかった。

(哀しみは言い訳にならない。私だけが大切な人を失ったわけではないのだから)

「何故、父が娘を入内させたいか、姫には分かるだろうか」

頼朝が静かに問うた。

「それは……」

皇子を生んでその子が帝になれば頼朝は外祖父になる。かつての清盛と同じ立場だ。が、頼朝の子が帝になる可能性は極めて低い。後鳥羽天皇にはすでに中宮がいるからだ。

中宮の生んだ皇子が東宮となる。もし、中宮に皇子が生まれなかった場合、女御の子から選ばれることになるが、頼朝の娘が皇子を生むかどうかは時の運。無事に皇子が生まれたとして、その子が次期帝になれるかとなると、いっそう確率が低くなる。

清盛の娘が中宮になれたのは、下地が作られていたからだ。清盛の妻・時子《ときこ》の妹は、後白河院の寵姫《ちょうき》だった。頼朝には、そういう強力な後ろ盾も伝手もない。

今の朝廷で頼朝の力添えになってくれるのは九条兼実だが、後鳥羽天皇の中宮はこの摂政の娘なのだ。これればかりは協力を頼めない。

ならば、国母になることではなく、まずは下地作りを父は娘に期待しているのだろうか。

「朝廷工作でございますか」

龍姫は、ほんの少しの沈黙の後、答えた。

頼朝がうなずく。

「もし、平治の乱が起こらねば、それは吾の役目であった」

「父上が」

「吾の母・由良《ゆら》御前は、そのために源氏に迎え入れられた。母上の姉君お二人が、後白河院の御生母・待賢門院《たいけんもんいん》と、姉君でさらに准母でもあられる上西門院《じょうさいもんいん》にお仕えしていたためだ。由良御前の生んだ子は、望みさえすれば宮中への出仕の道が開かれていたわけだ」

「父上は確か……上西門院様と二条帝の蔵人をなさっていたとか」

そうだと頼朝はうなずく。

「吾が十三歳で右兵衛権佐《うひょうえごんのすけ》に補され、流人時代は佐殿《すけどの》と呼ばれたのは、姫もよく知っての通りだな」

「はい」

「源氏は、戦《いくさ》で勝っても、政で負けて煮え湯を飲まされた苦い過去がある。なにごとも動く前に調整しておかねば、朝廷がらみは失敗する。だが、父義朝を始め、源氏の武骨な武士は、その手立てを持たなかった。朝廷に伝手《つて》がないとは、そういうことだ」

龍姫はこくりとうなずく。頼朝の話は続く。

「もう二度と、成果を掠めとられた挙句、地に落とされぬよう、この頼朝が産み落とされたのだ。もっとも、結局は吾が育ちあがる前に平治の乱が勃発し、源氏は再び戦でも政でも負けたがな。されど吾は思うのだ。もし、己が朝廷の魑魅魍魎《ちみもうりょう》と渡り合うために作り出された男でなければ、おそらく鎌倉はなかったろうと」

龍姫には、父の話がすとんと胸に落ちた。義朝の息子の内、父以外の誰が平治の乱のときに生き延びたとしても、ここまでは辿り着けなかったろう。鎌倉政権樹立の偉業どころか、源平合戦の勝利も覚束《おぼつか》ない。朝廷を熟知した平家に、政治で負けていたはずだ。頼朝は戦のみでなく、駆け引きでも勝利したから今がある。

よしんば平家との戦いに勝てていたとしても、父以外の源氏なら、その後の後白河院との戦いで滅せられたに違いない。手玉に取られた義経のように。

「第二の頼朝が必要だ」

頼朝は、真っすぐに龍姫を見つめて言った。

龍姫の鼓動がどくりと鳴る。

(今、父上は対等に話をしてくださっている)

父としてというより、同志として語ってくれているのだと、龍姫は悟った。

龍姫は無理に体を起こして、床に手を付いた。

「その任務、これより龍が務めさせていただきます」

「体の弱いそなたには重荷だろう。されど姫が一番、頭が良い」

ああ、そうだ、身体が持つだろうかという不安がある。

（けれど……）

「やれるところまで、やってみとうございます」

龍姫は、頼朝と同じ夢を見ながら歩んでいこうと、決意した。

義高が死んで以降初めて、己の生きる道がくっきりと見えた気がした。

六

建久六（一一九五）年三月。

頼朝は御台所の政子と嫡男万寿、そして龍姫を伴い、二度目の上洛を果たした。

治承四（一一八〇）年の平重衡《しげひら》による南都焼き討ちで灰燼に帰した東大寺大仏殿の、落慶供養に結縁《けちえん》（仏法と縁を結ぶこと）するためだ。再建の費用が一向に集まらなかったのを、頼朝の鶴の一声で地頭らに負担させることで完成した。もちろん、頼朝自身が大檀越《おおだんおつ》として一番多くの財を寄進している。

一度目の上洛より、いっそう大掛かりで厳かな行進を、頼朝は演出した。貴族らは五年前と同じように大路沿いに牛車を並べて犇《ひし》めき合った。

六波羅《ろくはら》の屋敷に入ると、政子がのぼせた顔で、

「圧倒されてしまいました」

頼朝の前でだけ正直な心情を吐露する。

「京は魔物ぞ。飲まれるな。へりくだる必要もなければ、気負うこともない。いつも通りの御台でいてくれればそれでよい」

頼朝の言葉に政子はほっとした顔でうなずい

た。

　頼朝は落慶供養に先駆けて、東大寺に馬を一千頭、米一万石、黄金《ごく》一千両、上絹一千疋《ひき》奉加した。

　供養当日は風が吹き荒れ、大雨となった。地震も起こったが、神々の降臨の印だと、誰もが畏怖《いふ》をもって囁きあう。

　頼朝率いる数万騎の武士が、東大寺の周囲をぐるりと囲んで警備した。衆徒と頼朝の随兵の間に多少のいざこざが起きたが、それもしずめ、儀式はつつがなく進行する。

　頼朝は南大門内の西方横の岡に御簾で囲んだ桟敷《さじき》を設け、政子と龍姫やその侍女たちにも見物させた。結縁させてやりたかったのはもちろん、鎌倉では見られぬ自身の仕事の一端を見せておきたかったのだ。

　六波羅に戻ると龍姫が、

「これが父上のなさっていることなのかと、感動いたしました」

　と涙を滲《にじ》ませた。

（義高のことは生涯許されぬと思うておったが、かようなことを言うてくれるとは。……いや、今も許したわけではないのだろうが、それでもなんと嬉しいことか）

　頼朝は、龍姫が政子の中に宿ったことを知った日を、鮮明に覚えている。流人のため許されぬ結婚をし、政子と二人で逃げた走湯《そうとう》権現で授かった命だった。

　駆け落ちした先に時政が訪ねてきて、龍姫の愛らしさに相好を崩した。そして、二人を許し、頼朝を北条庄に迎え入れてくれた。

　頼朝の運勢が大きく動いた瞬間だった。

　北条氏が覚悟を決めて味方になったからこそ、今がある。龍姫が生まれてきてくれたから、鎌倉がある。

これから先は、龍姫の入内工作に入らねばならない。また、辛い思いをさせるのかと思うと、頼朝の心も痛んだが、龍姫はきっぱりと覚悟を決めている。

此度の入内工作には、龍姫に話していないもう一つの意味がある。

――朝廷を鎌倉に依存させて制御する。日本の政はいずれ鎌倉が執って朝廷の機能は形骸化させる――

頼朝の目指す武士の国の最終段階に入ったのだ。

今の朝廷は、後鳥羽天皇の下、関白九条兼実が力を握り、政を行っている。兼実は、義経が頼朝追討を朝廷に迫った際に、反対をした唯一の公卿だ。このため、その後頼朝によって内覧の地位に就くことができた。それ以後、頼朝派の公卿のように見られがちだが、そうではない。

兼実はあくまで中立的立場で有職故実《ゆうそくこじつ》にのっとって動いた結果に過ぎない。反頼朝派ではなかっただけなのだ。

兼実は有職故実をもっとも重んじ、乱世によって変貌していく朝廷の姿を嘆いていた。この男にとっての一番の理想は、乱れて変貌した朝廷を、再びただすことにあり、四角四面に先例を重んじるところがあった。

変革を目指す頼朝とはあわなくなってきている。後白河院が生きているうちは、兼実の頑固さが政の上で表面化することはなかったが、後鳥羽帝政権下で公卿の頂点に立ったことにより、不都合な面が目に付くようになっていた。

このため、頼朝は自身が表に立たずに――つまり朝廷の人事に一切介入しない形で、兼実を失脚させようと目論《もくろ》んでいる。

朝廷には、後白河院の寵姫高階栄子《たかしなのよしこ》（丹後局《たんごのつぼね》）の勢力が存在し、兼実とは反発しあっていた。栄子は、楊貴妃《ようきひ》に例えられるほど院の深い寵愛の下で、政治にも介入し、権力を握った女だ。

鎌倉と院との連絡は、鎌倉側は広元が、院側は栄子が窓口となった。このため、鎌倉とは縁の深い女性でもある。

後白河院にとって、この栄子との娘が最後の子供になった。わずか十一歳で院号宣旨を受けた宣陽門院《せんようもんいん》である。

他の子らとは十歳以上離れて授かった末っ子のため、院にしてみれば、目の中に入れても痛くなかったようだ。

後白河院は、八十九カ所の荘園を寄進した長講堂――自身がかつて建立した持仏堂ごと愛娘に譲った。

宣陽門院の執事別当となった源通親《みちちか》が、その長講堂を派閥の巣窟に変え、栄子と共に兼実に対抗している。

兼実の娘は後鳥羽天皇の中宮だったが、通親も後鳥羽天皇の乳母と結婚し、連れ子の在子《ありこ》を後宮に送り込んだ。

現在、兼実の娘任子《たえこ》と通親の養女在子は、どちらも後鳥羽天皇の子を身籠っている。

この状況下、頼朝は宣陽門院らへの接近を試みた。たくさんの贈り物を携え、長講堂を訪れたのだ。対して兼実にはたった二頭の馬だけを贈った。

また、別の日には、六波羅に栄子を招き、政子と龍姫も同席させ、歓談した。頼朝は栄子に、銀の蒔絵《まきえ》の箱に砂金三百両を納めたものを、白綾三十端で飾った台に乗せて献上した。

その後も何度も頼朝と栄子は互いに行き来し、仲を深めた。

頼朝は一貫して龍姫のことを頼み、政治的な話は振られなければしなかった。この接近も贈り物も、すべては頼朝の親馬鹿的な、あるいは皇族の恩恵を受けるための入内実現の動きなのだ、と装った。

兼実を退け、摂関の座を通親に挿《す》げ替えようという企みは、龍姫入内の運動の中に完全に隠しこんだ。

ただ、もし通親と兼実が表立ってことを構えても、鎌倉はどちらの味方もせずに黙認する旨は匂わせた。その際、頼朝が通親側を支持しているような風聞を立てることは是とした。

兼実に比べ、通親は家柄で劣る。強力な政治的基盤に欠ける。そこを鎌倉が補おうと、暗に伝えたのだ。

その一方で、中宮が男児を生んだ時のために兼実とも何度も面談を重ねた。ただ、前回とは違い、政治向きの話は一切せず、すべて雑談に留めた。

六月に入ると頼朝は十四歳の嫡男万寿を一万《いちまん》と改名させ、童殿上《わらわてんじょう》を行わせた。元服していれば無位無官の一万は参内できないため、あえてこの時まで童のままでいさせたのだ。

後鳥羽天皇に拝謁したことにより、鎌倉殿の跡継ぎは一万であると公表したに等しい。後鳥羽天皇は、了承の証として一万に剣を授けた。

二度目の上洛の成果は、頼朝にとっては満足のいくものだった。龍姫の入内は受け入れられ、後日改めて豪華な支度と共に鎌倉を出立させることとなった。

頼朝は三ヶ月ほど滞在して鎌倉へと戻った。

なにもかもが上手く進行している。

（こんなときほど気を引き締めねばならぬのだ）

成功への王手を眼前に、頼朝は心中、幾度となく己を戒めた。

七

あの何もかも上手くいった二度目の上洛のあと――。

中宮任子は姫宮を、女御在子は皇子を生んだ。兼実の落胆は並大抵のものではなかったようだ。

しかし、東宮には「中宮が最初に生んだ皇子」が選ばれるのが慣例である。もし、中宮に男児が生まれなければ、そのとき初めて、女御の、女御がいなければ妃《きさき》の、あるいはその下の女官たちの生んだ皇子の中から選ばれる。

最近の例では、後白河院の皇子がそうである。中宮が一人も男児を産まなかったため、妃と女御の男児がそれぞれ二条天皇・高倉天皇として践祚《せんそ》した。

高倉天皇の中宮は、清盛の娘・平徳子《のりこ》である。ゆえに徳子の生んだ皇子が安徳天皇として践祚した。安徳天皇の次の帝を選ぶときは、高倉天皇の中宮の生んだ子が他にいなかったため、内侍《ないし》（女官）の子である後鳥羽天皇が選ばれた。

だから任子の産んだ一人目が皇女だったからといって、国母になる機会が失われたわけではない。また、女御の在子が男児を生んだからといって、その子が必ずしも帝になれるものでもない。

次の懐妊で中宮が男児を産めば、任子の皇子が次期帝に選ばれることになる。

そうさせないためには、任子の妊娠を阻む必要があった。

さらに、通親の孫が帝になるためには、他の女御や妃たちが男児を生む前に、東宮に立たねばならない。

後鳥羽天皇はまだ十七歳。慌てて東宮を立てるのは奇妙である。中宮の次の懐妊を待つのが普通だろう。

だが、通親が、娘の生んだ皇子を帝にする方法がないわけではない。中宮から次の子が生まれる前に、後鳥羽天皇に帝位を退いてもらうのだ。譲位による代替わりである。

後鳥羽天皇にしても、践祚した帝が幼いうちに院政を始めた方が、権力を握りやすい。

歴史はこの通りに動いた。

建久七年。栄子と通親は後鳥羽天皇を味方につけ、中宮任子を宮中から追い出した。

畳みかけるように、そのあとすぐさま兼実からも、関白の地位を剥奪した。

さらに、手を緩めることなく、兼実の弟たちも天台座主《ざす》と太政大臣《だいじょう》の地位から引きずり下ろした。

これによって、九条家は完全に失脚した。

頼朝は、この政変には一切関与しなかった。ただ、九条家に出入りすれば関東将軍の怒りを買うだろうとの噂が、都でまことしやかに囁かれ、兼実に味方する者は誰もいなかった。

ここまでは、ほぼ頼朝の計算通りにことが運んだ。

ところが、このあと大きな番狂わせが起こるのだ。

入内が決まっていた龍姫が、この世を去った。

龍姫は、ずっと体が弱く、寝込むことも多かったが、京から戻って以降、いっそう床に臥《ふ》すようになった。

もうこうなっては、入内どころではない。

「ごめんなさい、ごめんなさい。お役に立てなくてごめんなさい」

龍姫は、頼朝を見ると、顔を覆って謝罪の言葉を繰り返す。どんどんやせ衰えていく我が子を、どうすることもできない虚しさに、頼朝の気も狂いそうだった。

もちろん祈祷《きとう》も繰り返した。都から評判の医師も呼び寄せ、薬も日本中から探して取り寄せた。だが、何一つ効果がない。

「良いのだ。入内などどうでもよいから、今は自分の体のことだけ労わってくれ」

頼朝も政子も、わずかでも時間ができると龍姫のところに通い、励ました。願い虚しく、龍姫は回復することなく衰弱していった。

頼朝は自分自身に何度も問うた。

——もし、時間が戻れば、お前は義高を殺さず、そのまま龍姫を娶わせるか。

「否」

何度考えても、答えは変わらない。「否」だ。

——お前はなんという人非人《にんぴにん》なのだ。娘が可愛くないのか。

「可愛いに決まっている」

——だのに、この未来を知っても、龍姫から義高を奪うのか。

「そうだ」

——なぜだ。

「吾は鎌倉殿として生きると決めた。私情に走ってはならない」

——ならば、お前は何のために鎌倉殿として生きるのか。

「なんのために……」

——龍姫は、お前の一番大切な家族ではないのか。優先順位を間違えるな。

「そうだ。なんのために武士の国を造ろうとしているのだ。所詮、わたしのやろうとしていることもやっていることも、だれも理解しないというのに」

――なあ、大切なものが奪われぬ世を造ろうとしたのであろう。だのに、そのために何を犠牲にしたのだ。

「娘の平凡な幸せを……」

――お前のやることを理解しようともしない武士どものためにな。

「…………」

――もう一度、問う。時間が逆戻れば、お前はどうする。

自問自答をする中で、頼朝は嗚咽《おえつ》を漏らしていた。

――足元を見ろ。お前が築いたのは死体の山だけだ。

頼朝は歯を食いしばる。


「何度過去に遡《さかのぼ》っても、吾は同じ道を歩むだろう。それは吾が源頼朝だからだ」

――どうしようもない屑《くず》野郎だな。

「それでも吾は、今の世はならぬと思う。ゆえに、新しい世を打ち出し、時代を開くのだ。変革は、この頼朝にしかできぬことであろうよ」

龍姫が息を引き取る間際、頼朝は小さな弱弱しい手を握りしめながら、娘から体温が抜けていくのを無力に感じていた。

最初の子は伊東祐親が殺したが、二人目の子は自分が殺すのだ。

すまない……。心の中で何度も謝った。

「すまない」

いつしか声に出ていた。

ハッとした顔を上げ、反対側の手を握っていた政子が、頼朝を見る。頼朝も政子の涙でぐしょぬれになった顔を見た。

「すまない」

　もう一度、頼朝は口にした。

「それでも吾は……」

　言葉は途中から咽《むせ》び泣きに取って代わられた。

　そうする間にも龍姫の体温が下がっていく。

　やがて、握った手がずしりと重くなった。

「龍」

　政子が頼朝の手を振り払い、龍姫を掻《か》き抱く。

「龍、龍」

　胸に耳を当て、鼓動を聞こうとするがもう聞こえないだろう。

　建久八年七月十四日。

　こうして娘は死んだ。

　頼朝は大将軍になったが、父親としては実に無力だった。


　この年、通親は、頼朝の嫡男で元服をすませた十六歳の頼家《よりいえ》を、従五位上右近衛権少将《じゅごいのじょううこんえのごんのしょうしょう》に補した。

　都では翌年の春、女御在子の産んだ男児為仁《ためひと》皇子が立太子されぬまま、後鳥羽天皇の譲位により帝になった。諡号土御門《つちみかど》天皇である。

　土御門天皇の践祚はすんなり進んだわけではない。

　後鳥羽天皇の兄で平家に連れ去られたため帝になりそこねた守貞親王を担ぐ一派が、鎌倉に力添えを頼んできた。頼朝は、「鎌倉は関与せず」と突っぱね、沈黙を守った。

　このため、最終的に為仁皇子が選ばれたのだ。通親は帝の外祖父となり権力を握った。

　だが、鎌倉の意向一つで簡単に失脚させることができるほど、持ち得た権力は脆《もろ》かった。

　四歳の帝と栄子がよりどころといえども、帝自身に力があるわけではない。後白河院亡きあとの寵姫の影響力も、年々弱くなっていくのは自明の理だ。

栄子と通親は、龍姫入内の交渉に臨んだ際、かつて兼実と頼朝によって廃止された荘園の復活を、条件にあげた。頼朝は言われるまま復活させた。この逸話は、裏を返せば頼朝の力を借りねば、ふたりは荘園ひとつ復活できぬことを物語っている。

頼朝にとって、通親は掌握できる駒である。むしろ怖いのは、院政を始めた後鳥羽院の方だ。今はまだ若いが、年々力を増していく。

そうなる前に、潰しておかねばならない。

そうはいっても、頼朝は今度も直接手を出しなどしない。朝廷の中で潰しあってもらうのだ。そのためなら、兼実をもう一度復活させてもよい。


ところが……。

今から一番重要な手を打っていかねばならないという時期に、頼朝の京における目であり、朝廷工作の先鋒でもあった義弟、一条能保と、その息子高能が相次いで病に倒れた。

最初は能保が前年の初冬に、さらに今年建久九年九月には高能も帰らぬ人となった。

能保の死の知らせのときも頼朝は愕然《がくぜん》となったが、人前ではなんとか正気を保った。父親ほど巧みではないが、まだ子の高能がいる。年齢も二十三歳。政の前線で十分に戦える年頃だ。足りぬところはこちらで補ってやればいい――

そう己を納得させた。

が、その息子まで死んだ。

(なん……だと)

知らせを受けた頼朝は、自身の足元が崩れ落ちる感覚を味わった。

実際に眩暈《めまい》もし、足がふらついた。近くにいた広元が慌てて支えたほどだ。

「大事ない」

頼朝はその日は自室に入って、人前には姿を現さなかった。

前回の上洛で、朝廷を制御するための布石を打った。目標に向けて王手をかける手前まで確かにいった。だが、龍姫と能保・高能父子の死で、目標は遥か彼方に遠ざかってしまった。朝廷と渡り合うための、根回しができる人材を、次々と失ったからだ。

(これからどうすればよい)

鎌倉には、藤原親能《ちかよし》・中原広元兄弟など、朝廷を熟知し、権謀を巡らす頭脳を持った男もいる。が、身分が足りない。

能保は従二位《じゅにい》。対して、親能や広元は正五位《しょうごいの》下《げ》。やれることも、付き合いの範囲も大幅に違ってくる。

頼朝は、今日までずっと勝ち続けてきた。ここにきて、はじめて後退を余儀なくされた。しかも、たった三人の死で……。

正直、信じられなかった。

権力を手にしたようで、それだけ頼朝の築き上げたものもまた、脆弱《ぜいじゃく》だったということだ。

頼朝は笑い出したかった。

(三人に変わる人材が見つからねば、まるで前途は暗闇だな)

それでも、頼朝は何もないところから立ち上がり、幾つもの危機を乗り越えてここまで来た。初めはたった三人の従者だった。頼朝さえいれば、遠回りにはなっても新たな方法を見つけ出すことができるだろう。

そう、寿命があと十年も二十年も続くなら。

今は頼朝だけが知っている絶望的な現実があ

る。

（この体は、いったい何年持つだろうか）

数年前から時々、疲労がずっしりと体にのしかかることがあった。それが今年に入り、顕著になった。目がかすみ、倦怠感《けんたい》が激しい。朝、手足が痺《しび》れ、起きづらい日もある。皮膚も歯も弱くなった。

喉がやたらと渇き、排尿の回数も増えた。たまに足が腫れ上がり、歩行が難しい日もある。

頼朝はこの病を『世継物語《よつぎ》（大鏡《おおかがみ》）』などの中で見たことがある。藤原道長《みちなが》なども罹《かか》ったと言われる飲水病（糖尿病）だ。

頼朝は自身の不調は誰にも告げずに、隠し通そうとしてきた。少しでも弱みを見せれば、瀕死の虫に食らいつく蟻どものように、鎌倉に害をなそうとする者たちが襲い掛かってくるだろう。

だから、できるだけのことをやり遂げたあとに、政子や側近にだけ伝えるつもりでいた。それが……。

人は必ず死ぬ。そして、死は自らの手でどうにでもなるが、生はまったくままならない。

頼朝は鎌倉の支配下にあるすべての者を、消したくなればどうにでも屠《ほふ》ることができる。だのに、死にゆく者を現世に繋ぎ止め、生かし続けることはできやしない。

そうなのだと、こんな当たり前のことを、思い知らされた気分だ。

飲水病は死病である。今日、明日どうにかなるものではないが、残された時間は多くない。なのに、未来を照らす明かりのような者たちを失った。

頼朝に、鎌倉に、残された時間で何ができるだろう。

頼朝はできる限りの手は打った。

広元から栄子を通じて通親に働きかけ、死んだ龍姫の代わりに次女の三幡を、後鳥羽院の後宮に迎えてもらう約束を取り付けた。

来年（建久十年）のうちに三度目の上洛を果たすことを計画し、そのときに三幡を都に伴うことにした。

三幡は初めから、帝か、そうでなければ殿《てん》上人《じょうびと》の何《いず》れかに嫁がせるために育ててきた。作法も完璧に近く、和歌や琴など、都の姫君ならだれもがたしなんでいる教養も、身につけさせた。ことに最近は和歌に力を入れている。後鳥羽院が好んでいるからだ。

龍姫に比べればおっとりしているが、華やかな顔立ちに艶《つや》やかな背丈を超える黒髪も見事で、じゅうぶんに院の後宮で立ち回っていける容姿だ。

後鳥羽院も、頼朝の娘ということで特別視している証に、まだ鎌倉にいるうちから女御宣旨を下した。慣例を重んじる朝廷としては、ありえないほどの特例である。

頼朝はさらに、失脚した兼実にも文《ふみ》を送り、その気があるのなら復帰に手を貸したい旨を、はっきりとは言葉にせずに仄《ほの》めかせた。上洛した際に、また腹を割って語り明かそうと約束も交わした。

後は年が明けるのを待つだけだ。なるべく早く上洛したい。体は日増しに悪くなっているから、時間との戦いだった。

その日は、朝から右半身が痺れていた。

（まずいな）

今日は相模《さがみ》川の橋供養に出席する予定が入っ

ているのに、あまりに体調が優れない。本音をいえばこのまま臥しておきたい。

（そういうわけにもいくまいて）

橋を架けたのは稲毛重成《いなげしげなり》で、この男は義理の弟なのだ。つまり、政子の妹・稲毛女房《にょうぼう》の夫である。

稲毛女房は三年前に病で亡くなった。夫である重成の嘆きは深く、出家をして妻の供養のための仏堂を建てた。その場所が、たまたま相模川を望む場所であった。

毎日欠かさず念仏を唱えに通った重成は、あることに気付いてしまった。相模川には橋がなく、人々は船で渡っていたが、あまりに転覆事故による死者が多いのである。

心を痛めた重成は、頼朝に自費で橋を架けたいと申し出た。頼朝は、重成の心根を誉め、これを許した。

橋の建造は、妻への追善供養も兼ねている。それがこのたび、完成した。その橋供養が、本日行われる。

政子の妹の供養も兼ねた行事に、頼朝がいかぬわけにいかない。体の重さに少々溜息が漏れたものの、頼朝は無理をして出席した。

季節は晩冬。寒風にしばし晒され、頼朝の体調はいっそう悪化した。

共に出た政子が心配し、途中で抜けることを促す。

「これは稀にみる善行ぞ。亡き妻を慕い架けた橋が、今後幾十幾百の命を救うのだ」

頼朝は、最後まで橋供養を見届けた。

この橋が命を救うのかと思うだに、己が救えなかった命が思い起こされ、頼朝は心中で祈りを捧げた。

後から考えれば、病で頭が鈍り、冷静さを欠いていたようだ。政子の言う通り、儀式の途中で抜けるべきだった。いや、そもそも今日は外に出るべきではなかった。

この日の無茶が確実に寿命を縮めた。

橋供養の帰り、頼朝の目はかすみ、手綱《たづな》を取る手も痺れた。

（あと少しの我慢だ）

馬に揺られながら、意識も途絶えがちである。それは一瞬だったが、身体が何度もぐらりと揺れた。

館に戻ったら、病のことを政子や側近には告げようと、頼朝は観念した。

このとき、ふいに旋風が起こった。馬がたたらを踏み、態勢が乱れる。あっ、と思った時には遅かった。痺れた手では手綱を強く握れず、あろうことか武人の頂点立つ男が、馬から転落したではないか。

頼朝は遠ざかる意識の中、叫ぶ政子の声を聞いた。終日、頼朝の意識は戻らなかった。

去年の年末に倒れて、今年はまだ十日しか経っていないが、頼朝は日に日に病み衰えていく。

こんな悔しいことがあるだろうか。光がそこに見えているというのに、己が死ねば、武士の世はまた闇に閉ざされるかもしれない。

どれほどのものを犠牲にしてここまで来ただろう。

頼朝の脳裏に上総広常の顔が浮かんだ。

（なんのためにお前は死んだのだ）

頼朝は政子を呼んで、出家することを告げた。それは死を覚悟したことにほかならない。

政子は目を見開いたが、ただうなずき、あえて何も言わなかった。その目に涙が滲んでいる。

頼朝は建長十年正月十一日に出家を果たした。

うとうとと眠っていると、昔の夢を見た。

まだ流人だったころの自分だ。傍に仕える郎党は三人きりで、己は何者でもなく、何も持っていなかった。それが将軍になった夢を見て、起きてから大胆な夢を見たものだと苦笑した。

（何かとても長い夢だったような……）

するとふいに周囲から橘《たちばな》の香が立ち上ってくる。匂いは遠い記憶をも呼び覚ます。

「千鶴丸《せんつるまる》……お前なのか」

姿は見えないが、温かな子供の気配がする。

そして脳裏に己の声が響いた。

——死ぬときにこう言える人生を歩むのだ。千鶴丸の死で、この頼朝は生まれ変わったゆえ、今があるとな——

ああ、そうだ。生きられなかったあの子に恥じぬ人生を……と誓ったのだ。

それから次々と鎌倉のために死んでいった者たちの顔が浮かんだ。

（鎌倉は、幕府は、夢などではない）

ハッと頼朝は目を覚まし、周囲を見渡した。横に政子が座ったまま眠っている。薄汚れているのは、身なりも構わず看病に徹しているからだ。

（愛情深い女であったな……）

政子は龍姫が死んだあと、後を追おうとした。見つけた頼朝が慌てて止めた。

「そんなことをして龍姫が喜ぼうか。そなたの子は、ひとりではないのだぞ」

泣いて、泣いて、泣いて、やっと生きている妻は、自分が死んだらどうなってしまうのか。もしも、龍姫のときのように死のうとしたら、止めてくれる者はいるだろうか。

頼朝は政子に手を伸ばした。膝に置かれた手に、そっと己の手を重ねる。張りのある瑞々しかった手は、しばらく握らぬうちに皺を刻み、かさついていた。

最後に妻の手を握ったのは、いつだったろう。頼朝は長らく政子の手に触れなかったことを、悔いた。

冷たい掌《てのひら》の感触に気付いたのか、政子が目を覚ます。

「あ……」

政子は頼朝の手に気付いて頬を染めた。もう一つの手で自身も頼朝の病でしぼんだ手を包み、

「三郎様……起きてましたか」

笑みを作った。

「今、目が覚めた。兵庫《ひょうご》(広元)を呼んでくれ」

「ここにいます」

控えていた中原広元がにじり寄る。

「御台と共によく聞いてほしい。予はもうすぐ逝く。ゆえに予が求めた『武士の国』を実現させるために、やらねばならぬことを今のうちに告げておく」

なぜこんなことになってしまったのか。犠牲者の死体の上を歩むような、修羅の道を選んでまで進んだ果てが、結局は成し遂げることも叶わぬまま、夢だけおいて逝く。

だが、

(諦めぬぞ)

人は人に託すことができる生きものだ。思いを繋いでいける唯一の生きものなのだ。

自分は死ぬ。やり残したことも多くある。

――されど、鎌倉は明日もある。

「非情にならねばできぬことだ。これまでは吾がしてきた。これからは御台がやらねばならぬ。それでも、吾の事業を継いでくれるか」

「はい。覚悟をもって臨みます」

政子は、しっかりとうなずいた。

「兵庫、御台を頼む」

「御意」

この世になかったものを生み出そうとした己を、理解できる者は少ないだろう。だが、あとは信じて任すしかない。

「吾、鎌倉より武士の国家をうち建て、この日ノ本を鎮護せん」

頼朝は最後の気力を振り絞り、情熱をもって語り始めた。


出家から二日後に亡くなった頼朝の構想が、形となって結実したのは、およそ四百年後。征夷大将軍徳川家康《いえやす》によってではないだろうか。

家康は、頼朝をことのほか敬愛し、この男の片鱗を僅かながらも探ることのできる『吾妻《あづま》鏡《かがみ》』を、繰り返し読んだことで知られている。

本書は「静岡新聞」夕刊紙上に２０２２年3月15日から２０２３年3月24日まで連載された同名の小説に、加筆修正を加えて刊行したものです。

秋山香乃（あきやま・かの）
1968年福岡県生まれ。2022年『歳三 往きてまた』でデビュー。2018年河合継之助を描いた『龍が哭く』で野村胡堂文学賞受賞。主な著書に茶々シリーズ『火の姫』、日露戦争を描いた『群雲に舞う鷹』『氷塊 大久保利通』『氏真、寂たり』『無間繚乱』等。

頼朝《よりとも》 陰《かげ》の如《ごと》く雷霆《らいてい》の如《ごと》し
2024年12月4日 初版発行
著者 秋山香乃
発行者 大須賀紳晃
発行所 静岡新聞社
〒422-8033
静岡市駿河区登呂3-1-1
電話 054-284-1666
印刷・製本 三松堂株式会社

ISBN 978-4-7838-1122-0